HEYNE <

Das Buch

Saphira ist eine glückliche junge Frau. Die Tochter des jüdischen Geldverleihers Simon-ben-Levi lebt als Federhändlerin im mittelalterlichen Basel. Ihr Herz gehörte dem Ritter Thomas von Bärenfels, von allen Tam genannt, der allerdings etwas schüchtern ist. Das wiederum kann man von seinem besten Freund Christian Münch nicht behaupten, der ein Frauenheld und Draufgänger ist. Christian missbraucht das Vertrauen seines gutmütigen Freundes und verführt die bildhübsche Saphira. Diese stellt bald fest, dass sie von ihm schwanger geworden ist. Ausgerechnet da bricht über Basel die Pest herein, und Tams Vater, der Anführer des sogenannten Psitticherbundes, zettelt eine Verschwörung gegen die Juden an, die als Sündenböcke des Unglücks der Stadt dienen. Eines der ersten Opfer ist Saphiras Vater, Simon-ben-Levi, der seiner Tochter im Tod ein folgenschweres Versprechen abringt …

Titus Müller hat seinen Bestsellerroman, der zuerst 2005 erschien, für diese Ausgabe behutsam überarbeitet.

Der Autor

Titus Müller, geboren 1977 in Leipzig, studierte in Berlin Literatur, Geschichtswissenschaft und Publizistik. 1998 gründete er die Literaturzeitschrift *Federwelt*. 2002 veröffentlichte er, 24 Jahre jung, seinen ersten Roman: *Der Kalligraph des Bischofs*. Es folgten weitere historische Romane wie *Die Brillenmacherin* (2005). Titus Müller wurde mit dem C. S. Lewis-Preis und dem Sir Walter Scott-Preis ausgezeichnet. 2011 erschien im Blessing Verlag sein Roman über den Untergang der Titanic: *Tanz unter Sternen*. Für den Roman *Nachtauge* (Blessing, 2013) wurde Titus Müller 2014 im Rahmen einer Histo-Couch-Umfrage zum Histo-König des Jahres gewählt. 2015 veröffentlichte er den Roman über die 1848er Revolution: *Berlin Feuerland* (Blessing Verlag).

TITUS MÜLLER

Die Todgeweihte

Roman

WILHELM HEYNE VERLAG
MÜNCHEN

MIX
Papier aus verantwortungsvollen Quellen
FSC® C014496

Verlagsgruppe Random House FSC© N001967
Das für dieses Buch verwendete FSC©-zertifizierte Papier *Holmen Book Cream* liefert Holmen Paper, Hallstavik, Schweden

Vollständige deutsche Taschenbuchausgabe 10/2015

Printed in Germany 2015
Umschlaggestaltung: Johannes Wiebel,
Punch-Design, München
Karte von Basel: Norman Hothum
Satz: im Verlag
Druck und Bindung: GGP Media GmbH, Pößneck

ISBN: 978-3-453-43827-9

www.heyne.de

Erster Teil

Sommer 1348

I

Jedes Wort der Briefe kannte Saphira auswendig. Sie zog das Bündel unter ihrem Kopfkissen hervor. Küsste es. »Guten Morgen, Liebster. Guten Morgen, Tam.« Wieder hatte sie von ihm geträumt. Es half, wenn die Briefe unter dem Kopfkissen lagen. Die Erinnerungen an den Traum flatterten wie samtweiche Falter durch ihren Kopf: Umarmungen, Geständnisse, Blicke. Am Ende der lange Kuss. Nie hatten sie sich bisher geküsst. Würde es sein wie im Traum? Sie spürte immer noch seine Lippen auf ihrem Mund, obwohl es doch gar nicht wirklich geschehen war.

Sie seufzte. Noch im Bett sprach sie das Morgengebet: »Ich danke dir, lebender König, dass du mir voller Erbarmen meine Seele zurückgegeben hast, denn deine Treue ist groß.« Sie stand auf. Die Sonnenflecken wärmten ihre Füße. An den Fußsohlen blieben Sandkörnchen und kleine Steine haften, sie hatte ihr Zimmer lange nicht gefegt. Der Krug und die Schüssel standen bereit. Dreimal übergoss sie sich die rechte, dreimal die linke Hand mit Wasser.

Es roch nach angebranntem Haferbrei. Vater hatte sich das Frühstück selbst gerichtet. Er achtete den Glauben der Christen und verbot den Mägden, am Sonntag zu arbeiten. Saphira hatte ihm schon ein Dutzend Mal erklärt, dass die Christen ihren Ruhetag nicht so streng handhabten wie die Juden, aber er antwortete stets, sie versuchten auf ihre Weise Gott zu ehren, und es sei seine Pflicht, das zu würdigen. Wie sonst solle er erwarten, dass die Christen auch ihm das Ausleben seines Glaubens ermöglichten? Ein alter Jude, der sich Haferbrei kochte. Er gelang ihm selten.

Saphira lauschte. Das Haus war still. Vater war schon zur Synagoge gegangen, um im *Minjan* zu beten, im Kreis der zehn Männer. Sie zog sich an, griff das gefaltete Leinentuch und sprang die Treppe hinab. Heute würde sie Tam sehen.

In der Küche kostete sie vom Haferbrei. Der Vater hatte ihn nicht nur anbrennen lassen, er hatte ihn außerdem noch versalzen. Es kostete Überwindung, den Holzlöffel abzulecken. Wie konnte ein kluger Geschäftsmann in der Küche ein solcher Tollpatsch sein? Sei's drum. Hunger hatte sie sowieso nicht. Die Vorfreude füllte ihren Bauch.

Sie schlüpfte an der Haustür in ihre Holzschuhe. Als sie nach draußen trat, kreischte die Tür in den Angeln. Gedankenverloren berührte Saphira die *Mesusa* am Türpfosten, die kleine Tora-Abschrift, die so gefaltet war, dass das Wort *Schadai* zu sehen war: Allmächtiger. Im Schritt auf die Straße führte sie die Hand an die Lippen, wie es das Gesetz befahl.

Es war noch kühl. Saphira liebte diese Stunde. Die Nachtwächter brachten die Pfandstücke ins Zunfthaus, die sie den Säufern für Lärmschlagen und Prügeleien abgenommen hatten: Mützen, Ringe, Gürtel. In den Ritterhöfen entlang der Stadtmauer schöpften die Dienstmägde Wasser, die Brunnenwinden quietschten. Hühner und Ziegen, Hunde und Tauben erwachten.

Niemand achtete darauf, ob eine Jüdin den blaugestreiften Schleier trug. Noch hockten die geschwätzigen alten Weiber nicht hinter ihren Fenstern. Saphira war in dieser Stunde eine Bürgerin der stolzen Stadt Basel, eine Federhändlerin, jung und frei.

An der Ecke knarrte die Mühle. Der Bach, der entlang der Trennmauer die Gasse hinabfloss, führte wenig Wasser. Wenn es mittags wieder so heiß wurde und das noch ein paar Tage lang, würde das Mühlrad irgendwann stocken. Dann mussten sie alle zur Klingenthalmühle pilgern, um ihr Getreide gemahlen zu bekommen.

Sie folgte der Grünpfahlgasse hinunter zum Rindermarkt. Die Holzschuhe klapperten auf dem Pflaster und klatschten bei jedem Schritt gegen ihre Fersen. Ob sich Vater gerade vor dem Toraschrank der Synagoge verbeugte? Am prachtvollen Synagogenhaus blieb sie stehen. Gesang drang durch die Mauern: *Der Herr der Welt, er hat regiert, eh' ein Gebild geschaffen war.*

Die Kanalputzer arbeiteten heute nicht. Man roch den Birsigkanal bis hier oben, der Gestank von Abfällen und Unrat war beißend. Eine Schande, dass an diesem fauligen Ufer Menschen leben mussten. Auch Juden wohnten dort, arme Familien, die sich kein Steinhaus leisten konnten. Sie waren tagein tagaus dem Pfeifen der Ratten und dem stechenden Geruch des Birsigs ausgesetzt und starben früh. Niemand wurde alt am Kanal.

Bei der Tränke vor der Synagoge hockte ein Krüppel. Krücken lehnten neben ihm. Ein Ritter beugte sich zu ihm hinunter, sein Schwert berührte fast den Boden, ein großes Schwert und ein großer Mann. Das Prunkgewand für die heutige Bürgermeisterwahl, einen roten Waffenrock mit dem Stern im Wappen, hatte er bereits angelegt. Das war ein Sterner, einer der Ritter, die sich in der Trinkstube »Zum Seufzen« versammelten und die Habsburger unterstützten. So zeitig war er auf den Beinen? Saphira hatte kein Geld und keinen Brotkanten bei sich, gut, dass der hohe Herr sich um den Krüppel kümmerte.

Aber warum redete er so lange mit ihm? Für gewöhnlich warfen die Menschen im Vorbeigehen eine kleine Münze ab. Sie sahen die Bettler kaum an, geschweige denn, dass sie mit ihnen sprachen. Hatte er nicht – er hatte die Hand an der Kehle des Alten! Saphira wich zurück. Sie drückte sich gegen die Wand der Synagoge. Wenn sie fortlief, würde der Ritter ihre Holzschuhe klappern hören. Warum war er nicht längst hochgeschreckt von ihren Schritten? Leise schlüpfte sie aus den Schuhen und bückte sich, um sie aufzuheben.

Der Krüppel zappelte an der Hand des Ritters, er wurde von ihm hochgehoben. Sein Gesicht verfärbte sich. Er begann wild zu nicken und röchelte unverständliche Worte. Der Ritter ließ ihn los. Hart fiel er zu Boden. Während der Misshandelte sich aufrappelte, fasste sich der Ritter an den Gürtel. Gold blinkte auf.

Er gab dem Krüppel einen Goldgulden! Niemand verschenkte so viel Geld. Bettler bekamen Pfennige. Rheinische Gulden wurden gebraucht, um Jahreslöhne auszuzahlen. Schweigegeld, schoss es ihr durch den Kopf. Erst hatte er ihn bedroht, jetzt gab er ihm Schweigegeld. Sie umklammerte ihre Holzschuhe und wagte nicht, sich zu rühren.

Der Bettler zog die Krücken heran und richtete sich auf. Er machte eine Geste mit der rechten Krücke. Rasch drehte der Ritter sich um.

Saphira schrak zusammen. Das kantige Gesicht Ramsteins!

»Was tust du hier, Weib?«, fragte er barsch.

»Ich gehe zur *Mikwe*, um mich unterzutauchen.«

»Ein Bad? So früh am Morgen?« Er trat auf sie zu, langsam, drohend.

Wie zum Beweis hielt sie ihm das Leinentuch entgegen. »Es … ist ein rituelles Tauchbad. Jüdische Frauen müssen sich nach der Monatsblutung reinigen.«

»Jüdin, und ohne Schleier.« Nun stand er dicht vor ihr. Sie musste den Kopf in den Nacken legen, um ihm ins Gesicht zu sehen. Der Ritter fragte: »Weißt du, wer ich bin?«

Ramstein, rechte Hand des Sternerführers und Bürgermeisters Münch, ein Mann, der nie auch nur einen Blick auf Bettler warf. »Ein Ritter, der einem armen Krüppel ein Almosen gegeben hat«, wisperte sie.

»Du bist eine kluge Frau.« Er wies auf die *Mikwe*. »Geh, nimm dein Bad.«

Zitternd schlich sie zur Tür. Der Ritter und der Krüppel standen da, ohne sich zu rühren. Gern hätte sie die *Mikwe* hinter sich geschlossen, aber sie musste zuerst eine Talglampe entzünden, es gab hier keine Fenster. Feuerstein und Stahl klickten. Endlich Licht. Sie zog die Tür zu.

Ramstein würde nicht wagen, in das jüdische Bad einzudringen. Das konnte er nicht tun, ohne den Zorn der Juden auf sich zu ziehen. Saphira stellte die Schuhe ab und ging mit der Lampe die Wendeltreppe hinunter. Schritt für Schritt ertasteten ihre Füße die kalten Steine. Das Becken befand sich tief im Erdreich, tiefer, als die Keller der Christen reichten, bei einer Quelle. Still war es in der *Mikwe*. Kalt.

Unten angekommen, entzündete sie weitere Lampen. Dann entkleidete sie sich. Sie fror, an den Armen und am Bauch bekam sie Gänsehaut. Eigentlich mochte sie das rituelle Reinigungsbad. Sie fühlte sich immer wie neugeboren, wenn sie aus dem eisigen Quellwasser stieg. Heute aber fürchtete sie sich. Was, wenn er ihr doch folgte? Auch ein Ramstein konnte nicht auf dem Rindermarkt vor den Fenstern der Bürgerhäuser töten. In der *Mikwe* waren sie ungestört. Niemand würde sie schreien hören. Hatte er sie deshalb losgeschickt?

Sie stieg in das Becken. Das Verlangen, aus dem vor Kälte beißenden Wasser wieder herauszuspringen, überwand sie mit der Übung der vergangenen Jahre. Als sie bis zum Bauch im Becken stand, hielt sie die Luft an, hockte sich nieder und verharrte mit dem Kopf unter Wasser. Dann tauchte sie auf und schöpfte zitternd Atem. Die Regel war, zweimal unterzutauchen, um sicherzugehen, dass wirklich jedes Haar und jeder Fetzen Haut benetzt waren.

Sie ging erneut in die Hocke. Mit Eisfingern versuchte die Kälte, ihren Schädel zu knacken. Keuchend tauchte Saphira auf. Befolgte sie denn die Regeln sonst so streng? Den Gesetzen gemäß hätte sie das Bad bereits gestern Nacht nehmen müssen, nachdem die sieben reinen Tage vorüber waren, Tage, an denen sie mit einem Stoffstreifen keinen Blutstropfen mehr entdecken konnte. Nach den Gesetzen musste sie sich überhaupt nicht untertauchen als unverheiratete Frau. Sie tat es ihrem Vater zuliebe und – ihr Herz schlug schneller, als sie sich das eingestand – weil sie hoffte, dass Tam sie einmal zärtlich umarmte, sie streichelte, dass sie sich küssten, sich entkleideten und ihre Körper fühlten, warm und weich. Konnte es nicht geschehen, dass sie die Beherrschung verloren und miteinander schliefen? Natürlich wäre es eine Sünde, eine abscheuliche Sünde, aber die Menschen waren schwach.

Ihre Beine wurden taub. Sie stieg aus dem Wasser und rieb sich trocken. »Vergib mir diese Gedanken, Adonai.« Das Leinentuch kratzte über die Haut. Um sich zur Ordnung zu rufen, strich sie besonders hart und gründlich darüber. »Es ist natürlich Unfug. Er ist Christ, ich bin Jüdin. Wir teilen nicht das Bettlager.«

Sie zog sich an. Das Kleid saß wohltuend fest an ihrem Leib.

Vom kalten Wasser war ihr warm geworden. Eines nach dem anderen blies sie die Lichter aus und nahm das letzte in die Hand. Sie drehte sich auf der untersten Treppenstufe noch einmal um. Das nasse Tuch hatte sie vergessen. Sie trat an das Becken heran und hob das Leinentuch auf.

Ein Schaudern legte sich auf ihren Nacken. Langsam richtete sie sich auf. Sie hielt den Atem an. Die Wasserfläche im Becken –

Das Wasser kräuselte sich und schlug kreisförmige Wellen. In die Stille hinein grollte der Felsen. Es hörte sich an, als wütete ein Untier im Boden. Bis zu den Knien bebte es, und im Bauch setzte sich das Grollen fort.

Saphira schrie. Sie rannte zur Treppe, hastete die Stufen hinauf. In ihrer Vorstellung sah sie einen Drachenkopf aus dem Wasser tauchen, gefolgt von einem langen Hals. Der Kopf stieß vor und jagte ihr nach auf der Treppe, den schlangenhaften Hals hinter sich herreißend. Sie stieß gegen die Wand. Das Licht erlosch. Wimmernd tastete sie sich in der Dunkelheit vorwärts.

2

Wo die Landwege zu den Walliser und Bündner Alpenpässen den Rhein überquerten, gleich an der Straße, die durch die Burgunder Pforte ins Rhônetal führt, lag die Stadt Basel. Der Fluss schnitt mitten durch sie hindurch. Auf dem einen Ufer erhob sich Großbasel, am anderen Ufer kümmerte eine Neugründung dahin, die von den Großbaslern belächelt wurde, Minderbasel genannt. Beide Teile zusammengenommen aber waren nichts als ein großer bewohnter Bauplatz.

Aus den Wäldern fuhr man Holz heran. Lastkähne schleppten Fracht von Steinbrüchen, Lehmgruben und Ziegeleien herbei. Längst konnte die Stadtmauer das Wuchern nicht mehr aufhalten. Entlang der Ausfallstraßen wurden Häuser errichtet. Vom Kreuztor nach draußen zum Dominikanerkloster hin wuchsen Läden, Werkstätten und Hütten. Hinter dem Spalentor spross ein neues Stadtviertel zum Kloster der Gnadenthaler Nonnen, dort wagte man sogar, eine Vorstadtmauer mit eigenem Tor zu errichten. Auch aus dem Aeschentor strömten die Zimmerer und Bauleute der Spinnwetternzunft.

Die Einwohner legten rings um die Vorstädte Gärten, Äcker, Wiesen und Weinberge an. Sie hackten die harte Scholle, bis sie in kleine Stücke zerbrach. Gräser rupften sie aus. Sie gruben und säten und schleppten Wasser vom Brunnen heran. Andernorts klopften und hämmerten die Basler, sägten Holz zurecht, hobelten, bis sie knöcheltief in Spänen standen. Sie arbeiteten, als gelte es ihr Leben. Nur einmal im Jahr ließen sie die Werkzeuge liegen. Einmal im Jahr feierten sie ihr Fortkommen: am Tag der Bürgermeisterwahl.

Der 22. Juni 1348 war ein solcher großer Tag. Die Sonne stieg über Strohdächern und Holzschindeln auf, weckte die Ritter in ihren Häusern entlang der Stadtmauer auf dem Petersberg, Nadelberg, Heuberg, lockte Handwerker, Domherren, Leutpriester und Kapläne, Augustinermönche und Johanniter auf die Straße.

In den Gottesdiensten wurde getuschelt. Wen würden Kaufleute, Ritter und Domherren zum Bürgermeister vorschlagen? Wen würde daraufhin der Bischof auswählen? Die Tore der Kirchen brachen auf und entließen das Volk. Schon begann das Drängeln, Rennen, Stoßen.

Nur unter dem wuchtigen Salzturm am Rhein hielt sich die Morgenruhe. Dort warteten die Möwen auf Abfälle der Fischer. Auf schwarzen Steinen saßen sie am Ufer, weiße Tupfer, die ein Maler gekonnt platziert hatte, und sahen zum Wasser hin. Dann und wann lüpfte eine den Flügel und wendete den Kopf.

Heute gab es nichts für die Möwen. Die Fischer hatten sich mit den Fährleuten zusammengetan, um mit einem Schwarm von Booten Menschen aus Minderbasel zum Großbasler Ufer überzusetzen. Die Brücke war bald überfüllt, gegen Zahlung einiger Pfennige kam man mit Ruderschlägen schneller über den Rhein. Und Eile war geraten.

Siebentausend Stadtbewohner drängten zum Münsterplatz. Sie verstopften die angrenzenden Straßen, lärmten, schoben hierhin und dorthin. Auf dem Platz zwangen Schergen die Menge auseinander, um Boden für einen Tjost zu schaffen. Sie stellten Pfosten auf, spannten Tücher dazwischen.

Schnurmacher und Schneider drängten sich um Stände mit geschmorten Innereien. Sie trugen Hemden aus feinstem Brennnesselstoff, jeder sah es, er war glatter als Leinen und weicher als Seide. Man beneidete sie, man fasste heimlich nach einem Hemdzipfel, um den zarten Stoff zu befühlen. Die ärmeren Handwerker – Hausfeurer, Töpfer und Sattler in schlichten wollenen Überwürfen – ballten sich am Münster, der Basilika von rotem Sandstein, hinter der der Platz in steilen Klippen zum Rhein abfiel. Sie staunten nicht über die Strebepfeiler und Blendarkaden des Münsters, über die reichen Kapitelle und Friese. Heute gab es andere Genüsse für Auge und Ohr.

Seiltänzer balancierten hoch über der Menschenmenge eine Schubkarre. Sie riefen nach einem Freiwilligen, der bereit war, sich in die Schubkarre zu setzen. Wie grauste es dem Volk, wie genoss es das Schaudern! Narren schlugen Purzelbäume vor dem Münsterportal. Brennende Fackeln wurden in die Luft geworfen und wieder aufgefangen. Gauner verdoppelten durch einen Zauber Geldstücke – und ließen sie zum Bedauern der Spender kurz darauf durch ein kleines »Missgeschick« verschwinden.

Die Basler Stadtpfeifer spielten auf. Der Rat ließ Krapfen in die Menge werfen. Die Glückshafen-Lotterey verkaufte Lose und den Traum vom großen Goldgewinn. Basel feierte.

Da der Tjost pünktlich zur Mittagsstunde beginnen sollte, füllte sich die Tribüne bald mit den hohen Herrschaften der Stadt. Safranzünftler saßen neben Ehegattinnen reicher Weinhändler, Ritter nahmen Platz, Ratsherren und feine Damen. Als alle Reihen besetzt waren, verkündete der Herold des Bischofs das Wahlergebnis: Konrad von Bärenfels war der neue Bürgermeister. Das Volk jubelte. In der obersten Reihe der Tribüne stand der Bejubelte auf. Lächelte er? Die Falten um die Augen schienen das zu sagen, aber der Mund war so tief im Bart verborgen, dass man sich nicht sicher sein konnte. Zumindest hob er die Arme und winkte der Menge zu. Das Kettenhemd des Ritters klirrte dabei, und am Prunkgewand blinkten Goldfäden.

Etwas weiter unten in der Tribüne warfen sich zwei junge Männer vielsagende Blicke zu. Sie hätten Rivalen sein müssen, Todfeinde. Einen der beiden Männer nannte man Tam, schottisch für Thomas, obwohl er nicht Schotte, sondern Basler war. Der Name hing an ihm seit Kindheitstagen wie eine Klette und ließ sich nicht abschütteln. Tams langgezogenes, knochiges Gesicht passte nicht recht zu den buschigen Brauen, die er vom Vater geerbt hatte, und den grauen Wolfsaugen. Er hätte einen guten Kanzleigehilfen abgegeben. Keinen Ritter jedenfalls. Keinen Sohn des winkenden neuen Bürgermeisters. Vielleicht zog er deshalb eine Grimasse und brachte den anderen damit zum Lachen.

Der Lachende hieß Christian Münch. Sein Vater hatte bis zum heutigen Tag Basel regiert. Christian war füllig, ein lockiger Rotschopf mit Sommersprossen. Ein Sieger. Er sprühte vor Lebenskraft und Selbstsicherheit. »Sie werden es nie begreifen«, stöhnte er. »Dieses ganze Wahlspielchen, ich meine: Durchschauen die das nicht?«

Tam grinste. »Hauptsache, sie jubeln. Die hätten sich auch gefreut, wenn man ihnen einen abgeranzten Bettler zum Bürgermeister gegeben hätte.«

»Stell dir das mal vor, wie ein Habenichts statt deines Vaters da oben auf der Tribüne steht und der Menge zuwinkt. Fliegen umkreisen seinen Kopf – sie jubeln. Unrat purzelt ihm aus der Tasche – sie feiern.«

»Oder einen Kanalputzer, man könnte ihnen mal einen Kanalputzer als Bürgermeister vorsetzen!«

»Oder einen Juden!« Christian prustete. »Siehst du den da hinten mit den Schläfenlocken und dem gelben Judenhut? Dem würden sie auch zujubeln.«

Tam wurde ernst.

Christian sagte: »Oder einem Köhler. Die Kleider, die nach Rauch stinken, das schmutzige Gesicht, stell dir das mal vor!«

Aber Tam war nicht mehr nach Lachen zumute. Er begann wieder die Suche unter den Gesichtern auf dem Münsterplatz. Sie musste doch wissen, dass er auf der Tribüne saß! Also würde sie sich nicht hinter ihr aufhalten, sondern dort, wo er sie erblicken konnte.

Christian stieß ihn an. »Schau mal, die hatte ich letzte Nacht. Siehst du sie? Die mit den schwarzen Haaren.«

»Sie hat ein Kind auf dem Arm!«

»Das ist nicht ihres. Vielleicht die kleine Schwester. Was weiß denn ich! Aber hübsch ist sie, oder?«

Widerwillig nickte Tam.

»Und dort, die sich da an den Obststand lehnt! Gut, kein Vergleich mit der Schwarzhaarigen, aber …«

Tam stöhnte. »Du bist besessen, Christian.«

»Und du bist neidisch.«

»Unfug.« Er war nicht neidisch. Wie konnte Christian sich mit solchen Frauen abgeben? Die Frau am Obststand aß einen Apfel. Aber wie sie das tat! Zuerst biss sie Stück für Stück die obere Hälfte herunter und kaute. Dann riss sie mit den Zähnen den Stiel heraus und spuckte ihn fort. Schließlich zerbrach sie den restlichen Apfel mit den Zähnen und schluckte ihn herunter. Er konnte sich nicht vorstellen, was Christian an diesem derben Weib fand. Dazu die Flatterhaftigkeit, sich jeden Tag für eine andere zu begeistern! Für ihn gab es nur Saphira.

Saphira bewunderte er, von Saphira träumte er. Er wusste, dass es für ihn im ganzen Leben keine andere geben würde.

Wieder glitten seine Blicke über die Menge. Da war sie. Die Ritter führten ihre Pferde durch eine Schneise zum Tjostplatz, dort stand sie in der ersten Reihe und sah zu ihm herauf. Er vergaß zu atmen, verschluckte sich. Lächelte. Seid gegrüßt, Schöne!, formte er lautlos mit den Lippen. Sie schaute nur und reagierte nicht darauf. Dann verschwand sie in der Menge. Etwas stimmte nicht mit ihr. Warum ging sie? Warum hatte sie nichts gesagt, nicht gewinkt, nicht einmal gelächelt?

»Wem machst du da Zeichen?«, fragte Christian.

»Saphira.«

»Die Jüdin, von der du mir erzählt hast?«

»Sie ist wieder verschwunden. Ich verstehe das nicht.« Er sah sich nach Vater um. »Wenn mein Vater mitkriegt, dass ich auch nur zu ihr hinschaue, reißt er mir die Zunge heraus, hackt mir die Ohren ab und stürzt mich kopfüber in den Brunnen.«

»Das hat er gesagt?«

»Ja, so ähnlich.«

Christian grinste. »Darfst dich eben nicht erwischen lassen.«

»Kann er das sehen? Von da oben?«

»Väter sehen alles. Man muss aufpassen.«

»Auf keinen Fall lasse ich mir Saphira von ihm verbieten. Da kann er toben, wie er will.«

»Das nenne ich Kampfgeist!« Christians Gesicht leuchtete. »So gefällst du mir. Du musst eben klug herangehen an die Sache. Wo nächtigt ihr bisher?«

»Wir nächtigen gar nicht. Das ist Liebe, Christian, davon verstehst du nichts. Da redet man. Man sieht sich in die Augen. Man träumt.«

»Soso, man träumt. Bist du dir sicher, dass das alles ist, was sie von dir will?«

»Du kennst sie nicht.« Saphira liebte Träume. Mitunter träumte sie dreimal, viermal in einer einzigen Nacht, und wenn er sie am Tage traf, wusste sie jeden Traum zu berichten. Die Träume kamen zu ihr wie die Katzen. Die Tiere der Nachbarn huschten auf Samtpfoten die Treppen hinauf in ihr Zimmer. Sie fühlten sich angezogen von ihr, ließen sich streicheln und setzten sich auf ihr Bett und auf die Truhe, um sie zu beobachten. Dass die Katzen sie liebten, hing sicher damit zusammen, dass Saphira eine Frau war, die man gern anschaute. Aber woher kamen die Träume?

Träume waren etwas Leichtes, ein Windstoß, ein Gedanke konnte sie fortblasen. Saphira war wie sie von zarter Beschaffenheit. Ein böses Wort machte sie zittern. Sie handelte mit Federn, eine Federhändlerin von diesem Aussehen und dieser Verletzlichkeit musste einfach träumen. Was wusste schon Christian?

Am Tjostplatz kündigte der Herold die ersten beiden Ritter an.

»Ah, Ramstein«, sagte Christian. »Willst du sehen, wie wir Sterner euch armselige Psitticher niederwalzen?«

Ramstein saß auf einem riesenhaften schwarzen Ross. Den roten Waffenrock des Ritters zierte ein weißer Stern. Auch die Lanze, die er in den Himmel reckte, war rot und weiß bemalt. Er nickte mit dem Helm, zum Zeichen, dass er bereit sei.

Tam mochte nicht für tausend Goldgulden mit dem Psitticher tauschen, der gegen ihn anzureiten hatte. Vater hätte es sicher gern gesehen, wenn er in weißem Mantel mit grünem Papageienvogel für die Psitticher stritte. Aber er eignete sich eben nicht für Kriegsspektakel.

Der Psitticher nickte. Der Herold gab ein Zeichen mit der Fahne. Die Menge verstummte, sie sah gebannt auf die Pferde, die kaum noch zu halten waren. Endlich senkten die Ritter die Lanzen und preschten aufeinander zu. Die Hufe knallten auf das Straßenpflaster, ein aufpeitschender, wilder Rhythmus. Dann krachten die Lanzenspitzen auf die Schilde der Gegner. Der Schild des Psittichers zersplitterte und im Vorbeireiten stieß ihn Ramstein vom Pferd. Er kam hart auf, das konnte man bis zur Tribüne hören. Glücklicherweise schleifte ihn das Ross nicht weiter; es blieb mit zitternden Flanken stehen. Gehilfen eilten herbei und zogen den Gestürzten vom Platz.

Tam schüttelte sich. Er stellte sich blutende Wunden unter Helm und Rüstung vor. Vielleicht war die Schulter ausgerenkt oder gar der Arm gebrochen. Warum hatte Vater zugelassen, dass dieser Anfänger gegen den stärksten Sterner anritt? Hatten sie nicht ebenbürtige Ritter vorzuweisen? Tam drehte sich um, weil er Vaters Gesicht sehen wollte. Der Tribünenplatz war leer. Vater verpasste einen Tjost? Eher war er gegangen, um sich selbst zu rüsten. Er konnte Ramstein besiegen.

»Gnadenlos!«, rief Christian. »So ist er, unser Ramstein.«

Da war Saphira wieder. Sie sah ihn nicht an. Am liebsten wäre er zu ihr gegangen, aber es würde zu vielen auffallen. »Fällt dir eine Möglichkeit ein, Saphira unbemerkt zu treffen?«, fragte er. »Ich muss sie sehen.«

Christian rieb sich das Kinn. »Du weißt, ich bin immer für Draufgängereien zu haben. Heute wäre ich an deiner Stelle vorsichtig. Dein Vater wird genau auf dich achten. Warte bis morgen.«

»Es geht ihr nicht gut, das sehe ich.«

»Auf die Entfernung? Ist sie das, dort, am Sperrband?«

»Wenigstens werde ich ihr einen Brief überbringen. Sie soll wissen, dass ich mich von Vater nicht einschüchtern lasse und zu ihr stehe, auch wenn wir uns heimlich treffen müssen.«

»Meinst du, daran zweifelt sie, wenn du es ihr einen Tag nicht sagst?«

»Liebende wollen es jeden Tag hören.«

»Da täuschst du dich. Liebe heißt Sehnsucht. Das bedeutet, den anderen warten zu lassen. Es ist ein Teil der Kunst.«

Tam schüttelte den Kopf. »Liebe ist kein Handwerk. Das Herz gibt dem Liebenden ein, was er zu tun hat.«

»Du bist so versponnen!« Christian schlug ihm mit der Faust aufs Bein. »Alter Minnegeist!«

»Ich muss Saphira schreiben.«

»Wie du meinst. Lass mich den Brief überbringen.«

Tam sah den Freund an. Warum schlug er das vor? »Was liegt dir daran?«

»Du denkst ...?« Christian lachte. »Ich? Nicht im Traum würde ich daran denken, ich meine, da bist du *einmal* verliebt – glaubst du, ich freue mich nicht für dich?«

Christian war ein Frauenheld, wie er in den Liedern besungen wurde. »Ich überbringe den Brief selbst.«

»Heute zur Bürgermeisterwahl? Dein Vater wartet doch nur darauf.«

»Sie gefällt dir wohl?«

Christian sah zu ihr hinunter. »Nein.«

»Wirklich nicht?«

»Zu zerbrechlich. Zu kindhaft. Ich mag eher die erwachsenen Frauen.«

»Also gut. Du bringst ihr den Brief. Mir liegt viel an Saphira. Alles.«

»Sie ist keine Versuchung für mich.«

Ein Mann stürmte auf die freie Fläche unten auf dem Tjostplatz. Tam hatte ihn des Öfteren in der Trinkstube »Zur Mücke« gesehen, wo Vater die Psitticher um sich scharte. Schergen bückten sich unter die aufgespannten Tücher und eilten zu ihm, um ihn zu packen. Noch ehe sie ihn erreichten, schrie er: »Ihr Sterner seid vermaledeite Trottel! Nieder mit den Habsburgern!«

Christian stöhnte auf.

Ramstein sprang von seinem Rappen, stieß die Schergen beiseite, die den Pöbler davonschleppen wollten, und verpasste ihm einen Fausthieb ins Gesicht. Die Habsburger hatten längst ihre Pläne für Basel aufgegeben, aber nach wie vor empfanden es die Ritter des Sternerbundes als üble Schmähung, wenn das Adelshaus beleidigt wurde, für das sie damals Partei ergriffen hatten.

Von überallher stürmten Psitticher und Sterner auf den Tjostplatz. Sie schlugen einander, schrien und rangen sich zu Boden. Kleider zerrissen. Das Volk johlte. Der erste warf einen Stiefel, der nächste einen Becher, und bald prasselte auf die Kämpfenden ein, was gerade zur Hand war.

Wo war Saphira? Sie steckte doch mitten im Gedränge! Tam sprang auf und nahm in großen Sätzen die Treppenstufen der Tribüne. Unten angekommen, beugte er sich über das Tribünengeländer und brüllte: »Auseinander, ihr Schwachköpfe!«

Niemand hörte auf ihn. Er schwang sich über das Geländer. Saphira war nirgends zu sehen. Wurde sie zwischen den Kämpfenden erdrückt? Lag sie am Boden und wurde getreten? Tam zwängte sich durch die Raufenden, machte Gebrauch von den Ellenbogen. Er rief ihren Namen.

Dann sah er sie: das blaugestreifte Tuch vom Kopf gerutscht, die Haare aufgelöst. Sie hielt sich den Bauch. Offenbar hatte sie einen Schlag abbekommen. Immer wieder wurde sie gestoßen und abgedrängt. Als Tam sie beinahe erreicht hatte, bemerkte sie ihn und versuchte nun ebenfalls zu ihm zu gelangen. Da stellte sich ein rotgesichtiger Mann in seinen Weg. »Noch so ein Psitticher«, sagte er. »Ihr könnt nicht genug kriegen.« Er packte Tam an der Schecke und zog ihn derbe heran. Knöpfe platzten ab. Die Stirn des Mannes donnerte gegen Tams Nasenwurzel. Tam sah Funken fliegen, der Schädel platzte ihm schier vor Schmerz. Er spürte eine Woge in sich aufwallen, die er nicht kannte: Er hasste diesen Mann. Er hasste ihn dafür, dass er sich zwischen ihn und Saphira schob. Tam holte aus und setzte ihm die Faust ins Gesicht. Als er den Gegner taumeln sah, schlug er ihm die Linke in den Magen, packte ihn an der Schulter und warf ihn beiseite. Es verschaffte ihm auf eine fremde Art Erleichterung, auch wenn ihn die Faust schmerzte. Wo war Saphira?

Sie lag am Boden und bemühte sich, wieder aufzustehen. Er hob sie auf, stützte sie. Mühsam bahnte er ihr einen Weg durch die Raufenden.

»Ihr seid tapfer«, sagte sie.

»Nur für Euch«, gab er zurück. Beim Sprechen dröhnte ihm der Kopf.

Endlich waren sie dem brodelnden Kessel entronnen. Hier standen nur noch Werfer, Anfeurer und solche, die bei Gelegenheit einem der Raufbolde in den Hintern traten, um gleich darauf in der Menge unterzutauchen.

»Kommt, ich bringe Euch nach Hause«, sagte er.

»Besser nicht. Man sieht uns schon misstrauisch an.«

»Nehmt das Tuch ab! Dann weiß niemand, dass Ihr Jüdin seid.«

»Viele kennen mich vom Markt. Lasst, Tam. Es geht schon.« Sie löste sich von ihm. »Danke, dass Ihr mich da rausgeholt habt.«

»Keine Widerrede, ich bringe Euch.«

»Achtung!«, schrie Saphira.

Er drehte sich um und fing einen Fausthieb mit dem Gesicht auf. Funken regneten vor seinen Augen herab. Blut rann ihm warm über die Wange. Es war der rotgesichtige Mann. »Du schon wieder?«, brummte Tam. »Jetzt ist es genug.« Er zog sein Schwert.

»Nichts für ungut«, stammelte der Schläger. »Das muss nicht bis aufs Letzte ausgetragen werden.« Er wich zurück.

Christian erschien. »Meine Güte, Tam, was ist denn in dich gefahren? Bist du tollwütig? Steck das Schwert weg!« Er legte ihm die Hand auf den Arm und wollte ihn fortziehen. »Liegt dir die Ehre der Psitticher neuerdings so am Herzen?«

Tam wand sich frei. Saphira war verschwunden. Und es war nicht einer der angesehenen Psitticher in der Nähe. Mitläufer rauften da, niedere Adlige, Bürger, die zum Randfeld des Psitticherbundes gehörten. Wo aber steckten die fähigen Männer? Wo blieb der Vater? Hier war etwas faul. Der schwache Turniergegner zu Beginn, dann der Pöbler. Diese Rauferei war kein Zufall.

Er drehte sich um und lief mit blanker Klinge durch die Volksmenge. Man machte ihm erschrocken Platz.

Christian folgte ihm. »He, Tam, sagst du deinem Freund bitte, was mit dir los ist? Und steck das Schwert weg!«

Tam ging schweigend voran. Das Gedränge wurde immer

dichter bis zum Fahnengässlein. Vor der »Mücke«, der Trinkstube, in der sich die Psitticher zu versammeln pflegten, waren Pferde angebunden. Pagen lümmelten auf den Stufen. Die Fensterläden des Parterregeschosses waren geschlossen.

»Ich komme nachher zu dir auf den Petersberg«, sagte Tam.

»Sei vorsichtig. Verdirb es dir nicht mit deinem alten Herrn. Und wasch dich erst mal.« Christian wies auf sein Gesicht.

Er steckte das Schwert ein und wischte sich mit der Armbeuge das Blut aus dem Gesicht. Dann ging er die kurze Treppe hinauf und öffnete die Tür. Im Vorraum standen Wachen. Sie sahen ihn verblüfft an. »Herr von Bärenfels, was ist mit Euch geschehen?«

»Lasst mich durch«, befahl er knapp.

Die Wachen warfen sich Blicke zu. »Wir dürfen niemanden einlassen, junger Herr.«

»Wollt Ihr dem Sohn des neuen Bürgermeisters den Eintritt verwehren?«

»Euer Vater gab den Befehl, nicht einmal dem König die Tür zu öffnen.«

Tam zögerte kurz. Dann sprang er vor, stieß die Wachen beiseite und öffnete die Tür.

Der Sommersaal der »Mücke« war umgeräumt. Eine lange Tafel stand in seiner Mitte, bis zum letzten Platz besetzt. Es war dunkel, einige Kerzen verbreiteten mageren Lichtschein. An der Tafel saßen die bedeutenden Ritter, die Tam auf dem Münsterplatz vermisst hatte. Außerdem konnte er dickbäuchige Männer in geschlitzten Florentinermänteln ausmachen, die im Gesicht geschminkt waren: Die Augenränder waren geschwärzt, die Wangen mit roter Farbe bemalt. Was geschah hier?

An die dicken Männer gewandt, sagte der Vater: »Das ist mein Sohn, Thomas.« Er musterte ihn. »Hast du dich der Prügelei angeschlossen? Wer hätte das gedacht!«

Tam sah an seiner zerrissenen Schecke hinunter. Dann fasste er den Vater ins Auge. »Warum habt Ihr diese Rauferei befohlen?«

Konrad von Bärenfels erhob sich. »Meine Herren, ich denke, wir sind fertig für heute.«

Die Männer standen auf. Wortlos verließen die Geschminkten den Raum, die Ritter standen in kleinen Gruppen beisammen und unterhielten sich gedämpft. Lächelnd trat der Vater auf Tam zu. »Du überraschst mich. Hätte nicht geglaubt, dass du dich für die Ehre der Psitticher prügeln würdest. Sonst interessieren dich doch nur Dichtkunst, Musik und andere weibische Tugenden! Hast du dich wacker geschlagen? Vielleicht wird doch noch ein Ritter aus dir.« Er tätschelte ihm die Schulter.

»Ihr habt die Psitticher versammelt und habt mir nicht Bescheid gegeben?«

»Ich bin nun Bürgermeister. Eine erste Beratung war notwendig.«

»Eine Beratung, von der Ihr durch eine Rauferei ablenken wolltet? Niemand sollte bemerken, dass Ihr Euch trefft, so ist es doch. Wer waren die Fremden?«

»Niemand, der dich beunruhigen sollte, mein Sohn.« Konrad von Bärenfels warf einen raschen Blick zur Tür.

Tam folgte seinem Blick, gerade noch rechtzeitig, um ein Männlein auf Krücken hinauskriechen zu sehen.

3

Saphira war gern hier. Sie fühlte sich jedes Mal wie in einem Schiffsbauch. An den Wänden des Ladens waren Säcke, Körbe und Ledertaschen aufgeschichtet. Die Luft schien sich seit Ewigkeiten zu stauen. Staub tanzte darin, und durch das kleine Lukenfenster griffen Sonnenfinger.

Auf dem Tisch lagen Stutze von Pfauen- und Reiherfedern, die sie für Hüte vorbereitet hatte. Straußenfederbüsche für Helme und Pferdegeschirre waren auf einem Wandbord aufgereiht, Federbesen hingen darunter an Haken. Mit ihnen würden junge Mägde in Basler Herrenhäusern die Möbel abstauben.

Es gab tausenderlei Verwendung für Federn. Ärzte stopften kleine Leinenkissen mit Flaum aus, um sie in den Mund der Kranken zu legen oder auf Wunden zu drücken. Die Kanzleien kauften Gänsekiele. Wohlhabende ließen ihre Schlafmützen füttern für eine geruhsame Nacht. Und mancher füllte ein Kissen, um sich weich zu betten.

Sie litten keine Not, im Gegenteil. Vater hatte gute Geschäfte gemacht in den vergangenen Jahren. Aber es hatte nie außer Frage gestanden, dass Saphira arbeiten würde. Da den Juden nur der Geldverleih oder der Handel offenstand, hatte Vater ihr geraten, wegen ihres zarten Körperbaus mit etwas zu handeln, das leicht zu tragen war, und so war sie auf die Federn gekommen. Sie hatte es nie bereut.

Aus dem Augenwinkel nahm sie eine Bewegung wahr. Gleich setzte wieder das Zittern ein, das sie seit dem Morgen in der *Mikwe* fortwährend befiel. Oben war es gewesen, neben den

Körben mit den Krähenfedern, da, wo die Daunensäcke lagerten. Ihr Herz raste. Sie spähte hinauf.

»Peterchen, Minka, Lisa, habt ihr mich erschreckt!« Saphira entspannte sich, atmete aus.

Die Katzen streckten sich.

»Na kommt, lasst euch die Nacken kraulen. Kommt her.« Sie hockte sich nieder. Auf lautlosen Pfoten sprangen Minka und Lisa herab und strichen ihr um die Beine. Peterchen blieb oben und beobachtete, wie Saphira die beiden Katzen streichelte. »Ihr habt euch da einen bequemen Platz gesucht auf den Daunen. Würde ich genauso machen.«

Minka und Lisa schnurrten behaglich. Hier war nichts davon zu spüren, dass in der *Mikwe* das Böse losgebrochen war. Hier war sie sicher, hier war sie zu Hause. Und doch konnte sie die Angst nicht völlig vertreiben, die von ihr Besitz ergriffen hatte. Sie war gewarnt worden. Die Kreatur war entfesselt worden, als sie mit unzüchtigen Wünschen an Tam dachte. Sie musste Tam lassen.

Bei dieser Vorstellung fühlte sich ihr Hals an, als hätte ein Arzt ein ganzes Dutzend Leinensäckchen hineingestopft. Sie konnte nicht schlucken, ihr wurde heiß. Tam, der heute einen Schrank von einem Mann verprügelt hatte, um sie aus dem tobenden Kessel der Raufenden herauszuholen. Tam, der Sanfte und doch Starke, der Einzige, dem sie Glauben schenkte, wenn er ihr Freundlichkeiten sagte.

Wie sollte sie einen wie ihn unter den Juden finden? Etliche machten ihr den Hof, aber sie sahen nicht sie, sondern nur den zierlichen Körper, der ihnen gefiel, und die sanfte Frauenseele, die sie sich untertan machen wollten. Allein Tam begriff das Wunder, das jeden Menschen eigen machte, sodass keiner dem anderen glich. Tam wollte sie sich öffnen. Sie liebte ihn und wollte keinen anderen finden.

Aber die Warnung dieses Morgens zu überhören war unmöglich. Hinzu kam die Vernunft, die ihr wieder und wieder in den vergangenen Wochen gesagt hatte, dass die Liebe zwischen ihr und Tam keine Zukunft hatte. Eine Ehe zwischen einer Jüdin und einem Christen war nicht gestattet, und eine Liebschaft zwischen ihnen würde grausam bestraft werden.

Wenn du ihn wirklich liebst, lässt du ihn frei, sagte eine Stimme in ihr. Du schadest ihm, wenn du dich weiter mit ihm triffst. Du machst ihn unglücklich. Sie legte sich auf den Boden, zog sich eine Federtasche als Kissen heran und starrte zur Decke. »Ich will ihn nicht verlassen«, flüsterte sie. Ihr Atem ging schwer. Tränen liefen ihr über das Gesicht und rollten seitwärts die Wangen hinab, sie benetzten die Ohrläppchen. Saphira wischte mit dem Handrücken darüber.

Du wusstest immer, dass es verboten ist und böse enden würde, sagte die Stimme. Willst du wenige Monate träumen, oder willst du heiraten, Kinder in deinem Haus aufziehen, gemeinsam mit der Familie Frühstück und Mittagsspeise und Abendbrot essen und aufrecht über die Straße gehen können?

»Dann muss ich eben Christin werden.« Es klang fremd aus ihrem Mund. Wenn sie dem jüdischen Glauben den Rücken kehrte, würde das ihrem Vater das Herz brechen. Vielleicht würde er nie wieder ein Wort mit ihr sprechen. Er würde auf die andere Straßenseite wechseln, wenn sie sich begegneten, das Gesicht abwenden und denken: Das war einmal meine Tochter, jetzt ist sie eine Fremde.

Und Konrad von Bärenfels würde Tam eine Ehe mit ihr sowieso nicht gestatten.

Minkas Schnurrhaare kitzelten ihr Gesicht. Die Katze begann, mit der feinen rauen Zunge die Tränen von Saphiras Wangen zu lecken.

Auf dem Zinngeschirr lagen Trauben. Sie spiegelten sich rot und prall in den Trinkgläsern. Tam pflückte einige Beeren ab und steckte sie sich in den Mund. Er biss darauf und schluckte den süßen Saft. Danach kaute er lange die saure Haut.

An den Wänden der Familie Münch hingen keine Wirkteppiche wie bei ihm zu Hause. Tam konnte sich einfach nicht daran gewöhnen. Die Räume erschienen ihm nackt ohne die schweren, pelzigen Farbflächen. Bei Christian waren die Wände stattdessen mit Leinen bespannt, auf das mit rötlicher Farbe Verzierungen gedruckt waren, kleine, wiederkehrende Muster. Wo die Muster aussetzten, prangten Bilder von schwarzer Farbe. Männer und Frauen, die Reigen tanzten. Ritter und orientalische Bogenschützen im Kampf. Szenen aus der Ödipussage. Es wirkte zierlicher als bei ihnen. Weibischer, hätte Vater gesagt.

Durch das Fenster hörte man im Hof den Springbrunnen plätschern. Von Zeit zu Zeit rief ein Pfau seinen hohen Laut. Aus der Ferne klangen das Stimmgewirr und die Musik des Stadtfestes herüber.

»Wie lange willst du noch nachdenken?«, fragte er Christian.

Der saß in sich zusammengekauert vor dem Schachbrett und stützte das Kinn auf die Hände. »Ist eben schwierig.« Dann warf er plötzlich die Hände in die Luft und sagte: »Ich fasse es nicht, dass ich mir das antue: Auf dem Münsterplatz tobt das Fest, und ich sitze hier mit dir und spiele Schach. Was mir da an Vergnügen entgeht!«

»Du meinst, welche Frauen du verpasst.«

Christian schien es nicht gehört zu haben. »Was hat eigentlich deine Mutter zu der Platzwunde gesagt?«

»Sie wollte gleich den Stadtarzt rufen. Ich konnte es mit Mühe verhindern. Dafür hat sie mir überall im Gesicht herumgetupft und mich gescholten. Es reiche, einen Mann im Haus zu haben, der sich nur dann stark fühle, wenn andere vor ihm am Boden liegen. Ich glaube, manchmal leidet sie unter meinem Vater.«

»Alles hat zwei Seiten, Tam. Sie kann nicht einen stolzen Ritter zum Ehemann haben und sich zugleich einen Minnesänger an ihrer Seite wünschen.« Christian setzte den Springer.

Der Zug, den Tam die ganze Zeit erwartet hatte. »Na endlich.« Er dachte noch einmal kurz nach, dann rückte er wie geplant den Läufer vor. Die Figur aus geschnitztem Walrosszahn lag schwer und angenehm kühl in der Hand.

Christian überlegte. Schließlich schlug er einen Bauern.

»Kennst du das Schachbuch des Jacobus de Cessolis?«, fragte Tam.

»Wer ist das?«

»Er war Dominikanermönch in Genua. Du kennst es wirklich nicht? Das kennt doch beinahe jeder.«

»Ich lese eben nicht, ich mag die Dinge lieber zum Anfassen.«

»Ein Schachbuch, habe ich gesagt, keine Liebesgeschichte. Ich erkläre es dir. In den ersten drei Kapiteln behandelt er die Erfindung des Schachspiels und seinen Nutzen zur moralischen Unterweisung des Königs, zum Vermeiden von Langeweile und zum Anregen gedanklicher Tätigkeit. In den nächsten fünf Kapiteln stellt er die edlen Schachfiguren vor: den König, die Königin, die Läufer beziehungsweise Richter, die Springer beziehungsweise Ritter, die Landvogttürme. Dann folgen in acht Kapiteln die niederen Figuren. Jedem Bauern ordnet er ein Handwerk zu.«

»Lässt du wohl meinen Bauern stehen!«

Tam seufzte und nahm einen eigenen Bauern. »Also, jedem Bauern ordnet er ein …«

»Berührt, geführt. Den musst du jetzt setzen.«

»… Handwerk zu, manchen auch zwei.« Er zeigte der Reihe nach auf seine Bauern. »Schmied, Wollmacher, Metzger und Schreiber, Kaufmann und Geldwechsler, Arzt und Quacksalber, Wirt, Verwalter.« Zuletzt wies er auf den geschlagenen Bauern am Feldrand. »Schließlich die Gruppe der Wahrsager, Landstreicher und Spieler. Außerdem werden die Bewegungen und das Vorrücken der Schachfiguren ausgedeutet.«

»Schön, kommst du jetzt mal wieder runter von deinem Ross? Spielen wir weiter.«

»De Cessolis erklärt die Welt mit dem Schachspiel – ist das nicht grandios? Er flicht Aristoteles mit ein, Cicero, Seneca, Chrysostomos und Augustin.« Tam stellte den Bauern wieder hin und setzte die Königin. »Schach!«

»Na wunderbar.« Christian fuhr sich mit der Hand durch die Haare. »Das hast du wieder lange vorbereitet, richtig? Kann ich überhaupt noch gewinnen?«

»Ich wüsste nicht, wie.«

Christian stand auf. »Warum spiele ich überhaupt gegen dich?«

»Du kannst doch nichts dafür, dass du verlierst. Der eine kann dies besser, der andere jenes. Du bist dafür gut mit Menschen. Wie leicht es dir beispielsweise fällt, mit Frauen zu reden! Liegt das an deinen Schwestern? Ich meine, bei vier

Schwestern sind Frauen für dich nichts Geheimnisvolles mehr, du weißt, wie sie denken und fühlen, nicht wahr?«

Als Christian nicht antwortete, steckte Tam sich eine weitere Weinbeere in den Mund und ließ sie zerplatzen. »Ich kann dir sagen, warum mir das Schachspiel so leichtfällt. Es ist nicht mein Verdienst.«

»Nun bin ich aber gespannt.« Christian trat zum Fenster. »Da draußen tobt das Leben, Mann.«

»Ich habe das noch keiner Menschenseele preisgegeben. Wirst du schweigen?«

»Was für eine Frage!«

»Also gut. Meine Mutter hat mich selbst gestillt. Über die Muttermilch habe ich gute Anlagen für den Verstand aufgenommen.« Christian wandte sich um und riss die Augen auf. »Deine Mutter hat bitte was? Das ist ja widerwärtig! Hattet ihr kein Geld für eine Amme?«

»Sie wollte eben das Beste für mich. Sie liebt mich.«

»Lass dir eines sagen: Würde sie dich lieben, dann hätte sie dir diese Schande nicht angetan. Du wärst wie ein anständiger Mensch von einer Amme aufgepäppelt worden. Abgesehen davon hat dir die Muttermilch vielleicht eingeflößt, schüchtern zu sein. Klüger bist du nicht. Wir hätten Dame oder Mühle spielen sollen, dann hätte ich dich geschlagen.« Er trat zum Tisch und sammelte die Figuren ein. »Warum hast du das nie erzählt mit deiner Mutter? Jetzt verstehe ich so einiges.«

»Sehr witzig.«

»Gib mir den Brief. Ich gehe am besten gleich, bei dem Gedränge fällt es nicht auf, wenn ich mich vor dem Haus von Simon-ben-Levi herumtreibe. Ich habe auch einen Ruf zu verlieren.«

»Rede nicht zu lang mit ihr.« Tam reichte ihm das zusammengefaltete Pergamentstück. »Es genügt, wenn du ihr sagst, dass ich dich geschickt habe.«

Christian füllte die Figuren in einen Brokatsack. »Siehst du, im Säcklein liegt der König bald unten, bald oben.«

Tam schüttelte den Kopf. »Versuche es nicht, Christian. Das Denken ist meine Aufgabe. Der König steht immer oben. Aber er hängt von denen ab, die unter ihm stehen. Ein Rossnagel hält ein Eisen, ein Eisen hält ein Pferd, ein Pferd einen Mann, ein Mann ein Haus, ein Haus ein Landstück, ein Landstück ein Königreich. So hängt das Königreich von einem Rossnagel ab.«

»Komm, ich gebe dir ein Rätsel auf, du Schlauberger. Wann schmeckt der Wein besser? Während du ihn anschaust, wie er im Pokal glänzt, oder während er dir die Kehle hinunterrinnt?«

»Rühr sie nicht an, hörst du?«

»Deine Eifersucht gefällt mir. Lass dir einen Rat geben von einem, der weiß, wie man es macht. Wenn du sie wiedersiehst, berührst du sie, wie aus Versehen, aber sanft, an der Hüfte, an der Hand, ganz wie du willst. Dann suchst du ihre Augen und machst ihr mit einem Blick klar, dass es kein Versehen war. Als Nächstes: eine längere Berührung. Wenn sie sich dir entzieht, lässt du sie gehen. Du wartest. Dann versuchst du es noch einmal. Die Frauen wollen erobert werden, sie wird es dir schwermachen, aber das gehört zum Spiel, verstehst du?«

»Für mich ist das kein Spiel, Christian.«

»Nenne es, wie du willst. Ich gehe jetzt, ich will die Sache hinter mich bringen und dann endlich zum Stadtfest zurückkehren. Dir scheint es ja besser zu gehen als erwartet.«

Auf dem Weg zur Mühlengasse traf er einige junge Rittersöhne. Sie versperrten ihm zum Scherz den Weg. Als er sie beiseiteschob, sagten sie: »War wieder dieser Langweiler bei dir?«

Christian blieb wie angewurzelt stehen. Er drehte sich um.

»War doch nicht böse gemeint!« Die Rittersöhne hoben abwehrend die Hände. »Mann«, sagte einer, »lass uns zum Rossmarkt in die Vorstadt gehen, da stehen die Buden mit dem Würzwein. Hab' vorhin ein paar dralle Weiber dort gesehen, was sagst du?«

»Ihr wartet hier, bis ich wieder da bin.«

»Schon gut, Meister.«

Er ging weiter. In seinem Rücken hörte er sie sagen: »Der ist empfindlich heute.« War es so? War er empfindlich? Unsinn. Sie wussten genau, dass sie Tam in Frieden lassen mussten. Manchmal kam ihm sein Freund verletzlich vor wie ein Kind, das er zu beschützen geschworen hatte. Es war keine leichte Aufgabe. Tam mochte klug sein. Besonders lebensfähig war er nicht.

Christian lächelte. Die Rothaarige, die ihm da entgegenging, gefiel ihm ausgezeichnet. Und sie kam gerade in das passende Alter. Da sie das Haar offen trug, war sie zumindest unverheiratet. Eine Verlobung war kein Hindernis. Christian steuerte auf sie zu.

Sie stutzte.

Ja, du bist gemeint, Süße! Er verneigte sich leicht.

Röte flog über ihre Wangen. Sie schlug den Blick nieder.

Wie versehentlich strich er mit zwei Fingern über ihre Hand. Die Haut war rau, die Knöchel verhornt. Eine Wäscherin. Es machte nichts, der mollige Körper würde ihn weich empfangen. »Du bist Wäscherin?«, fragte er.

»Ja, Herr.« Sie wich ein wenig zurück.

Er folgte ihr. »Eine Schönheit!«

Zweifelnd sah sie ihn an.

»Das meine ich ernst. Vielleicht treffen wir uns einmal am Rheinufer und gehen ein wenig spazieren?«

Sie schluckte. »Meint Ihr das ernst, Herr?«

»Natürlich nur, wenn du willst.«

Die Wäscherin machte einen unbeholfenen Knicks. »Sehr gern, Herr.« Ihre Lider flatterten.

Er wusste, er hatte sie gewonnen. »Komm!« Am Ellenbogen führte er sie zu einem Stand mit Backwaren. »Zwei Honigkuchen«, sagte er und nestelte am Geldbeutel. Er zählte nicht, füllte die Hand mit einigen Silberpfennigen und legte sie auf den Tisch. »Behaltet den Rest.« Die Frauen liebten Freigebigkeit. Und ihm fiel sie nicht schwer.

»Der ist für dich.« Er drückte ihr einen der Honigkuchen in die Hand. »Ich muss zur Mühlengasse, kommst du ein Stückchen mit?«

Sie nickte.

Unterwegs aßen sie. Er fragte: »Schmeckt's?«

»Traumhaft!«, sagte sie und spuckte dabei versehentlich einige Krümel aus, wofür sie sich sofort entschuldigte. Sie machte sogar einen Knicks, offenbar hatte sie das bei hohen Damen gesehen und meinte, es gehöre sich so.

»Du musst nicht andauernd vor mir die Knie beugen«, sagte er. »Wie heißt du?«

»Marie.«

»Es gibt viele Maries, aber nun, wo ich dich getroffen habe, bekommt der Name einen ganz neuen Klang für mich.« Das war nicht gelogen. Sie gefiel ihm, vielleicht würde es etwas

Dauerhafteres werden und eine Woche währen oder einen Monat gar. Ihre Brauen standen ein wenig dicht und die Hüfte war dafür umso breiter. Aber Marie war auf eine betörende Art unbeholfen, die ihn mit dem Verlangen erfüllte, sie abzuküssen. Er besah den weichen Hals, den er bald mit seinen Lippen ertasten würde.

»Du trägst ein Schwert, also bist du Ritter«, sagte sie zögerlich. »Zu welcher Familie gehörst du?«

»Ich bin der Sohn des ehemaligen Bürgermeisters. Ein Münch. Nenne mich Christian.«

Sie blieb stehen. »Und Ihr –«

»Sag Du zu mir.«

»Und du gibst dich mit mir ab?«

Er lachte. »Die Freude ist ganz meinerseits.« Er zog sie weiter.

»Ist es ein Unglück für deine Familie, dass heute dieser Konrad von Bärenfels gewählt wurde?«

»Wir wussten es doch lange vorher. Man trifft seine Vorbereitungen. Nächstes Jahr ist mein Vater wieder Bürgermeister.«

»Wie kannst du das wissen?«

»Das Prinzip hinter diesen Wahlen ist sehr einfach. Man kann sie steuern. Es ist alles eine Frage der Macht. Die Regel schreibt vor, dass sich jedes Jahr ein Sterner und ein Psitticher abwechseln. Immer im Wechsel ein Sterner und ein Psitticher, verstehst du das? Die beiden Rittergesellschaften hüten dieses Gesetz wie den Stab des Mose.«

»Aber dennoch können unter den Rittern viele vom Bischof erwählt werden!«

Christian schmunzelte. »Ich erkläre dir, wie es läuft. Der Rat nennt dem Bischof drei Namen, aus denen er auswählen darf.

Männern, die so mächtig sind wie Konrad von Bärenfels oder mein Vater, fällt es nicht schwer, dafür zu sorgen, dass man außer ihnen zwei völlig unmögliche Vorschläge macht. So bleibt dem Bischof eigentlich keine andere Wahl, als Konrad von Bärenfels und meinen Vater zu benennen, immer hübsch im Wechsel.«

Kinder hatten einen Hanfstrick als Ziellinie auf die Straße gelegt. Sie kamen Christian und Marie entgegengerannt, ein Wettlauf. Der Lange, Schmächtige kam zuerst ins Ziel. Er japste um Atem, grölte erfreut und schnaufte. Die anderen stemmten die Hände in die knochigen Hüften und beugten sich vor, um sich zu erholen. Da erblickte der Sieger Marie. Er sah wütend von ihr zu Christian.

Sie beugte sich zu dem Burschen hinunter und fauchte: »Verschwinde, und kein Wort zu den Eltern, oder ich spucke dir von heute an den Rest deines Lebens ins Essen!«

Er verschränkte die Arme und blieb stehen, bis sie vorübergegangen waren.

Das war der Vorteil seines Standes: Selbst wenn Maries Vater zornig werden sollte, konnte er nichts gegen Christian unternehmen. Er musste sich um so etwas nicht sorgen.

Zwei Schergen sahen ihnen misstrauisch in die Gesichter. »Das mit der Prügelei hätte ich dir vorher sagen können«, sagte der eine zum anderen.

»Wenigstens sind die Glockenseile eingezogen, damit niemand Sturm läuten kann.«

»Zuerst schmieren sie einander im Scherz Ruß ins Gesicht, und dann stürzen sie den verhassten Nebenbuhler in den Brunnen.«

»Diese Stadt ist ein Auffangbecken für Schurken geworden,

ich sage dir, bald kann man am helllichten Tage die Straße nicht mehr überqueren.«

Christian lachte in sich hinein. Sie verstanden nichts vom Leben, diese Griesgrame. Er legte Marie den Arm um die Hüften. Sie fügte ihre Hand auf die seine. Immer wieder war es aufregend, das Erobern und sich Näherkommen.

Sie passierten Rümelins Mühle. Ins Haus des Juden konnte er sie nicht mitnehmen. »Marie, ich habe noch ein Geschäft zu erledigen.«

»Verstehe.« Rasch zog sie ihre Hand zurück.

»Nein, so ist es nicht. Es wird nicht lange dauern. Gehen wir danach ein wenig am Ufer spazieren?«

Sie nickte. »Gern«, hauchte sie.

»Sei so gut und geh voraus zum Rhein. Ich komme in Kürze nach. Treffen wir uns am Salzturm?«

»Wie du wünschst, Herr. Ich meine … Christian.«

Sie würde seine Belohnung sein, wenn er Saphira den Brief übergeben hatte.

4

Die zerlumpten Kinder sprangen um ihn herum, schrien und tobten. Die Versuche der Waisenmutter, sie zur Ruhe zu bringen, blieben erfolglos. Er war Ritter! Er konnte sich nicht auf der Nase herumtanzen lassen. Konrad von Bärenfels ballte eine Faust vor dem Bauch und brüllte: »Ruhe!«

Augenblicklich war es still. Die Kinder sahen ihn ängstlich an.

»Na also, es geht doch.« Er nickte. »Manchmal braucht es eben einen Mann. Was sagtet Ihr gerade?«

Die Waisenmutter wiederholte: »Dass die anderen hohen Familien der Stadt ihre Spenden dieses Jahr halbiert haben. Die Münch, die von Ramstein, sie geben noch, ja, aber es wird immer weniger, und dabei werden es mehr und mehr Münder, die ich zu füllen habe.«

»Ihr könnt Euch auf Konrad von Bärenfels verlassen, meine Beste.« Er gab seinem Kammerherrn einen Wink, und der reichte der Waisenmutter mit einem säuerlichen Gesichtsausdruck einen prallen Beutel. Konrad sagte: »Ein wahrer Ritter vergisst nicht, die Schwachen zu beschützen. Das ist unsere edelste Pflicht.«

»Habt Dank! Habt tausend Dank! Gott segne Euch, hoher Herr Bürgermeister!« Die Waisenmutter versuchte seine Hand zu küssen. Er konnte sie gerade noch rechtzeitig zurückziehen. Sie knickste und wischte sich eine Träne aus dem Augenwinkel.

»Ja, ja, schon gut.« Er nahm eine Waise auf den Arm und beschaute sich das verschüchterte Mädchen. Obwohl die Kleidung es nicht von den Kindern unterschied, die auf der Straße lebten, und obwohl es genauso zerbrechlich wirkte mit seinen bis auf den Knochen abgehungerten Ärmchen, war es doch gekämmt und trug ein Schleifchen im Haar. Der Blick der Kleinen irrte zur Waisenmutter, und sie streckte die Arme nach ihr aus. »Zu ihr willst du?«, fragte er enttäuscht.

»Es ist sicher der Bart, Herr.« Die Waisenmutter fasste sich aus Verlegenheit an die hochgesteckten Haare. »Er macht ihr Angst. Sie kennt keinen Vater. Jedes andere Kind würde liebend gern auf Eurem Arm sitzen.«

Konrad setzte die Kleine ab und sie rannte zur Waisenmutter, um sich hinter ihren Beinen zu verstecken. Er sah sich um. »Zeigt mir eure Spielsachen, Kinder.«

Nach einem kurzen Schreckmoment stürmten sie los. Truhendeckel quietschten. Es begannen Balgereien. »Ich will dem Bürgermeister das Holzpferd zeigen!« »Nein, ich zeige es ihm!«

Schließlich kamen die Kinder zurück. Gleich mehrere von ihnen hielten einen Ball, andere eine armselige Puppe aus Stroh. Zwei Jungen brachten ein Holzschwert mit abgebrochener Parierstange. Am Pferd fehlte nichts, und obwohl es mühelos von einem Kind getragen werden konnte, hielten sich gleich zehn Kinder daran fest. Offensichtlich war es das beliebteste Spielzeug. Jeder wollte der sein, der es vorstellte.

»Nun gut. Ihr seid versorgt. Ja, also, bald beginnt das Festmahl mit den Meistern der Zünfte. Ich muss weiter.«

»Heute am Tag der Wahl habt Ihr bereits so viel zu tun? Ich dachte, Ihr würdet vielleicht zum Abendessen bleiben.«

»Die Arbeit fragt nicht nach dem Tag.« Natürlich hatte sie gehofft, er würde gehen. Von dem, was er, der Kammerherr und die vier Knappen verzehrten, konnte sie ihre Kinder eine ganze Woche versorgen. Die Waisenmutter war listig. Es missfiel ihm. »Möge es ein gutes Jahr für Euch werden, Frau.«

Sie knickste. »Danke für alles, hoher Herr.«

Er winkte den anderen und ging zur Tür.

Kaum hatten sie die Straße betreten, begann der Kammerherr mit seiner Fistelstimme auf ihn einzureden. »Herr von Bärenfels, musste es wirklich eine so außerordentlich hohe Summe sein?«

Konrad bestieg das Pferd. »Dieselbe Summe wie jedes Jahr.«

Der Kammerherr bestieg seinen Schimmel. Zu den Seiten gingen die Knappen neben ihnen her. »Zwölf Gulden«, rief der Kammerherr verzweifelt. »Herr von Bärenfels, gebt zwei Gulden hinzu, und Ihr habt den ganzen Jahressold eines Armbrusters ausbezahlt! Wollt Ihr die Armenfürsorge allein auf Eure Schultern nehmen?«

»Schweig still. Ich lasse mir von meiner Schatztruhe nicht vorschreiben, ob ich als Ritter lebe oder nicht. Als Bürgermeister bin ich Vorbild für die anderen. Und ich stehe in einer langen Familientradition, die dem Ritterstand immer Ehre gemacht hat. Gold ist nur Mittel zum Zweck.«

»Natürlich habt Ihr recht, Herr von Bärenfels. Nur bedenkt, dass Ihr« – er senkte seine Stimme, es war kaum mehr ein Raunen – »tief verschuldet seid!«

»So? Und wie kommt das?«

»Die Wiederwahl hat einiges gekostet. Ich weiß bald nicht mehr, wie ich uns die Gläubiger vom Hals halten soll.«

»Mein kleiner Kammerherr«, Konrad von Bärenfels lächelte, »kennst du mich so wenig? Es ist für alles gesorgt. Bald werden wir Gold in Fülle haben. Du wirst einen ganzen Tag zum Zählen brauchen.«

Die Menschen am Straßenrand jubelten ihm zu. Er tat, als würde er es nicht wahrnehmen, auch wenn es ihn vor Freude glühen ließ.

Mit allem hatte Christian gerechnet: mit Simon-ben-Levi, dem er einen Vorwand für sein Kommen hätte erzählen müssen, mit einem Diener, der ihm Prügel androhte, selbst damit, dass die Jüdin ihre Bekanntschaft mit Tam verleugnete. Als Saphira selbst öffnete und ihm mit einem tränennassen Gesicht gegenübertrat, fehlten ihm die Worte. Katzen schlüpften an ihr vorbei ins Freie. Endlich brachte er heraus: »Störe ich?«

»Kommt herein.« Sie ließ ihn in den Laden eintreten. Drinnen lehnte sie sich mit dem Gesäß an einen Tisch, nicht recht auf der Kante sitzend, aber auch nicht recht stehend, und wies ihm den einzigen Stuhl. »Tam schickt Euch, nicht wahr?«

Es roch nach Hühnerstall. »Ich wusste nicht … Wenn mein Besuch unpassend ist, komme ich später wieder. Möchtet Ihr lieber allein sein?« Er war es nicht gewohnt, eine Frau derart gewählt anzusprechen. Für gewöhnlich machte er einen Bogen um die Frauen seines Standes. Ihre Verlobten, Väter oder Ehegatten konnten ihm nachsetzen, deshalb beschränkte er sich auf die Niedriggestellten. Aber war Saphira nicht eine davon? Sie war die Tochter eines jüdischen Geldverleihers! Dennoch brachte er kein Du über die Lippen. Sie hatte etwas an sich, das ihr Würde verlieh. Sogar jetzt, wo sie sich die geröteten Augen mit dem Handrücken auswischte.

»Nein, es ist gut. Da Ihr einmal hier seid, könnt Ihr eine Nachricht an Tam überbringen.« Sie presste die Lippen aufeinander. Es rannen neue Tränen.

Offenkundig stand es nicht zum Besten mit ihr und Tam. Er

hätte zu keinem besseren Zeitpunkt eintreffen können. Sein Besuch konnte für die beiden die Rettung bedeuten. »Ihr wollt ihn nicht mehr sehen.«

Sie nickte.

»Aber im Grunde Eures Herzens wollt Ihr ihn doch sehen.«

Sie schloss die Augen. Nickte erneut.

Hatte der Geldverleiher ihr verboten, Tam zu treffen? »Wovor fürchtet Ihr Euch? Niemand weiß von Euch und ihm. Ihr könnt Euch im Geheimen begegnen.«

»Gott sieht es. Es ist nicht rechtens. Und es hat keine Zukunft. Nie wird es eine Zukunft haben.«

So lag die Sache also. Christian kannte diese Einwände. Frauen scheuten häufig die Sünde, unverheiratet das Bett zu teilen. Man musste ihnen bewusst machen, dass sie nicht die Einzigen waren, sondern dass es im Gegenteil allzu menschlich war, seinen Neigungen nachzugeben. »Natürlich. Ihr versucht mit aller Kraft, gut zu sein.« Öffnet die Augen!, wollte er sagen. Es geht allen so wie Euch. Unser Herz ist schwach. Und Ihr seid jung – Ihr werdet genug Gelegenheit haben, Euch zu bessern und Gottes Zorn zu besänftigen. Er wollte sagen: Seid nicht zu streng mit Euch. Ganz so, wie er es bei anderer Gelegenheit gesagt hatte. Aber er brachte es nicht über die Lippen, weil ihm plötzlich klar vor Augen stand, dass es an ihr abprallen würde wie eine Schmeißfliege an der Scheibe eines Kirchenfensters.

Die Jüdin war wirklich verzweifelt. Sie suchte keine Ausrede, um ihr Gewissen zu besänftigen, keinen Schleichweg, um zu einer verbotenen, kurzwährenden Erfüllung zu gelangen. Sie liebte Tam und weinte, weil ihrer beider Leben nicht vereint werden konnten. Christian stand auf. Er ergriff ihre Schultern. »Ich kann Euch nicht helfen«, sagte er. Es betrübte ihn selbst.

»Ich kann Euch nicht helfen. Eine Ehe zwischen Euch und Tam ist unmöglich.«

Saphira lehnte die Stirn an seine Brust. Ihre Schultern zuckten, und das Gesicht nässte sein Hemd. »Und wenn ich Christin werden würde?«

Er hielt ihren Kopf, streichelte ihn. »Tam ist der einzige Sohn Konrads von Bärenfels. Er muss ihm würdige Enkel schenken und die Kinder einer bekehrten Jüdin hätten nicht den Rang, den Konrad sich wünscht. Er wüsste die Ehe zu verhindern.«

Sie bebte vor Schmerzen.

Mit Mühe hielt er sie fest. »Es geht vorüber. Heute sieht die Welt schwarz aus für Euch, aber in einigen Wochen scheint wieder die Sonne. Glaubt mir!«

»Ach ja?« Sie löste sich von ihm und sah ihn aus dunklen, rot umrandeten Augen an. »Wie soll das geschehen? Wird sich plötzlich das Gesetz ändern und Christen dürfen Jüdinnen heiraten?«

»Ihr werdet Trost finden. Eines Tages lernt Ihr einen Mann kennen, der Euch als Ehegatte glücklich macht.«

»Nie werde ich einen finden, der Tam auch nur nahekommt an Herzensgüte, Verstand und Seele.«

Er konnte nicht sagen, warum, aber es verletzte ihn, dass sie das sagte. »Heute erscheint Euch Tam einzigartig und unersetzlich.« Er sprach lauter als beabsichtigt. »Auch er hat Fehler, glaubt mir. Ich will Euer Leid nicht schlimmer machen. Aber vielleicht hilft es Euch, wenn Ihr Tam als einen Mann mit Schwächen seht. Man sollte niemanden vergöttern.«

»Verzeiht«, murmelte sie.

Er schwieg und biss sich auf die Lippen. »Ich bin es, der sich zu entschuldigen hat.«

Sie drehte sich um zum Tisch, nahm eine Feder am Kiel zwischen die Finger und drehte sie. »Er ist manchmal zu zögerlich.«

»Gut.« Christian nickte. »Ja, das ist gut. Es ist ein Anfang. Ich kenne Tam seit der Kindheit, und Ihr habt eine wahre Schwäche von ihm benannt. Ein Mann hat ein hartes Wesen zu haben, eine Frau ein weiches. So ist es von Gott gewollt. Die Aufgaben sind klar vorgegeben: Dem Mann fällt zu, was außerhalb des Hauses getan werden muss, die Frau erledigt die Arbeit im Hause. Der Mann ist stark, die Frau ist weich; der Mann ist gebildet, die Frau ist fromm.«

Sie stieß abschätzig Luft aus. »So meinte ich das nicht.«

»Ich weiß. Aber zumindest lächelt Ihr jetzt.«

Sie drehte sich wieder um. Anstatt zu lächeln, sah sie ihn böse an. »Ach ja?«

»Kommt her.«

Sie presste die Lippen aufeinander.

»Na los, kommt her.« Er breitete die Arme aus.

Verwirrt trat sie näher und fügte sich steif in seine Umarmung.

»Es wird wieder gut werden. Vielleicht tun sich sogar neue Wege auf für Euch und Tam. Verzweifelt nicht.«

»Könnt Ihr uns helfen?«

»Ich versuche es.«

»Gebt mir Euer Versprechen!«

»Ihr habt mein Wort.« Er hatte die Sache gut gemeistert. Christian war regelrecht erleichtert über die väterlichen Gefühle, die er empfand. In einer Lage wie dieser der Versuchung zu widerstehen, die Traurige ausführlich zu trösten! Er streckte die Hand aus und berührte ihre Wange. Sie war nass von Tränen.

Saphira sah ihm ins Gesicht und sagte: »Danke.«

Lächelnd umfasste er nun beide Wangen und zog ihren Kopf heran. Er drückte ihr einen Kuss auf die Stirn. »Das wird wieder.«

Ein feiner Stich traf ihn ins Herz. Sehnsucht drehte ihm den Magen um. Nur väterlich war es gemeint! Es war nichts dabei. Er küsste ihre Stirn erneut.

Es durfte nichts dabei sein.

Seine Lippen wanderten tiefer. Er küsste die Augenlider. »Fort mit den Tränen«, sagte er sanft. »Fort mit ihnen.«

Er küsste ihre Wangen. Sie waren weich und schmeckten salzig. Er hörte Saphira atmen. Sie hielt die Augen geschlossen und hatte sich an seinen Armen festgeklammert. Es ist das erste Mal für sie!, schoss es ihm durch den Kopf. Der Gedanke beschleunigte seinen Herzschlag.

Zärtlich berührte er ihre Nasenspitze mit der seinen. Die Nasen strichen umeinander. Ihr Atemhauch mischte sich, Christian konnte die Wärme ihrer Lippen ahnen. Die Lippen streiften sich. Dann küsste er sie.

Saphira zitterte. Christian spürte deutlich, wie sie in seinen Armen erbebte. Sie küssten sich wieder. Weil es für Saphira neu war, erlebte auch er alles stärker: das Berühren der Hände, einen Kuss in ihre Halsbeuge. Ihre Unerfahrenheit reizte ihn. Sie war ein fremdes Geschöpf, ein Geheimnis.

Da zuckte sie plötzlich zusammen und wand sich frei. Entsetzt sah sie ihn an, rot im Gesicht vor Erregung. »Was war das? Was haben wir getan?«

Wie schön sie war! Ihre schwarzen Locken, dazu die großen dunklen Augen. Sie besaß einen schmalen Hals und ein kindliches, spitz zulaufendes Kinn.

Sie flüsterte: »Tam darf nichts davon erfahren.«

»Das wird er nicht. Ich verspreche es.«

Saphira schlug sich die Hände vor das Gesicht. »Wie konnte ich ihm das antun!«

Er räusperte sich. Versuchte, zurückzufinden in ein unverfängliches Gespräch. »Tam mag Euch jetzt als unersetzlich erscheinen, als der Eine, der Wahre. Aber Ihr wärt seiner überdrüssig geworden, irgendwann. Wisst Ihr, es gibt keinen Menschen, der wirklich schön ist. Wenn Ihr Euch ein Gesicht lange genug anschaut, findet Ihr bei jedem einen Makel. Wenn Ihr einen entblößten Körper im Tageslicht seht, wirkt er abstoßend, gleich, ob er einem Mann oder einer Frau gehört. Nur im ersten Augenblick sind wir bezaubernd. Auch was wir gerade … Ihr werdet es vergessen. Es wird bald nicht mehr von Bedeutung sein.«

Sie sahen sich nicht an.

»Wenn ich einen Menschen kennenlerne, wird er dadurch erst liebenswert für mich«, sagte Saphira. »Meine Liebe baut sich auf, mit jeder Kleinigkeit, die ich in Tams Gesicht wahrnehme, liebe ich ihn mehr. Seine Art, die Hände zu bewegen, seine Stimme, seinen Charakter, der sich so oft beweist, all das liebe ich.«

Seine Brust zog sich zusammen. »Wenn ich ehrlich bin …« Er zögerte. »Auch ich träume von einer Frau, die ich bis ans Lebensende lieben kann. Nur habe ich sie noch nicht gefunden. Ich habe das Gefühl, sie lebt nicht in Basel, sondern in weiter Ferne, in einem anderen Land. Vielleicht werde ich sie nie finden.«

»Weil sie ein Hirngespinst ist. Nehmt Euch Zeit, die Frauen kennenzulernen, die es hier gibt. Es sind wunderbare darunter.«

»Das weiß ich.«

»Auch solche, die Euer Eheweib werden können und mit denen Ihr glücklich wärt.«

»Nein. Irgendwann, an einem Morgen, würde ich sie anschauen und denken: Warum hast du diese Frau geheiratet? Und ich würde mich abgestoßen fühlen, alles würde zerbrechen, das es zwischen uns gegeben hat. Ich muss eine besondere Frau finden. Versteht Ihr? Ich habe vier Schwestern und kenne die kleinen Eitelkeiten, die Eifersucht, die vorgetäuschten Schwächen der Frauen. Mich überrascht nichts. In jeder Liebschaft suche ich das Geheimnis, aber ich finde es nicht. Heiraten kann ich nur die Frau, die mir ein Rätsel ist, für dessen Lösung ich mein ganzes Leben brauche.« Nun sah er sie doch an. »Ich habe noch nie mit jemandem darüber gesprochen. Ich hab's nicht einmal mir selbst eingestanden.«

Sie drehte sich weg. »Wir hätten uns nicht küssen dürfen. Soll ich Tam anlügen? Ich muss es ihm sagen.«

»Erspart ihm diese Verletzung! Wozu soll es gut sein, ihm wehzutun?«

Sie schwiegen.

Wie versteinert standen sie da und wagten kaum zu atmen. Dann löste sich Saphira aus der Starre. Sie kletterte auf eine kleine Leiter, zog Säcke von einem hohen Stapel herunter und warf sie herab. Sollte ihm das sagen, dass er gehen sollte? Begann sie eine Arbeit, um zu zeigen, dass das Gespräch beendet war? Er fühlte sich schwach und wertlos. »Da ist noch ein Brief«, murmelte er. »Von Tam.«

»Legt ihn auf den Tisch.« Sie stieg von der Leiter. Den Brief, den er hervorzog, würdigte sie keines Blickes. Stattdessen wies sie auf die Säcke: »Wollt Ihr Euch setzen?«

Er tat es. »Was ist hier drin?« Christian befühlte den Sack. Er war weich wie ein lebendes Tier.

»Daunenfedern.« Sie setzte sich neben ihn. »Heute ist ein furchtbarer Tag für mich, wisst Ihr das?«

»Warum?«

»Er hat schon schrecklich begonnen. In der *Mikwe* habe ich ein Ungeheuer knurren gehört, der Boden hat gebebt und das Wasser Wellen geschlagen.«

»In der *Mikwe?*«

»So nennen wir das Bad für rituelle Waschungen. Es liegt tief unter der Erde.«

»Und Ihr seid Euch sicher, dass …«

»Hat Tam von meinen Träumen erzählt? Es ist wahr, ich träume viel. Jede Nacht träume ich, und die Träume sind beinahe so wahr wie das Leben am Tag. Aber die *Mikwe* war wirklich, glaubt mir. Eine Warnung. Ich hatte kurz zuvor daran gedacht, wie es wäre … Ich meine, ich hatte einen bösen Gedanken.«

»Ihr habt an Ungeheuer gedacht, und dann habt Ihr eines gehört?«

»Nein.« Sie sagte leise: »Ich habe mir vorgestellt, wie es wäre, mit Tam zu schlafen.«

»Ihr tut es nicht, weil es Sünde ist, nicht wahr?«

»Ja. Obwohl ich mir nicht einmal sicher bin, ob Tam es sich wünscht. Er ist manchmal so verstrickt in seine Gedanken, dass ich nicht weiß, wieviel ihm das tatsächliche Leben überhaupt bedeutet. Versteht Ihr?«

»Ich weiß, was Ihr meint.«

»Ihr habt schon mit vielen Frauen geschlafen?«

»Ja.«

»Wie ist es?«

Der Beischlaf erschien ihm plötzlich animalisch und abstoßend. Wie sollte er ihn Saphira beschreiben, ohne ihr Angst zu machen? »Es ist, als würde man etwas Köstliches essen, gemeinsam, und wenn es den Bauch erreicht, reist man in ein Traumland, in ein wunderschönes.« Warum spach er von einem Traumland? Sollte es für sie gut klingen? Versuchte er, ihr den Beischlaf reizvoll erscheinen zu lassen? Christian schluckte.

Sie sagte: »Mir kommt dieser Laden manchmal vor wie ein Traumland. Man fühlt sich, als sei man in einem Schiff.«

»Ja, fernab der Welt.«

Etwas geschah mit ihr. Es war aufregend und beängstigend. Ihr ganzer Körper war in Aufruhr. Dabei sprachen sie doch nur! Ihr stieg das Blut in den Kopf, und sie hatte das Gefühl, auf einer abschüssigen Bahn zu laufen, nur noch vorangehen zu können, nicht mehr zurück.

Christians unverschämte Sicherheit ließ sie ihn begehren. Er bot die Schulter, an die sie sich anlehnen mochte, in seiner Gegenwart fühlte sie sich, als könne ihr nichts schaden. Tam war seltsam fern in diesem Augenblick.

War die Wut auf Tam, die sie plötzlich verspürte, ein Vorwand, um sich nicht schuldig zu fühlen? Aber warum saß Christian hier und nicht Tam? Liebte Tam sie denn wirklich? Er küsste sie nicht. Christian küsste sie.

Ihr Atem ging rascher. »Küsst mich!«, sagte sie unvermittelt und erschrak selbst darüber.

Es war ein Rausch, ein Fallen, ein Flug. Er zog ihre Kleider aus, streichelte, küsste sie überall. Sie wollte mehr, sie konnte nicht denken, nicht warnen oder innehalten. Erst als er sich auf sie legte, wurde ihr bewusst, was sie taten.

Der Schmerz weckte sie auf. Sie begriff plötzlich, dass sie ihr Leben zerstörte. Sie verlor ihre Unschuld! Kein Jude würde sie mehr haben wollen. Was befahl das Gesetz? Sie musste schreien. Sie musste um Hilfe rufen, damit es als Vergewaltigung galt.

Wenn sie schrie, würde sie Christians Ruf und den Ruf seiner ritterlichen Familie vernichten. Die ganze Stadt würde von der Sache erfahren. Tam würde davon erfahren. Oh, Tam. Tam! Sie war ihm untreu.

Saphira atmete schwer.

5

Konrad von Bärenfels sah über die Speisen auf dem Tisch. In ihm stieg Übelkeit auf, das untrügliche Zeichen, dass er satt war. Dennoch mochte er nicht die Pagen rufen und sie den Tisch abräumen lassen. Friedhild hatte sich wieder einmal mit Morgenschwäche entschuldigen lassen. Es stellte sich als nicht allzu schlecht heraus, beim Frühstück ein wenig Zeit für sich zu haben. Gedankenverloren griff er nach einem Stück Käse und biss davon ab.

In der Schlafkammer würde er wieder mit einem Maßband seinen Leibesumfang prüfen. Mit mehr Masse ließ sich den Krankheiten besser trotzen. Krankheiten waren unsichtbar und schwer zu packen und niederzustrecken, sie schlichen sich an und befielen ihr Opfer, ohne dass es sich wehren konnte. Menschen krepierten an den Blattern, an der Ruhr, am Keuchhusten.

Es ging nichts über einen guten Käse. Er würde dem Koch ein Lob aussprechen, vielleicht einen Gulden zusätzlich auszahlen lassen und einen freien Tag spendieren. Man musste als Ritter Großzügigkeit zeigen.

Und als Bürgermeister. Konrad seufzte. Der erste Tag, nachdem er ein Jahr lang dem verruchten Münch hatte zusehen müssen. Wann hatte Bischof Peter von Aspelt die Wechselherrschaft eingeführt, 1298? Es sollte die Ritterschaft einen und Psitticher und Sterner miteinander versöhnen, dass sie sich jährlich mit der Bürgermeisterwürde abwechselten. Pah! Die Rivalität der Ritterbünde war lebhafter denn je. Und die Festlegung war fünfzig Jahre alt, verdammt! Es wurde Zeit, dass sie außer Kraft trat. Er würde nächsten Sommer den Bürgermeisterstuhl nicht hergeben. Er war der erste Ritter Basels und würde es bleiben.

Ein Jahr lang hatte er Zeit, die Sterner zu schwächen. Warum bloß konnte er nicht einen Sohn wie diesen Christian Münch sein eigen nennen? Warum hatte er Tam gezeugt? Manchmal kam ihm der Schmalgesichtige wie ein Kuckuckskind vor, das man ihm untergeschoben hatte. Er hatte ihm nichts, aber auch gar nichts vererbt.

Was wohl aus seinen anderen Söhnen geworden wäre? Keiner hatte das zweite Jahr überlebt, seine Gebete waren nicht erhört worden. Die anderen Söhne waren stärker gewesen als Tam. Trotzdem hatte der Schmächtige mehr Ausdauer gehabt und hatte sie alle überlebt. Er musste das Herz eines Wolfs haben, der weiter durch die Wälder streifte, selbst wenn er bis auf die Knochen abgemagert war. Nur dass Tam eher jaulte, als dass er Beutetiere jagte. Er gab einen jämmerlichen Wolf ab.

Tam hatte ihm geschworen, niemandem von der geheimen Zusammenkunft zu erzählen. Auch nicht Christian. Fürs Erste würde er dichthalten. Nicht auf Dauer allerdings. Sein Sohn hatte weibische Interessen – den eigenen Kopf aber hatte er sich noch nie verbieten lassen. Eine Eigenschaft, die ihn bisweilen der eigenen Familie abtrünnig machte. Wie konnte der Herrgott nur einen solchen Erben heranwachsen lassen! Die einzige Hoffnung war, ihn mit einer resoluten Frau zu verheiraten, die sogleich die Zügel in die Hand nahm und kräftige Enkel auf die Welt brachte, würdige von Bärenfels, wahre Recken.

Er trat an den Ofen heran. Die grünen glasierten Kacheln trugen Reliefs, die er über alles liebte. Da war der heranpreschende Ritter mit erhobenem Schwert und Pfauenfedern auf dem Turnierhelm. Da war das Einhorn. Da der Keiler, der einem Sauspieß auswich. Die Mägde hatten vor dem gestrigen Festtag das ganze Haus gereinigt, nun spiegelte sich der Ofen auf den glatten Porphyrfliesen am Boden.

Was gab es heute zu tun? Er würde zusammen mit einigen Ratsmitgliedern die städtischen Salzvorräte inspizieren. Dann würde er die Armbrustschützen antreten lassen. Zum Mittag traf er sich mit den Fünferherren und einigen Bannwarten im Rathaus, um Fragen des Bauwesens und der Stadtgrenzen zu besprechen. Nichts als ein großes Puppentheater für das Volk vor dem Guckkasten. Wichtig waren andere Dinge. Wichtig war das Geheimtreffen morgen, bei dem endlich –

Es klopfte. Hatte man denn nie Ruhe, seinen Gedanken nachzuhängen?

»Kommt herein«, sagte er ärgerlich.

Der Kammerherr. Konrad sah ihn nicht mehr gern, seit er jedes Mal schlechte Nachrichten brachte. Dieser Auftritt gestern im Waisenhaus! Nach dem bleichen Gesicht zu schließen, das er heute zur Schau trug, hatte er eine besonders schlechte Kunde vorzubringen. Konrad knurrte: »Was gibt es schon wieder?«

Der Kammerherr versuchte ein Lächeln. »Ich habe einen Vorschlag, Herr.«

»Nun? Heraus damit!«

»Ihr besitzt vier Pferde. Nie könnt Ihr sie alle zugleich reiten. Wie wäre es, wenn wir eines davon verkaufen würden?«

Konrad ballte die Hände zu Fäusten. »Du wagst es, damit unter meine Augen zu treten? Was ist ein Ritter ohne Ross! Jedes dieser Tiere wird gebraucht. Eines als Schlachtross, eines als Packpferd, das dritte als Reisepferd, das vierte für die Jagd.«

Das Gesicht des Kammerherrn welkte. »Verstehe. Vielleicht mögt Ihr dann einige der Wirkteppiche entbehren, die im ganzen Haus an den Wänden hängen? Es gibt Gemächer, die Ihr nur selten betretet. Das Gästezimmer beispielsweise.«

»Bist du noch bei Sinnen? Was sollen die Besucher glauben, die hier nächtigen? Sollen sie die nackten Wände anstarren und sich im Armenhaus wähnen?«

»Ich hatte befürchtet, dass Ihr das sagen würdet. Allerdings können wir im Augenblick gar keine Besucher empfangen. Der Weinkeller ist leer, und was der Koch als Mahlzeiten zubereitet, dafür muss ich das Geld bei den Juden borgen.«

»Gastfreundschaft ist eine wichtige Tugend. Daran soll in meinem Hause nicht gespart werden.«

»Von Sparen kann keine Rede sein, Herr.« Kleiner und kleiner wurde der Mund des Kammerherrn. »Ich weiß nicht mehr, wie ich Eure Gläubiger auszahlen soll.«

»Wann kommt der Bürgermeisterjahressold? Das sind sechzig Gulden. Die dürften doch wohl reichen?«

»Sie sind längst verpfändet. Und Euer Hauptgläubiger will eine Anzahlung auf die Zinsen haben, die ich ihm nicht geben kann.«

»Wer ist es?«

»Simon-ben-Levi.«

»Setze ihn vor die Tür! Er weiß wohl nicht, wie man sich benimmt? Den Bürgermeister zu belästigen, eine Dreistigkeit!«

»Er hatte gehofft, wenigstens einen Teil Eures Jahressolds zu erhalten, deshalb ist er bereits heute hier, an Eurem ersten vollen Tag. Er will nicht eher gehen, bis er etwas erhalten hat. Wäre es Euch denn recht, wenn ich einige der bunten Trinkgläser in Zahlung gebe?«

»Auf keinen Fall! Woraus sollen die Gäste beim nächsten Festmahl trinken?«

Der Kammerherr machte rückwärts einen Schritt zur Tür. »Wenn das so ist, Herr, bin ich am Ende mit meinem Latein. Gestattet, dass ich meine Stellung kündige. Auf den Lohn des letzten Jahres verzichte ich, um Euch nicht weiter zu belasten.«

»Du wirst dich hüten! Wage es nicht! Du bleibst in meinen Diensten, hast du mich verstanden?«

Aber der Kammerherr war schon durch die Tür entschlüpft. Aus dem Treppenflur rief er: »Simon-ben-Levi möchte Euch sprechen, Herr. Lebt wohl!«

Konrad von Bärenfels ließ sich auf den Herrenstuhl fallen. Er grub die Hände in die weichen Katzenfelle, die zur Polsterung auf Sitz und Armlehnen lagen. Geld! Wie er es hasste! Wieviel einfacher wäre das Leben ohne diese Münzen. Sein Kammerherr hatte versagt. Er gehörte in den Kerker! War es nicht seine Aufgabe gewesen, dafür zu sorgen, dass das Geld für alle Ausgaben reichte?

Die Tür schwang auf, und es erschien ein Mann mit Schläfenlocken und gelbem Judenfleck auf dem Wams. Das Gesicht war von den Blattern gezeichnet, der graue Bart reichte bis auf die Brust herunter.

»Was willst du, Jude«, brüllte Konrad ihm entgegen. Ein Blatterngesicht – wie eine Krankheit schlich es sich in sein Haus. Oder verriet diese Zeichnung Stärke? Besiegte der Jude tödliche Krankheiten? Dann sollte ihn das Mal warnen, er hatte wohl einen starken Gegner vor sich.

Der Jude verneigte sich: »Simon-ben-Levi, zu Euren Diensten, ehrsamer Bürgermeister.«

»Wo ist dein Judenhut?«

»Ich ließ ihn unten bei Euren Pagen, um Euch mit entblößtem Haupt und ehrerbietig entgegenzutreten.«

Konrad wedelte mit der Hand. »Lassen wir das. Du willst mein Geld, richtig?«

»Nein, vornehmer Herr Ritter.«

»Nein?«

»Euer Geld werde ich Euch selbstverständlich belassen. Ich frage an um einen Teil meines Geldes, das ich Euch geliehen habe.«

»Davon weiß ich nichts. Mein Kammerherr kümmert sich um so etwas.«

»Ihr schuldet mir dreihundertzwanzig Gulden, also hundertsechzig Pfund lauteren Goldes, vornehmer Herr. Was gedenkt Ihr zu tun, um die Schuld zu tilgen?«

»Du musst warten. Im Augenblick habe ich nichts, um dich auszubezahlen.«

»Ich verstehe. Aber Ihr habt das Gold gut investiert, wie es den Anschein hat. Lasst mich dann einige der Dinge mitnehmen, die Ihr davon gekauft habt.«

»Zum Beispiel? Pferde? Waffen? Meine Rüstung?« Konrad sprang auf. »Du willst mich meiner Ritterwürde berauben!« Er stürmte auf den Juden zu und packte ihn am Kragen. »Wage es nicht noch einmal, mein Haus zu betreten, hast du mich verstanden?«

Der Jude nickte mit weit aufgerissenen Augen.

Konrad stieß ihn von sich. »Weißt du, was ich von Geldzählern wie dir halte? Gar nichts! Ihr arbeitet nicht, ihr poliert Münzen und füllt sie in Säcke, das ist alles, was ihr tut. Von Ritterwürde, von den Kosten, die es mit sich bringt, eine Stadt anzuführen, davon wisst ihr nichts. Du glaubst an den Gott

Abrahams, Jude?« Er trat zurück zum Tisch und griff nach dem fettigen Messer. »Schwöre mir bei diesem Gott, dass du den Fuß nicht mehr über die Schwelle meines Hauses setzen wirst, solange du lebst, und keiner deiner Knechte. Schwöre es, oder ich schneide dir die Kehle durch!«

Der Jude schluckte. Seine Augen hingen an der Klinge, die Konrad in die Höhe hob. »Ich schwöre beim Gott Abrahams, dass ich den Fuß nicht über die Schwelle Eures Hauses setzen werde, und keiner meiner Knechte.«

Konrad ließ das Messer sinken. »Und jetzt geh. Verschwinde.«

Simon-ben-Levi drehte ihm den Rücken zu und ging gemessenen Schrittes zur Tür. Er zog sich das Wams zurecht. An der Tür wandte er sich noch einmal um und blickte Konrad an. »Solange es noch Euer Haus ist, Konrad von Bärenfels.«

Saphira arbeitete verlässlich wie das Getriebe eines Hammerwerks. Jeden Kunden begrüßte sie freundlich, nur sie selbst hörte den mechanischen Unterton in ihrer Stimme. Sie verkaufte rotgefärbte Federn für einen Muff, gab Krähenfedern für Pfeile her. Von Zeit zu Zeit schickte sie einen Kunden zum alten Federschmücker. Sie wusste, die Konkurrenz war hart, die sie ihm machte, seit sie den Handel vor zwei Jahren eröffnet hatte. Schon wenn der Kunde den Laden betrat, beschloss sie mitunter, dass er dem Federschmücker gehörte. Gleichgültig, wonach er fragte, ob es eine bestimmte Farbe war oder Straußenfedern oder ein Reiherstutz, sagte sie: »Geht dafür bitte zum Federschmücker in die Imbergasse.« Es war keine Lüge, sie behauptete ja nicht, das Gewünschte nicht zu haben. Der Alte tat ihr leid. Immerhin war er vor ihr da gewesen. Und vielleicht, so dachte sie heute das erste Mal, würde es ihn länger geben als sie.

Ein Vogelfänger kam und brachte ein Säckchen mit feinen Federn von Singvögeln.

»Hast du einen guten Baum gefunden für die Leimruten?«, fragte Saphira.

»Allerdings.«

»Bring doch mal wieder etwas zum alten Federschmücker. Ihr Vogelfänger kommt alle zu mir, und wer ein Huhn oder eine Gans geschlachtet hat, bringt mir ebenfalls die Federn. Bald muss der Federschmücker bei mir einkaufen, um etwas zum Färben zu haben.«

»Und? Was kümmert mich der alte Griesgram! Er hatte lange genug Zeit, Freundlichkeit zu lernen. Nun sieht er, was er von seiner mürrischen Art hat. Außerdem hält der Bischofshof zu ihm. Was die Bischöflichen an Hühnerzins einnehmen, bekommt er.«

»Das ist auch richtig so. Er war schließlich vor mir da. Soll der arme Mann verhungern?«

»Meinetwegen. Solange es dir gut geht.«

Ihr gelang ein Lächeln. Sie zählte dem Vogelfänger das Geld in die Hand und begleitete ihn zur Tür. Hinter ihm schob sie den Riegel vor, schloss auch noch den Fensterladen und sank auf den Schemel nieder. Mittag. Die Hälfte des Tages hatte sie geschafft.

Nur spärliche Sonnenstrahlen drangen durch die Ritzen des Fensterladens. In der Dunkelheit sah sie nach Tams Brief auf dem Tisch. Er war ungeöffnet, ungelesen. Er machte ihr Angst. Dieser Brief war eine Mahnung. Eine Erinnerung an ein Leben, das zerstört war.

»Was habe ich getan?«, flüsterte sie. »Was habe ich getan, was habe ich getan?« War es ihr nicht in der *Mikwe* angekündigt worden? Sie war doch gewarnt gewesen! Der Boden hatte gewankt, das Becken mit dem reinigenden Quellwasser hatte Wellen geworfen. Und sie? Ihr war nichts Besseres eingefallen, als sich dem Freund ihres Geliebten an den Hals zu werfen.

Eine flüchtige Stunde hatte ihre Grundsätze fortgespült. Sie hatte sich immer für verlässlich gehalten, für eine, die ehrenvoll handelte und treu war. Sie hatte die Frauen verachtet, die sich mit anderen Männern trafen, obwohl sie verheiratet waren, und die bemitleidet, die am Steinenberg in den Freudenhäusern ihre Körper feilboten. War sie denn auch nur einen Deut besser?

Offenbar hatte sie sich in sich selbst getäuscht. Sie gehörte nicht zu den anständigen Menschen. Sie war eine von den Zerbrochenen. Eine der Schwachen.

Das Leben, wie sie es sich als kleines Mädchen erträumt hatte, würde es nicht mehr geben. Die große Liebe. Die Hochzeit. Kinder. Sie hatte alles vernichtet. Sie war keine Jungfrau mehr und damit eine Schande für die jüdische Gemeinde, eine Schande für jeden Mann. Für immer würde sie bei ihrem Vater leben müssen. Wenn er sie überhaupt noch zur Tochter haben wollte.

Saphira sah zum Brief. Tam schlug sicher einen Treffpunkt vor. Sie würde dort nicht erscheinen, und er würde einsehen müssen, dass er sich in ihr getäuscht hatte. Tam würde eine bessere Frau finden. Konnte er nicht weiterhin gut von ihr denken? Sie würde alles dafür geben, wenn er sie in guter Erinnerung behielt.

Es klopfte. »Herrin, kommt Ihr speisen?«, rief die Magd.

»Ich komme.« Dem Vater vor die Augen zu treten! Würde er

nicht sofort sehen, dass sie etwas Schreckliches getan hatte? War jetzt schon der Augenblick, wo sie aus dem Haus gejagt wurde, vor den Augen der Nachbarn? Sie fühlte sich nicht stark genug dafür. Wenigstens heute noch musste sie ihn täuschen.

Saphira entriegelte die Tür und trat auf die Straße. Die Sonne schien. Wie hieß es bei dem Propheten Maleachi? *Euch aber, die ihr meinen Namen fürchtet, soll aufgehen die Sonne der Gerechtigkeit*. Zählte sie noch dazu? Sicher nicht. Es ekelte sie vor ihr selbst.

Als sie in das elterliche Haus eintrat, kreischte die Tür in den Angeln. Kurz zögerte sie, dann stieß sie sich wie sonst die Holzschuhe von den Füßen und sprang die Treppe hinauf. Sie war also nicht nur zuchtlos, sondern auch noch eine Lügnerin. Es roch nach aufgeschüttelten Betten.

Der Vater trat oben in den Treppenaufgang und versperrte ihr mit seinem umfangreichen Leib den Weg. »Mein Schätzchen.« Er zog sie in seine Arme. »Bekommt dein alter Vater eine Umarmung? Die Sorgen wollen sein Herz erdrücken.«

Seine weichen Vaterarme zu fühlen bereitete ihr Pein. Sie hatte diese Liebe nicht verdient! Vorsichtig löste sie sich und trat einen Schritt zurück. Vater trug den zerschlissenen Rock. »Laufen die Geschäfte so schlecht?«, fragte sie.

Er wusste sofort, wovon sie sprach. »Der Rock ist noch gut. Und er ist weich geworden über die Jahre. Ich fühle mich wohl in ihm.«

»Was die Leute denken, ist dir gleichgültig?«

»Ich habe ihn gerade erst angezogen. Was glaubst du denn? Dass ich so vor die Geschäftspartner trete?« Er seufzte. »Saphira, Kind, ich war beim neuen Bürgermeister. Es wird auf einen Machtkampf hinauslaufen.«

»Wie willst du denn gewinnen gegen Basels angesehensten und mächtigsten Ritter?«

»Unterschätze nicht die Macht des Geldes. Ich wende mich an die Sterner, und sie werden in mir vor allem einen reichen Mann sehen.« Sie gingen in die Wohnstube. Der Tisch war mit weißem Leinen gedeckt, und Messer und Brot lagen schon bereit. Die Magd trug eine Schüssel mit Fleisch herein, dann kam sie noch einmal mit dampfender Hirse. Der Vater übergoss sich die Hände, hob dann auffordernd den Krug, und als sie ihre Hände gehorsam darunter hielt, benetzte er auch sie.

»Väterchen, hat Ramstein Schulden bei uns? Oder hast du ein Rentengeschäft mit ihm abgeschlossen?«

»Nein. Die von Ramsteins gehen zu Jöli-ben-Isaak.«

»Verstehe.«

»Warum fragst du? Hat er teuren Federschmuck bei dir kaufen lassen?«

»Nein. Ich habe ihn gestern gesehen, wie er einen Bettler bedroht und ihn dann mit Gold bestochen hat.« Eine Ewigkeit lag zwischen diesem Ereignis und dem heutigen Tag. »Aber wenn du keine Geschäfte mit ihm treibst, können uns seine Machenschaften ja gleichgültig sein.«

»Ich werde Jöli trotzdem warnen.«

Sie nahmen Platz. Kaum hatte er sich gesetzt, stand der Vater wieder auf. Er verließ den Raum und kehrte mit Filzschuhen wieder. »Hier, zieh die an, Kleines. Die Fliesen sind kalt, du wirst dir einen Schnupfen holen.«

»Es ist Sommer, Vater!« Sie rollte die Augen. Dabei hätte sie am liebsten geheult. Er umsorgte sie, er hielt sie noch für seine Kleine, für die treue Tochter, der er vertrauen konnte. Für die Tochter, die ihm eines Tages Enkelkinder schenken würde.

Er kniete ächzend nieder und zog die Schuhe über ihre Füße. »Wenn du in mein Alter kommst, wirst du froh sein, vernünftig gelebt zu haben.«

»Du bist auch nicht vernünftig«, sagte sie. »Jeder andere in der Stadt hätte das eine Magd oder einen Knecht machen lassen.«

»Deine Mutter hat ihr Feuerholz noch selbst auf dem Rücken getragen, und ich habe mir damals für einen Hungerlohn die Finger wund geschrieben. Es schadet nicht, wenn wir uns von Zeit zu Zeit einmal bücken.« Mit hochrotem Kopf erhob er sich wieder und lächelte. »Meinst du nicht?« Er küsste sie auf die Wange. Sein Bart stach.

Erneut setzte er sich. Er legte die Hände auf das Brot und sagte: »Gelobt seist du, ewiger Gott, Herrscher der Welt, der du Brot aus der Erde hervorbringst.« Dann schnitt er ihr eine Scheibe ab und reichte sie herüber. »Heute Morgen haben wir uns vor der Synagoge über zwei Psalmen unterhalten, die sich widersprechen. In Psalm vierundzwanzig heißt es: Dem Herrn gehört die Erde und was sie erfüllt. In Psalm hundertfünfzehn dagegen heißt es: Die Erde aber gab er den Menschen. Gehört nun uns die Erde, oder ist sie Gottes Eigentum? Der Rabbi wusste das nicht zu beantworten. Er wird ein paar Tage darüber nachdenken, beten und studieren.«

Sie nahm einen Schluck aus dem Kelch, den ihr die Magd hingestellt hatte.

»Sag, magst du mir nachher noch mit den Zinsrechnungen helfen? Das würde mich sehr freuen.« Eine Handbewegung genügte, und die Magd trat an den Tisch, um ihnen Hirse und Fleisch auf die Brotscheiben zu laden.

Saphira nahm Hirse zwischen die Finger und führte sie zum

Mund. Sie kaute. Schlucken konnte sie nicht. Verstört nahm sie den Kelch und schlürfte ein wenig Wein. Der Mund war nun voller, aber sie konnte immer noch nicht schlucken. Vater hatte das Essen gesegnet, er hatte Gott dafür gedankt. Wie könnte sie, die Verruchte, es essen, ohne daran zu ersticken?

»Stimmt etwas nicht?«, fragte der Vater.

Endlich schluckte sie. Als sie Luft holen wollte, um zu antworten, fuhren ihr Wein und Hirsebrei in den Hals. Sie hustete, stand auf und beugte sich vor, hustete kräftiger. Keuchend schöpfte sie Atem. »Hab' mich nur verschluckt«, sagte sie und setzte sich wieder.

Der Vater musterte sie besorgt. »Du bist blass. Bist du krank?«

»Ich bin nicht krank.« Sie wartete, aber die Antwort stellte ihn nicht zufrieden, er sah ihr weiter erwartungsvoll ins Gesicht. »Ich bin nicht krank«, wiederholte sie.

»Was ist es dann?«

Schwindel erfasste sie und benebelte ihre Gedanken. Sie wusste nichts zu antworten. Endlich stotterte sie: »Liebst du mich nur, weil ich gehorsam bin, ich meine, weil ich dir gehorche und dir Freude mache?«

»Natürlich nicht! Was hast du ausgefressen? Ist etwas zu Bruch gegangen? Ich bezahle den Schaden, hab keine Angst, das klären wir. Wir müssen nur offen miteinander sein.«

Sie schlug die Augen nieder. Hitze schoss ihr in den Kopf. Es würde passieren. Jetzt. Jetzt schon.

»Was ist, Kindchen?«

Fiel ihr keine Lüge ein, die alles im letzten Augenblick verhindern konnte?

»Du hast etwas Schlimmes getan?«

Sie nickte.

»Hast du gestohlen?«

Sie schüttelte den Kopf, ohne den Vater anzusehen.

»Wofür schämst du dich dann? Hast du jemanden beleidigt?«

Sie schüttelte erneut den Kopf.

»Komm schon, rede mit mir. Du hast jemanden verletzt?«

Sie zögerte kurz, dann nickte sie.

»Versehentlich?«

Nun hob sie die Lider und sah den Vater an. Sie wisperte: »Ich habe mich selbst verletzt.«

»Aber wie kann das sein?«

»Was tut man, Vater, wenn man an einem einzigen Tag sein Leben vernichtet hat? Wenn man nicht mehr weiß, wer man ist, und sich vor sich selbst entsetzt? Ich dachte immer, ich wäre ein guter Mensch. Aber ich bin ein Scheusal.«

Er schwieg eine Weile. Dann sagte er leise: »Das muss jeder von uns entdecken. Es tut mir leid, dass es so früh für dich kommt. Ich habe mein entstelltes Ich erst viel später gesehen.«

»Was soll ich tun, Vater? Ich hasse mich.«

Er befahl den Mägden, den Raum zu verlassen. Als sie allein waren, fragte er: »Hast du dich mit einem Mann eingelassen?«

Sie würde nie wieder unberührt sein. »Ja«, hauchte sie.

»Wenn er dich berührt hat, wird er dich heiraten. Dafür sorge ich. Du weißt, dass ich oft gesagt habe, dass die Frau nicht befehlen soll, weil sie nicht aus dem Kopf Adams entstanden ist. Genauso soll der Mann aber die Frau auch nicht mit den Füßen treten, so, wie Eva nicht aus den Füßen Adams gemacht wurde. Liebst du ihn?«

»Nein. Ich … ich weiß nicht.«

»In der Judengemeinde verbreiten sich Gerüchte schnell.

Wir müssen also handeln. Die Liebe wird sich noch einstellen. Vielleicht denkst du jetzt, nach der Hochzeit würden dich nur Kochen, Hausarbeit, Spinnen und Leinweben erwarten. Aber so ist es nicht. So muss es nicht sein. Wer ist es? Der junge Salman? Und was habt ihr getan? Euch geküsst, und jetzt hat dich die Scham erfasst?«

Sie schwieg.

Er erhob sich halb. »Rede!«

»Es ist Christian Münch. Wir haben miteinander geschlafen. Vater!« Sie stand auf, ging um den Tisch herum.

Er stand da, reglos, nur die Kinnlade zitterte. Er sah sie nicht an.

Saphira kniete sich nieder und umfasste seine Beine. »Bitte verstoße mich nicht. Bitte, bitte verstoße mich nicht!«

»Geh«, raunte er. »Geh, ehe ich mich vergesse.«

»Nein. Ich flehe dich an, vergib mir! Ich weiß nicht, wie es geschehen konnte, ich wollte es nicht. Jetzt hasse ich mich dafür.«

Er packte ihre Hände und riss sie von sich los. Ohne ein Wort ging er hinaus.

»Vater!« Sie lief ihm nach. In der Küche stand er, die Hände auf den Tisch gestützt.

Als sie ihn berührte, wehrte er ihre Hand ab. »Ich möchte nicht, dass du mir noch einmal unter die Augen trittst«, sagte er mit brüchiger Stimme und verließ die Küche.

Sie sank auf die Küchenbank nieder. Ihr Gesicht verzog sich, aber es wollten keine Tränen fließen, die Verzweiflung war trocken und hart wie ein Wüstenwind. Saphiras Finger ertasteten die Polster der Bank. Sie waren mit Getreideschalen gefüllt und dufteten nach Zuhause. Sie tastete weiter, fühlte die Decke, die neben ihr lag. Ein altes Kleid war in sie eingenäht, das sie in Kindertagen getragen hatte und eine abgetragene Jacke des Vaters und, die Stelle liebte sie besonders, ein Kopftuch, das die Mutter früher umgebunden hatte. Nach den Geschichten, die Vater erzählt hatte, musste sie eine wunderbare Frau gewesen sein. Sie hatte Saphira geliebt. Saphira streichelte den Kopftuchflicken und flüsterte: »Lebe wohl, Mutter.«

6

Die Möwen zankten sich um einen Fischkopf. Sie kreischten, spreizten die Flügel und zerrten den Kopf bald hierhin, bald dorthin. Sie hackten im Wechsel nach der Beute und nach den Kontrahenten. Der Birsig, der in zwei Armen über den Fischmarkt floss, war beinahe vertrocknet. Kinder sprangen in den Rinnsalen herum, dass ihnen das schmutzige Wasser bis ins Gesicht spritzte. Vor der Schol, dem Schlachthaus, lungerten die Straßenköter. Wenn sie sich der Schlachtbank näherten, um Blut aufzulecken oder sich ein Stück Fleisch zu schnappen, vertrieben die Schlächter sie mit Fußtritten.

Auch Katzen strichen über den Fischmarkt, struppige, vernarbte Tiere. Sie setzten sich mit ihren Krallen gegen Hund und Mensch fauchend zur Wehr und schielten gierig nach den Fischen. Der Geruch von Tang und Fischinnereien lag in der Luft. In einem großen Wasserbottich schwammen Karpfen ihre letzten Bahnen. Ein anderer Bottich enthielt Hechte, ein dritter Salme und ein vierter Forellen.

Fischverkäufer standen hinter Tischen mit säuberlich aufgereihtem Räucherfisch. Sie alle nickten dem Krüppel zu, der auf seinen Krücken über den Platz humpelte. Als die Kinder ihn erblickten, ließen sie vom Rinnsal ab und umringten ihn. »Balthasar«, riefen sie, »hast du uns was mitgebracht?«

Der Krüppel stützte sich mit den Ellenbogen auf die Querstreben der Krücken und grub tief in seinem Lumpengewand. Zum Vorschein kam ein roter Apfel. Die Kinder jubelten. Mit einem Messer schnitt Balthasar den Apfel in Stücke und verteilte sie. Dann sah er jemanden, wo der Birsig durch eine Gasse zum Rhein hinunterfloss. »Lasst mich durch, Kinder«, sagte er und schleppte sich eilig weiter.

Die Frau stand an der Ecke der Gasse und wartete. Sie sah ihn freundlich an, aber als Balthasar sich näherte, riss sie plötzlich die Augen auf und eilte auf ihn zu. »Was ist mit deinem Hals passiert?«

Der Krüppel schüttelte unwillig den Kopf. »Lass uns erst ein wenig plaudern. Dann berichte ich dir.«

»Jemand hat dich gewürgt. Wer wagt das? Wer vergreift sich am König?«

»Er wusste, wer ich bin. Aber die Sache hat womöglich ihr Gutes. Sag, sie haben den Bau des Brunnens wieder verschoben?«

»Plaudern also.« Sie seufzte. »Gehen wir runter zum Rhein. Ja, der Brunnen dauert noch. Unser Fischmarkt ist das Stiefkind der Stadt, das wird immer so bleiben.«

»Der Fischmarkt tötet niemanden. Der Birsig, diese Stadtkloake, das ist das wahre Unheil.« Sie spazierten zwischen den fauligen Pfützen entlang, die rechts und links des Rinnsals auf ihrer dunklen Fläche den Himmel spiegelten.

Die Häuser wendeten dem Birsig ihre Rückseiten zu. Gerber und Färber wohnten hier, sie entnahmen Wasser und schütteten im Austausch die stinkenden Reste der Urinwannen aus. Stege uberquerten die Kloake, Stege, unter denen sich Balthasar und seine Begleiterin hindurchbückten.

Aus den schwebenden Abtritthütten, hölzernen Verschlägen, die an die Häuser angehängt waren, träufelten Fäkalien. Fliegen kreisten über Küchenabfällen. Links und rechts des Rinnsals standen übelriechende Wasserlachen. »Gott möge bald Regen schicken«, sagte Balthasar, »damit der den ganzen

Unrat in den Rhein spült. Und die Rattenplage gleich mit.« Die Ratten flohen nicht vor ihnen, sie hoben die Köpfe und sahen ihnen ungerührt entgegen. Drei besonders große Tiere machten sich am Kadaver einer Katze zu schaffen. Sie fraßen, ohne den Menschen überhaupt Beachtung zu schenken.

»Weißt du«, sagte Balthasar, »für mich ist es zu spät. Aber die Kinder – vielleicht wachsen sie einmal unter besseren Bedingungen auf.«

»Ich hoffe es. Marie hat als Wäscherin Anstellung gefunden, sie ist die meiste Zeit am Rhein, das ist ein Anfang. Mein Großer macht mir Sorgen. Er treibt sich auf der Straße herum und sucht sich Freunde, die keinen guten Einfluss auf ihn haben.«

»Ich brauche deinen Rat.«

»Nur zu. Was macht dir Sorgen?«

»Ist es richtig, wenn einige der Wohlhabenden Basels das Leben lassen, damit wir aus diesem Loch freikommen? Ich meine, ist das eine lässliche Sünde?«

Sie dachte nach. »Ich denke, ja. Wie oft beißt einer von uns ins Gras? Danach kräht kein Hahn. Meine Tochter wurde gestern Abend von einem dieser Rittersöhnchen tief verletzt. Sie hat die ganze Nacht geheult. Er hat ihr Versprechungen gemacht und sie dann sitzen lassen. Sollte wohl ein Spaß sein. Für ihn war es das sicher. Wir sind doch nichts als Spielzeug für die Reichen! Unsere Männer sind in ihren Augen Arbeitstiere, und unsere jungen Frauen sind Freiwild für sie.«

»Aber töten? Gibt uns ihre Verachtung das Recht, sie zu töten?«

»Wen willst du umbringen?«

Er schwieg.

»Du weißt, ein Wort von dir, und die Stadt ist auf den Beinen. Wer immer dir das angetan hat … Er wollte dich doch nicht wirklich erwürgen, oder?«

»Um ihn geht es nicht. Es geht um Geld. Viel Geld. «

Sie erreichten den Rhein. Am Ufer wurden Lastkähne ausgeladen, breitschultrige Hafenarbeiter schleppten Kisten über die knarrenden Planken und beluden Ochsenkarren damit. Sie grüßten den Krüppel.

»Gib dich nicht für die Spiele der Reichen her, Balthasar«, sagte die Frau. »Hörst du?«

»Du triffst den Nagel auf den Kopf. Wie immer.«

»Am Ende lassen sie dich fallen. Sie wollen dich ausnutzen, das ist alles!«

»Ich weiß. Aber diesmal ist es verzwickt.« Er sah sie von der Seite an und lächelte. »Wenn ich ein paar Jahre jünger wäre, und du wärst nicht verheiratet … Man kann sich gut mit dir unterhalten.«

»Lass das. Wir machen uns die schönen Spaziergänge kaputt.«

»In Ordnung. Musste es nur mal wieder sagen. Ich hab' dich gern, und man sagt das viel zu selten.«

»Dass ich dir gefalle, König …« Sie blieb stehen, sah ihn an. »Es ist eine Ehre für mich, weißt du? Mein Mann schätzt mich nicht auf diese Weise. Aber er ist mein Mann.«

Er nickte.

»Also, warum ist es verzwickt?«

»Womöglich naht die Gelegenheit, aus dieser Kloake zu entkommen. Für uns alle.«

»Du meinst, wir könnten alle …?«

»Möglicherweise.«

»Bei so etwas rollen am Ende immer die Köpfe. Wenn Wohlhabende sterben, Balthasar, und die Armen sind beteiligt an der Sache, werden es unsere Köpfe sein.«

»Das ist es ja, was mich nachdenklich macht. Diesmal ist es anders. Wenn mich nicht alles täuscht, gehen die Täter straflos aus.«

Tam blinzelte in die Sonne. Sie stand im Zenit, bald würde Saphira kommen. Nach dem Mittagsmahl konnte sie sich leicht entschuldigen und den Laden für eine Weile verschlossen lassen. Hier am Rhein im bunten Treiben der Basler, die mit Handkarren oder Kiepen die Brücke überquerten, und zwischen den Reisenden und den Gänsen, die hinübergetrieben wurden, würden sie nicht auffallen.

Die Luft blies heiß in sein Gesicht. Für einen Junitag war sie zu feucht. Es standen nur wenige Wolken am Himmel, und dennoch fühlte es sich an, als zöge ein Gewitter auf. Gegen Abend würde es sicher regnen.

Tam seufzte vor Glück. Er hatte sich vorgenommen, heute ein wenig mutiger zu sein. Er würde Saphiras Hand nehmen. Und wenn es die Leute sahen – ihm war es gleich. Wie er sich auf ihr erschrockenes Gesicht freute, auf ihren leisen Widerstand, der nur allzu leicht verfliegen würde, weil auch ihr Herz vor Freude raste!

Er ging einige Schritte. Die Häuser am Rheinufer, die über die Stadtmauer ragten, klebten aneinander wie Geschwister, sie versuchten, sich zu überbieten und reckten die Dächer. Eine Schafstelze eilte am Ufer entlang. Der gelbe Bauch des Vogels leuchtete im Sonnenschein. Fischerboote wippten auf dem Fluss, um sie herum malte das Wasser Kreise, aber die Strudel wirkten nicht gefährlich, sondern wie verspielte Ornamente.

Möwen hingen in der Luft. Ohne Flügelschläge segelten sie und warfen sich gegen den Wind. Tam hörte zwei Jungen diskutieren. »Ich sage dir, sie hatten kein Geld mehr«, behauptete der eine. »Darum ist eure Seite der Brücke aus Holz und nicht aus Stein.«

»Pah«, machte der andere. »Da wäre es aber die Minderbasler Seite gewesen. Meinst du, Großbasel hätte sich mit Holz begnügt? Das würde höchstens zu euch da drüben passen.«

Sie gaben sich Knüffe. »Nimm das zurück!«

»Nimm du es zurück!«

Aus den Knüffen wurden Hiebe. Bald packten sie sich an den Lumpenhemden und rollten über den harten Boden.

»He, ihr da!«, rief Tam. »Hört auf. Ich erkläre euch das mit der Brücke.«

Die Jungen hielten inne, ohne sich loszulassen. Nach einer langen Bedenkzeit, in der keiner nachgeben wollte, lösten sie sich endlich voneinander.

»Gebt euch zuerst die Hand.«

Sie schüttelten einander die Hand, ohne die Blicke von ihm zu lassen. »Der hat ein Schwert«, raunte der eine dem anderen zu.

Tam setzte sich auf einen Stein am Ufer und klopfte neben sich. »Kommt, setzt euch. Ihr sollt alles erfahren.«

Die Jungen kamen zögerlich näher und setzten sich.

»Dass die Brücke zum Teil aus Stein, zum Teil aus Holz gebaut ist, hat einen guten Grund«, sagte er. »Als sie gebaut wurde, konnte eine Bedrohung für unsere Stadt nur von rechts des Rheins kommen. Die Feinde würden also in Minderbasel wüten und dann versuchen, über den Fluss nach Großbasel hinüberzugelangen. Darum ist der hiesige Teil der Brücke samt Pfeilern aus Holz. Rücken Feinde heran, wird er angezündet und die Brücke verbrennt bis zur Mitte.«

»Aber dann bauen die Feinde das wieder auf«, wandte einer der Jungen ein.

»Sie würden es versuchen, ja.« Tam drehte sich um und zeigte auf die Türme der Stadtmauer. »Von der Befestigung aus beschießen wir sie. Sie hätten keine Ruhe, eine neue Brücke zu bauen.«

Sein Blick blieb hängen. Am Ufer stand der Krüppel, den er bei der seltsamen Versammlung gesehen hatte. Tam erhob sich. »Entschuldigt.« Er hielt sich im Schutz einiger Reisender und schlich näher an den Krüppel heran. Mit wem redete der da? Der Frau fiel rotes, zu mehreren Zöpfen geflochtenes Haar auf den vollen Busen, sie war arm gekleidet, aber doch zu gut, um Teil der Basler Bettlerbande zu sein, der dieser Krüppel sicherlich angehörte. Was hatten sie zu besprechen?

Tam ging in großem Bogen um sie herum und näherte sich von hinten. Er tat, als besehe er die Mauer, machte gemächliche Schritte seitwärts und rieb sich das Kinn. War es nicht möglich, dass sein Vater ihn damit beauftragt hatte, Schäden in der Stadtbefestigung festzustellen, damit sie ausgebessert werden konnten?

Schon konnte er die ersten Wortfetzen erfassen.

Die Frau sagte: »Das heißt, der Bürgermeister steckt hinter der Sache?«

»So ist es«, bestätigte der Krüppel.

»Aber wozu braucht er dich? Kann er nicht seine Ritter schicken?«

»Er braucht nicht mich, er braucht die Stadt.«

»Und du bist für ihn die Stadt?«

»Du weißt, wie ich bin. Ich kenne hier einen und dort einen.«

»Untertreibe nicht. Man nennt dich nicht ohne Grund den König. Du bist die Seele des Volkes.«

»Gib mir einen Rat.« Er drehte sich zu ihr. Rasch wendete Tam das Gesicht ab. »Darf die Seele das Volk vergiften? Womöglich führt das Gift zur Heilung. Aber ich weiß es nicht. Es kann auch tödlich sein.«

»Wann will der Bürgermeister deine Antwort hören?«

»Er erwartet mich heute Abend in der ›Mücke‹.«

»Dann rate ich dir, geh in eine Kirche und bete.«

Jetzt erst bemerkte Tam die beiden Jungengesichter, die ihn von unten mit glühenden Blicken bedachten. »Was machst du?«

»Ich … Ich warte.«

»Worauf denn?«

Auf Saphira, dachte er, und auf den Abend, der spannend werden wird. »Auf den Sankt-Nimmerleins-Tag.«

Die Jungen prusteten vor Lachen.

Es kam Wind auf. Wolken ballten sich am Himmel. Saphira eilte durch das Eselstürlein zu Füßen von Sankt Leonhardt hinaus aus der Stadt und bog in die Lottergasse ein. Hier am Fuß des Steinenbergs arbeiteten die Huren und Abtreiberinnen. Hier lebten Totengräber, Kanalputzer, Spielleute. Kohlenmeiler brannten oben auf dem Berg bei der Hinrichtungsstätte. Hier gehörte sie hin.

Sie sank auf den Rinnstein nieder und setzte sich mitten in den Schmutz. Es kümmerte sie nicht, ob man sie hörte oder angaffte. Hemmungslos schluchzte sie. Ein Zittern lief über ihren Körper, wieder und wieder. Sie fror.

Alles zerstört!, dachte sie. Es ist vorbei, das Leben ist hin, ich hab's selbst verschuldet. Ich bin lang hingeschlagen und werde nie wieder aufstehen. Tam habe ich betrogen, meinen Vater enttäuscht, meine eigenen Träume vernichtet. Wozu noch weitermachen?

Sie kam sich klein vor wie ein Wasserfloh in einer Regentonne. Die Größe der Welt wollte sie schier erdrücken. Wer war sie, Saphira, schon? Eine Verlorene, die vor Basels Stadtmauer im Dreck hockte. Niemandem bedeutete sie etwas, und sich selbst auch nicht mehr.

Sie sah zum Himmel und stöhnte: »Ich kann nicht mehr beten, Adonai! Ich kann nicht mehr beten!« Die Wolken hingen tief. Ein Tropfen landete auf ihrer Hand. Weinte Gott um sie? »Es tut mir leid. Es tut mir alles leid, ich bin, ich bin …« Sie wusste nicht mehr, was sie sagen wollte. Ihr Kopf war so voll, dass er zu platzen drohte, aber er war nicht mit Gedanken gefüllt, sondern mit stinkendem Eiter, so fühlte es sich an.

Ihrem Halsausschnitt entnahm sie Tams Brief und öffnete ihn. Der Wind wollte ihn aus ihrer Hand reißen. Sie fasste mit beiden Händen zu und las.

Meinen freundlichen Gruß und stete Treue,
allerliebste Freundin!

Wisst, dass mich die Warnung meines Vaters nicht im Geringsten zu erschüttern vermag und dass ich Euch wie zuvor von Herzen zugewandt bin. Ich sorge mich um Euch, da ich Euch heute zum Fest der Bürgermeisterwahl betrübt sah, und nun hoffe ich, Euch bald sehen und zu Eurem Wohlsein beitragen zu können. Vermögt Ihr am morgigen Tag nach dem Mittagsmahl zum Brückenkopf am Rhein zu kommen? Ich werde dort auf Euch warten. Keine Gefahren und keine Nöte können uns voneinander trennen, daran glaube ich fest und ohne Zweifel.

Herzlich der Eure, T.

»Nicht mehr«, sagte sie. »Es ist alles vorbei.« Ihre Hände waren schmutzig, sie hatte sich auf der Straße aufgestützt. Nun war der Brief beschmiert. Regentropfen platzten auf ihm und rollten über das Pergament. Sie küsste es. »Auf Wiedersehen, Geliebter.« Sie faltete den Brief zusammen und ließ ihn in den Dreck fallen.

Mit geschlossenen Augen lehnte sie sich an die Hauswand hinter sich. Wozu aufstehen? Nichts würde sich mehr ändern. Sie war in den Abgrund gestürzt, und es ging nur noch abwärts in die Dunkelheit.

Saphira spürte eine Berührung an ihrer Seite. Sie wischte sich über das Gesicht und sah hinüber. Ein kleines Mädchen hatte sich neben sie gesetzt. Es sah aus wie eine Prinzessin mit seinen blonden Locken, auch wenn es schmutzige Füße von sich streckte.

»Ich bin auch manchmal traurig«, sagte die Kleine.

»Bitte, lass mich.«

»Wenn mich meine Geschwister ärgern, dann bin ich traurig. Oder wenn ich nicht mit zur Hinrichtung darf, weil ich noch zu klein bin. Manchmal bin ich auch einfach so traurig, gleich früh am Morgen. Dann weiß ich, dass es ein Regentag wird.«

»Wie alt bist du? Musst du nicht nach Hause?«

»Ich bin fünf. Und du?«

»Zwanzig.«

»So alt?«

»Ja, so alt. Hör mal, ich würde gern allein sein. Verstehst du das?«

»Klar. Weißt du, was ich mache, wenn ich traurig bin?«

»Nein.«

»Ich stelle mir einen Vogel vor, der nur für mich singt. Einen schönen, gelben Vogel mit roten Punkten auf den Flügeln. Er kann toll singen, richtige Lieder. Das tröstet mich, weil er sie für mich singt, damit ich nicht mehr traurig bin. Soll er auch einmal für dich singen?«

»Ich glaube nicht, dass er …«

»Welches Lied wünschst du dir?«

Saphira schüttelte den Kopf.

»Welches Lied?«

Sie seufzte. »*Der Herr der Welt, er hat regiert.* Ist ein jüdisches Lied. Er wird es nicht kennen.«

»Er kennt alle Lieder. Mach die Augen zu, dann kommt er und singt.«

Sie schloss die Augen. Woher kam dieses Mädchen? Hatte der Schöpfer es zu ihr geschickt, um sie zu trösten? Sie stellte sich einen gelben Vogel vor, der seine Brust aufplusterte und den kleinen Schnabel öffnete, um für sie zu singen. »Wunderschön«, sagte sie. »Er singt wunderschön.« Sie sah die Kleine an.

»Ein toller Vogel, nicht?« Sie lächelte verschmitzt und zog dabei die Nase kraus. »Geht es dir jetzt besser?«

Saphira nickte.

Der Regen wurde stärker. Er klebte der Prinzessin die Locken an die Stirn. »Wollen wir reingehen? Ich habe eine richtige kleine Puppenwiege!«

»Ich glaube nicht, dass deine Eltern damit einverstanden sind.«

»Die haben bestimmt nichts dagegen. Wir kriegen nie Besuch. Die Leute können uns nicht leiden, wegen dem Beruf von meinem Vater. Komm! Alle freuen sich, wenn du uns besuchst.« Sie sprang auf und öffnete die Tür des Hauses, vor dem sie saßen.

Saphira erhob sich und sah zweifelnd am Haus hinauf. Vom Strohdach über dem zweiten Stockwerk tropfte es. Die Balken im Fachwerk waren bunt bemalt. Ein Kanalputzer konnte der Vater der kleinen Prinzessin nicht sein, aber wer verdiente so viel in der Lottergasse? Ein Spielmann? Der Regen wurde stärker. Er prasselte auf die Gasse nieder und durchnässte binnen Augenblicken Saphiras Kleid. Kurz entschlossen trat sie ein.

Dort beendete die Kleine gerade ihren Bericht: »... und geweint, und da habe ich sie gefragt, ob wir nicht zusammen spielen wollen. Dürfen wir?«

Eine Frau, deren graue Haare nicht zum jungen Gesicht passen wollten, nahm die Kleine an der Hand und zog sie energisch mit sich. »Genug geplappert, Fräulein! Du bist ja klatschnass!« Sie verschwanden im Nebenraum.

Blieben fünf weitere Jungen und Mädchen, die Saphira anstarrten, und ein baumlanger Mann, der sich schüchtern das Kinn rieb. »Bitte nehmt doch Platz.« Er wies auf einen Schemel am Tisch. »Möchtet Ihr etwas trinken? Ihr seid genauso nass wie die Kleine. Meine Frau ist sicher gleich zurück, dann gibt sie Euch trockene Kleider.«

Saphira errötete. »Ich weiß nicht, ich meine, ich möchte nicht stören, es war nur der Regen plötzlich so stark.«

Das Gesicht des Mannes wurde streng. »Kinder, räumt dieses Schlachtfeld auf! Wie oft muss ich euch noch sagen, dass ihr die Spielsachen nicht auf dem ganzen Boden verteilen sollt!«

Es lagen Kreisel herum, Holztiere und Reifen, Puppen, Lumpen, Federn, Murmeln und Glasscherben. Hastig sammelten die Kinder sie ein.

Die Mutter kehrte mit der kleinen Prinzessin wieder. Die Prinzessin trug nun ein Hemd, das ihr bis zu den Füßen reichte und dessen Ärmel sie wie Flügel hätte schlagen können, so weit reichten sie über die Hände hinaus. Sie strahlte Saphira an. »Du bist noch da!«

»Ich … Vielleicht sollte ich wirklich besser gehen.«

»Das kommt gar nicht infrage.« Der Ton der Mutter war ihr gegenüber nicht minder streng. »Ich gebe Euch ein Leinentuch, damit reibt Ihr Euch trocken. Aber gründlich! Und dann schlüpft Ihr in mein Sonntagskleid und wärmt Euch auf.«

Im Nebenraum, der mit Betten und Truhen bis in den letzten Winkel vollgestellt war, machte die Mutter keine Anstalten, Saphira allein zu lassen. Während sie sich entkleidete und sich mit dem Tuch, das sie erhalten hatte, abrieb, hob die Frau ein Festtagskleid aus der Truhe und strich es glatt. »Hier, zieht das an. Ich werde inzwischen den Tisch decken.«

»Ich habe bereits gegessen, vielen Dank.«

»Wann war das? Zu Mittag? Es ist Abend, meine Gute, und da wird gegessen, keine Widerrede!« Sie verließ den Raum.

Erst als sie das Kleid über den Kopf gezogen hatte, bemerkte Saphira, dass es geflickt war. Die Flicken waren so geschickt aufgenäht, dass man sie nur auf den zweiten Blick erkannte. Das Kleid kniff unter den Achseln und presste die Brust, aber es war trocken. Jetzt nässten sie nur noch die Haare, die nach Regen dufteten und ihr kalt im Genick lagen.

Schüchtern betrat Saphira die Wohnstube. Kein Spielzeug

war mehr zu sehen. Die Kinder saßen brav am Tisch. Alle, auch der Vater, sahen ihr mit großen Augen entgegen. Käse stand da, Brot, ein Krug und einige Becher. Die Frau wirtschaftete noch an der Feuerstelle herum.

»Setzt Euch.« Der große Mann nickte ihr zu.

»Ich möchte Euch wirklich nichts wegessen.«

»Keine Sorge. Mein Beruf mag verachtet sein, aber ich verdiene nicht schlecht. Wöchentlich fünfzehn Pfennige. Dazu vier Fuder Holz im Jahr, zehn Viertel Roggen, die mir die Bäcker zu liefern haben, und auch dieses Haus, den Hof und dessen Unterhalt bezahlt die Stadt Basel. Also, kommt und esst mit uns. Wir freuen uns, dass Ihr uns besucht.«

Sie setzte sich. War es möglich? War das der Grund, weshalb die Familie geächtet war? »Ihr seid … der Henker?«

»Kein angenehmes Handwerk, aber einer muss es machen. Meine Kinder kriege ich auf diese Weise gut versorgt. Je nach Auftragslage, natürlich. Mal verdiene ich ein halbes Jahr nichts, dann wieder kommen die Einnahmen in Menge.«

»Wie meint Ihr das?«

»Nun, neben dem festen Einkommen gibt es Zulagen.« Er sah unsicher zu seiner Frau hinüber. Etwas leiser sagte er: »Zwei Gulden für Vierteilen, dazu achtzig Pfennige für das Führen und Aufrichten der Viertel. Einen Gulden für Rädern oder Sieden oder Pfählen oder Brennen. Einen halben Gulden für Enthaupten und Ertränken. Einen Viertelgulden für Blenden, Abschneiden der Ohren, Abhauen der Hand oder Abschneiden der Zunge.«

Saphira sah die Kinder an. Sie schien es nicht zu grausen bei dieser Aufzählung. Vermutlich hörten sie nicht das erste Mal von den Strafen. »Wisst Ihr«, sagte sie, »ich wollte eigentlich da draußen sterben. Aber wenn ich das so höre, bin ich ganz froh, noch alle Glieder zu haben und am Leben zu sein.«

In seinen Augen glomm Verständnis auf. »Als Henker lernt man, das Leben zu schätzen.«

»Spielen wir nach dem Essen?«, platzte die Prinzessin heraus. »Meine Puppe muss dann schlafen. Wir müssen ihr ein Nachtlied singen und sie wiegen.«

Als Saphira sie ansah im übergroßen Hemd und die leuchtenden Kinderaugen, die Löckchen und das Strahlen im kleinen Gesicht betrachtete – da begriff sie, dass Adonai sie noch immer liebte. Und dass ihr Leben weitergehen würde, irgendwie.

7

Der kalte Hauch, der durch Basel wehte, war dem Juni fremd. Wolkenhaufen verwandelten sich in ein gelbgraues Wallen, das sich drohend über die Dächer herabsenkte. Der Regen gewann an Kraft. Er roch nach Winter, nach Sturm und Schnee. Die Basler bekreuzigten sich. Sie flohen in ihre Häuser. Rasch waren die Marktplätze menschenleer. Ein einsamer Hahn trippelte am Münster vorüber, das Gefieder vom Regen zerzaust, den Kopf geduckt. Er kroch zwischen zwei Häusern unter einen umgestürzten Korb.

Aus den Regentropfen wurde Hagel. Spitzer weißer Körnerhagel, der auf das Straßenpflaster prasselte. Die Eissplitter machten Sprünge, sie hüpften über den Boden. Sie durchlöcherten das Laub der Bäume. Sie zerstörten die Gemüsegärten, schlugen Fransen in die Blätter und knickten die Halme. An den Glasfenstern des Münsters kratzten sie entlang und verhöhnten die Kerzen, die innen flackerten.

Der Birsig veränderte seine Farbe. Er spülte rotbraun und wild durch das Bett, färbte sich wie Blut, dann wieder aschfahl. Er riss Unrat mit sich und rauschte über Trittbretter hinweg. Es war, als habe jemand an den Enden der Erde die Fesseln der Winde gelöst. Verunsichert spähten die Basler aus ihren Fensterluken und erschraken vor dem Unmut der Gewalten. Während die Hartgesottenen der vernichteten, zerhackten Ernte auf den Feldern vor der Stadt nachtrauerten, knieten sich die Weichherzigen an die Kamine und baten Gott um Erbarmen.

»Schaut mich an«, zischte Tam am Eingang zum Sommersaal der »Mücke«. Er war nass bis auf die Haut. Fast berührten sich ihre Nasenspitzen, so dicht stellte er sich vor den Vater. »Ich bin Euer Sohn! Euer Fleisch und Blut! Eines Tages werde ich Eure Geschäfte übernehmen, ob Euch das recht ist oder nicht. Wie soll ich sie nach Eurem Willen führen, wenn Ihr mich nicht in Eure Pläne einweiht? Ihr behandelt mich wie einen Diener, den Ihr zum Polieren der Stiefel heranpfeift. Meint Ihr, so macht Ihr mich zum ehrenhaften Ritter? Meint Ihr, so lerne ich das Führen von Euch?«

»Woher der plötzliche Sinneswandel? Erst die Prügelei, nun diese Forderungen. Du willst also das Führen lernen? Ich werde dir eine Aufgabe zuweisen.«

»Nein, Vater. Hier sitzen die Psitticher, die Bedeutung haben. Ich bin nicht blind. Ich sehe, dass diese Versammlungen kein Alltagsgeschäft sind. Einen Übungsposten brauche ich nicht. Ich gehöre hierher. Ich bin Euer Sohn, Euer einziger Sohn. Wollt Ihr einen Nachfolger haben, der nur darauf wartet, dass Ihr alt werdet und die Familienführung abgeben müsst? Oder einen Nachfolger, der von Euch lernt und der zu Euren Lebzeiten ein treuer Mitstreiter an Eurer Seite ist?«

Der Vater trat einen Schritt zurück und strich sich über den Bart. »Du erstaunst mich.«

Um seinen dicken Leib war das Schwert gegürtet, das Zeichen seiner Ritterwürde. Silber verzierte Griff und Parierstange. »Gut. Es soll eine Prüfung sein, Tam. Ich will dir trauen. Enttäusche mich nicht!«

Als Tam ihn passieren wollte, um in den Saal zu treten, hielt der Vater ihn an der Schulter fest und raunte noch einmal: »Enttäusche mich nicht, hörst du? Wenn du auch nur zu einem Menschen von diesem geheimen Rat sprichst, wenn du auch nur ein Wort fallen lässt, das die Sache verrät, kenne ich keine Gnade.

In der Bestrafung geht es Dienern besser als Söhnen. Diener erhalten Prügel. Söhne werden erschlagen.«

Auf dem Weg zur Tafel fragte sich Tam, ob er gerade richtig gehört hatte. Hatte der Vater ihm mit dem Tod gedroht? Plötzlich wünschte er, er hätte nicht darum gekämpft, an der Beratung teilzunehmen. Die Gegenwart des Vaters grauste ihn. Wer war dieser Mann? War es derselbe, auf dessen Schoß er als Kind gesessen hatte? Derselbe, der mit ihm Holzschwertkämpfe ausgetragen hatte? Der, der ihn auf den Pferderücken gehoben hatte und ihm im Winter Abenteuergeschichten erzählte von mutigen Rittern und ihren Heldentaten?

Es schien ein anderer, ein fremder Mann zu sein, der dort zum Kopf der Tafel ging und sich vor die Sitzenden stellte. Jeden blickte der Vater prüfend an, den Rittern nickte er zu, das Krückenmännlein fasste er streng ins Auge, bei den geschminkten Männern murmelte er zum Gruß italienische Namen. Vater trug heute kein Prunkgewand, sondern hatte sein gutes Kettenhemd übergelegt. Messingringe funkelten auf seiner Brust im Kerzenlicht, Messingringe, die inmitten des Eisengeflechts einen Psittich, einen Papageien, formten. Er stand nicht als Bürgermeister hier, sondern als führender Ritter des Psitticherbundes.

Der Sturm rüttelte an den Fensterläden. Schwalle von Hagelkörnern schlugen dagegen. Es musste finster sein dort draußen. Kein Licht drang durch die Ritzen der Fensterläden herein, obwohl die Böen durch ihre Spalten pfiffen.

»Psitticher, Ihr Herren *Bancheri* – dort draußen toben die Gewalten.« Konrad von Bärenfels reckte sich auf, als spräche er vor der Schlacht zu einem Heer. »Auch wenn wir uns sicher geben, jeder von uns weiß, dass der Stadt Basel der Untergang droht. Nicht durch diesen läppischen Sturm heute, nein. Durch die Krankheit der Juden, die von Haus zu Haus kriecht! Basel ist hochverschuldet. Jedes vermaledeite Gebäude haben die Juden finanziert. Die Rheinbrücke, das neue Rathaus. Bald gehört ihnen die ganze Stadt! Seien wir ehrlich: Auch von uns Rittern hat jeder Schulden bei ihnen. Das soll sich ändern. Darum sind wir hier. Ihre Wechsel und Schuldscheine werden ihnen nichts nützen. Wir werden uns unser Gold zurückholen! Balthasar, hast du Erkundigungen eingezogen, wie ich es dir befohlen hatte?«

Das Männlein griff nach seinen Krücken und erhob sich. »Die Armen sind unglücklich, strenger Herr. Jeden Tag essen sie ihre kärgliche Gerstengrütze und riechen den Duft von gekochtem Fleisch aus den Häusern der Reichen. Sie sind hungrig. Habt Ihr das Haferbrot gekostet, von dem sie sich ernähren? Es schmeckt wie Erde. Habt Ihr sie einmal besucht? Der Regen tropft durchs Gebälk und Wasser rinnt die Wände herab. Viele Häuser sind vom Schimmelpilz befallen. Man müsste sie abreißen oder niederbrennen, aber wer soll das neue Haus bezahlen?«

»Das will ich nicht wissen«, unterbrach ihn Konrad. »Sie nennen dich den Bettlerkönig, weil du die Rotte anführst, die vom Straßendiebstahl lebt. Außerdem heißt es, dass dich die arbeitslosen Söldner und Schläger verehren. Werden sie dir folgen, wenn es gilt, Basel von der Judenplage zu befreien?«

»Sie fragen, was ihr Lohn für die blutige Tat sein wird.«

»Das hatten wir doch besprochen! Sie sollen die Beute behalten, die sie aus den Häusern der Juden rauben. Die Juden horten dort viele Güter.«

»Und werden sie straflos ausgehen? Wer garantiert ihnen das?«

Wut glomm in Vaters Augen auf. »Ich! Ich garantiere es! Willst du etwa sagen, dass sie meinem Wort nicht trauen?«

»Doch, ehrsamer Bürgermeister. Sie trauen Eurem Wort. Ihr könnt auf die Armen der Stadt Basel zählen.«

»Setz dich.«

Der Krüppel gehorchte.

»Meine Herren *Bancheri*, seid Ihr zu einer Einigung gelangt? Bringt Ihr die Summe Geldes auf, die notwendig ist, um den Bischof zu bestechen? Es ist wichtig, dass er unserem Plan nicht in den Weg tritt. Er muss uns zu König Karl hin decken.«

Die Männer in den geschlitzten Florentinermänteln tauschten Blicke aus. Dann erhob sich einer von ihnen. Seine geschwärzten Augenränder und die rotbemalten Wangen ließen ihn wie eine fremdartige Kreatur erscheinen, nicht Mann, nicht Weib; ein bissiges, tückisches Wesen. »Im zweiten Buch Mose heißt es: Wenn du Geld verleihst an einen Armen neben dir, sollst du an ihm nicht wie ein Wucherer handeln, du sollst keinen Zins von ihm nehmen. Die Juden haben Wucher getrieben.« Er sprach mit einem stolpernden Akzent. »Alle italienischen *Bancheri* der Stadt werden die Summe zusammenlegen.«

»Gut.«

»Eine Bedingung haben wir.«

Die buschigen Augenbrauen des Vaters fuhren in die Höhe. »Die wäre?«

Der *Banchero* sah zum Krüppel hinüber. »Es muss sicher sein, dass die Männer dieses ›Königs‹ sich nur gegen die Juden wenden. Der Hass auf die Reichen soll nicht uns treffen! Wir wollen nicht unser eigenes Grab schaufeln.«

»Balthasar?«

Der Krüppel wiegte den Kopf. »Ich kann das nicht versprechen. Wenn ich die Wut des Volkes wecke, wird es unberechenbar sein wie ein hungriges Raubtier.«

»Dann schützen wir die Häuser der *Bancheri*«, sagte der Vater. »Die Psitticher werden dafür Sorge tragen, dass Euch nichts abhandenkommt. Vor dem König mag das als Beweis gelten, dass wir versucht haben, des Aufstands Herr zu werden.«

Der Krüppel kratzte sich den Kopf. »Ich rate Euch, Herr Ritter, vergießt kein Blut.«

»Dann schärfe dem Volk ein, dass es sich von den Häusern der *Bancheri* fernhalten soll!«, donnerte der Bürgermeister.

Einer der Ritter erhob sich: »Konrad, auch die Sterner wissen von den Schulden. Sie haben das längst ihrem Herzog von Österreich zugetragen, und der streckt seine habsburgische Klauenhand nach unserer schönen Stadt aus.«

»Ich kümmere mich um die Sterner«, sagte der Vater.

Tam würgte es. Er musste reden! Er durfte das nicht geschehen lassen! Saphira, ihr Vater – sie würden Opfer dieses Anschlags sein, und ihre Freunde und Verwandten genauso. Mühevoll stand er auf. Es kam ihm vor, als stemme er eine Wagenladung Steine in die Höhe. »Ich habe einen Einwand.«

Der Vater musterte ihn scharf. »Der wäre?«

»Wir können keine unschuldigen Menschen töten.«

»Hast du nicht verstanden? Sie sitzen wie Raupen auf den Blättern und fressen und fressen, und um den Baum, um Basel, kümmern sie sich nicht! Dieses Judengezücht ist nicht unschuldig. Sie saugen uns aus. Setz dich wieder hin, Sohn!«

Er blieb stehen. »Gegen welches Gesetz haben sie verstoßen? Bedenkt, dass sie unter dem Schutz des Königs stehen.«

»Du begreifst nicht. Eben deshalb wird die Volksmeute die

Sache erledigen! Ein Aufruhr entsteht, dessen wir erst Herr werden, wenn die Juden umgebracht sind. Wir behalten saubere Finger dabei. Nun setz dich!«

»Saubere Finger nennt Ihr das? Wir hätten das Blut der Juden an unseren Händen.«

»Und sie das Blut unseres Herrn Jesus!«, brüllte der Vater. »Was ist wohl schlimmer? Du setzt dich auf der Stelle hin und schweigst!«

Tam sank auf seinen Stuhl nieder.

Einer der Ritter raunte: »Der verbringt zu viel Zeit mit diesem Christian Münch, dem jungen Sterner-Erben.«

Sofort war der Vater bei ihm und packte ihn im Genick. Alle im Raum hielten den Atem an. Der Vater beugte sich zum Ritter hinab, näherte sich bis auf einen Fingerbreit dessen Ohr. »Was habt Ihr da gesagt?«

»Nichts. Verzeiht, nichts habe ich gesagt.«

»Wer abfällig über meinen Sohn redet, beleidigt mich!«

Der Ritter murmelte: »Ich bitte um Vergebung.«

Ruhig zog der Vater das Schwert aus der Scheide. »Steht auf!«

»Ihr werdet doch nicht wegen einer solchen Bemerkung, die außerdem noch wahr ist …«

»Wollt Ihr der Feigheit bezichtigt werden? Steht auf, verflucht!«

Der Ritter erhob sich und zog ebenfalls das Schwert. Noch bevor er sich dem Vater ganz zugewandt hatte, prallten die Klingen aufeinander. Konrad von Bärenfels holte erneut aus, und wieder parierte der Ritter den Schlag.

Zwischen dem Klirren der Klingen keuchte der Vater: »Niemand – beleidigt – die von Bärenfels'!« Er überragte den anderen Ritter um mehrere Handbreit. Das Schwert führte er mit solcher Kraft, dass der Gegner bei jedem Aufeinandertreffen der Klingen einen halben Schritt zurückwich. Vater walzte ihn nieder, bald würde er ihn an der Wand zerdrücken. Seine Arme führten das Schwert wie von selbst, es sah mühelos aus. Eine Todesmaschine war er. Unerbittlich. Der Gegner stieß gegen einen Stuhl, er wich zur Seite hin aus. In diesem Augenblick der Unaufmerksamkeit hieb ihm der Vater die Klinge auf die Schulter. Knochen knackten. Der Ritter ächzte, wollte sich am Tisch abstützen. Mit Entsetzen sah er auf seine zerschmetterte Schulter. Vater holte, ohne zu zögern, noch einmal aus und schlitzte ihm die Brust auf. Wie ein gefällter Baum ging der Ritter zu Boden. Eine dunkle Lache verbreitete sich um ihn.

»Lasst Euch das eine Lehre sein«, sagte der Vater. Er kehrte zum Kopf der Tafel zurück und legte das blutbefleckte Schwert auf den Tisch. Den *Bancheri* befahl er, sich wieder zu setzen. »Bettlerkönig, du wirst in den nächsten Wochen Gerüchte über die Juden streuen, die sie den Baslern entfremden. Schildere sie als blutrünstig und lass ihre Religion wie einen düsteren Kult erscheinen! Bis zum Ende des Jahres wird keine einzige Judenseele mehr in dieser Stadt leben, das verspreche ich. Und unsere Schuldscheine nehmen sie mit ins Grab.«

Es war, als hätte ihm niemand zugehört. Alle starrten auf das Schwert.

»Geht hinauf in die kleine Stube. Dort könnt Ihr warten, bis sich das Unwetter gelegt hat. Für Wein und Speisen ist gesorgt.«

Zögerlich entfernten sich die *Bancheri*. Die Ritter des Psitticherbundes gingen fahlen Gesichts und schweigend zum Treppenflur. Auch der Krüppel humpelte hinaus.

Tam sah vom Toten zur Waffe, von der Waffe zum Vater. »War das nötig?«, hauchte er.

»Geh, Tam, ehe ich mich vergesse und auch dich erschlage!«

Als Tam den Saal verlassen hatte, kniete sich Konrad von Bärenfels neben den Toten. Das warme Blut zog in seine Beinlinge ein und netzte die Knie. »Wie konntet Ihr vor aller Ohren schlecht über meine Familie reden! Wie konntet Ihr es wagen!«

Er legte die Hand auf die Stirn des Erschlagenen. Lange kniete er so, schweigend. Seine Lippen begannen zu beben. »Wir waren doch Gefährten! Warum habt Ihr mir das angetan? Ich habe Euch vertraut.« Er schluchzte. »Warum seid Ihr mir in den Rücken gefallen? Vor den Italienern, vor dem Streunerkönig, vor allen, die Rang und Namen haben unter den Psittichern?«

Konrad von Bärenfels heulte laut auf. »Ich Elender! Was habe ich getan?« Er neigte das Gesicht hinab, bis es die Brust des Toten berührte. »Wie oft sind wir gemeinsam zur Jagd geritten. Ich habe Eure Schüsse gelobt, und Ihr die meinen. Was soll ich Eurem Weib sagen? Was Euren Töchtern?« Rasch hob er den Kopf und suchte den starren Blick des Toten. Hatte er ihn herausgefordert? Wollte er ihm die Führerschaft streitig machen? Er packte ihn an der Kleidung. »Ihr wolltet meine Stellung untergraben, Ihr selbst wolltet der erste Ritter Basels sein, nicht wahr? Aber das ist Euch gründlich misslungen.«

Er stand auf. Er hatte den Aufruhr im Keim erstickt. Er, Konrad von Bärenfels, ließ so etwas nicht mit sich machen. Alle hatten es gesehen. Sie würden ihn achten. Keiner sollte es wagen, seine Ritterwürde anzugreifen.

Er wischte die blutigen Hände an seinen Oberschenkeln ab.

Sie sollten nur gut aufpassen, die Verräter, die Juden und tückischen Räuber! Sie würden sehen, dass es noch Bedeutung hatte, wen man Ritter nannte! Am Ende würden Recht und Ehre und Kraft über die Schlangen triumphieren. Er würde ihnen die Köpfe zertreten. Er führte die Ritter an zum Kampf gegen das Otterngezücht.

Bevor er den Raum verließ, sah er noch einmal zur Leiche hin. »Was für ein armseliger Versuch. Ich hätte mehr von Euch erwartet.«

8

»Marie!« Christian hatte vergessen, dass er am Flussufer auf sie treffen würde. Natürlich, sie war Wäscherin. Nun, da sie ihn einmal erblickt hatte, kam ihm die Begegnung auch nicht ungelegen. Vielleicht konnte ihn die hübsche Marie ein wenig aufmuntern. »Endlich finde ich dich«, log er und lächelte.

Sie sah wieder auf ihr Waschbrett hinunter. Wenn ihn nicht alles täuschte, rieb sie das nasse Wäschestück mit ruppigeren Bewegungen über das holprige Brett, als sie es getan hatte, bevor sie ihn bemerkt hatte.

»Bist du böse auf mich?«, fragte er.

»Habe ich Grund dazu? Du hast mir zu einem hübschen, einsamen Abend am Salzturm verholfen.«

»Du meinst vorgestern? Das tut mir leid. Ich suche dich schon die ganze Zeit. Gestern bei dem Hagelsturm warst du nicht hier, natürlich. Endlich sehen wir uns.«

»Deine Lügen kannst du dir sparen.« Sie tunkte die Finger in den Seifennapf und klatschte Brei auf das Kleidungsstück. Dann rieb sie es ein. »Verschwinde.«

Er hockte sich neben sie. »Weißt du, erst hat es beim Juden länger gedauert, und dann bin ich plötzlich krank geworden. Ich bin es immer noch. Schau mich nur an!«

Sie sah auf und öffnete den Mund, um etwas zu sagen, aber sie schloss ihn wieder, während sie Christian musterte. »Du siehst wirklich schlecht aus. Blass. Du hast dunkle Ringe unter den Augen. Was ist los mit dir?«

»Wenn ich das wüsste! Mir schmeckt kein Essen mehr, und Atemnot verspüre ich auch.« Wie oft hatte er am vergangenen

Tag bereut, mit Saphira geschlafen zu haben! Das Hagelunwetter kam ihm vor wie der Zorn des Himmels, und nun diese Krankheit – er fürchtete, sich bei der Jüdin eine Infektion des Geschlechts zugezogen zu haben. Einer seiner Sterner-Freunde war daran gestorben und seitdem war ihm die Vorstellung ein Graus, er könne sich bei einer seiner Bettgefährtinnen anstecken. Würde es auch bei ihm mit dem Tod enden? War er wirklich erkrankt? Er hatte Angst davor, Antworten auf diese Fragen zu finden, auch wenn er wusste, dass er der Sache bald ins Auge blicken sollte, allein schon, um noch Heilungsmöglichkeiten suchen zu können. Trotzdem redete er sich ein, das unwohle Gefühl würde von selbst verschwinden. »Ich hoffe, es ist nichts Ernstes.«

»Du solltest zum Stadtarzt gehen.«

»Das wage ich nicht. Was, wenn er mir sagt, dass ich nicht mehr lange zu leben habe? Wirklich, du darfst nicht böse sein. Ich wäre kein gutes Gegenüber gewesen vorgestern Abend. Wahrscheinlich bin ich es nicht einmal heute. Sobald es mir besser geht, machen wir den versprochenen Spaziergang. Zürnst du noch?«

»Ein wenig.« Sie lächelte. »Soll ich dich zum Arzt begleiten? Es ist wirklich wichtig, dass du hingehst.« Als er nicht reagierte, legte sie das Waschbrett ans Ufer und warf das nasse Kleidungsstück darauf. Sie bedeutete den anderen Wäscherinnen, dass sie ein Auge darauf haben sollten, und wischte sich die Hände an der Schürze ab, bevor sie sich bei ihm einhakte und ihn zur Stadt hinzog. »Keine Widerrede.«

»Ich kann Aderlässe nicht ausstehen! Und bittere Arznei mag ich auch nicht schlucken.«

Sie lachte. »Weißt du, ich dachte schon, du hättest eine andere Frau getroffen und die Nacht mit ihr verbracht. Ich kam mir so dumm vor dort am Salzturm.«

Christian schluckte. »Eine andere Frau? Du hast mich doch selbst zum Haus des Juden begleitet!«

»Weiß auch nicht, wie ich darauf gekommen bin.«

Sie passierten Häuser, deren Besitzer zerbrochene Dachschindeln ersetzten. Andere stützten im Garten Bohnenranken mit Stäben oder schaufelten Löcher und häuften zerfetzte Pflanzen hinein, um sie mit dem Spaten kleinzustoßen, sodass sie wenigstens als Dung dienen konnten. Auch Kirschen und junge Äpfel waren zerschunden. Sie trugen Fleischwunden und würden an den Ästen verfaulen. Etliche lagen bereits am Boden. Man harkte sie in die Löcher und zerkleinerte sie mit der Schaufel. Es gab ein knirschendes Geräusch und Apfelgeruch stieg auf.

»Schade darum«, sagte Christian.

»Sie waren noch grün, man kann sie nicht essen.«

Wespen umschwärmten die blutenden Kirschen. Die Gartenarbeiter reckten sich und hielten sich den Rücken. Als sei gestern nichts gewesen, brannte die Sonne vom blauen Himmel herunter und trocknete die letzten Pfützen.

»Hast du auch gehört«, fragte sie, »dass einer der Fährleute umgekommen ist? Der Hagel soll ihn auf dem Rhein überrascht haben.«

»Du meinst, die kleinen Eisgeschosse haben ihn erschlagen?«

»Das erzählt man sich. Teilweise sollen sie so groß gewesen sein wie Taubeneier. In Minderbasel ist einiges Federvieh gestorben und auf den Weiden hat der Hagel Schafe und Rinder verletzt.«

»Schlimmer finde ich, dass sich über Nacht die Kornpreise verdoppelt haben.« Je näher sie dem Haus des Stadtarztes kamen, desto unwohler wurde ihm. »Hör mal, lass uns doch lieber ins Gasthaus ›Zum Seufzen‹ gehen. Den Arzt kann ich später immer noch aufsuchen.«

Ihr Griff an seinem Arm wurde fester. »Das kommt nicht infrage. Meinst du, ich will meinen Weinbecher mit einem Kranken teilen? Erst hören wir, was dich angefallen hat, und lassen den Arzt etwas dagegen unternehmen.«

»Du bist unerbittlich.« Da war es schon, das grauenhafte Haus mit den dunklen Glasfenstern.

»Ich warte hier unten auf dich«, sagte Marie.

Er sandte ein Stoßgebet zum Himmel, dann betrat er das Haus. Es war kühl auf der Treppe. Die Stufen knarrten. Sie waren ausgetreten in der Mitte, viele Menschen stiegen sie empor, Tag für Tag. Während Christian sie erklomm, brach ihm der Angstschweiß aus. Was würde der Arzt feststellen? Seit der Nacht mit Saphira plagte ihn Rastlosigkeit. Er konnte nicht schlafen. Und wenn er atmete, stach es ihn mitunter in der Brust.

Im Vorraum saßen zwei Männer und drei Frauen. Dem einen Mann war vom rechten Bein nur ein Stumpf geblieben. Der andere hatte rote Pusteln im Gesicht und auf den Handrücken, die er fortwährend kratzte. Zwei der Frauen husteten mit so tiefer Stimme, als seien es Männer. Die dritte sah aus wie eine wandelnde Leiche: das Gesicht eingefallen und bleich, die Arme dünn wie Äste. Christian beneidete den Arzt nicht darum, dass er sich um diese Menschen kümmern musste.

Ein Gehilfe öffnete die Tür des Behandlungszimmers und ließ einen halbwüchsigen Jungen hinaus, dem ein Verband um den Unterarm gewickelt war. Aderlass! Christian zuckte zusammen. Als der Gehilfe ihn erblickte, neigte er den Kopf und sagte höflich: »Herr Ritter, bitte tretet doch ein!« Die Wartenden murrten. Neben die hustenden Frauen oder die wandelnde Leiche wollte sich Christian nicht setzen. Was half es? Er musste sich dem Schicksal stellen. Also dankte er für die Bevorzugung und trat ein.

Der Arzt war Jude. Er hielt sich eine Brille mit gelben Gläsern vor die Augen, was ihm das Gesicht eines Uhus verlieh. »Christian Münch, richtig? Es ist mir eine Ehre! Seit Ihr als Kind diesen Schnupfen hattet, habe ich Euch nicht mehr behandelt. Was führt Euch zu mir?«

Christian versteinerte. Er konnte den Blick nicht von dem Tisch mit den Geräten lösen. »Ich glaube«, stotterte er, »es … Eigentlich ist es gar nichts.«

Der Arzt sah ebenfalls zum Tisch. »Macht Euch keine Sorgen. Diese Dinge werden wir nicht brauchen. Wundhaken, Skalpelle, Sägen, Nadeln und Sonden – auf den ersten Blick sind sie furchteinflößend, nicht wahr? Beschreibt mir, was Euch plagt, Herr Ritter.«

»Nichts weiter. Es ist nur, ich bin ein wenig rastlos. Das kann schon mal vorkommen, nicht wahr?« Er wich rückwärts zur Tür hin, spürte aber plötzlich die Hand des Gehilfen auf seinem Rücken, die ihn wieder nach vorn schob.

»Wie ist es um Euren Appetit bestellt?«

»Ich finde keinen rechten Gefallen am Essen, die meiste Zeit ist mir unwohl.« Das Blut wich ihm aus dem Gesicht. »Es ist doch nichts Schlimmes? Atemnot verspüre ich auch«, stieß er hervor.

Der Arzt nahm eine Harnflasche aus dem Regal und reichte sie ihm. »Wenn Ihr hier ein wenig Urin einfüllen würdet.«

Christian wendete sich in eine Ecke des Raumes und tat, wie ihm geheißen. Er schämte sich vor dem Arzt und dem Gehilfen. Aber noch peinlicher als das Plätschern seines Urins wäre gewesen, vor den Beobachtern nicht Wasser lassen zu können. Er kleidete sich wieder an. Besorgt sah er auf die gelbliche Farbe der Flüssigkeit in der Flasche. Vermutete der Arzt schon die Geschlechtskrankheit?

Der Arzt nahm das Gefäß und trat an eine Tabelle heran, die an der Wand hing. Er murmelte vor sich hin und hielt die Flasche gegen das Licht.

»Was seht Ihr?«, fragte Christian.

»Euer Körper wird von vier Säften beherrscht: Blut, Galle, Melancholie und Phlegma. Überschüssige Saftanteile scheidet er aus. Mithilfe des Urins versuche ich herauszufinden, ob es ein Ungleichgewicht bei Euch gibt. Auch andere Dinge verrät der Urin. Zeigt sich beispielsweise Schaum in der oberen Ebene, so offenbart das einen Zug oder eine *Inflatio* oder ein anderes Gebrechen der Lunge. Ist der Ring der Oberfläche dick, zeigt er großen Kopfschmerz an. Schwimmen schwarze, sandige Teilchen unten im Urin, leidet der Patient unter giftigen Steinen. So kündigt sich der Tod an.«

Christian rang um Atem. »Es sind doch keine solche Teilchen da?«

»Nein. Euer Urin sieht wie der eines gesunden Mannes aus. Aber ein Aderlass …«

»Ich habe mit einem Weib geschlafen«, gestand Christian. »Und ich fürchte, nun ist eine Krankheit des Geschlechts ausgebrochen. Ein Aderlass hilft gewiss nicht.«

Der Arzt sah ihn interessiert an. »Woraus schließt Ihr, dass Ihr eine Geschlechtskrankheit erleidet? Habt Ihr Schmerzen?«

»Nein. Aber ich bin nicht mehr ich selbst. Nachts mache ich kein Auge zu, des Tags laufe ich ruhelos umher. Das Essen schmeckt nicht. In der Brust verspüre ich ein seltsames Stechen. Und in meinem Bauch wogen unwohle Empfindungen.«

»So? Wie ist es mit Euren Gedanken? Kreisen sie?«

»Ständig! Wie ein Fluch verfolgt mich das Weib. Ich bekomme sie nicht aus dem Kopf, als habe sich der Augenblick der Ansteckung in meine Seele eingebrannt.«

Der Arzt lächelte. »Herr Ritter, Ihr habt eine Krankheit, die sehr häufig auftritt.«

»Welcher Art ist sie?«

»Ihr seid rasend vor Liebe.«

»Unfug!« Christian runzelte die Stirn. »Ich habe schon oft geliebt, es ist nie so gewesen. Ich bin kein unerfahrenes Kind, das nicht weiß, was Liebe ist, glaubt mir. Eher das Gegenteil ist der Fall. Man könnte mich einen Meister der Liebe nennen.«

»Vielleicht«, sagte der Arzt, »lernt Ihr sie jetzt erst kennen. Habt Ihr nicht das Gefühl, wenn Ihr die Dame nur wiedersähet, würde es Euch augenblicklich besser gehen?«

Christian zögerte.

»Wäre sie nicht die Kur für Euer Leiden?«

»Möglich, dass mir das so erscheint.«

»Ich kann Euch nicht helfen. Diese Krankheit kann nur die Dame heilen, an die Ihr Euer Herz verloren habt.«

Obwohl ihn die Sorge schier in den Wahnsinn trieb, wartete Tam drei Tage, ohne sich Saphiras Haus oder überhaupt einem Juden auch nur zu nähern. Er wusste, dass sein Vater ihm nicht traute und dass er ihn im Auge behielt, unauffällig, durch Diener, Pagen, vielleicht sogar durch die Mutter.

Immer wieder sah er vor sich, wie der Vater den Psittichergefährten erschlagen hatte. Wegen einer Nichtigkeit war er auf ihn losgegangen und hatte ihm zweimal die Klinge in den Leib gehauen. Es graute ihm, wenn er daran dachte, dass er von diesem Totschläger abstammte.

Die Mutter schien es stumm hinzunehmen, aber er, Tam, war noch jung, er würde nicht die nächsten zwanzig Jahre neben einem alternden Tollwütigen verbringen. Konnte es nicht früher oder später auch ihn erwischen? Wie oft hatte er den Vater erzürnt. Was, wenn er einmal bei ihm, seinem Sohn, die Selbstbeherrschung verlor? Gedroht hatte er bereits damit.

Besser würde es sein, Basel zu verlassen. Er würde irgendwo ein neues Leben anfangen, weit genug entfernt, sodass man ihn nicht ausfindig machen konnte. Nur musste er vorher Saphira und die anderen Juden warnen. Saphira sollte ihn auf der Flucht begleiten.

Als am Freitag der Vater mit den Psittichern zur Jagd aufbrach, entschuldigte sich Tam mit Kopfweh. Das verächtliche Schnauben des Vaters ärgerte ihn, aber wenn es Saphira das Leben rettete, war es ein geringer Preis. Tam wartete, bis die Jagdgesellschaft aufgebrochen war und Haus und Hof still wurden, dann schlich er sich hinaus.

Zu seiner Enttäuschung fand er Saphiras Federhandlung verschlossen. Die Fensterläden waren verriegelt und auf sein Klopfen an der Tür reagierte niemand. Hatten sie Saphira vielleicht schon festgesetzt? Sollten nicht erst Gerüchte gestreut werden?

Er streifte einige Stunden suchend durch die Stadt. Nie waren ihm so viele Juden aufgefallen wie heute. Auf dem Markt sah er sie mit Tuch handeln und Wein aus dem Elsass verkaufen, in den Gassen kamen ihm Jüdinnen entgegen, deren blaugestreifte Schleier ihn schmerzhaft an Saphira erinnerten. Er sah alte Männer mit Schläfenlocken und aufgenähtem Ring aus gelbem Stoff am Rock, dem »Judenfleck«. Spitze Judenhüte wippten über die Rheinbrücke. Sie alle wollte Vater umbringen?

Tam kehrte zum Laden zurück. Immer noch regte sich nichts. Er versuchte, durch die Ritzen der Fensterläden zu spähen. Im Laden war es dunkel. »Saphira«, zischte er. »Bist du da drin? Ich bin es, Tam!«

Keine Antwort.

Er sah sich um. Die Mühlengasse war überfüllt mit Menschen, Eselskarren, kleinen Verkaufsständen und Bettlern. Er konnte unmöglich feststellen, ob ihn jemand im Auftrag des Vaters beobachtete. Sei es! Er und der Vater waren getrennte Leute. Kurz entschlossen schlug Tam die Faust gegen die Haustür neben dem Ladeneingang. Eine seltsame Lederrolle hing am Türpfosten, als hätte jemand einen Brief angebracht.

Die Tür öffnete sich. Sie kreischte in den Angeln. Tam sah sich einem blonden Mann gegenüber, der einen Federkiel in den schwarzfleckigen Fingern hielt. Selbst ins Gesicht hatte er sich Tinte geschmiert. »Ihr wünscht?«

»Ich muss mit Simon-ben-Levi sprechen.«

»Folgt mir.«

Er war noch nie in Saphiras Haus gewesen. Der Blonde führte ihn einen Flur entlang, dessen Dielen knarrten. In goldener Schrift leuchteten Zeilen einer fremden Sprache an der Wand. Darüber waren Bilder aufgetragen. Tam erkannte David und

Goliath, Mose mit den Gesetzestafeln, und da war eine Königin – sollte das Esther sein? Sie passierten Türen, die mit Leder bespannt und mit schwarzen Nieten verziert waren. Der Blonde öffnete eine von ihnen, ohne anzuklopfen. Sie betraten eine Schreibstube, unverkennbar: Fünf Pulte standen an den Fenstern, wiewohl nur auf einem ein Pergament lag. Offenbar das Schriftstück, an dem der Blonde gerade gearbeitet hatte.

Simon-ben-Levi stand zu einem der Fenster hingewandt. Er drehte sich um, bärtig, das Gesicht von Blatternnarben zerfurcht, und hob erstaunt die Brauen. »So rasch hätte ich nicht mit einem Einlenken gerechnet.«

Tam stutzte. »Wie meint Ihr das?«

»Nun, ich habe einige Kunden gebeten, die von mir Renten beziehen, sanften Druck auf Euren Vater auszuüben. Offenbar haben ihre Ermahnungen gefruchtet, sonst wärt Ihr nicht hier. Wieviel schickt er mit Euch?«

»Ich verstehe nicht.«

»Euer Vater schuldet mir dreihundertzwanzig Gulden, also hundertsechzig Pfund Gold. Er hat Euch doch eine Anzahlung mitgegeben?«

»Nein. Aber ich bin wegen dieser Schulden hier. Kann ich Euch allein sprechen?«

Simon-ben-Levi winkte dem blonden Schreiber. »Lass uns allein.« Als der die Tür hinter sich geschlossen hatte, sah er Tam streng ins Gesicht: »Keine Anzahlung? Will Euer Vater nur eine weitere Beleidigung ausstoßen?«

»Schlimmer.« Tam trat an eines der Fenster zur Mühlengasse. Er konnte durch die kostbaren Glasscheiben das Rufen der Händler hören und sah – verschwommen, als sei das Glas eine Wasserfläche – die bunte Menschenmenge: Kleckse, die ineinanderflossen. »Ich setze mein Leben aufs Spiel durch diesen Besuch bei Euch. Aber das Gewissen befiehlt mir, Euch zu warnen.« Er drehte sich zu Simon um. »Mein Vater will Euch töten. Euch und alle Juden.«

Simon-ben-Levi spitzte die Lippen und kämmte sich mit den Fingern durch den Bart. »Nun, wenn Ihr meint, mich damit zu erschrecken, habt Ihr Euch getäuscht. Es ist ein Unterschied, ob man etwas will oder ob man die Freiheit hat, es auszuführen. Wir stehen unter dem Schutz des Königs. Auch Ihr Herren von Bärenfels müsst dem König gehorchen. Er würde es sicher nicht schätzen, wenn man uns beseitigt, denn wir zahlen ihm besondere Abgaben, die er jedes Jahr gern in Empfang nimmt.«

»Der König wird nichts einwenden.«

»Das glaubt Ihr doch selbst nicht.«

»Er wird es für ein bedauerliches Versehen halten. Es ist alles geplant und eingefädelt. Was wisst Ihr über die italienischen … Wie heißen sie? *Bankri?*«

»*Bancheri*. Es kommt vom italienischen Wort für Bank. Die *Bancheri* haben früher als Geldwechsler ihre Bank auf den Märkten Genuas und Venedigs aufgestellt, und wenn sie es gar zu arg trieben mit dem Betrug an den Kunden, dann kamen jene und schlugen ihnen die Bank in Stücke. Kennt Ihr den Ausdruck, bankerott zu sein? Er kommt daher. In Italien nennt man eine kaputtgehauene Bank *banca rotta*.«

»Üble Gesellen also?«

»Geschäftstüchtige Wucherer, sagen wir es so.«

»Aber sie nehmen keine Zinsen wie ihr Juden.«

Simon-ben-Levi runzelte die Stirn. »Hat Euch das Euer Vater gesagt? Er mag ein großer Ritter sein, aber wenn er hofft, durch Geschäfte mit den *Bancheri* die Zinsen einzusparen, ist er auf einen Betrug hereingefallen. Die *Bancheri* nehmen ebenso Zinsen wie wir, nur nennen sie sie anders, damit die Kirche ihnen nicht das Handwerk legt. Entweder verleihen sie Geld und lassen sich vom Schuldiger so lange die Einnahmen einer Mühle oder eines Landguts verschreiben, bis er die Summe zurückgezahlt hat. Oder sie nennen die Zinsen ›Gewinnbeteiligung‹, verleihen also vierzig Gulden gegen einen festen Aufschlag von zwanzig Gulden, zum Beispiel. Die *Bancheri* haben viele Namen für die Zinsen. Der Übelste darunter ist die ›Wagnisprämie‹ – sie fordern sie bereits nach kurzer Zeit, schneller, als der Schuldiger mit seinem Kredit einen Handel tätigen konnte.«

»Diese *Bancheri* bestechen den Bischof.«

Nun wurde der Jude nachdenklich. »Dann ist also viel Geld im Spiel. Das ändert natürlich einiges.«

»Es ist eine gefährliche Verschwörung, glaubt mir! Ihr solltet Basel verlassen, so rasch wie möglich.«

»Will Euer Vater mit seinen Rittern jedes jüdische Haus besuchen und uns erschlagen?«

»Nein, das Volk soll das erledigen. Er heizt es durch Gerüchte auf, und wenn es daraufhin einen Aufruhr gibt, wird er nicht eingreifen.«

»Dann haben wir noch Zeit. Basel war immer eine tolerante Stadt. Womöglich ist das Volk nicht empfänglich für die Lügen, die Ihr verbreiten wollt.«

»Unterschätzt meinen Vater nicht!« Das Gespräch ging seinem Ende zu, das spürte er, und er hatte noch nichts über Saphira in Erfahrung gebracht. Wie konnte er das unauffällig tun? Tam drehte sich wieder zum Fenster hin und tippte mit dem

Finger gegen das Glas. »Sagt, ich wollte Federschmuck für mein Zaumzeug kaufen, aber der Laden unten ist verschlossen. Ist die Federhändlerin fortgezogen?« Er vermisste Saphira, in diesem Augenblick spürte er es mit überwältigender Kraft. Wenn sie in Gedanken war, drückte sie die Lippen aufeinander und bewegte sie wie Frauen, die sich den Mund bemalt haben und die Farbe verteilen wollen. Ihre Haut spannte sich dann um das Kinn, es wurde das spitze Kinn eines kleinen Mädchens. Er liebte diesen Anblick. Und er liebte es, wenn sie einige Strähnen ihres Haares zusammenflocht. Einmal hatte sie ein rotes Band mit hineingebunden, es war entzückend gewesen. Beinahe eine Woche war es her, dass er sie bei der Bürgermeisterwahl gesehen hatte, und es war keine schöne Begegnung gewesen. Warum war sie nicht am Rhein erschienen nach seinem Brief?

Und warum antwortete Simon nicht? Tam drehte sich um.

Der alte Jude stand an eines der Schreibpulte gelehnt, das Gesicht grau, die Lippen leicht geöffnet. Seine Augen blickten ins Leere. Wie ein Greis sah er plötzlich aus, schwach und todesnah. Die zitternden Beine ließen seinen ganzen Körper beben. Nun bewegten sich die Lippen, aber er sagte nichts, es war ein lautloses Wispern.

»Geht es Euch nicht gut?« Tam stürzte näher.

Immer noch wisperte der Jude. Tam versuchte angestrengt, das leise Zischen zu verstehen. Was sagte Simon da? Es klang wie: »Meine Tochter.«

Tam umfasste seinen Arm. »Was ist mit ihr? Geht es ihr nicht gut?«

»Ich habe sie verstoßen«, flüsterte Simon.

»Ihr habt – was?«

»Meine Kleine, mein süßes Menschenkind!«

»Wo ist sie?«

Nun sah ihn der Geldverleiher an. »Ich weiß es nicht.« Entsetzen stand ihm ins Gesicht geschrieben. »Vielleicht bei Christian Münch.«

9

Christian stützte sich am Salzturm ab. Der steinerne Koloss war kühl, sein Schatten lag breit über dem Rheinufer wie derjenige eines Riesen. Rechts und links davon gleißte das Sonnenlicht. Die Möwen schien das grelle Licht nicht zu stören: Sie segelten ruhelos durch den Himmel und spähten nach Beute aus. Er aber, Christian, wollte die heißen Sommertage am liebsten verschlafen. Des Abends in der kühlen Trinkstube fühlte er sich wohl. Des Tags? Allein schon nach dem kurzen Weg hügelabwärts bis zum Rhein brannte ihm der Schweiß unter den Achseln. Das Gesicht glühte, und die Augen schmerzten vom hellen Licht.

Er nahm dieses Opfer nur auf sich, um Marie zu sehen. Am Abend musste sie bei ihrer Familie sein, sonst schöpfte man dort Verdacht. Also blieben nur die Nachmittage für die Freuden der Scheune, der Wiese und der Badestube. Nach dem Arztbesuch vor drei Tagen hatte Christian sich erleichtert in die Liebschaft zu Marie fallen lassen, froh, gesund zu sein, und wenn er ehrlich zu sich war, verzweifelt bemüht, sich von Saphiras Bann zu befreien.

Der Schatten tat ihm gut. Das Gesicht kühlte ab, und der Schweiß trocknete unter seinem Leinenhemd. Sachte wehte der Wind in die Ärmel und strich über die Haut. Was hatte er, Christian, doch für ein gutes Los! Ein Blick auf die Wäscherinnen genügte, um ihn dessen zu versichern. Mühevoll klatschten sie nasse Lendenbinden, Hemden und Unterröcke auf flache Steine, unermüdlich klopften sie mit Schlagbrettern darauf oder rieben die Kleidungsstücke über ihre Waschbretter. Selbst die Kinder mussten helfen: Sie breiteten die Wäsche zum Bleichen auf der Uferwiese aus. Eine kleine Schönheit war heute unter den Kindern, die er noch nie hier gesehen hatte. Sie mochte fünf oder sechs Jahre alt sein und war blond gelockt. Mit einer Kanne goss sie Wasser auf die ausgebreiteten Röcke. Dann tanzte sie umher, drehte sich um sich selbst – sie würde eine gute Tänzerin werden. Ob er eines Tages eine Tochter wie diese Kleine haben würde? Dafür musste er allerdings erst die Frau seiner Träume finden. Und das brauchte Zeit.

Wo steckte Marie? Er löste sich aus dem Schatten und lief auf die Wäscherinnen zu.

Mitten im Gehen stockte er.

Es war Saphira, die neben Marie im flachen Wasser kniete und Wäsche wusch! Er hastete zurück in den Schatten und spähte ängstlich zum Ufer. Kein Zweifel, sie war es. Zwar hatte sie sich den blaugestreiften Schleier hart um den Kopf gebunden und trug ihn nicht sanft um die Haarpracht geschlungen wie zur Bürgermeisterwahl. Aber das Gesicht, der Körper, die Hände … Sie war es.

Ihm wurde übel. Na wunderbar, ging das wieder von vorn los, nur weil er diese Frau sah? Was war denn so besonders an ihr? Marie, die neben ihr kniete, war kräftig gebaut, und das mochte er doch, er hatte es gern, wenn die Frauen ihm nicht gleich in den Armen zerbrachen, oder? Saphira war nicht die Sorte von Frau, die ihn erregte. Saphira war fremd. Sie war seltsam. Ja, regelrecht abstoßend war sie in ihrer kindlichen, schmalen Art!

Obwohl Christian im Schatten stand, brach ihm der Schweiß aus. Sein Blick haftete auf der Federhändlerin. Was tat sie hier, wieso wusch sie Wäsche? Dafür hatte der jüdische Geldverleiher doch Mägde! Hatte sie sich an Marie herangemacht, weil sie ihn mit ihr spazieren gehen gesehen hatte? Redeten die beiden etwa über ihn? Wenn sie Marie von der Liebesnacht erzählte, flog seine Lüge auf.

Und wenn Marie ihrerseits Saphira von seinen Abenteuern mit ihr erzählte? Saphira würde ihn nie wieder eines Blickes würdigen. Einen Tag diese, den nächsten Tag die andere – sie verabscheute das zweifellos. Es ärgerte ihn ja eigentlich genauso. Konnte er kein besserer Mann sein? Kein ehrenhafterer?

Wie musste ein Mann wohl beschaffen sein, damit er Saphira gefiel? Edlen Gemüts, sanft und doch stark, von ritterlicher, nein, engelhafter Tugend? Ganz uninteressant war er für sie offensichtlich nicht, sonst hätte sie nicht ausgerechnet ihm ihre Unschuld geopfert. Aber sie kannte ihn nicht. Wenn sie mehr über ihn wüsste, würde sie ihn verachten.

Gern hätte er Marie fortgeschickt, um sich neben Saphira auf die Uferwiese zu hocken und sie zu fragen, ob sie ihn hasste nach jener Nacht. Die meisten Frauen täuschten Lustempfinden vor, wenn sie mit ihm schliefen, er wusste das. Nur sie, sie hatte nichts vorgetäuscht. Sie war voller Verlangen gewesen, hatte sich dann aber über den Akt der Liebe erschreckt. Er hatte die Angst in ihren Augen gesehen. Kein Wort hatten sie danach mehr gesprochen. Er hatte sie auf die Stirn geküsst, hatte sich angezogen und war gegangen. Und im Gegensatz zu seinen anderen Liebesabenteuern hatte er sich nicht im Geringsten wie ein Eroberer gefühlt, nein, Schuldgefühle belasteten ihn seitdem.

Selbst jetzt verbarg er sich im Schatten des Salzturms und wagte es nicht, zu den beiden Frauen zu treten. Warum fürchtete er diese Federhändlerin so sehr, diese kindliche Frau, die ihm doch nichts antun konnte? Ahnte er eine Bedrohung, die von ihr ausging?

Sie sah zu Marie hinüber und sagte etwas. Marie antwortete, breitete die Arme aus und lachte. Verstört sah Saphira sie an. Was geschah dort? Christian löste sich von der Turmwand. Was hatte Marie ihr gesagt? Sie war immer noch am Reden, lächelte und redete auf Saphira ein. Da stand Saphira auf, raffte die nassen Kleidungsstücke an sich, ohne sie auszuwringen, und lief davon. Das Kind, das getanzt hatte, rannte ihr hinterher.

Marie sah den beiden verwundert nach. »Was ist los?«, rief sie. Man konnte es bis hierher hören. Aber Saphira drehte sich nicht um.

Christian spürte seinen Herzschlag bis in die Fingerspitzen pochen. Am liebsten hätte er sich entschuldigt. Konnte man etwas tun, um Saphira zu besänftigen, um ihren Schmerz zu stillen? Natürlich, er konnte Marie verlassen und zu Saphira zurückkehren. Aber das würde ihr nicht geben, was sie brauchte. Sie brauchte einen Ehemann. Der konnte er nicht sein. Tam genauso wenig. Sie musste sich unter den Juden umschauen. Sie würde ihre Begegnung irgendwann überwinden und sich einen Juden auswählen.

Dieser Jude war ein beneidenswerter Mann.

Er schlich sich von hinten an Marie heran. Schweigend legte er ihr die Hände über die Augen.

Sie kreischte auf vor Freude, rief seinen Namen und sprang in die Höhe. Ihre stürmische Umarmung gefiel ihm nicht. Es war, als würde er die falsche Frau umarmen. Der Arzt hatte recht gehabt. Er war liebeskrank. Und das Heilmittel lief gerade Richtung Kornmarkt in die Stadt.

»Ich habe mich schon den ganzen Tag auf dich gefreut«, zwitscherte Marie.

»Was hast du der Federhändlerin gerade erzählt? Ich habe sie aufstürzen und fortlaufen sehen.«

»Der Federhändlerin? Das war keine Federhändlerin. Das war die Magd des Henkers.«

»Die … was?«

»Die Magd des Henkers. Hast du nicht die kleine Blonde gesehen, die hinter ihr hergehüpft ist? Eine seiner Töchter.«

»Aber ich bin mir sicher, dass es die Federhändlerin war!«

Eine Sorgenfalte erschien auf Maries Stirn. »Hattest du etwas mit ihr?«

Er schluckte. Zu lange gezögert!, schoss es ihm durch den Kopf. »Ja«, stammelte er. »Aber es ist länger her.«

»Das will ich hoffen.«

»Was hast du ihr erzählt? Warum ist sie so plötzlich aufgesprungen?«

»Ich habe ihr von dir vorgeschwärmt. Wenn eure Liebschaft länger her ist, dürfte sie das doch nicht erschrecken!« Marie suchte in seinen Augen.

»Nein«, sagte er. »Allerdings nicht.«

Es war dieselbe Wut, dieselbe Woge von Zorn und Hass, die auch im Handgemenge auf dem Münsterplatz in ihm hochgeschäumt war. Sie spülte kalt durch seinen Bauch, brodelte Augenblicke später auf und brandete zu seiner Kehle hin. »Er sitzt in der Trinkstube«, hatten sie beim Hof der Münch gesagt. Also ging Tam das Kellergässlein hinunter zum Fischmarkt und bog in die Schneidergasse ein. Seine Schritte griffen weit aus. Christian hatte es vermasselt. Christian hatte sich bei der Briefübergabe erwischen lassen, und er hatte es nicht einmal für nötig befunden, Tam davon in Kenntnis zu setzen, nein, er saß wie eh und je in der Trinkstube und feierte. Durch Christian hatte Saphira ihr Zuhause verloren!

Eine magere Katze überquerte vor ihm die Gasse. Sie spazierte ohne Eile hinüber, in jenem leichtfüßigen, aber geschäftigen Gang, der zu sagen schien: Ich habe mein eigenes, wichtiges Leben, du kümmerst mich nicht im Geringsten. Den Schwanz hielt sie wie eine Fahne in die Höhe. Tam trat nach ihr, und sie sprang mit einem ärgerlichen Maunzen beiseite.

Die Menschen, die ihn grüßten, würdigte er keines Blickes. Aber das Treten hatte gutgetan. Er steuerte eine Kiepe an, die an der Hauswand lehnte, und stieß sie mit einem Fußtritt um. Holzscheite purzelten hinaus. Jetzt erst bemerkte er die Frau, die mit einem Reisigbesen den Hauseingang fegte. Sie sah ihn entgeistert an.

»Entschuldigung«, sagte er. »Es tut mir leid.« Er bückte sich und sammelte die Scheite wieder ein, dann richtete er die Kiepe auf. »Verzeihung.« Das Blut schoss ihm ins Gesicht vor Scham. Eilig ging er weiter.

Das Haus, in dem sich die Trinkstube »Zum Seufzen« befand, war bunt bemalt, die Nachmittagssonne wärmte die Farben und brachte sie zum Leuchten. Sicher waren die Sterner stolz auf ihren Versammlungsort. Sie bildeten sich ein, den Psittichern überlegen zu sein.

Tam trat ein. Biergestank und der Geruch verbrannten Fetts schlugen ihm entgegen, dazu laute Stimmen und über allem, als wäre es nicht wirr genug, das schräge Kratzen einer Fiedel. Er sah sich nach Christian um. Natürlich, der saß am großen Tisch, für den man vier türgroße Holzplatten auf Böcken zusammengeschoben hatte. Um ihn herum saßen seine Sternerfreunde und auf seinem Schoß ein dralles Mädchen. Sie lachte aus voller Kehle und schlug sich auf die Schenkel. Christian hatte sicher einen Witz gerissen. Er grinste über das ganze Gesicht, stolz über den durchschlagenden Erfolg seiner Worte.

Tam hatte plötzlich das Gefühl, alles, was sie als Freunde geteilt hatten, hatte Christian nur aus Mitleid getan. Sein wahres Leben lebte er hier. Er brauchte Tam nicht. Nun, aber dann sollte er sich bitte schön auch aus Tams Leben heraushalten. Nie hätte er ihm von Saphira erzählen dürfen.

Er trat an den Tisch heran und stützte sich mit den Händen darauf. »Christian, ich muss dich sprechen.«

Die Sterner sahen ihn verblüfft an. »Tam von Bärenfels? Was macht Ihr hier?« – »Mutig von Euch hierherzukommen.« – »Leute, verriegelt die Tür! Wir haben Unterhaltung für heute Abend gefunden! Der Bursche wird uns Freude machen.« – »Könnt Ihr tanzen? Singt Ihr?« – »Nun, wenn wir ihm eine Fackel zwischen die Füße halten, wird er tanzen!«

Tam ließ sich nicht beirren. Er sah Christian durchdringend an. Christian hatte noch kein Wort gesagt. Er war blass geworden. Schob das Mädchen beiseite und stand auf.

»Wo willst du hin?«, fragte Tam. »Hast du mich nicht gehört?«

»Lass uns hinaufgehen. Es gibt dort eine kleine Stube für Beratungen.«

Die Rittersöhne meuterten. »He, da hat der Psitticher nichts verloren!«

Schweigend führte Christian ihn zur Treppe und stieg mit ihm hinauf. Sie betraten einen kleinen, kühlen Raum. Christian trat ans Fenster und öffnete den Laden, sodass Licht in den

Raum fiel. In der schrägen Lichtbahn stiegen Staubkörnchen auf, als würden sie hinausgesaugt.

Ein Tisch war da mit Stühlen, aber Tam wollte sich nicht setzen. Er starrte zu Christian hinüber, der am Fenster stehen geblieben war und zu Boden blickte.

»Ich weiß«, sagte Christian, »dass du zornig auf mich bist. Und du bist es zu Recht.«

»Was hast du getan?«, fauchte Tam. »Ihrem Vater den Brief gegeben, damit er ihn an sie weiterreicht? Oder hast du mit einem Stück Kohle ein Herz an die Hauswand gemalt und ›Tam und Saphira‹ daruntergeschrieben?«

Christian sah erstaunt auf.

Tam war mit fünf großen Schritten bei ihm. Er packte den Freund am Hemd. »Saphira wurde aus dem Haus geworfen! Niemand weiß, wo sie ist. Ihr Vater denkt, sie sei bei dir!«

»Also stimmen die Gerüchte.«

»Welche Gerüchte?«

»Dass sie als Magd für den Henker arbeitet.«

Tam ließ los. Er musste sich an einer Stuhllehne abstützen. »Als Magd. Beim Henker. Tiefer konnte sie nicht sinken.« Er sah auf. »Was ist geschehen? Wie hast du es vermasselt?«

Schweiß klebte Christians rote Haarlocken an seine Stirn. Die bleiche Haut unter den Sommersprossen sah wie die eines Kranken aus. »Ich weiß es nicht. Vielleicht hat Simon-ben-Levi mich gesehen.«

»Bist du nicht zu ihr in den Laden gegangen?«

Christians grüne Augen glänzten, als fieberte er. »Doch.«

»Wie konnte er da Verdacht schöpfen? Konntest du nicht ebenso gut ein Käufer sein, der Federschmuck benötigt?«

»Sie …« Christian fuhr sich mit der Hand über die Stirn und

senkte den Blick. »Sie hat geweint. Sie konnte nicht mehr an eine Zukunft mit dir glauben. Da habe ich ihr gut zugeredet.«

»Was sagst du da?«

»Sie weiß eben, dass ihr nie heiraten werdet. Aber das wünscht sie sich.«

»Du hast ihr zugeredet?« Ihm wurde kalt.

»Sie wollte, dass ich ihr verspreche, dass ich euch helfen würde. Das habe ich getan. Nur so war sie zu beruhigen.«

Tam presste hervor: »Was hast du noch getan, um sie zu beruhigen?«

»Nichts. Wir haben nur geredet.«

Irgendwie konnte er das nicht glauben. Er nickte. »Und dadurch ist Simon-ben-Levi auf dich aufmerksam geworden, ja?«

»Ich weiß nicht, woher er meinen Namen hat. Saphira muss ihm von meinem Besuch erzählt haben.«

»Ich bringe dich um, Christian, wenn du sie angerührt hast.«

Für einen Augenblick war es still. »Überleg doch mal«, sagte Christian dann, »würde deine Saphira das mit sich machen lassen? Sie würde doch schreien, sich wehren! So wenig vertraust du ihr? Ich meine, dass du mir nicht vertraust nach nahezu zwei Jahrzehnten Freundschaft, das kann ich ja verstehen. Aber ihr, deiner Geliebten?«

Er hatte Christian mit seinem Verdacht verletzt. Seinen einzigen Freund stieß er von sich. Dabei hatte Christian doch nur helfen wollen, er hatte Saphira gebeten, die Beziehung zu ihm, Tam, nicht aufzugeben! War das seine Art, sich zu bedanken? Zerknirscht ließ er die Schultern sinken. »Es tut mir leid.« Er ging zu Christian hinüber und zog ihn in eine Umarmung. »Ich vertraue dir. Es ist nur alles so unerwartet, Saphira als Magd, verstoßen von ihrem Vater, ich meine … Ich bin einfach aus der Haut gefahren.«

»Ist doch verständlich.« Christian klopfte ihm auf den Rücken. »Natürlich bist du entsetzt.«

Tam löste sich. »Ich werde zu ihr gehen, sofort.«

»Wenn ich etwas für dich tun kann, nein, für euch tun kann – sage es mir und ich bin zur Stelle.«

»Danke. Du bist ein wahrer Freund.« Er ging zur Tür und verharrte wieder. Nur sich selbst hatte er gesehen! Wann fragte er einmal nach den Nöten des Freundes? Es sollte doch ein Geben und Nehmen sein! »Sag, wie läuft es bei dir? Habe dich gar nicht gefragt.«

»Ach, ich habe Schwierigkeiten mit einer gewissen Marie. Aber sonst ist alles bestens.«

»Das Mädchen unten in der Trinkstube?«

»Nein, eine andere.«

»Ganz der Alte. Was ist mit dieser Marie? Will sie dich nicht gehen lassen?«

»So ähnlich.«

Der Rhein gurgelte leise am Heck des Fährboots. Konrad von Bärenfels streckte die Hand über die Reling aus und tauchte sie ins Wasser. Spreizte er die Finger, dann glitt das Nass zügig durch ihre Zwischenräume; formte er eine Wand, so drückte es dagegen, als wollte es ihn aus dem Boot schieben. Es war ein heißer Tag. Das Wasser kühlte angenehm die Haut. Er tauchte den Arm hinein. Wie lange hatte ihm seine Frau nicht mehr den Unterarm gestreichelt? Sie sprach wenig mit ihm und ging ihm aus dem Weg. Nun, bald würde sie ihn wieder lieben und bewundern. Spätestens, wenn sie bemerkte, dass er die Familie und die Stadt durch sein kühnes Handeln rettete. »Dort, die Insel«, sagte er.

Der Fährmann blickte ihn verständnislos an. »Aber da gibt es nichts. Das ist bloß der Sand, den der Birsig in den Rhein geschwemmt hat, und jetzt wachsen ein paar Büsche darauf.«

»Du hast mich verstanden. Steuere zur Insel.«

Ohne ein weiteres Wort schlug der Fährmann ein paarmal das rechte Ruder, während er das linke im Wasser schleifen ließ. Der Bug drehte sich zur Insel hin.

Buschwerk wucherte dort. Lautes Vogelgeschrei verkündete, dass die Tiere die Herrschaft über diesen Flecken Erde übernommen hatten. Ja, die Insel war genau das, was er für seinen Plan benötigte. Er nickte dem Zimmermann zu, der im Bug des Bootes saß. »Hier gehen wir an Land.«

Der Zimmermann runzelte die Stirn, und die Augen des Fährmanns wurden noch größer. »Ihr wollt anlegen?«, fragte er. Aber Konrads Gesicht war offenbar genug der Antwort. Mit kurzen Ruderschlägen brachte er das Boot zum Ufer. Es knirschte, als es mit dem Boden aufsetzte.

Konrad übersah den Arm, den ihm der Fährmann zur Stütze anbot. Er sprang ins Wasser und watete zum Land. Dass der Rhein in seine Stiefel spülte, dass es nass und kalt an den Beinlingen zog und bis zu den Hüften spritzte, störte ihn nicht. »Komm!«, rief er. Hinter sich hörte er ein Klatschen. Nun war auch der Zimmermann im Wasser.

Am Ufer wuchsen hüfthoch die Brennnesseln. Er schlug sich einen Weg hindurch. Das Brennnesselgift zwickte seine Hände. Konrad lächelte grimmig. Er zwängte sich durch Dornengestrüpp. Seine schmatzenden, nassen Stiefel sanken tief in feuchten Boden ein und wurden schwer vom Morast, der sich in Klumpen an sie hängte. Endlich stand er in der Mitte der Insel.

Es war alles genau, wie er es erhofft hatte. Der Platz reichte aus und vom Ufer her konnte eine große Menge zur Insel hinübersehen. »Hier«, sagte er, »wirst du mir ein Haus errichten. Genau hier.«

»Das kann ich tun, Herr Bürgermeister.« Der Zimmermann sah sich um, als habe man ihm befohlen, eine Festung auf einen Stecknadelkopf zu bauen. »Ich kann es aber nicht gegen das Wasser schützen. Wenn der Rhein nach starken Regenfällen anschwillt, wird er diese Insel überfluten.«

»Lass das meine Sorge sein.«

»Das Haus steht kein Jahr, ich sage es Euch.«

»Ich möchte, dass du trotzdem gutes Holz verwendest. Einen einzigen Raum soll es haben. Keine Fenster.«

»Darf ich fragen, wozu Ihr dieses Inselhaus benötigt?«

»Eine kleine Kirche soll es werden.« Eine Kirche, die Rettung und Untergang bedeuten würde. »Am besten, du fängst gleich morgen an mit deinen Gesellen und Gehilfen. Der Untergrund scheint etwas sumpfig zu sein, es wird einige Vorbereitungen erfordern.«

10

Schwalben durchsegelten den Himmel. Sommergeruch lag in der lauen Abendluft: Lindenblütenduft und die Dünste warmen, abgestandenen Wassers. Gegenüber dem Henkerhaus spiegelten sich Himmel und Schwalben in der Oberfläche eines kleinen Tümpels. Frösche lärmten.

Saphira kniete vor dem Haus im Schmutz und schrubbte einen Kupferkessel. Sie wälzte den Kessel im Badezuber herum und kratzte mit einer Eisenbürste über die angekohlten Essensreste. Fuhr sie lange und fest darüber, kam in kleinen, blitzenden Flecken das Kupfer zum Vorschein. Schwarze Krümel schwammen im Spülwasser. Saphiras Arm erlahmte bald von der Bewegung. Müde ließ sie die Hand sinken und sah zu den Kindern hinüber, die jauchzend durch die Lottergasse tobten.

Es waren die Sprösslinge der Kanalputzer, Totengräber und Köhler, ihre Beine ragten stelzendünn aus den Lumpen. Auf den knochigen Körpern saßen Köpfe wie Rüben: das Kinn schmal, die Stirn übergroß, Haare, die wie wirres Kraut die Ohren überwucherten. Die Kinder fletschten die schiefgewachsenen Rattenzähne, gaben sich erst verspielte Knüffe, dann Tritte. Floh einer, so traten sie nach, und schließlich folgten sie ihm, packten ihn und zwängten den Kopf in die Achselklammer. Während sie die Kehle des Gegners quetschten, riefen sie herausfordernd: »Na, was sagst du jetzt? Na?« Würgen war die Antwort. Endlich ließen sie den Gequälten frei und lachten.

Waren sie glücklich? Saphira bezweifelte es. Die Kinder brachen Lehm aus einer Hauswand und pulten in dem Loch, bis Stroh zum Vorschein kam. Sie spuckten in eine Ziegentränke.

Sie kratzten an hölzernen Türpfosten. Niemand, der glücklich war, hatte solche Freude am Zerstören.

Ein Junge rief: »Die Frösche!« Gleich schnitten sie sich Weidenruten und pirschten sich an. Sie lauerten den Fröschen auf und schlugen mit den Ruten nach ihnen. Das biegsame Holz fauchte durch die Luft, es klatschte auf den Tümpel. Als sie auf diese Weise keinen Frosch erlegen konnten, sammelten sie Steine. Im Schatten der Weide verteilten sie die besten davon. Die Reihe herum durfte jeder einen auswählen. Schließlich: Spähen, Zielen, harte Würfe. Bald hatten sie einen Frosch erlegt. Sie riefen sich zu: »Na los, du musst ihn herausholen!« – »Hol du ihn doch, spieß ihn auf deinen Stock auf.« – »Nein, du musst ihn in die Höhe schleudern!« In Wahrheit fürchteten sie sich wohl vor dem toten Tier, das da den Bauch gen Himmel streckte. Wütend schlugen sie mit den Ruten darauf. »Da hast du, Wucherjude!«

Saphira wendete sich ab und schrubbte weiter. Wo hatten sie dieses Wort aufgeschnappt? Sicher verstanden sie seine Bedeutung nicht. Dennoch flößte es ihr Furcht ein. Sie war in eine fremde, eine harte Welt geraten. Es war nicht ihr Zuhause. Sie gehörte hier nicht hin. Sie war nicht aufgewachsen wie diese Kinder und dadurch widerstandsfähig geworden. Ihre Haut war weich und empfindlich, ihre Seele war zart. Sie sehnte sich nach ihrem Zimmer, ihrem Bett, nach Minkas Schnurren, Lisas weichem Schnäuzchen und Peterchens Art, ihr um die Beine zu streichen. Nach dem Vater sehnte sie sich, sie wollte von ihm »süßes Menschenkind« genannt werden und das liebevolle Leuchten in seinen Augen sehen.

War Vater traurig ohne sie? War ihm das Haus kalt und leer? Er würde sie nicht heimkehren lassen. Er war ein Mann, der

Entscheidungen traf und sich dann daran hielt. Und für einen jüdischen Vater hatte er richtig gehandelt. Was sollte sie ihm vorwerfen?

Tränennebel zog vor ihre Augen. Sie hatte alle enttäuscht: Vater, Tam, die verstorbene Mutter. Sie war eine Schande. Tam! Für eine Glasscherbe hatte sie den funkelnden Diamanten fortgeworfen. Tam hätte die größte Zuneigung verdient gehabt, die treueste Liebe, die sanfteste Zärtlichkeit. Aber sie war dazu nicht fähig gewesen.

Ein Schatten fiel auf sie. Sie sah hoch, blinzelte. Sie erhob sich. »Tam«, sagte sie.

Er umrundete den Zuber und umarmte sie. Lange standen sie so und Saphira gab sich dem Gefühl hin, dass nun alles in Ordnung kommen würde. Die bösen Gedanken verscheuchte sie – dass er sich anders anfühlte als Christian, hagerer, und dass sich ein Teil ihres Herzens wünschte, statt seiner sei Christian gekommen –, nein, fort damit, nie wieder wollte sie an diesen Nichtswürdigen denken. Sie verdiente nicht einmal, dass Tam sie noch umarmte, und doch war er zu ihr gekommen.

»Was macht Ihr hier?«, fragte Tam und löste die Umarmung.

Sie zögerte. Wieviel wusste er? Hatte Christian sich ihm offenbart? Und wenn nicht, sollte dann sie ihm alles bekennen? »Vater hat mich aus dem Haus geworfen«, sagte sie.

»Ihr hättet zu mir kommen sollen.«

»Zu Euch? Zum Hof des Bürgermeisters?«

»Nicht, um bei mir zu wohnen. Ich hätte Euch ein Haus in der Stadt gemietet. Ihr gehört nicht zu diesem Abschaum hier. Was habt Ihr da getan? Den Kessel geputzt? Keinen Tag länger sollt Ihr so arbeiten. Kommt mit mir, ich finde eine Bleibe für Euch.«

»Diese Familie hat mich freundlich aufgenommen. Nennt sie nicht Abschaum! Die Menschen waren gut zu mir, Tam. Sie können nichts für ihre Armut.«

»Natürlich können sie etwas dafür. Niemand wird gezwungen hierzubleiben. Sie könnten sich hocharbeiten, indem sie einen Bauchladen betreiben oder indem sie Holz auflesen im Wald und es zum Markt tragen, was auch immer! Die meisten sind einfach dumm und faul. Sie müssten sich um Bildung bemühen, Lehrer stehen jedem zur Verfügung. Jeder kann einen anständigen Beruf erlernen. Köhler, pah! Ihr seid anders als dieses Lumpengesindel. Ihr gehört hier nicht her.«

»Ich weiß, dass ich hier fremd bin. Aber ich möchte nicht, dass Ihr so über meine Gastgeber redet.«

»Gastgeber nennt Ihr sie? Das sind mir schöne Gastgeber, die Euch ihren Kupferkessel schrubben lassen!«

Sie lehnte ihren Kopf gegen seine Brust. »Tam, lasst uns nicht streiten. Wir haben uns so lange nicht gesehen. Und es gibt genug Schwierigkeiten, die überwunden werden müssen.« Er roch nach Rosenwasser. Christian hatte männlicher, herber gerochen. Sie presste die Kiefer aufeinander. Wie konnte sie jetzt an Christian denken! »Ihr habt recht. Gehen wir spazieren, zu den Feldern, und reden über alles?«

»Ich sage nur rasch drinnen Bescheid.« Sie trat zur Tür, steckte den Kopf hinein und rief: »Prinzesschen, ich bin fort, bis es dunkel wird, ja? Sagst du den anderen Bescheid?«

Tapp-tapp-tapp kam die kleine Prinzessin hinter dem Tisch hervor, die Puppen noch in den Händen. »Gehst du mit dem Mann weg? Aber du kommst doch wieder?« Ihr Gesichtchen war schmutzig. Die Augen blickten hell und klar. Sie hatte sie vor Bestürzung weit aufgerissen.

Kinder mussten einen siebten Sinn für die Dinge haben, die man als Erwachsener nicht sagte. »Ich denke schon, meine Kleine. Sei lieb und bleib im Haus, ja?«

Die Prinzessin nickte. »Wenn du versprichst wiederzukommen.«

»Ich verspreche es.«

»Und bei uns zu bleiben.«

Saphira zögerte. Dann lächelte sie. »Ich bleibe bei euch.«

»Ja!« Die Kleine sprang vor Freude in die Luft. In einem wilden Tanz schlenkerte sie ihre Puppen um sich. »Sie bleibt, sie bleibt, sie bleibt!«

Saphira schüttelte lachend den Kopf. Sie schloss die Tür und kehrte zu Tam zurück.

»Ihr wollt weiter Kessel schrubben?«

»Kessel schrubben, Wäsche waschen, Rüben putzen, zum Markt gehen und einkaufen, die Kinder beaufsichtigen, das Haus fegen. Ja.« Sie legte Tam die Hand in die Armbeuge. »Es ist nicht das Leben, das ich mir vorgestellt habe, aber es ist überhaupt eines, wisst Ihr?«

»Ihr solltet nach Hause gehen. Euer Vater ist verzweifelt. Ich habe mit ihm gesprochen.«

Ihr Herz setzte einen Schlag aus. »Hat er gesagt, dass er mir verziehen hat?«

»Das hat er nicht gesagt, aber er ist totenblass geworden, als er von Euch sprach. Er dachte, Ihr wärt bei Christian. Habt Ihr ihm davon erzählt, dass Euch Christian einen Brief gebracht hat?«

Sie wollte etwas sagen, aber ihr Kopf war plötzlich leergefegt. Die Angst kroch eiskalt ihren Rücken empor.

»Habt Ihr es ihm erzählt?«

Er würde anders reagieren, wenn er wüsste, was sie getan hatte. Tam war ahnungslos. »Ja«, sagte sie.

»Warum? Das war ein großer Fehler, Saphira!«

»Meint Ihr, das weiß ich nicht? *Ich* bin aus dem Haus geflogen, nicht *Ihr*.«

Sie kamen auf die Felder. An vielen Stellen waren die Getreidehalme vom Hagel zerstampft worden. Aber es wogten auch Bereiche von gesunden Roggenhalmen im Wind, und ihre Ähren knisterten. Warum gelang manches Leben und anderes nicht? Bald würde die Erntezeit anbrechen. Auf den Wiesenstreifen bei den Feldern wendeten die Bauern gemähtes Gras und legten es zu Haufen zusammen. Es roch bereits wie Heu.

»Ihr solltet Euch rasch mit Eurem Vater versöhnen.«

»Ihr kennt ihn nicht«, sagte sie. »Mein Vater vergisst nicht so leicht. Wenn er etwas gesagt hat, bleibt er auch dabei.«

»Saphira.« Tam blieb stehen. »Seht mich an.«

Sie tat es. In Tams hageres Gesicht hatten sich tiefe Falten gegraben. Die Wolfsaugen blickten ernst. »Was ist?«, hauchte sie.

»Ihr solltet Euch rasch mit Eurem Vater versöhnen.«

»Das habt Ihr schon einmal gesagt. Und ich sagte, es ist nicht so einfach, wie Ihr glaubt.«

»Euch bleibt nicht viel Zeit dafür. Wir müssen die Stadt verlassen.«

»Wovon sprecht Ihr? Ich verstehe nicht.«

»Mein Vater – er hegt grausame Pläne. Er will alle Juden umbringen lassen.«

Umbringen. Sie musste an die *Mikwe* denken und an das unterirdische Grollen. An Ramstein, der den Bettler gewürgt hatte. Womöglich hing das alles miteinander zusammen. »Ich glaube Euch.«

»Erst will er das Volk durch Gerüchte gegen Euch aufbringen. Wenn der Pöbel zum Hass aufgestachelt ist, schlagen die Psitticher zu.«

»Ich gehe nicht ohne meinen Vater.« Sie dachte nach. »Habt Ihr ihm von der Bedrohung erzählt? Vielleicht macht sie ihn nachsichtiger und er vergibt mir doch. Wenn überhaupt, dann tut er es zu Jom Kippur.«

»Was ist das?«

»Der große Versöhnungstag. Wir feiern ihn am zehnten Tischri dieses Jahr. Für Euch ist das … Augenblick … Für Euch ist das im September, ich denke, der dritte September.«

»Gut, ich werde für die erste Septemberwoche unsere Flucht vorbereiten.«

Flucht aus Basel, aus der Stadt, die sie liebte. Alle Juden mit dem Tode bedroht! Was würde noch geschehen? Wie hatten die Dinge so aus dem Gleichgewicht geraten können? »Was, wenn Vater mir nicht verzeiht? Möglicherweise liebt er mich gar nicht mehr.«

»Das glaube ich nicht. Habt Ihr nicht immer gesagt, er sei sanft und fürsorglich zu Euch? Nun denkt er, Christian Münch habe Euch einen Brief gebracht und pflege vielleicht eine Liebschaft zu Euch. Das mag ihn erschrecken – die Zuneigung zu Euch wird es nicht auslöschen.«

Greifvögel kreisten über den Feldern. Sie stießen gellende Rufe aus und glitten dabei mühelos mit ihren breiten Schwingen durch die Lüfte. Wächter waren es, von Adonai geschaffen und zur Wacht über Wiesen und Felder bestellt.

»Was, wenn er bisher nur dem Bild einer hübschen, gehorsamen Tochter nachgelaufen ist? Als ich diesem Bild nicht mehr entsprach, hat er mich fallen lassen. Liebe bedeutet doch,

Fehler zu verzeihen! Liebe heißt, selbst die dunklen Tage gemeinsam durchzustehen. Ich bin nicht die Edle, Sanfte, für die Vater mich hält.« Und für die Ihr mich haltet, fügte sie in Gedanken hinzu.

»Väter haben oft ein falsches Bild von ihren Kindern. Nehmt mich zum Beispiel.« Tam seufzte. »Mein Vater verachtet mich, seit ich als Kind den anderen Rittersöhnen unterlegen war im Wettschwimmen, Wettlaufen und Reiten. Er hat mich geprügelt, er hat Tag und Nacht mit mir geübt, aber ich machte nicht die Fortschritte, die er sich wünschte. Irgendwann – ich glaube, ich war zehn – hat er mich aufgegeben. Ich bin ihm gleichgültig. Wahrscheinlich betrachtet er mich gar nicht mehr als seinen Sohn. Manchmal nur, wenn er mich singen hört, erinnert er sich daran, dass ich sein Fleisch und Blut bin, und brüllt einen Fluch durchs Haus. Er habe keinen Sänger gewollt, sondern einen Ritter, zur Hölle mit dem Sänger! Oder er wirft meine Bücher auf den Misthaufen, die kostbaren handgeschriebenen Bücher, und ich muss sie in der Nacht heimlich wieder einsammeln, stinkend, wie sie sind. Ich entspreche einfach nicht dem Bild, das er sich von seinem Nachfolger gemacht hat.«

»Verstehe«, sagte sie. Sie sah über die Felder und ärgerte sich. Tam spürte einfach nicht, wie verzweifelt sie war. Hatte er ihr überhaupt zugehört?

»Oft wünsche ich mir, ein anderer zu sein. Einer, der stark ist, mutig und von männlicher Präsenz. Meine Schultern sind zu schmal. Das Schwert wird mir bereits schwer in der Hand, wenn ich es nur aus der Scheide ziehe! Ich bin feinfühlig, ja, einfühlsam bin ich, aber das ist keine Eigenschaft, die einem Ritter nützlich ist.«

Einfühlsam? Nein. Er war nicht einfühlsam. Tam sah nur

sich und seine Nöte. Wozu brauchte er sie, Saphira? Als willige Zuhörerin? Er nutzte sie, er gebrauchte sie wie einen Gegenstand. Liebte nicht einmal Tam sie? Sie hatte keine Liebe verdient, sie konnte ja froh sein, dass er mit ihr spazieren ging! Aber doch sehnte sie sich danach, gesehen zu werden, geschätzt zu werden und für jemanden wertvoll zu sein.

»Ihr seid die Einzige, wisst Ihr«, fuhr er fort, »die mich wirklich versteht und meine Seele mag. Die Sterner lachen doch nur über mich und die Psitticher, deren Anführer ich einmal werden soll, werfen mir verächtliche Blicke zu. Man könnte meinen, ich sei in die falsche Familie geboren worden. Schneider hätte ich werden sollen, oder Notar. Als Ritter werde ich immer belächelt werden. Ich bin so froh, wenn wir die Stadt endlich verlassen. Wir fangen irgendwo neu an, wo uns niemand kennt. Keiner wird Erwartungen an uns stellen, die wir nicht erfüllen können. Basel wird mir nicht fehlen, keinen einzigen Tag. Nur Christian werde ich vermissen.«

»Ja, Christian«, wiederholte sie. Die Liebe zu Tam war plötzlich wie weggeblasen. Konnte es so etwas geben? Aber natürlich. Sie selbst hatte diese Liebe durch die Buhlschaft mit Christian vergiftet. Sie durfte sie nicht aufgeben! Auch wenn sie im Augenblick nichts mehr fühlte. Sie würde um Tam kämpfen! Saphira sah hinüber. Tam erschien ihr wie ein Fremder. Ein Fremder, in den sie sich verlieben konnte. Ein guter Fremder.

Den ganzen Gottesdienst über dachte er an Saphira, die ihn verlassen hatte für diesen säuischen Weiberhelden Münch. Er verstand es einfach nicht. Beinahe zwanzig Jahre lang hatte er sie umsorgt und geliebt. Er hatte sie gepflegt, wenn sie krank war – und sie war oft krank gewesen! –, getröstet, wenn sie schlecht geträumt hatte, ihr zugehört, wenn Sorgen sie quälten. Er war ihr ein guter Vater gewesen. Wie konnte sie ihm zum Lohn so etwas antun? Auf ein glückliches Leben hatte er sie vorbereitet. Hätte sie nicht jeden jüdischen Mann Basels haben können? Er hatte es zu Wohlstand gebracht – für sie; inzwischen übertraf sein Vermögen das jedes anderen Juden in der Stadt. Mit den Kaufleuten unter den Christen konnte er schon lange mithalten. Ihre Möglichkeiten waren schier unbegrenzt. Und sie warf das alles fort für ein ehrloses, liebloses, den Frauen verfallenes Schwein.

Nach dem Gottesdienst sprach Simon mit einigen Juden. Die Stadt war ruhig. Sie hatten nichts zu befürchten. Es war nichts dran an der Panikmacherei, die der Freund des Münch, dieser Tam von Bärenfels, verbreitete. Das war ja auch zu widersinnig: Die Juden umbringen zu wollen! Auf diese Ideen konnten nur die verzogenen Bürgermeisterbengel kommen, dieser Christian Münch und sein Spießgeselle.

Er machte sich auf den Heimweg. Bei Rümelins Mühle atmete er tief ein. Immer wenn er an der Mühle vorüberging, die an der Ecke zur Grünpfahlgasse Wasser aus dem Bach schaufelte, genoss er den feinen Nebel auf seinem Gesicht. Die Tropfen kühlten die Luft und vertrieben den Gestank des Birsigkanals, der von der Unterstadt heraufzog.

Er öffnete die Augen wieder. Was war das für ein Menschenauflauf vor seinem Haus? War Saphira zurückgekehrt und hatte sich aus dem Fenster gestürzt? Er brach in Schweiß aus und hastete voran. »Ihr Herren«, rief er, »macht Platz!« Aber da war nichts auf dem Straßenpflaster. Er sah die Männer verwundert an.

»Ich weiß, es ist Schabbat«, sagte einer. »Aber wärt Ihr dennoch so gut, lieber Herr Ben-Levi, mir meine Einlagen auszuzahlen?«

»Und ich würde gern meine Rentenvereinbarung kündigen«, sagte ein älterer Ratsherr. »Nehmt es mir nicht übel, die Zeiten …«

»Herr Ben-Levi, löst bitte diesen Wechsel ein, den ich vor sechs Wochen bei Euch kaufte.«

»Muss es denn heute sein?«, fragte er. »Ihr wisst, ich pflege diesen Tag als Ruhetag zu heiligen. Und wie kommt es, dass so viele meiner besten Kunden sich plötzlich entschließen, die Geschäfte mit mir zu beenden? Seid offen, Ihr Herren.«

Man sah zu Boden. Schwieg. Schließlich räusperte sich der Ratsherr. »Lieber Herr Ben-Levi, Ihr wisst, dass wir Euch vertrauen und gern Geschäfte mit Euch gemacht haben. Es ist nur einfach so, dass es nicht mehr ratsam zu sein scheint, bei einem Juden Einlagen verwahren zu lassen, und ich für meinen Teil mag auf die fünfprozentige jährliche Rente nicht mehr vertrauen, wenn man Eurem Volk solche Gräueltaten zuschreibt – sosehr ich an der Wahrheit der Gerüchte auch Zweifel habe.«

»Und selbst wenn sie wahr sind«, ergänzte ein Safranzünftler, »habt Ihr sicher nichts damit zu tun.«

»Wovon redet Ihr?«, fragte Simon.

»Man mag es gar nicht wiederholen«, sagte der Ratsherr leise.

»Ich bitte darum!«

»Nun …« Er biss sich auf die Unterlippe. »Es heißt, die Juden hätten einen Knaben getötet und in der Synagoge dessen Herz verspeist. Außerdem soll heute im Gottesdienst Kinderblut getrunken worden sein.«

»Aber das ist eine Lüge! Ich war dort, wie hätte mir das entgehen sollen!«

»Ich weiß«, sagte der Safranzünftler, »es ist grober Unfug. Ihr müsst verstehen, Anfang des Jahres haben sie in Freiburg und Konstanz die Juden gefangengesetzt …«

»… und in Bern haben sie sie getötet«, ergänzte der Ratsherr, »Gott bewahre, dass so etwas hier geschehe! Allerdings sieht es in Stuttgart, Augsburg und Memmingen ähnlich aus. Es brechen schlechte Zeiten an für Euer Volk. Wir wollen tun, was wir können, um Basel als gerechten und freien Ort zu erhalten. Nur werdet Ihr verstehen, dass es im Augenblick nicht ratsam ist, mit einem Juden – auch wenn wir ihn schätzen –, nun, Geschäfte zu machen.«

Simon wusste später nicht, wie er die Demütigung ertragen hatte, wie er die Kassen geöffnet, die Verträge zerrissen, die Einlagen ausgehändigt hatte. Erst, als es wieder still geworden war im Haus und er vor seinen Truhen saß, die aufgebrochen, ausgeraubt, entleert worden waren, fand er zu klaren Gedanken zurück. »Ich kämpfe«, flüsterte er. »Ihr verruchten Ritter, ich kämpfe! Das lasse ich nicht mit mir machen!«

Noch hatte er Freunde in der Stadt. Noch hatte er Einfluss. Er würde sich nicht zerstören lassen, was er in langen Jahren aufgebaut hatte, nur weil ihm der Bürgermeister zürnte. Dieser Konrad von Bärenfels würde auf Granit beißen! Er würde seine erste Niederlage einstecken.

Sankt Alban war eine eigene Siedlung, ein abgeschlossenes Klosterstädtchen neben dem riesenhaft wuchernden Basel. Gartenland und Obstplantagen umgaben es, und ein Kanal führte vom Wehr bei Münchenstein Wasser hinein. Er teilte sich in zwei Arme und trug Baumstämme mit sich, die innerhalb der Klostermauern von den Männern des Sägewerks mit langen Haken herausgefischt wurden. Auch das Sägewerk selbst trieb der Kanal an: Er drehte ein Mühlrad, das Mühlrad brachte ein Getriebe in Bewegung, Nocken drückten ein Sägeblatt herunter, eine Fichtenstange zog es wieder empor, und durch ein Zackenrad wurde der Baumstamm weitergeschoben, wenn er durchtrennt war. So verlässlich, wie dieses Sägewerk das Holz zurechtschnitt, so zuverlässig arbeiteten auch die Mühlen, die Bauern des Klosterdorfs, die Viehzüchter, die Bäcker und Bierbrauer, und dies war das Verdienst eines Mannes: das Verdienst des Priors Guilielmus. Simon bewunderte die Art, wie er sein Kloster führte. Simon war nicht oft hier, schließlich mutete es seltsam an, einen Juden in einer Siedlung anzutreffen, die allein dazu da war, dem Gott der Christen zu huldigen. Aber er empfand große Achtung vor dem Mann, der Sankt Alban vorstand, und hatte ihm deshalb besonders gute Zinsbedingungen eingeräumt.

»Zum Prior«, sagte er dem Pförtner am Tor.

»Gesellt Euch zu den Italienern in den Kreuzgang. Wenn die Sext vorüber ist, verlässt Prior Guilielmus die Kirche durch den Kapitelsaal. Dort könnt Ihr auf ihn warten.«

»Italiener?«

»Geschminkte Männer. Wie Teufel.«

Was suchten die hier? Wollten sie ihm nun auch noch das Kloster abspenstig machen? Er hatte genug Geschäftsbeziehungen verloren. Als Simon die Kirche passierte, lauschte er. Gesangsfetzen. Gut. Sie waren noch beim Gottesdienst. Vielleicht konnte er den Prior sprechen, bevor die *Bancheri* ihn bearbeiteten.

Sie waren immer wohlwollend miteinander umgegangen, Guilielmus und er. Die Hingabe der Mönche an Gott imponierte Simon: Während die Hörigen im Sägewerk und auf den Feldern arbeiteten, waren der Prior und seine Mönche den ganzen Tag und die halbe Nacht in der Kirche und hielten Gottesdienste ab. Nicht für eine Volksgemeinde, nein, sie waren allein beim Singen und Beten! Sie taten es für Gott.

Das Bethaus, das sie ihm errichtet hatten, war nicht viel älter als er, Simon, die Steine waren noch blank und ohne Risse. Sonnenlicht blitzte auf dem Glas der Spitzbogenfenster. Wuchtig breitete die lange Halle ihre Seitenarme aus, als müsse sie sich abstützen, um bei ihrem großen Gewicht nicht im Erdboden zu versinken.

Er schritt durch die Säulenhallen, die den Klosterhof umrahmten. Warum sie das Kreuzgang nannten, hatte Simon den Prior gefragt, als sie sich das letzte Mal sahen, und er hatte erklärt, dass bei Prozessionen dort ein Kreuz vor den Mönchen hergetragen werde. Dass dieses Ding eine solche Bedeutung für die Christen hatte! Ein römisches Folterinstrument setzten sie zum Zeichen ihres Glaubens auf die Dächer ihrer Bethäuser und trugen es bei Prozessionen vor sich her. Der Tod hatte große Bedeutung für sie, denn sie glaubten, ihr Jesus habe ihn überwunden und besiegt.

Simon spähte durch die Rundbögen. Zwanzig waren es auf jeder Seite des Hofes, zwanzig Bögen, aus roten und weißen Steinen gemauert und von schlanken Säulen getragen. Schatten und Licht wechselten in den Wandelhallen nach einem klaren Muster. Es vermittelte ein Gefühl von Ordnung. Guilielmus, der diesen Hort der Ordnung regierte, würde ein Ausweg einfallen für das Unheil, das sich in Basel zusammenbraute.

Vier Männer standen vor der Tür zum Kapitelsaal, in geschlitzte Florentinermäntel gekleidet. Ihre Bärte waren gestutzt und glänzten von Öl. Lilienduft wehte herüber. Der Gesang war verstummt. Gleich würden die Mönche durch die Tür in den Kreuzgang strömen und sich auf Tagraum und Küche, Siechenhaus und Kräutergarten, Bibliothek und Gästehaus verteilen, und mit ihnen kam Guilielmus. Simon eilte zur Tür hin.

Die *Bancheri* empfingen ihn frostig. Ihre bemalten Gesichter waren unbewegliche Masken, die geschwärzten Augenkränze gaben ihnen einen Krähenblick. »Ein Jude in einem Kloster? Habt Ihr Euch verlaufen?«

»Bedaure, nein.«

Einer der *Bancheri* wies nach oben. »Da, an ein Kreuz habt Ihr ihn genagelt. Christusmörder! Meint Ihr, Gott will hier einen Juden haben? Die Mönche haben genug damit zu tun, gegen das Böse anzubeten.«

Simons Knie wurden weich. Wagte man es jetzt schon, ihn öffentlich zu beschimpfen? Die Dinge standen schlechter, als er gedacht hatte. »Gott schätzt die Juden«, sagte er und richtete seinen Blick fest auf die Tür. »Der, den ihr Christus nennt, war ein Jude. Und hingerichtet haben ihn römische Legionäre.«

»Ja, auf Geheiß der Juden. Du glaubst nicht, dass er Gottes Sohn ist, nicht wahr? Kein Jude glaubt das. Ihr seid Gotteslästerer und Mörder.«

Endlich ging die Tür auf. Mönche traten heraus und nickten schweigend den *Bancheri* zu und ihm, bevor sie in den Kreuzgang traten. Sie sagten kein Wort. Als sei der Christentempel ein so heiliger Ort für sie, dass er sie verstummen lassen hatte.

Als Letzter erschien Guilielmus. Er trug die gleiche schwarze Kutte, die auch seine Mönche kleidete, und den dunklen Überwurf, der über Rücken und Brust herabfiel wie eine Decke. Guilielmus stutzte, als er Simon und die Italiener erblickte. Dann wendete er sich an die *Bancheri*. »Ihr wollt zu mir?«

»So ist es, ehrenwerter Prior.«

»Wie kann ich Euch helfen?«

»Unser Anliegen wird viel Zeit in Anspruch nehmen. Es lohnt sich für den Juden nicht zu warten. Er soll besser morgen wiederkommen.«

»Oder gar nicht«, ergänzte einer der *Bancheri* und lächelte breit. »Das wäre Euch als reingläubigem Christen sicher angenehmer. Schickt ihn fort – was er will, kann er den Hunden vortragen.«

Guilielmus' weiße Augenbrauen zogen sich über der Nasenwurzel zusammen. »Überlasst diese Entscheidung bitte mir.« Er sah Simon an. »In welcher Angelegenheit seid Ihr hier?«

»Es ist eine kurze Bitte.«

Guilielmus drehte sich erneut zu den italienischen Herren um. »Dann ersuche ich Euch um ein wenig Geduld. Die Bitte des Herrn Ben-Levi wird rasch erfüllt sein, und danach kann ich Euch in aller Ruhe anhören.«

Die Gesichter der *Bancheri* verfinsterten sich. »Wir waren zuerst da. Ihr bevorzugt den Juden?«

Guilielmus lächelte und wies mit den warzenübersäten Händen zu einer Tür. »Geht solange in den Tagraum der Mönche, seid so gut. Ich bin gleich bei Euch.«

Widerwillig entfernten sich die *Bancheri*. Als sie gegangen waren, legte der Prior Simon die Hand auf den Rücken. »Es tut gut, Euch zu sehen, Simon.«

»So geht es auch mir«, sagte er, »mit Euch. Der Anlass für

mein Kommen ist leider recht dringlich und wird Euch wenig Freude machen.«

»Wir versammeln uns gleich zum Mittagessen. Dazu kann ich Euch leider nicht einladen, Simon, Ihr wisst, wir befolgen eine strenge Ordnung. Aber wenn sich der Beginn des Mahles ein wenig verzögert, macht das nichts, solange wir die Gebete der Non nicht verschieben. Warum gehen wir nicht ein wenig im Schatten des Kreuzgangs spazieren, und Ihr berichtet mir?«

»Was ist mit den *Bancheri?«*

»Nach dem Mittagsmahl pflegen wir zwei Stunden Ruhe zu halten. Ich werde sie in dieser Zeit aufsuchen. Kommt.« Der Prior verschränkte die Hände hinter dem Rücken und schritt langsam aus. »Ich habe in der Kirche lange gekniet und möchte mich bewegen.«

»Guilielmus, ich staune immer wieder, wie streng Ihr mit Euren Mönchen der Regel des Herrn Benedikt folgt, tagaus, tagein Gottesdienste zu feiern.«

»Nun, befolgt Ihr nicht Eure Speisegebote? Haltet Ihr nicht gewisse Regeln für rituelle Waschungen ein und sprecht festgesetzte Gebete zu bestimmten Tageszeiten?«

»Das tue ich. Doch ich bin einfacher Israelit, und Ihr seid wie die Leviten in Jerusalem, als der Tempel noch existierte.«

Guilielmus lachte. »Ja, das ist ein guter Vergleich.«

Für einige Schritte schwieg Simon, dann sagte er: »In der Stadt geht das Gerücht um, wir Juden hätten einen Jungen getötet und sein Herz gegessen. Es wird Hass geschürt. Ich bin hier, weil ich Euch um Hilfe bitten möchte.«

»Beginnt es auch in Basel?« Guilielmus schüttelte betrübt den Kopf. »In Bern haben sie die Juden vergangenen November bei lebendigem Leibe verbrannt, ebenso in Stuttgart und Augsburg.«

»Wohin sollen wir fliehen? Es gibt keine Zuflucht für uns. Könnt Ihr den Christen nicht erklären, dass diese Gerüchte Lügen sind? Kein Jude würde Blut trinken. Tora und Talmud verbieten es.«

»In anderen Städten hat man behauptet, die Juden hätten einen Buben gekreuzigt. Gerüchte scheren sich nicht um Wahrheit oder Trug. Das macht sie so gefährlich.«

»Die Gerüchte wären wirkungslos, würde nicht der christliche Glauben zum Judenhass aufrufen.«

»Das tut er nicht, Simon. Er lehrt jedenfalls nicht zu töten. Einem Juden das Leben zu nehmen ist Sünde, genauso wie Gott es verabscheut, wenn ein Christ umgebracht wird. Seit Augustinus lehren wir, dass die Juden die unverzichtbare Aufgabe haben, durch ihre Knechtschaft in der christlichen Gesellschaft bis ans Ende der Zeiten die Überlegenheit des Christentums zu beweisen. Und dafür müssen sie leben.«

»Das glaubt Ihr nicht wirklich, Prior Guilielmus. Knechtschaft? Nein, das glaubt Ihr nicht. Mit welchem Recht sollte man uns zu Knechten erklären?«

»Ich habe Euch nie herablassend behandelt. Oder täusche ich mich?«

Simon schüttelte den Kopf. »Im Gegenteil. Eure Achtung für mich hat mich oft erstaunt.«

»Es gibt Lehren der Kirche, die ich nicht gutheiße. Ich hoffe, dass wir eines Tages dazulernen und unsere Lehren erneuern.«

»Wie konnte es zu dieser Lehre kommen? Warum verachten die Christen mein Volk?«

»Wie so oft ist der Grund die Angst.« Guilielmus schwieg

für einige Schritte. »Wir wissen, Gott schloss zuerst mit Euch einen Bund. Ihr solltet das Volk sein, das ihm dient und damit der ganzen Welt zeigt, wer er ist. Dann aber seid Ihr ungehorsam geworden und Gott hat Euch verworfen.«

»Das würde er nie tun! Er hat Jakob versprochen und Isaak und Abraham …«

»Mein guter Simon«, unterbrach ihn der Prior, »in diesem Punkt stimme ich mit der Kirche überein. Seht Euer Volk an! Es ist zerstreut in alle Welt, der Tempel ist zerstört, Ihr lebt wie Fremdlinge, die nicht heimkehren können. Seht Ihr nicht Gottes strafende Hand?«

Simon presste die Lippen aufeinander. Jetzt nichts zu sagen? Er hasste seine Unterwürfigkeit. Aber er spürte auch, dass der Prior es gut meinte. Diesen guten Willen wollte er nicht aufs Spiel setzen, selbst wenn seine Worte ihn verletzten. Wie konnte er erwarten, dass ein Christ sein Volk verstand? Vieles an den Christen war ja auch ihm unverständlich. Möglicherweise bestrafte Gott die Juden tatsächlich. Sie fragten sich das oft und stritten darüber im *Minjan*. »Vielleicht habt Ihr recht«, sagte er. »Fahrt fort.«

»Gott sandte seinen Sohn mitten in diese gestürzte, zum Bösen hingewandte Welt, um die Menschen daran zu erinnern, wie sehr er sie liebt, und um sie zu retten, Juden ebenso wie Heiden. So ist der neue Bund entstanden: Nicht mehr ein herausgehobenes Volk soll Gott repräsentieren, sondern wir alle sind gleichermaßen seine Kinder.«

»Wenn es so ist, wenn wir alle Adonais Kinder sind, warum verachtet und verfolgt Ihr uns dann?«

»Das macht die Angst. Die Kirche fürchtet, die Menschen könnten glauben, man müsse Jude sein, um Gott zu gefallen.

Immerhin wart Ihr sein auserwähltes Volk! Die halbe Heilige Schrift berichtet von Euch. Damit niemand vergisst, dass Gott Euch verworfen hat, benachteiligen sie Euch.«

»Meint Ihr wirklich, Adonai will das? Wir sind seine Geschöpfe wie Ihr!«

»Gott will es nicht, wenn Ihr mich fragt. Und Euer Volk zu unterdrücken, es zwangsweise zu bekehren oder gar auszurotten – das lehrt auch die Kirche nicht.«

»Ich hörte anderes, Ehrwürden. Schon immer kam es zu Hinrichtungen der Juden durch Euch Christen. Mein Großvater erzählte mir, es seien in Norwich, Pontoise und Gloucester viele unserer Verwandten ermordet worden, weil Kinder gestorben waren und man Schuldige suchte. Die Kirche hat die Kinder sogar zu Märtyrern erklärt und heiliggesprochen.«

»Leider wahr.« Guilielmus nickte. »Es betrübt mich. Ihre Festtage sind der vierundzwanzigste und fünfundzwanzigste März. Wilhelm von Norwich, Harold von Gloucester und Richard von Pontoise heißen sie. Ich schäme mich für diesen Irrtum der Kirche.«

»Offenbar gelingt es Euren Bischöfen nicht, die falschen Lehren im Volk richtigzustellen.«

Guilielmus schwieg.

Simon sah zu ihm auf. Hatte er den Prior beleidigt? Rasch sagte er: »Auch in der jüdischen Gemeinschaft gibt es die Schlechten. Wisst Ihr, Gemeinschaft heißt im Hebräischen *Zibur*. Das sind die Initialen der Wörter *Zaddikim*, Gerechte, *Beinonijim*, Mittelmäßige, und *Reschaim*, Schlechte. Es genügt sicherlich, wenn verhindert werden kann, dass die christlichen *Reschaim* in Basel die Führung übernehmen.«

»Wie soll man die bösen Menschen von den guten unterscheiden? Das kann allein Gott. Einem Gerücht bis zu seinen Ursprüngen nachzugehen – nein, das ist nicht die Lösung. Ein Kampf gegen Schatten wäre das!«

»Ich kann Euch sagen, wo die *Reschaim* stecken. Es ist eine Verschwörung, Guilielmus! Bürgermeister Konrad von Bärenfels, die Psitticher und die italienischen *Bancheri* betreiben sie, um uns mitsamt den Schuldbriefen loszuwerden.«

Der Prior blieb stehen und sah ihn an. »Was sagt Ihr da?«

»Es ist die Wahrheit. Bürgermeister Konrad von Bärenfels, die Psitticher und die *Bancheri* stecken dahinter.«

Der Blick des Priors irrte ab.

Das besorgte Gesicht Guilielmus' ängstigte Simon. Sollte er nicht besser rasch packen und die Stadt verlassen? Noch konnte er ungehindert die Stadttore passieren. »Ihr gebt uns verloren? Was ratet Ihr mir?«

»Ich lasse nicht zu, dass in Basel Unschuldige hingemordet werden.« Guilielmus' Kiefer mahlten. »Gut, dass Ihr zu mir gekommen seid. Vielleicht ist es noch nicht zu spät.«

»Was wollt Ihr tun?«

»Horaz schrieb: *Nam tua res agitur, paries cum proximus ardet.* Es geht dich an, wenn die Wand des Nachbarn brennt.«

11

Sie liebte das Gerausch der Blätter, wenn der Wind durch die Baumkronen wehte. Über den Wipfeln des Waldes fauchte er das Lied von Kargheit und Wildnis, und jedes Mal, wenn sie es bei ihren Spaziergängen mit Vater gehört hatte, hatte sie der Wunsch ergriffen, mit einem Pferd am Rheinufer entlangzugaloppieren.

Saphira schloss die Augen. Sie lag neben Tam auf einer Decke. Hier, bei der Bauminsel zwischen den Feldern, blies der Wind sanft ins Laub und jeder Baum antwortete auf seine eigene Weise. Die Birken säuselten hell. Die Kastanien rauschten kräftig. In den Buchen zitterten die Blätter und wisperten leise.

»Hört Ihr das, Tam? Der Wind in den Bäumen.« Sie sah ihn an.

Er hatte die Hände hinter dem Kopf verschränkt und blickte zum Himmel. »Ja. Ich höre es.« Tam langte nach dem Beutel. »Ich habe noch eine Überraschung dabei.« Er öffnete den Beutel, reichte ihn ihr und lächelte dabei wie ein kleiner Junge.

»Erdbeeren!« Blutrot waren sie und so groß, dass keine zwei in ihren Mund passen würden. Sie würden süß sein. Genussvoll schob sich Saphira eine Frucht bis zum grünen Hütchen in den Mund und biss ab. Die kleinen Kerne knirschten zwischen ihren Zähnen, das Fleisch war fest und süß.

Tam sah auf ihren Mund, während sie kaute, und schon wollte sie ihn fragen, weshalb er sie so anstarrte, da bemerkte sie seinen entrückten Gesichtsausdruck. Er sah aus, als träume er. Dachte er daran, sie zu küssen? Genauso hatte Christian auf ihre Lippen geblickt, als sie auf den Daunensäcken saßen.

Tam stützte sich auf den Ellenbogen und näherte sich, langsam, unendlich langsam. Er sah im Wechsel in ihre Augen und auf ihren Mund und sein Hals färbte sich rot, wie er es immer tat, wenn Tam nervös war.

In ihrer Brust flatterte das Herz. Sie ertappte sich dabei, dass sie ebenfalls auf Tams Mund sah. Er hatte einen schönen Mund, die Lippen eines Engels. Sein Gesicht war nun ganz nah. Noch nie hatte sie seine weichen Wimpern auf ihrer Haut gespürt. Sanft küssten sie sich.

Tam leckte sich die Lippen. »Erdbeere. Du schmeckst nach Erdbeere.« Es war das erste Mal, dass er Du zu ihr sagte. Etwas Wildes zuckte über sein Gesicht, ein abenteuerliches Begehren. Er näherte sich wieder, und plötzlich berührte seine Zunge ihren Mund.

Wie ein Blitz durchfuhr es Saphiras Glieder. Sie zuckte zurück, keuchte. Eine entsetzliche und unstillbare Glut entfachte es in ihr. Als auch sie seine Lippen lecken wollte, traf ihre Zungenspitze auf seine. Sie strich mit ihrer Wange seine weiche Wange entlang und umarmte ihn. Tams Körper zitterte, und er keuchte nahe bei ihrem Ohr.

Sie liebte ihn! Und er vertraute ihr. Sie musste ihm von Christian erzählen und diese Sache aus der Welt schaffen. Hier und heute! »Tam, ich muss dir etwas sagen.«

Er löste die Umarmung. »Sprich.«

»Es ist etwas Schreckliches geschehen.« Wie er sie ansah! Als könnte nichts sein Glück bedrohen. Er war verliebt und lag mit der Frau, die er liebte, auf einer Decke unter blauem Junihimmel. Sein Blick sagte: Was soll mich schon erschrecken?

Dieses Zutrauen, dieser Frieden – sie bildeten eine Wand, gegen die Saphira nicht ankam. Ihr gingen die Worte einfach nicht über die Lippen. Wie sollte sie anfangen? Tam, was ich jetzt sage, wird dich erschüttern und sehr enttäuschen. Ich habe dich betrogen. So?

Es ging nicht. Sie sagte: »Ich habe ein Ungeheuer gehört. In der *Mikwe*. Es hat unter der Erde gebrüllt und das Wasser hat Wellen geschlagen. In den Knien habe ich das Grollen des Untiers gefühlt!«

Er lächelte milde. »Bist du dir sicher?«

»Ich habe das nicht geträumt. Wirklich! Kannst du es dir erklären? Könnte es unter Basel Höhlen geben, in denen ein Drache lebt?«

Er streckte seine Hand aus und hob ihr Kinn, sodass sie sich gerade in die Augen blickten. Dann strich er mit dem Daumen zärtlich über ihren Mund. »Ich glaube nicht, dass es hier einen Drachen gibt. Mach dir keine Sorgen.«

Es stimmte, was sie erzählt hatte. Dennoch schoss ihr Hitze ins Gesicht. Sie war eine Lügnerin. Sie hatte von Christian berichten wollen. Sie hatte den Betrug aufklären wollen, der hinter Tam lauerte wie ein blanker Dolch. Je mehr er sich in sie verliebte, desto schlimmer würde die Verletzung sein, wenn diese Sache ans Licht kam, war es nicht so? Aber sie musste einen guten Zeitpunkt abpassen, um es zu erklären.

»Denkst du manchmal darüber nach, wie es ist, verheiratet zu sein?«, fragte er.

Sie nickte.

»Ich denke, die Ehe ist ein langes Gespräch.« Er sah in die Ferne. »Bis am Ende einer der beiden nichts mehr sagt.«

»Weil er gestorben ist?«

»Ja, aber für den, der übrig bleibt, ist es doch, als würde er weiterreden, denn er weiß, was der andere sagen würde.«

»Ich denke manchmal daran, wie es sein wird, wenn ein Kind Mama zu mir sagt. Wenn es mich vertrauensvoll ansieht und nicht einen Augenblick daran zweifelt, dass ich für es sorgen werde. Es legt seine kleine Hand in meine und lässt sich von mir über die Straße führen.«

»Du wirst nicht nur eines haben.«

»So? Wie viele werde ich haben?«

Er grinste. »Zehn. Zwölf.«

»Wenn die Pläne deines Vaters in Erfüllung gehen, überlebe nicht einmal ich.«

Das Grinsen erlosch. »Machst du mir meine böse Familie zum Vorwurf? Ich bin nicht so wie er. Ich verabscheue meinen Vater.«

»Entschuldige. So meinte ich das nicht. Es ist nur: Wir machen Pläne über meine Kinder, und es ist noch nicht einmal sicher, ob ich das nächste Jahr erlebe.«

»Wie kannst du so reden!« Er legte seine Hände auf ihre Wangen und sah ihr fest in die Augen. »Wir fliehen aus Basel, bevor es zu spät ist! Versöhne dich mit deinem Vater, und dann schaffe ich dich hier heraus. Man wird dir kein Haar krümmen. Wir ziehen an einen Ort, an dem die Juden gern gesehen werden, und wenn es bedeutet, dass wir bis nach Jerusalem reisen.«

»Was ist mit Vater? Können wir ihn mitnehmen?«

»Ich weiß, dass du ihn liebst. Also nehmen wir ihn mit.«

»Die Psitticher werden nicht gern sehen, dass du dich gegen sie wendest. Konrad wird dich hassen! Du bist sein Erbe, vergiss das nicht. Wird er uns nicht verfolgen?«

»Möglich. Darum muss ich die Flucht gut vorbereiten.«

Sie sah in den Himmel hinauf. Vielleicht sorgte die Flucht dafür, dass die Affäre mit Christian nie ans Tageslicht geriet, dass sie nie mit Tam darüber würde reden müssen. In einer fernen Stadt konnte man die Vergangenheit vergessen.

Neben Ramstein, dem muskulösen Hünen, sah der Kammerherr aus wie ein Kind: schmalschultrig, von kleinem Wuchs und mit kraftlosen, dünnen Armen. Ramstein hielt das schmächtige Genick umfasst. Konrad grinste den beiden entgegen. »Ebenfalls erfreut, dich wiederzusehen, Kammerherr. Was hattest du in Augsburg zu suchen?«

Als er nicht antwortete, schlug ihm Ramstein auf den Hinterkopf. Der kleine Mann stolperte nach vorn und fiel hin. Eilig stand er wieder auf und putzte sich die Hände ab. Er winselte: »Ich habe Verwandte besucht.«

»Wie schön.« Die Luft war feucht hier im Verlies, feucht und kühl. Trotzdem tränten Konrad die Augen. Es lag an den Fackeln. Sie loderten Rußflecken an die Wände und trieben beißenden Rauch in sein Gesicht. Kein schöner Ort. Dicke Mauern schlossen das Verlies von der Außenwelt ab. Wie Basels Stadtmauer und der Turm dem Beschuss von Katapulten trotzten, so warfen sie auch die Schreie eines Menschen zurück. Kein Laut durchdrang diese Mauern. Im dunklen, hohlen Kern im schweren Turmfundament war man ungestört.

Der Kammerherr war erst einige Stunden im Verlies. Aber es würde genügen, um seine Vorstellungskraft anzuregen. Er mochte sich ausmalen, wie es war, zehn Jahre, zwanzig Jahre oder den Rest des Lebens hier zu verbringen. »Wie sieht es mit meinem Vermögen aus?«

Der Kammerherr schlug den Blick nieder. »Gut, Herr.«

»Tatsächlich? Hat sich die Lage gebessert? Sind wir die Schulden los?«

»Noch nicht. Aber es wird uns sicher gelingen, in Kürze …« Er stammelte Unverständliches, rang die Hände. »Wir werden in Kürze eine Einigung mit den Gläubigern erlangen.«

»Das freut mich zu hören. Du weißt, dass mich Menschen zornig machen, die ungehorsam sind.«

Der Kammerherr nickte gequält.

»Du wirst persönlich für die Reisekosten des Herrn Ritter von Ramstein aufkommen. Es ist eine Schande, dass ich ihn senden musste, dich einzufangen.«

Der Kammerherr erstarrte wie ein Kaninchen.

»Das nächste Mal wird er dich in Stücke hauen. Wenn er freundlich ist, bringt er deiner Familie einen Fuß oder eine Hand mit, damit sie etwas zu begraben haben. Hast du mich verstanden?«

»Ja, Herr«, fiepste der Kammerherr.

»Bin ich wohlhabend?«

»Sehr wohlhabend, Herr.«

»Ich ziehe dich zur Verantwortung, wenn es Engpässe gibt.« Er öffnete die eisenbeschlagene Tür des Verlieses. »An die Arbeit! Kümmere dich um Einnahmen! Die Ausgaben besorge ich.«

Ungläubig starrte der Kammerherr auf den Türspalt. Er sah zu Ramstein, blinzelte Konrad an. Dann huschte er hinaus.

Konrad grinste. Der Hüne aber blieb ernst. Er sagte: »Das war das letzte Mal. Ich werde nicht weiter Euer Laufbursche sein.«

»Das wart Ihr nie, werter Herr Ritter.«

»Ihr wisst, was ich meine. Ich lasse mich nicht länger erpressen.«

»Oh, habt Ihr mit Eurer Frau gesprochen? Wie hat sie es aufgenommen, dass Ihr sie mit ihrer jüngeren Schwester betrogen habt?«

»Schweigt!«

»Konnte sie über den Hohn lachen, mit dem Ihr den kleinen Bankert, den Ihr der Schwester gezeugt habt, Fidelius genannt habt? Es bedeutet ›der Treue‹, nicht wahr?«

»Konrad, ich warne Euch!«

»Sie weiß von nichts? Dann solltet Ihr besser tun, worum ich Euch von Zeit zu Zeit freundlich bitte. Sagt, erstaunt es sie nicht, dass Fidelius so häufig bei Euch zu Besuch ist und dass Ihr seiner Erziehung und seinem Waffenunterricht so viel Aufmerksamkeit widmet? Mag sie den Kleinen? Sie reiht ihn einfach Eurer Kinderschar ein. Vielleicht ist sie sogar froh, dass Ihr Euren Neffen so fördert?«

Ramstein erblasste. Seine Hand legte sich drohend auf den Schwertknauf.

»Nicht nötig, lasst es stecken.« Konrad verzog spöttisch den Mund. »Wir machen hier ein Geschäft, nichts weiter. Eure Ehre gegen kleine Freundschaftsdienste. Findet Ihr nicht, ich war großzügig bisher? Ich hätte Ländereien oder Gold verlangen können. Stattdessen behandle ich Euch wie einen ritterlichen Freund.«

»Ein Freund würde aus meinem Fehltritt nicht boshaft Nutzen schlagen, sondern für meine Seele beten.«

»Ist sie verletzt, Eure arme Seele? Liebt Ihr die Kleine immer noch? Ich dachte, Ihr habt sie seit einem Jahr nicht mehr gesehen?«

Ramstein trat an Konrad heran. Wollte er ihn mit bloßen Händen erwürgen? Angst schoss in Konrad hoch. Wenn er's zu weit getrieben hatte, war es am falschen Ort geschehen. Niemand würde hier seine Hilferufe hören. Er fingerte nach dem Dolch in seinem Gürtel.

Der Hüne blieb dicht vor ihm stehen und flüsterte: »Fluch über Euch und das ganze Haus derer von Bärenfels!« Er verließ den Kerkerraum.

Konrad stand in der Kühle des Kerkers und wartete darauf, dass sich sein Herzschlag beruhigte. Es war noch einmal gut gegangen. Er dachte nach. Ramstein würde seinem Griff nicht entkommen. Er hatte zu viel zu verlieren. Dennoch sollte man ihn besser eine Weile unbelästigt lassen. Er durfte nicht vergessen, wie es war, in Frieden zu leben. Übte man zu viel Druck auf ihn aus, konnte es passieren, dass er sich erhängte. Ein Verlust, den er, Konrad, sich nicht leisten konnte: Ramstein war sein einziger Zugang zu den Sternern, und als rechte Hand des Sternerführers Münch würde er sehr nützlich sein, wenn es galt, Münch zu beseitigen.

Die hohe Politik!, dachte er, als er die Stufen nach oben nahm. Eines Tages, wenn seine Stellung abgesichert war, würde er all das los sein. Sein Wort würde gelten und niemand würde es wagen, daran zu rütteln. Dann brach die goldene Zeit der Ritter an, und er, Konrad, würde ihnen in Tugend und Ehrlichkeit vorangehen. Erpressungen würden nicht mehr nötig sein, Gewalt und Lügen würden der Vergangenheit angehören. Nur mussten bis dahin einige Opfer gebracht werden. Anders war die korrupte Stadt nicht zu reformieren, diese kranke Gesellschaft, die ihre Ritter verarmen ließ. Es war an der Zeit, dass sich die Ritter zur Wehr setzten.

Vor der Tür des Turmes beschattete er die Augen. Die Wachen rechts und links standen stramm. Er hatte das Pferd vor dem Aeschentor angebunden. Aber es war nicht zu sehen, eine

Menschenmenge versperrte die Sicht darauf. Was taten all die Leute hier? Es war Sonntag, der Platz sollte sich in heiliger Ruhe befinden.

Neugierig näherte er sich der Meute. Da predigte jemand. Er stand auf einem Podest und sprach mit der tiefen, durchdringenden Stimme eines geübten Redners. Ein Benediktiner. Nein, nicht irgendein Benediktiner, es war Prior Guilielmus von Sankt Alban! Seit wann hielt der Ansprachen unter freiem Himmel?

»Woher also kommen diese Gerüchte?«, fragte der Prior. »Wer hat versucht, die Stadt Basel gegen ihre Juden aufzubringen? Es ist der Bürgermeister selbst, Konrad von Bärenfels, denn er hat große Schulden bei ihnen, allein Simon-ben-Levi schuldet er dreihundertzwanzig Gulden. Und es sind die italienischen *Bancheri*, die uns das Geld aus der Tasche ziehen wollen. Wem von uns haben die Juden geschadet? Keinem. Wen haben sie beleidigt? Niemanden. Und doch sollen sie durch Lügengerüchte erniedrigt werden. Es ist eine Verschwörung! Ein böser Pakt, der sie vernichten soll!«

Wie kam der Herr der Klosterstadt dazu, die Juden zu verteidigen? – Tam hat geplaudert!, schoss es ihm durch den Kopf. Nur einer konnte das gewesen sein, es gab nur eine morsche Stelle im Machtgefüge. Konrad duckte sich. Wenn der Prior ihn erblickte, würde er ihn ansprechen, und eine Menschenmenge wie diese war unberechenbar. Schon jetzt wogte aufgeregtes Gemurmel hin und her. Sie glaubten dem Prior und würden das Gehörte in die Schenken weitertragen, auf die Marktplätze und von Haus zu Haus. Der Prior hatte den Gerüchten ein anderes Gerücht entgegengesetzt, so wie man einem Waldbrand einen zweiten Brand entgegenschleuderte.

Nun hatte er also nicht nur die Blutsauger gegen sich, die sich von König Karl beschützt wähnten, sondern auch noch diesen geistlichen Führer, der fast so mächtig wie der Bischof war. Ihn zu bestechen, dafür war es zu spät. Womöglich hatten ihn die Juden bestochen! Natürlich, sie hatten ihre Goldtruhen aufgetan und ihm säckeweise Gulden geschenkt, damit er für sie stritt, Gulden, die ihm und der Stadt gehörten und die sie sich durch ihre tückischen Zinsgeschäfte erschlichen hatten!

Wenn die Basler zauderten und sich vor ihm, dem Bürgermeister, ängstigten, war alles gefährdet. Erfuhren die Sterner von den Vorwürfen, würden sie Nachforschungen anstellen. Man würde versuchen ihn zu stürzen. Die Juden wären vergessen.

»Mein lieber Freund, Prior Guilielmus«, sagte er. »Was verbreitet Ihr da für Tölpeleien?«

Die Menge kehrte sich um und tuschelte seinen Namen. Einige verbeugten sich, die meisten aber verschränkten die Arme und funkelten ihn böse an.

Der Prior breitete die von Warzen schwulstigen Hände aus. »Wollt Ihr bestreiten, dass Ihr bei Simon-ben-Levi tief verschuldet seid?«

»Das bestreite ich nicht.« Eine Gasse öffnete sich zum Prior hin, und er durchschritt sie.

»Wollt Ihr bestreiten, dass Ihr Euch mit den *Bancheri* und den Psittichern abgesprochen habt, Basel zum Hass auf die Juden anzutreiben?«

Er hatte den Prior erreicht. »Gestattet Ihr?« Freundlich wies er auf die Kiste, die dem Prior als Podest diente. Nach kurzem Zögern gab dieser sie frei. Konrad stieg hinauf, drehte sich zum Volk um und ließ seinen Blick von Gesicht zu Gesicht wandern, ganz so, wie er es im Rat zu tun pflegte, wenn eine wichtige Entscheidung anstand und er sich der Ehrfurcht der Ratsmitglieder versichern wollte.

»Liebe Basler«, begann er, »es ist kein leichtfertiges Ding, den ersten Ritter der Stadt solcher Umtriebe zu bezichtigen. So etwas sollte wohlüberlegt sein. Was, wenn die Anschuldigungen gegen die Juden begründet sind?«

»Welcher Bube wurde denn getötet?«, rief der Prior von unten herauf. »Wo ist die Familie, die ihren Verlust beklagt?«

»Mit diesem Gerücht habe ich nichts zu tun. Ich weiß nicht, auf welche Weise die Sorgen des Rates aus dem Versammlungssaal nach draußen gedrungen sind, aber die Straße hat wohl ihre eigenen Gesetze, sie auszuschmücken und mit erfundenen Geschichten zu belegen. Die Juden haben kein Kind getötet, zumindest kann das bis zum heutigen Tag nicht mit Sicherheit festgestellt werden.«

»Dann hört auf, davon zu sprechen«, forderte der Prior.

»Das werde ich. Allerdings muss ich von etwas anderem reden, jetzt, wo es einmal hinausgesickert ist trotz der wohlbewachten Rathaustüren. Die Dinge liegen weitaus schlechter.« Er sah in die gespannten Gesichter und wartete ein wenig, um die Neugier anwachsen zu lassen. Dann sagte er so leise, dass es nur die erste Reihe hören konnte: »Die Pest bedroht Basel.«

Ein Flüstern ging durch das Volk. Einer sagte es dem anderen weiter, spitze Schreie der Angst wurden laut. Die Hinteren fragten ungeduldig, was er denn gesagt habe. Sie wurden schon von Unruhe und Sorge ergriffen, ehe sie es überhaupt erfuhren. Wie eine Welle brandete das böse Gerücht durch die Menge. Konrad musste sich anstrengen, wegen seines Erfolges nicht zu lächeln. Er fuhr fort: »Diese Krankheit ist die wahre Verschwörung. Sie zieht nach dem Willen der Juden von Stadt zu Stadt und rafft die Christenheit dahin. Vergangenes Jahr starben sechzigtausend in Marseille. Kurz darauf folgten Genua und Venedig. Heute wütet der Schwarze Tod in Italien, Frankreich und Spanien. Wir haben erfahren, dass die Juden dieser Stadt Giftpulver aus dem Osten angeschafft haben. Am Jakobibrunnen haben wir vergangene Nacht einen Juden gefangen gesetzt, der ein Säckchen mit schwarzgrünem Pulver bei sich trug. Er wollte es in den Brunnenschacht leeren. Durch die Folter konnten wir sein teuflisches Leugnen brechen und haben erfahren, dass es ein Gift aus getrockneten Kadavern von Schlangen, Fröschen und Skorpionen enthielt. Selbst Hostienteig war daruntergemischt. Die Pestilenz lauert also bereits in kleinen Giftsäckchen in den Häusern der Juden und wartet darauf, freigelassen zu werden.«

Das Schweigen glich der Ruhe eines Leichenackers. Die Anwesenden fühlten sich krank, sie waren sich plötzlich sicher, heute Morgen im Wasser einen Stich geschmeckt zu haben. Konrad konnte das von ihren Gesichtern ablesen, die sich in die Länge zogen wie schmelzendes Wachs, und von ihren Augen, die sich verdüsterten und aus den Höhlen traten.

»Haltet ein!«, rief der Prior. Er schob Konrad vom Podest und klatschte mehrfach in die Hände. »Wacht auf! Seht ihr nicht, wie verzweifelt er ist? Sein erstes Gerücht haben wir nicht geglaubt. Nun versucht er, ein neues zu streuen. Hat jemand einen Pestkranken gesehen bisher? Hat jemand Gift gesehen? Es ist eine Lüge!«

Zu spät, dachte Konrad, das Wort ist ausgesprochen, mein lieber Prior, und du wirst es nicht wieder einfangen können.

Die Nachricht von der Pest war genauso ansteckend wie die Pestilenz selbst.

»Ein Bekannter schrieb mir aus Paris«, sagte der Prior, »dass die medizinische Fakultät der dortigen Universität gerade ein Pestgutachten im Auftrag des Königs von Frankreich erstellt. Die Mediziner sind der sicheren Überzeugung, dass die Pest mit üblen Dämpfen in Verbindung steht, die bei Erdbeben aus der Tiefe des Bodens aufgestiegen sind.« Er wartete auf eine Reaktion. Es kam keine.

»Die Italiener«, fuhr er fort, »bei ihnen ist die Pest schließlich zuerst ausgebrochen! Sie wissen, dass die feindlichen Tataren bei der Belagerung der Stadt Kaffa am Schwarzen Meer Pestverstorbene mit Wurfmaschinen über die Mauer in die Stadt geschleudert haben und dann fliehende Kaufleute zu Schiff die Krankheit nach Sizilien, Genua und Venedig gebracht haben. Man hat ankommende Schiffe mit Brandpfeilen zu vertreiben gesucht, weil man wusste, dass sie Pestkranke mit sich führten!« Wieder machte er eine Pause. Konrad sah, wie er in den Gesichtern der Zuhörer suchte, offenbar ohne zu finden, was er erhofft hatte. Sie hörten ihm zu und hörten doch nichts. Die Angst verstopfte ihre Ohren.

Der Prior machte einen dritten Anlauf: »Diese Krankheit, diese Gottesstrafe, hat nichts mit den Juden und nichts mit dem Brunnenwasser zu tun! Papst Clemens VI. hat mittels zweier Bullen, also offizieller päpstlicher Urkunden, befohlen, die Juden in Frieden zu lassen, da sie keine Schuld an der Pest tragen. Die Juden sterben doch genauso wie wir Christen an dieser Krankheit!«

Konrad lachte. »Das sollen sie uns erst einmal zeigen!« Er hatte gewonnen. Nichts, was der Prior sagen würde, konnte ihm den Sieg noch nehmen. »Wir werden beweisen«, sagte er, »dass das Gift, das wir bei dem Juden entdeckt haben, tödlich ist und die Beulen hervorruft, die sich an Pestkranken zeigen. Wir werden es Schweinen, Hühnern und Hunden zu fressen geben. Sie werden elend sterben, so wie wir, wenn wir weiterhin diese Meuchler und Verschwörer in unserer Stadt dulden.«

Er war so gut, dass er es beinahe selbst glaubte.

12

Die Nachricht von der Pest erschütterte die Basler. Wie unter Zwang trugen sie sie weiter. Sie suchten so lange, bis sie jemanden gefunden hatten, der das Entsetzliche noch nicht erfahren hatte, und flößten ihm den bitteren Trunk ein. Am Schaudern des Gegenübers ergötzten sie sich. Sie wollten, dass er die Furcht mit ihnen teilte und zitterte wie sie, wollten sein Gesicht sehen, wenn es blass wurde.

Konrad von Bärenfels hatte eine schrecklichere Nachricht verbreitet als Guilielmus, und deshalb gewann er die Schlacht. Bald sprach niemand mehr davon, dass die Psitticher das Volk gegen die Juden aufzuhetzen versuchten. Basel kannte nur noch ein Wort: Pestilenz. Einer flüsterte es dem anderen zu. Wie flüssiges Pech ergoss sich das Gerücht durch die Gassen, floss schwarz und stinkend unter Türspalten hindurch, tropfte Treppen hinab und löschte Lichter aus. Der Schwarze Tod wehe schon bald über Basel! Es werde Tausende Tote geben! Man habe einen Juden dabei erwischt, wie er einen Brunnen vergiften wollte, und er habe gestanden, dass es noch etliche mehr gebe, die das Gift besäßen und den Auftrag hätten, es in die Gewässer Basels zu schütten!

Tatsächlich ließ Konrad einen Juden gefangen setzen. Der Jude nannte Namen. Weitere Juden wurden gefasst und gefoltert.

Guilielmus wies umsonst in seinen Straßenpredigten darauf hin, dass die Gequälten sich widersprachen, dass einer von schwarzem Pulver sprach, der nächste von grünem, der dritte von weißem. Dass dies ein Zeichen dafür sei, dass sie nur durch die Schmerzen zu ihrer Aussage gezwungen wurden, wollte niemand hören. Gleichgültig, was er sagte, unter seinen Zuhörern tuschelte man nur eines: »Sie haben sich aus dem Osten Giftpulver bringen lassen, und das werden sie in die Brunnen schütten, um den Schwarzen Tod nach Basel zu holen.«

Es schien fast, als fache Guilielmus das Feuer durch seine Predigten weiter an. Musste nicht etwas Wahres daran sein, wenn selbst der Prior von Sankt Alban plötzlich auf den Märkten und in den Straßen stand und von den Juden sprach und von der Pest? Wollte er womöglich die Bürger nur beruhigen? Die Armen, die Bettler, die Lahmen und Blinden, sie alle wussten, dass die Juden sich zur Zerstörung der Stadt verbündet hatten. Die Ritter wussten es. Die *Bancheri* wussten es. Handwerker, Händler und Geistliche wollten sich nicht für dumm verkaufen lassen.

Sie fingen an, den Prior auszubuhen. Arbeitslose Söldner lauerten ihm in den Gassen auf und verpassten ihm unter Flüchen und Drohungen schmerzhafte Stöße. Man wendete sich ab, wenn man ihn sah, und tuschelte hinter vorgehaltener Hand, dass er von den Juden bestochen worden sei.

Konrad von Bärenfels steuerte die Gerüchte wie ein geschickter Wagenlenker seine Pferde. Die *Bancheri* hieß er zu verbreiten, ein Jude habe bei ihnen venezianische Dukaten eintauschen wollen – Münzen aus der Peststadt, von der er das Gift herbeigeschmuggelt hatte. Den Psittichern gebot er, an jedem Brunnen der Stadt eine Wache aufzustellen, die das Volk beim Wasserholen durch ihre Anwesenheit daran erinnerte, welche Gefahr von den Juden ausging. Der Bettlerkönig Balthasar schließlich bürgte ihm dafür, dass die Streuner und Diebe, die Armen und Verkrüppelten unter dem Volk Neid gegen die reichen Juden schürten. Der Neid war eine unfehlbare Rampe zum Hass.

Noch zeigte sich die Wut nur in Worten. Wenige, vereinzelte Männer und Frauen erkannten das Ausmaß des Unglücks, auf das die Stadt zusteuerte. Die anderen sprachen von der Pest, umklammerten dabei aber verzweifelt die Freuden und Gewohnheiten des Alltags, als könne dies die Katastrophe verhindern. Im August zogen die Störche fort. Schnitter sichelten auf den Feldern. Man erntete Gerste, Weizen und Hafer. Hinter den Männern, die weit die Sense durch das Korn schwangen, gingen die Frauen. Sie sammelten die Getreideschwaden und banden sie mit Roggenstrohseilen zu Garben. Die Garben stellten sie zu Hocken auf, damit das gemähte Getreide trocknen konnte. Wie Spielzeugfiguren von Riesen standen die Hocken bald über die Felder rings um Basel verstreut.

Wer nicht bei der Kornernte war, brach im Garten Erbsen und Bohnen oder pflückte Äpfel und buk frischen Apfelkuchen aus dem Fallobst, das sich nicht lange halten würde. Gute Düfte strömten aus den Backstuben, wenn die Frauen ihre Kuchenbleche abholten.

Wann immer es in diesen Tagen an die Haustür Simon-ben-Levis klopfte, verhieß es nichts Gutes. Die Besucher nahmen Einlagen mit oder lösten Verträge. Die Schreiber hatten ihm gekündigt, die Mägde ebenfalls. Allein sein Leibdiener war ihm geblieben, ein alter, treuer Mann, der keinen anderen Lebensinhalt mehr kannte als seine Arbeit für Simon-ben-Levi. An verlässlichem Vermögen besaß Simon nur noch einen kleinen Münzschatz und das Haus. Was ihn reich machte, war unsicher geworden: die Schuldscheine. Sie waren noch gültig. Aber wo immer er sich hinwandte, um einen Schuldiger um eine Anzahlung zu bitten, wies man ihn ab. Offensichtlich hoffte man, dass die Schulden verfallen würden.

Er sah von den Rechnungsbüchern auf.

Der Alte sagte: »Ich gehe, Herr, bleibt nur sitzen!« Mit geschäftig heraufgezogenen Brauen schleppte er sein krummes Kreuz aus der Schreibstube. Jedes Jahr beugte sich der Rücken des Alten weiter, und doch schien es, als büße er nichts von seiner Kraft ein, als seien nur die Beine unbeweglicher und die Arme ungelenker, die Kraft dabei aber eingesperrt in den alternden Körper und der Wille zu arbeiten ungebrochen.

Simon lauschte mit angehaltenem Atem nach der Stimme an der Tür. Kamen sie, ihn zu holen? Hatte einer seiner Glaubensbrüder im Turmverlies beim Eselstürlein den Namen Simon-ben-Levi gebrüllt? Jeden Tag konnte es geschehen. Er wäre nicht der erste, dem sie die Daumenschrauben anlegten, die Brenneisen auf den Rücken drückten oder die Augen ausstachen. Im Aufflackern der Angst bereute er, dass er nicht längst aufgegeben und die Stadt verlassen hatte.

Der Alte führte Guilielmus in die Schreibstube.

Eilig erhob sich Simon. »Lieber Prior, Ihr kommt zu mir, in das Haus eines Juden?« Er umrundete den Tisch. »Bereits Eure Reden auf der Straße sind mutig, aber dies! Man könnte Euch gesehen haben!«

Guilielmus war seltsam still. Er hielt den Blick gesenkt. Endlich sah er Simon an. »Ich habe es nur schlimmer gemacht. Unsere Sache ist verloren.«

»Ihr könnt das Volk nicht umstimmen?«

»Im Gegenteil. Je mehr ich rede, desto wilder toben sie. Es ist besser, wenn ich mich nach Sankt Alban zurückziehe und schweige.«

»Wohin diese Hetze führt, mag ich mir gar nicht ausmalen.« Simon presste die Faust gegen die Stirn. »Ihr habt alles getan, was in Eurer Macht stand. Ich danke Euch.«

»Simon, Ihr solltet die Stadt verlassen.«

»Noch nicht. Ich werde an den König schreiben. Im Morgengrauen schicke ich einen Reiter nach Prag.«

»Es ist ärger, als Ihr meint. Lasst Euch von mir raten: Geht fort, solange Ihr noch könnt!«

»Das ist genau, was Konrad von Bärenfels erreichen möchte. Dass ich verschwinde und seine Schulden mit mir gehen. Nein, Basel ist meine Heimat, und ich werde mich vom Bürgermeister nicht vertreiben lassen. Er soll sich vor dem König verantworten.« Die Wahrheit war, dass Saphira hier lebte und dass er hoffte, sie würde ihre böse Liebschaft beenden. Er hoffte, sie würde zu ihm zurückkehren. War es nicht so? Er konnte sein Kind nicht im Stich lassen. Lieber wollte er sterben.

»Ihr versteht nicht. Konrad von Bärenfels ist längst nicht mehr das Übel, vor dem Ihr Euch fürchten müsst. Die ganze Stadt hat sich an den Gerüchten erhitzt.«

»Dann soll der Bürgermeister sehen, wie er seine Stadt wieder abkühlt. Er wird sein Verhalten dem König erklären müssen, für jeden gequälten Juden wird er Maßregelung erhalten, dafür sorge ich! Und meinen Schaden soll er mir ersetzen. Noch ist der Kampf nicht verloren. Ich danke Euch für Euren mutigen Einsatz, Ihr habt viel aufs Spiel gesetzt für uns. Gott möge Euch dafür reich beschenken. Nun, da man nicht auf Euch hören will, soll König Karl eingreifen.«

»Meint Ihr, der König hat Muße, sich um Basel zu kümmern? Er hat gerade erst Anna von der Pfalz geheiratet und sie zur böhmischen Königin krönen lassen und ist genug damit beschäftigt, sich die Oberpfalz zu erstreiten, die sie als einzige Tochter des Pfalzgrafen erbt. Die Wittelsbacher toben! Der König hat selbst Feinde, die ihn beschäftigen, versteht Ihr?«

»Ein Mann wie dieser Karl, der für die Böhmen, Polen, Bayern und Sachsen eine Universität gründen kann in Prag – ein solcher Mann wird uns Juden zu helfen wissen.«

Guilielmus sah ihn lange an. Dann sagte er: »Gott helfe Euch.«

»Ich muss so handeln.« Leise fügte Simon hinzu: »Auch wenn ich mich fürchte. Betet Ihr für mich?« Was redete er da für einen Unfug? Guilielmus war ein Rabbiner der Christen! Er sollte für das Geschick eines Juden beten, wo er doch glaubte, Adonai habe die Juden verstoßen? Und welche Demütigung war es, dass er, ein Jude, einen der Christusgläubigen um Gebete bat!

Guilielmus trat auf ihn zu, streckte die Hand aus und legte sie ihm auf den Kopf. Er sagte mit kräftiger Stimme: »Der Herr segne Euch und behüte Euch. Der Herr lasse sein Angesicht leuchten über Euch und sei Euch gnädig. Der Herr hebe sein Angesicht über Euch und gebe Euch Frieden.«

Der Segen des Mose. Guilielmus kannte die Tora, er wusste, dass es zu diesem Segen hieß: So sollt ihr sagen zu den Kindern Israel, wenn ihr sie segnet. Als der Prior die Hand wieder zurückzog, nickte Simon. »Amen, so sei es.« Er hatte einen Freund unter den Christen. »Adonai belohne Eure Güte.«

Er führte Guilielmus zur Tür. Dort bat er ihn, kurz zu warten, und steckte den Kopf durch den Türspalt. Es wartete keine wütende Menge auf den frevelnden Prior. Nur ein paar jüdische Kinder spielten vor seinem Haus. Die Jungen trugen Kappen auf dem Kopf und eines der Mädchen hatte einen Schleier aufgesetzt. Um sie und einen Buben herum tanzten die Kinder einen Reigen, sie spielten Hochzeit. Seine Tochter, Saphira, würde nie heiraten.

»Gott sei mit Euch«, sagte er. Kinder würde sie auch nie haben, und er keine Enkel, keine Nachfahren. Seine Linie starb aus.

»Und mit Euch«, erwiderte der Prior. Er sah Simon an, zu lange für einen gewöhnlichen Abschied.

Er glaubt, mich das letzte Mal zu sehen, schoss es Simon durch den Kopf. Die Tür schloss sich, und er lehnte sich dagegen. Komm, alter Mann, dachte er, sei ehrlich zu dir selbst. Den Juden wird es schlecht ergehen in Basel. Möglich, dass dein Brief noch rechtzeitig zum König gelangt. Möglich, dass er es nicht tut und die Antwort erst eintrifft, wenn du im Verlies steckst und dir die Haut in Fetzen vom Leibe hängt.

Vielleicht hatten sie noch einige Monate. Vielleicht auch nur Wochen. Jetzt war der Zeitpunkt, die nötigen Schritte zu unternehmen. Er musste Saphira zurückholen und dann ihre Flucht vorbereiten.

Möglicherweise, ging es Simon durch den Kopf, wendete Konrad von Bärenfels eine List an. Nahm er ihn gefangen, so hatte er Zeit, in sein Haus einzudringen, um die Schuldscheine und den Pfand zu stehlen. Bevor ich irgendetwas tue, sagte sich Simon, verberge ich die Schuldscheine.

In der Schreibstube sammelte er aus den Schränken und Truhen die wichtigsten Schriftstücke zusammen: den Schuldbrief der Markgrafen von Baden, den des Grafen von Thierstein, die Urkunde über den Kredit an die Familie Schaler, das Schriftstück, das die Summe festhielt, die er an den Grafen von Neuenburg entliehen hatte, die Schuldurkunde des Bischofs. Die

Pergamente legte er sorgfältig in einen kleinen Kasten. Obenauf kam der Schuldbrief Konrads von Bärenfels. Die Pfänder – bei Krediten von mehr als einhundert Gulden verlangte er immer einen Pfand – fügte er hinzu, soweit das möglich war. Den Prachtumhang des Grafen von Thierstein konnte er unmöglich in den Kasten stecken, genauso wenig den goldenen Pokal der Familie Schaler. Aber einige andere Dinge legte er hinein, Ringe, Fibeln, Armbänder und dazu den Teller Konrads von Bärenfels. Das Wappen Konrads war in das Silber eingraviert, der zähnefletschende, sich aufrichtende Bär.

Simon verschloss den Kasten. Dreimal drehte er den Schlüssel um. Er zog ihn heraus und verbarg ihn im Geldsäckchen, das er immer am Leibe trug. Laut rief er nach dem Diener. Als der erschien, befahl er ihm: »Geh zum Markt und kaufe einen Hahn und eine Henne. Und einen halben Sack Korn, damit sie Futter haben.«

»Ja, Herr.«

»Ihr Gefieder soll weiß sein. Ohne Makel.«

»Wie Ihr wünscht, Herr.«

Simon wartete, bis der Diener gegangen war. Dann trat er an das Schreibpult heran. Er wälzte es beiseite, indem er es auf einer Ecke ankippte und drehte. Ächzend kniete er nieder. Er drückte auf eine Bodenplanke und hebelte sie heraus. Simon griff in den dunklen Hohlraum, tastete, bis er ein Lederpaket zu fassen bekam und zog es heraus. Andächtig legte er es auf seine Knie und ließ die Hände darauf ruhen.

»Der Fasan wird kalt«, sagte die Mutter. Aber es war zu spät, die Sache war ausgesprochen und damit war das Essen ins Stocken geraten. Diener, die mit duftenden Pasteten den Raum betraten, hieß der Vater auf dem Absatz wieder kehrtmachen. Christian wagte es nicht einmal, den Pfeffergeschmack, der ihm vom Fasanenfleisch im Mund brannte, mit einem Schluck Wein zu löschen. Er hatte seinen Vater noch nie so zornig gesehen.

»Wie viele waren es in den letzten Jahren? Sprich!« Drei dicke Schwülste lagen zwischen den Augenbrauen des Vaters, getrennt durch tiefe Furchen. Der Mund des Sternerführers fiel zu beiden Seiten weit herab, ein Fischmund, den Christian glücklicherweise nicht geerbt hatte. Jetzt war er noch schärfer gebogen als sonst.

»Ich weiß es nicht, Vater.«

Er hob das Haarband vom Tisch und spreizte dabei die Finger ab, als würde es ihn ekeln. »Hast du mit ihr geschlafen?«

Christian zögerte. Er hatte keine Ahnung, von wem das Haarband stammte. Für gewöhnlich nahm er die Mädchen nicht mit zu sich aufs Zimmer, eben um eine Lage wie diese zu vermeiden. Wie war das Band dorthin geraten? »Ich weiß es nicht.«

Seine Schwestern kicherten.

»Du weißt es nicht?«, donnerte der Vater. Er schlug mit der flachen Hand auf den Tisch. »Lüg mich nicht an!«

»Wirklich, Vater, ich weiß nicht, von wem das Haarband ist.«

»So schlimm ist es also.« Der Vater sah zur Mutter hinüber. »Hast du davon gewusst? War dir klar, dass unser Sohn sich durch die halbe Stadt schläft?«

»Nein. Es ist abscheulich.«

»Unzucht!«, brüllte der Vater. »Sünde vor Gott und eine Schande für die Dynastie der Münch! Eine Schande für alle Sterner!«

Christian sah auf das weiße Tischtuch. Spritzer von Bratensoße landeten darauf, als der Vater erneut auf den Tisch schlug und die silbernen Schalen einen Satz machten. Dass er seine Liebschaften derart ernst nehmen würde, hatte Christian nicht erwartet. »Mit wem hast du zuletzt gehurt?«

Er errötete. Dieses Wort! Und solche Dinge vor seinen Eltern ausbreiten zu müssen! Rasch warf er einen Blick auf seine Schwestern. Sie gierten förmlich nach der Antwort.

Der Vater drohte: »Sag nicht, du weißt es nicht!«

»Sie heißt Marie.«

»Und ist was – eine Kanalputzerin?«

»Marie ist Wäscherin.«

»Hast du Kinder mit ihr gezeugt? Oder mit einer von den anderen?«

Christian schwitzte. Das Tuch seiner Beinlinge presste hart auf die Haut. Er rutschte nach vorn auf die Stuhlkante. »Nein. Jedenfalls weiß ich nichts davon.«

Wieder kam ein Diener herein. Der Vater machte eine unwirsche Handbewegung, aber der Diener blieb. »Verzeiht, Herr. Dies hat ein Jude für seine Tochter Saphira abgegeben. Er sagte, sie wohne hier in Eurem Haus.«

Christian drehte sich um. Der Diener hielt ein Lederpaket und ein kleines Stück Pergament in den Händen.

»Jetzt heißt es also schon, sie wohnen bei uns!« Der Vater sprang auf. »Eine Jüdin? Eine Jüdin! Das bringt das Fass zum Überlaufen. Du weißt, was sie über die Juden sagen auf den Straßen?« Dem Diener befahl er: »Verbrenne es.«

»Der Jude hat geweint«, sagte der Diener zögerlich. »Er bat, sie solle rasch zu ihm zurückkehren, es ginge um Leben und Tod.«

Langsam erhob sich auch Christian. Um Leben und Tod. »Vater, ich bitte Euch: Lasst mich dieses Bündel der Judentochter bringen.«

»Du hast die Dreistigkeit, mich um die Erlaubnis für ein weiteres Treffen zu bitten? Ich werde deine Hurerei keinen Tag länger dulden! Du wirst Buße tun, und du wirst deinen Lebenswandel ändern. Dafür sorge ich!«

Er würde es sich nie verzeihen, wenn Saphira seinetwegen zu Schaden kam. »Wenn ich heimkehre, könnt Ihr mich schlagen, einsperren, mich enterben. Aber ich bleibe bei dieser Bitte. Vertraut mir noch dieses eine Mal. Ich flehe Euch an, Vater.«

Fassungslosigkeit im Gesicht des Vaters. »Wie kannst du es wagen.« Christian schluckte. »Es ist wahr, ich habe vielen Mädchen in Basel das Herz gebrochen. Ich habe gotteslästerliche Dinge getan. Diese Frau aber, Saphira, ist eine ehrenvolle Dame, obwohl sie Jüdin ist. Ich habe keine Edlere kennengelernt. Dem Wunsch ihres Vaters nicht zu entsprechen würde bedeuten, noch ehrloser zu handeln, als ich es schon getan habe.«

»Lass ihn gehen«, bat die Mutter. »Er wird sich bessern.«

Der Vater kam um den Tisch herum und näherte sich bis auf wenige Handbreit Christians Gesicht. »Du denkst vielleicht, mein Sohn zu sein, macht dich zu einem Mann von Rang. Aber da täuschst du dich. Wer so handelt wie du, ist ein Nichtsnutz. Du wirst die Führung der Sterner nicht übernehmen, wenn du dich nicht von Grund auf änderst. Hätte ich von deinen Taten gewusst, hätte ich dich niemals zum Ritter geschlagen.« Er verzog voller Abscheu das Gesicht. »Geh und rette deine Jüdin. Und dann beweise Mut und komme ohne Umschweife zurück, damit ich dir eine Tracht Prügel verabreichen kann, die du nie wieder vergisst.«

Christian nickte. Er nahm das Bündel und das Pergamentstück in Empfang und stieg die Treppe hinab. Die Vorahnung der Hiebe ließ seinen ganzen Körper jucken. Das war also die Folge seiner Abenteuer. Heute sollte er büßen. So manche Frau in Basel würde liebend gern zusehen, wie er grün und blau geschlagen wurde.

Im Laufen faltete er das Pergament auf. Zwei Zeilen standen darauf:

Wären eure Sünden auch rot wie Scharlach,
sie sollen weiß werden wie Schnee.

– Der Prophet Jesaja

Das konnte nur eines bedeuten: Simon-ben-Levi verzieh seiner Tochter. Für Saphira würde alles ein gutes Ende nehmen. Es erleichterte ihn. Irgendwie gab es ihm das Gefühl, durch die Strafe, die er erleiden würde, größeres Unglück von ihr abzuhalten. Er würde sich heldenhaft unter die Schläge des Vaters beugen. Nicht einen Schrei würde er von sich geben.

»Eselstürlein« nannten sie die kleine Pforte in der Mauer, die zu Füßen von Sankt Leonhardt hinaus aus der Stadt führte. Christian musste warten, bis einige Köhler hindurchgegangen waren, mürrische Männer, die ihn nicht grüßten, die Gesichter verrußt, darin blaue, stechende Augen. Ihre Kleider rochen nach Qualm. Wenn Vater gewusst hätte, dass er in die Lottergasse gehen würde, zu Köhlern, Dirnen und Abtreiberinnen – er hätte ihn sicher nicht aus dem Haus gelassen.

Christian bog in die Gasse ein. Vor dem Henkerhaus sah er sie: Saphira saß auf den Stufen des Eingangs und putzte Rüben. Neben ihr stand ein kleines Mädchen mit blonden Locken und schmutzigen Füßen, es redete auf sie ein, stieß sie an und lachte unbeholfen, aber Saphira sah nur ernst auf ihre Arbeit herab, auf die krummgewachsene Rübe und das Messer, mit dem sie sie schälte.

Er stellte sich vor sie. »Saphira.«

Als sie aufsah, standen ihr Tränen in den Augen. »Lass uns allein, Prinzessin«, sagte sie.

Die Kleine zog einen Flunsch, dann ging sie ins Haus.

»Euer Vater brachte dieses Pergament und dieses Bündel.« Er würde nichts von seinen Nöten sagen. Er würde still leiden, ohne dass sie Schuldgefühle haben musste. Wenn, dann sollte sie es erst später erfahren.

Saphira legte die Rübe in die Schüssel zu den anderen, auch das Messer tat sie hinzu. Sie las die Zeilen. Dann öffnete sie das Lederpaket. Staub rieselte aus seinen Falten. Kaum hatte sie es geöffnet, quoll weißer Wollstoff hervor. »Was ist das?«, murmelte sie.

»Er bat, Ihr möget zu ihm zurückkehren. Es geht um Leben und Tod, hat er gesagt.«

Sie starrte auf den weißen Stoff. Ihre Augen weiteten sich. Wie von einer unsichtbaren Kraft in die Höhe gezogen, stand sie auf. Sie zog den Stoff vollständig aus dem Bündel. Er entfaltete sich. Ein Kleid von makellosem Weiß. Saphira führte es mit den Händen zum Gesicht und tauchte darin ein.

Ja, auch er konnte es riechen: Das Kleid duftete nach einer Frau, ihm haftete ein zarter Duft von Rosen und Weiblichkeit an. »Wem gehört das?«, fragte er.

»Es muss ein Kleid meiner Mutter sein«, sagte sie mit brüchiger Stimme. »Ich wusste nicht, dass es so etwas noch gibt. Vater will sich mit mir versöhnen. Er hat an Jom Kippur gedacht, so wie ich. Zu Jom Kippur ziehen wir weiße Kleider an. Er muss es all die Jahre aufbewahrt haben.«

»Es riecht wie Rosen.«

»Ja. Es riecht nach ihr.« Sie sah ihn an. »Christian, ich bin schwanger. Bist du bereit, mich zu deiner Frau zu nehmen?«

Was?

Was hatte sie gesagt? Schwanger? Ihm stockte der Atem. »Ich ...«

»Neun Wochen ist es her. Es gibt keinen Zweifel. Ich trage dein Kind in mir.«

Er konnte sie unmöglich heiraten. Sein Vater würde das nicht dulden. Selbst dann nicht, wenn sie Christin werden würde.

»Ich bin bereit, Christin zu werden.«

Er fuhr sich über die Beinlinge. Wollte er das denn? Nein, er wollte es auf keinen Fall! Saphira heiraten? Was, wenn er Fehler an ihr entdeckte, die ihn ein Leben lang störten? Er kannte sie doch kaum! Ihr Gesicht kam ihm plötzlich sehr jüdisch vor. Die großen, dunklen Augen, die fordernd geschwungenen Lippen. Keine Christin hatte so schwarze Locken. Saphira war ihm fremd, er mochte sie überhaupt nicht, er fürchtete sich vor ihr. »Es gibt Abtreiberinnen, das Kind muss nicht zur Welt kommen, oder?«

»Ich werde es nicht töten.«

»Wie konnte das passieren? Ich meine, bisher ist doch nie ... Wusstest du nicht, dass du fruchtbar warst?«

»Christian, ich werde dir ein gutes Eheweib sein. Wage es mit mir. Du wirst es nicht bereuen.«

Ihm wurde heiß. In hastiger Folge rasten Bilder vor seinem inneren Auge vorüber. Quengelnde Kinder. Saphira, die ihm Vorhaltungen machte. Saphira mit dickem Bauch. Saphira, die

Eintopf erbrach. Ein Junge, der ihm ein Holzschwert vor das Schienbein knallte. Zwei Mädchen, die sich in den Haaren festkrallten und vor Schmerz und Wut kreischten. Saphira mit abgehärmtem, faltigem Gesicht und grauen Haaren. »Ich brauche Bedenkzeit. Gib mir ein paar Tage, ja?« Saphira, die ihn anschrie. Ein Krug, der zu Bruch ging. Ein weinendes Kind.

Sie war verletzt. Das konnte er an ihrem Gesicht ablesen. Trotzdem nickte sie. »Ja, ein paar Tage.«

13

In der Werkstatt des Goldschmieds, während er sich über die Auslage von Ringen beugte, musste Tam an Christian denken. Daran, wie sie vergangenes Jahr in die Eiche vor dem Clarissenkloster geklettert waren und stundenlang im Geäst gesessen hatten. Aus den Fenstern des dreistöckigen Hauses mit den Stufengiebeln schimpften Nonnen herüber, aber sie lachten nur, denn sie waren ja nicht gekommen, die Nonnen auszuspähen, sondern einzig, um ein wenig zu klettern und zu genießen, wie die Handflächen von der Rinde brannten und die Sonne durch das Laub zwinkerte. Dazu das Gefühl, den Baum erobert zu haben. Sie waren Baumbezwinger. Sie waren Männer, und doch lebte die Freiheit in ihnen, die sie als Kinder gehabt hatten.

Tam wollte über die Geschichte des Klosters reden. Er ließ Christian mit kaum verhohlenem Stolz wissen, dass hier ursprünglich Sackbrüder gelebt hatten, die durch die Pflege ekelerregender Kranker Buße tun wollten. Vor einem Dreivierteljahrhundert sei der Orden vom Papst aufgehoben worden.

Christian zuckte nur die Achseln. »Tam«, sagte er, »was du über das Kloster weißt, ist ja ganz schön. Aber es wird dir im Leben nichts nützen. Ich sage dir etwas, das du dir gut merken solltest, weil es dich weiterbringt: Die Frauen lieben nicht freundliche Worte, sondern Geschenke. Oft meint ein Mann, er behandle seine Geliebte gut, wenn er sie bewundert und ihre Schönheit lobt. Die Geliebte aber glaubt dieses Lob erst, wenn er ihr Geschenke macht. Sie will die Bewunderung des Mannes anfassen können. Will sich jeden Tag daran erinnern können, wenn sie den Haarreif aufsetzt, den er ihr geschenkt hat, oder sich das Tuch umlegt oder das Schminkkästchen öffnet, das sie von ihm bekommen hat.«

Daran dachte Tam, heute, beim Goldschmied. Er hatte sich nie mit Schmuck befasst, und dass es von der einfachen Form eines Rings so viele Abwandlungen geben konnte, überraschte ihn. Er war schlicht überfordert, aus den Schlangen, Ranken, schmalen und breiten Ringen, verzierten und einfachen, hellen und dunkleren Ringen einen auszuwählen.

»Für wen ist es denn«, fragte der Goldschmied.

»Für eine junge Frau.«

»Wie schlank sind ihre Finger?«

Ja, wie schlank waren ihre Finger? Wie sollte man die Geliebte mit einem Geschenk überraschen, wenn man ihre Anwesenheit brauchte, um es auszuwählen? »Vielleicht so wie meine?«

Der Goldschmied schüttelte den Kopf. »Wenn Ihr es nicht wisst, findet das lieber erst einmal heraus.«

»Kann ich nicht einen Ring kaufen, und wenn er nicht passt, tausche ich ihn um?«

Der Goldschmied sah nach dem Feuer und dem Jungen, der am Blasebalg stand und sich langweilte. »Meinetwegen«, sagte er, »gegen einen Aufpreis von zehn Pfennigen.«

»Dann nehme ich diesen hier.« Tam zeigte auf einen Ring von hellem Gold, der ein Lilienblatt formte.

»Gute Wahl. Ein prächtiges Stück.« Der Goldschmied hob ihn in die Höhe. »Für drei Gulden ist er Euer.«

Aus dem Metall der Gulden konnte man sicher zehn solcher Ringe herstellen. Aber Tam bezahlte bereitwillig und steckte den Ring ein. Es war ein Geschenk für Saphira. Da zu feilschen hieße, sie wie eine Ware zu behandeln. Er grüßte zum Abschied und trat durch die niedrige Tür ins Freie.

Vom Kornmarkt wehten die Bratendünste der Speisebuden herüber. Die Bräter verstanden ihr Geschäft. Seit Generationen wohnten sie rings um den Platz – ein Gesetz gestattete es allein den Anwohnern des Kornmarktes, heiße Speisen anzubieten –, und die Erfahrung hatte sie gelehrt, ihr Fleisch und Gemüse so zuzurichten, dass einem das Wasser im Mund zusammenlief, wenn man auch nur in die Nähe der Buden geriet.

Er würde zuerst etwas essen, um sich zu stärken. Anschließend würde er Saphira in der Lottergasse aufsuchen. Welche Widerstände auch auf sie warteten, sie würden in eine ferne Stadt fliehen, und er würde Saphira zu seiner Frau machen, an einem Ort, wo Juden und Christen heiraten durften. Allein die Vorstellung: die Geliebte als seine Ehefrau! Es lagen glückliche Tage vor ihnen.

Lächelnd bahnte sich Tam einen Weg durch die dichte Menschenmenge. Er hielt die Hand auf seinen Geldbeutel gedrückt. Im Gedränge waren die Beutelschneider besonders dreist, und im Beutel befand sich der Ring für Saphira.

Der Kornmarkt öffnete sich vor ihm mit seinen stattlichen Häusern, an der Nordseite das Rathaus mit der prachtvoll bemalten Fassade, östlich und westlich dreigeschossige und viergeschossige Kaufmannshäuser mit Läden im unteren Stockwerk. Ein Händler rief, viel zu nahe bei seinem Ohr: »Gänsegänsegänse, wohlgemästet!« In stufenartigen Auslagen war Gemüse ausgebreitet: Bohnen, Erbsen, Karotten, Rüben. An den Obstständen schnitten die Händler Äpfel und Birnen in Stücke und reichten die Happen den Vorbeidrängenden. »Süß! Süß! Kostet!«

Aus Fässern wurde Butter geschaufelt und in die Gefäße der Käufer gestrichen. Frauen legten Eier sorgsam in ihre Körbe und deckten sie zu. Man kaufte Rebhühner, die an langen Schnüren hingen, und Hasen, mit Fell oder schon gehäutet.

Tam beobachtete das Treiben von der Schlange aus, in die er sich vor einer Speisebude eingereiht hatte. Es strengte ihn an, er mochte diese Menschen nicht, und doch musste er hinsehen. Das gellende Rufen, das unablässige Plappern, es zwang ihn zu beständiger Aufmerksamkeit und zehrte an seinen Kräften. Er wurde angerempelt, Schultern stießen gegen seine Brust, Schenkel schrammten an seinen vorüber. Wieder und wieder griff er besorgt nach dem Geldbeutel.

Gerade als er an der Reihe war und geröstete Leber mit Zwiebelringen und Äpfeln bestellen wollte, sah er aus dem Augenwinkel einen blauweißen Schleier. Er drehte sich um. Der zarte Körper, der Gang, ohne dass die Hüften sich bewegten – ein Schweben, das es nur einmal auf der Welt gab. Sein Herz machte einen Satz. Er verließ die Bude und folgte der Jüdin.

Saphira beim Einkaufen. Wie eine kleine Ehefrau, so, wie sie später einmal für ihn und ihre Familie einkaufen würde. Es war ein entzückender Anblick. Er ging ihr nach, ohne dass sie ihn bemerkte. Jetzt kam ihm das Gedränge gelegen. Saphira drehte einen Kohlkopf in der Hand, kaufte Kräuter und sah mit scharfem Auge zu, wie für sie ein Säckchen teures Salz abgewogen wurde. Als sie ihren Korb mit Obst und Gemüse gefüllt hatte, steuerte sie vom Markt fort. Tam folgte ihr, bis das Gedränge hinter ihnen lag. Als sie sich dem Eselstürlein näherte und niemand mehr in ihrer Nähe war, überholte er sie und stellte sich ihr in den Weg. »Saphira, Süße! Ihr wart einkaufen?«

Sie stockte. »Tam!« Schrecken in ihrem Gesicht.

»Was ist?«, fragte er. »Es ist niemand hier, man sieht uns nicht.«

»Vater will sich mit mir versöhnen«, sagte sie und wurde rot dabei. Sie ging an ihm vorüber, als würde sie selbstverständlich voraussetzen, dass er sie begleitete, und er tat es. »Zu Jom Kippur, wie ich gehofft hatte.«

»Ist er bei Euch gewesen?«, fragte er.

»Nein. Er hat ein weißes Kleid geschickt. Eines, das Mutter früher getragen hat.«

»Wirklich? Ein Kleid Eurer Mutter? Das ist ja unglaublich!«

Unter dem Eselstürlein hielt er sie am Arm fest. »Wartet.« Der kleine Pfortenbogen war wie ein Versteck, ein vertrauter, warmer Platz. Bestens geeignet dafür, das Geschenk zu überreichen. »Ich habe etwas für Euch.« Er nestelte den Ring hervor und nahm ihre Hand. Vorsichtig schob er ihn auf ihren Zeigefinger. Er passte! »Das soll Euch meiner Liebe und Bewunderung versichern. So zart wie dieses Lilienblatt seid auch Ihr. Zart und wunderschön. Wisst Ihr das?«

Sie sah nicht auf den Ring. Sie sah ihn an.

Freute sie sich denn nicht? Er fragte: »Was ist mit Euch?«

Ihrem Blick fehlte alle Kraft, alle Würde, die ihm sonst innegewohnt hatte. Er war wie zersprungen. »Soll ein Ring alles wieder in Ordnung bringen?« Obwohl ihre Augen trocken waren, klang ihre Stimme, als würde sie weinen. »Wie soll der Ring das schaffen?«

»Was meint Ihr? Wovon redet Ihr denn?«

Sie sagte leise: »Ich bin schwanger, Tam.«

Ein Steinbrocken sank auf seine Eingeweide hinunter. Er landete unten im Bauch. »Schwanger? Aber das geht nicht! Wir haben uns doch nur geküsst! Sicher irrt Ihr Euch.«

»Nein. Ich bin schwanger.«

Seine Gedanken drehten sich im Kreis. Ihm wurde schlecht.

Wir haben uns nur geküsst, dachte er. Es geht nicht. Wir haben uns nur geküsst. Schwindel ergriff ihn, und er musste sich an der Mauer abstützen. »Was wollt Ihr mir sagen?«

»Ich muss einen anderen heiraten. Den, von dem ich ein Kind erwarte.«

Es gab einen anderen? Das war unmöglich. Saphira, die Zarte, die Ehrliche, nie und nimmer hatte sie einen weiteren Geliebten. »Ihr macht Scherze, oder? Bitte, treibt nicht solche Scherze mit mir!«

»Tam, ich habe mit Christian geschlafen.«

In diesem Augenblick erhob sich der Stein in seinem Bauch und donnerte aufwärts. Er wuchs dabei, er schoss ihm in den Kopf. »Christian«, sagte er. Er nickte. Plötzlich waren die Gedanken wieder klar. Er war von seinem Freund betrogen worden. Christian hatte ihm Saphira geraubt. Hatte er es nicht vorausgesehen? Hatte er nicht deshalb verhindern wollen, dass die beiden sich trafen? Aber Christian hatte darauf bestanden. Es musste sein Plan gewesen sein, ihm Saphira wegzunehmen. Er wollte es tun, bevor es zu spät war, bevor sie seine Frau geworden war.

Tam machte auf dem Absatz kehrt und verließ die Pforte. Er ging in Richtung Stadt.

Saphira folgte ihm und hängte sich an seinen Arm. »Wartet! Was habt Ihr vor? Tut bitte nichts Unüberlegtes. Warum weint Ihr nicht? Seid Ihr nicht enttäuscht von mir? Ich kenne diesen kalten Blick an Euch nicht. Ihr macht mir Angst!«

Tam achtete nicht auf sie. Er schleppte sie mit sich wie ein lästiges Gewicht und irgendwann ließ sie ihn los. Ob sie weiter hinter ihm herging, sah er nicht. Er hörte sie weinen, eine Weile noch, und hörte seinen Namen, flehentlich gerufen. Dann verstummte sie. Zu spät, dachte er, es ist zu spät, Saphira.

Dass er an ihrem Haus vorüberging, stellte er fest, ohne dabei etwas zu empfinden. Er nahm die Schneidergasse, stieß auf den Fischmarkt. Das »Gässlein zum großen Keller« stampfte er hinauf. Christian sollte bluten. Christian sollte sterben für das, was er ihm angetan hatte. Einer, der so log und so seinen Freund hinterging, verdiente es nicht weiterzuleben.

Mit einem Fußtritt öffnete er die Tür im rechten Torflügel des Münchhofs. Er sah Christian mit entblößtem Oberkörper vor dem Stall knien, den Kopf an den Querbalken gelehnt, an dem sonst die Pferde angebunden wurden. Münch, der Sternerführer, stand hinter ihm. Er schlug ihn mit einem Haselstock, rechts, links. Rote Streifen leuchteten auf Christians Rücken.

Tam zog das Schwert. »Er gehört mir!« Mit großen Schritten näherte er sich Christian und dem Münch.

Kurz bevor er sie erreichte, zog auch der alte Münch das Schwert. Er stellte sich ihm in den Weg. »Fort mit der Waffe! Habt Ihr den Verstand verloren?«

Ohne ein Widerwort holte Tam aus. Er legte alles in diesen Schlag: seinen Zorn, seine Enttäuschung, seine Rachelust. Die Klingen schlugen hart aufeinander. Funken sprühten.

Erstaunt tänzelte der Ritter einige Schritte zurück. »Was ist in Euch gefahren?«

Tam holte wieder aus. Er führte einen niedrigen Schlag. Der Münch konnte ihn mit knapper Not abwenden. Er begriff endlich, dass es Tam nicht auf einen Toten mehr ankam.

Tam befahl: »Geht mir aus dem Weg!«

Christian stand auf. In seinem staubigen Gesicht hatten sich

Tränen und Schweißtropfen Wege gebahnt. »Vater, es geht um mich.«

»Wenn ich beiseitetrete«, sagte der Münch, » bringt er dich um. Siehst du nicht sein Gesicht? Der will morden.«

Christian sprang über den Balken und beugte sich an der Stallwand über seinen Schwertgurt. Er kam mit blanker Klinge zurück. »Geht, Vater. Tam ist meinetwegen gekommen, er soll sich holen, was sein ist.«

Der Ritter erwiderte noch einen von Tams Schlägen, dann zog er sich mit raschen Schritten zurück, ohne den Blick von Tam zu nehmen. »Du bist ihm überlegen, Sohn«, sagte er, »aber er kennt kein Erbarmen. Er ist rasend, sieh dich vor!«

Tam wartete, bis Christian sich zum Vater wendete und ihm zunickte. In diesem Augenblick sprang er vor und führte einen Hieb auf Christians Brust.

Christian konnte gerade noch das Schwert hochreißen. Die Wucht von Tams Schlag ließ ihn zurücktaumeln. »Tam, ich weiß, weshalb du zornig bist. Es war nur dieses eine Mal! Und ich bereue es bitterlich. Ich hätte dich um Vergebung gebeten, wenn …«

Tam zielte auf den Hals. Er schwang die Klinge weit.

Christian verstummte und wich aus. »So höre doch! Ich wollte dich nicht verletzen, ich dachte, es sei besser, wenn du es nicht weißt.«

Er hieb nach den Beinen.

Christian setzte sein Schwert dagegen. Sand spritzte auf, als die Schwertspitzen sich in den Boden gruben. »Bitte«, keuchte Christian, »vergib mir, Tam.«

»Niemals!« Tam hob das Schwert in die Höhe und ließ es auf Christian niedersausen.

Christian duckte sich unter seine Klinge, die er zum Schutz in die Höhe hielt. Die Schwerter prallten aufeinander. Christian schwitzte am ganzen Körper. Es war offenkundig, dass er sein Äußerstes gab. Dass er um sein Leben kämpfte.

Ja, du hast mich unterschätzt, dachte Tam. Seit unserer Kindheit hast du mich unterschätzt. Diesen Kampf wirst du verlieren! Er täuschte einen Hieb vor, lenkte die Klinge aber stattdessen hinauf und schlug nach Christians Brust.

Christian blinzelte. Ihm rann Schweiß in die Augen. Mit Mühe hielt er den Schlag ab.

Sofort setzte Tam nach, nur mit halber Kraft, weil er sich keine Zeit zum Ausholen genommen hatte, aber dafür umso unerwarteter. Die Waffe zerschnitt Christians Fleisch bis auf die Rippen. Blut rann auf breiter Fläche aus der klaffenden Wunde.

Zischend sog Christian Luft zwischen den Zähnen ein. »Tam«, ächzte er, »lass mich am Leben!«

»Du verdienst den Tod.« Er hatte ihn betrogen, hatte ihm Saphiras Liebe genommen. »Für dich war sie eine unter vielen. Für mich war sie alles.« Zeit, Abschied zu nehmen, Verräter, dachte er und schlug nach Christians Hals.

Der Schlag wurde aufgehalten. Christian brüllte. Es war beides, ein Schmerzenslaut und ein Überlebensschrei. Den blutenden Oberkörper neigte er nach vorn und drängte Tams Schwert mit seiner Klinge zurück.

Die Klinge von links. Tam konnte sie abwehren.

Von rechts.

Von links.

An zahllose Gelegenheiten musste Tam denken, bei denen er gegen den Freund verloren hatte. Er war immer der Schwächere gewesen. Diesmal nicht, sagte er sich. Er hatte ihn bereits verletzt. Christian verlor Blut, seine Schläge würden bald kraftlos werden.

Aber Christian griff so behände an, dass Tam Mühe hatte, sich auf die einzelnen Schläge einzustellen. Dann plötzlich Christians Fuß. Er landete hart in Tams Magengrube. Tam hustete. Ein harter Schlag gegen das Schwert, als er ihn nicht erwartete: Es wurde ihm aus der Hand gerissen und zerfurchte den Staub.

Christian hielt ihm die Schwertspitze vor die Kehle.

Er hatte verloren. Er war wieder einmal unterlegen. Saphira hatte den Stärkeren ausgewählt, natürlich, das taten die Frauen. »Na los, stoß zu! Bring dein Werk zu Ende. Das Herz hast du mir bereits herausgerissen, nun kannst du mir auch noch den Hals durchschneiden.«

»Tam, es tut mir leid!«

»Das glaub ich dir nicht. Du wolltest mir Saphira nehmen, und es ist dir gelungen. Tu nicht so, als wärst du da hineingeschlittert.«

»Das bin ich. Es war nur ein einziges Mal. Tam, ich will sie nicht heiraten. Sie gehört dir!«

»Denkst du, ich falle auf deine Lügen herein?«

»Warum sollte ich lügen?« Die Schwertspitze zitterte. »Warum sollte ich jetzt noch lügen? Du hast von meinem Fehler erfahren. Du verabscheust mich, und mein Vater schlägt mich, weil er mich ebenfalls verachtet. Eine Lüge würde nichts daran ändern.«

»Wie konntest du mir das antun?« Tam zeigte auf seine Brust. »Du wusstest genau, dass es mir die Seele zerreißen würde.«

»Hast du dich beruhigt? Das Schwert wird allmählich schwer.« Seine Augenlider flackerten. »Können wir reden, ohne dass du …« Er holte rasselnd Atem. »… dass du mir den Leib aufschlitzt?« Christian fiel die Waffe aus der Hand. Seine Beine knickten ein. Er stürzte.

Hatte er ihn etwa getötet? Tam tätschelte ihm das Gesicht. »Wach auf, Christian, sag etwas!« Hatte er seinen einzigen Freund umgebracht? Es war alles zerstört. Saphira liebte Christian, und er, Tam, hatte dem Freund die Brust aufgeschlitzt. In den nächsten Monaten würden alle Juden durch die Intrige seines Vaters ihr Leben verlieren. Saphira genauso. Und er, Tam? Ein Mörder. Ein Versager.

Er wurde an den Schultern nach hinten gerissen. Schwerfällig rappelte er sich auf und taumelte einige Schritte. Der Ritter Münch beugte sich über seinen Sohn, er schrie etwas, das Tam nicht hören konnte. Knechte und Mägde eilten herbei. Alles verschwamm, wurde wieder klar und verschwamm erneut.

Was sollte Saphira mit einem wie ihm anfangen? Er war kein würdiger Mann für sie. Sie brauchte einen Starken, einen, der ihre Aufmerksamkeit mit seinen Taten und seiner Männlichkeit fesselte, einen, den sie liebte und bewunderte. Er, Tam, vermochte sie nicht zu halten. Es war offensichtlich. Vielleicht hatte sie kurze Zeit für ihn geschwärmt, aber das war vorbei, Vergangenheit.

Mechanisch hob er sein Schwert auf und schlich vom Hof. Er hörte den Ritter Münch befehlen: »Schafft Wasser her! Und holt den Stadtarzt!« Ein Knecht rannte die Stufen des »Gässleins zum großen Keller« hinunter. Tam wankte ihm hinterdrein, ohne recht zu wissen, warum, und verlor ihn bald aus den Augen. Ziellos strich er durch die Stadt. Da waren Häuser, da war der strenge Uringeruch der Gerbereien, ein Hund schnüffelte an ihm herum und berührte mit der nassen Schnauze seine

Hand. Tam nahm es wie durch einen matten Vorhang wahr. Ein Eimer Abwaschwasser wurde auf die Straße geschüttet. Es spritzte ihm an den Beinlingen hoch. Stimmen waren da, auf eine fremde Art vermengt und unverständlich. Über der Straße hingen Wäscheleinen, Hemd reihte sich an Hemd und Rock an Rock. Sie tropften ihm von oben ins Genick.

Eine Ewigkeit lang tappte er durch die Straßen und Gassen. Seine Beine wurden müde, seine Füße schwer. Er wollte sich setzen und sich ausruhen, aber es war, als verweigere ihm der Körper den Gehorsam: Kein Glied hörte auf die Befehle seiner Gedanken. Die Beine liefen, die Arme hingen schlaff herab, der Hals hielt Kinn und Kopf aufrecht. Er war gefangen in sich selbst und irgendwann gab er auf, dagegen anzukämpfen.

Es dunkelte. Ein Berittener brachte neben ihm das Pferd zum Stehen. »Tam, bist du das? Tam!« Vater ließ die Zügel locker, und das Pferd ging im Schritt neben dem Körper her, der einmal Tam gewesen war. »Du hast Christian Münch niedergeschlagen, habe ich gehört. Großartig! Ganz mein Sohn. Ich habe dich wirklich unterschätzt.«

Tam wollte den Kopf schütteln, aber nicht einmal das gelang ihm.

»Es heißt, du bist bei den Münch auf den Hof getreten, mit blanker Klinge, und hast zuerst den ehemaligen Bürgermeister in die Flucht geschlagen. Ist das so? Sie haben gesagt, dein Schlag war von solcher Wucht, dass Ritter Münch rückwärtstaumelte. Der Münch höchstpersönlich! Ich bin stolz auf dich, hörst du? Es soll Christian böse erwischt haben. Ich dachte, du seist ihm unterlegen, aber da habe ich mich getäuscht! Mein Sohn, Thomas von Bärenfels, mein guter Tam, er schlägt die gesamte Sternerbande!«

Tam würgte an vier Worten, er presste sie den Hals hinauf. Die Lippen blieben geschlossen.

»In der ganzen Stadt haben wir dich gesucht. Ich habe die Hälfte der Psitticher aufgeboten und alle unsere Knechte und Knappen. Den Helden der Stunde muss man feiern!«

Die Lippen klebten aneinander fest. Tam stieß mit der Zunge dagegen. Endlich rissen sie auf. Er röchelte: »Bring mich nach Hause.«

»Gern, mein Sohn. Da, stell dich auf den Rand des Trogs.« Als Tam gehorchte, lehnte Konrad von Bärenfels sich seitwärts vom Pferd, griff Tam unter die Achsel und zog ihn hinauf aufs Pferd. Es trabte an. »Du hast alles Recht der Welt, müde zu sein.«

Tam hing schlaff auf der Kruppe des Pferdes. Der Sattel bohrte sich mit der Kante in seinen Oberschenkel, die Hüftknochen des Pferdes stießen sein Gesäß. Aber er hielt sich am Rücken des Vaters fest und wagte nicht, sich zu bewegen.

»Hör zu«, sagte der Vater, »dass du dem Wucherjuden meine Pläne verraten hast, diesem Simon-ben-Levi, verzeihe ich dir. Du bist eben ein Heißsporn, und sein Töchterchen ist dir ins Auge gefallen. Aber glaub mir, Sohn, wir finden dir ein besseres Weib. Eines, das Rasse hat wie eine gute Stute. Sie wird dich glücklich machen. Viel mehr, als diese Jüdin es je könnte. Ach, was bin ich damals abgeirrt, als ich so jung war wie du! Ich habe mir auch immer die falschen Bräute herausgesucht. Das liegt in der Familie. Mach dir keine Gedanken! Wir kriegen dich auf einen guten Kurs!«

Im Hof, als sie vom Pferd gestiegen waren, gingen Vater und Sohn Seite an Seite auf den Palas zu. Konrad von Bärenfels legte den Arm auf Tams Schulter. Mägde sammelten sich an der

Tür, sie sahen im Wechsel Tam und das Schwert an, dessen blutige Spitze aus der Halbscheide ragte. Tam schämte sich.

An der Treppe löste er sich aus dem Arm des Vaters und stieg ohne ein Wort hinauf, allein.

»Er braucht Ruhe«, sagte der Vater, »lasst ihn gehen. Der Schwertkampf hat ihn ermüdet. Er hat in diesen Kampf alles hineingelegt. Ich weiß, wie es ist, wenn man eine Schlacht ausgetragen hat.«

In seinem Zimmer angelangt, schnallte Tam den Schwertgurt ab und versteckte die blutige Waffe im Winkel hinter dem Schrank. Nichts weißt du, dachte er. Er nahm seine Rebec von der Wand, setzte sich auf die Fensterbank und zog die Beine an den Leib. Die Streichlaute hielt er auf den Knien, aber er spielte keinen Ton. Seine Fingerspitzen ruhten auf der Schalldecke aus Pergament.

14

Der blutige, geköpfte Hahn im Eimer neben dem Holzklotz machte die Henne unruhig. Mit Mühe hielt Saphira ihre Füße und die Flügel in der Linken, während sie mit der Rechten das Beil umklammerte. Vater hatte den Hahn geschlachtet, nun war sie an der Reihe, die Henne zu töten.

Sie schwang die Henne kopfunter hin und her, dabei wurde das Tier ruhig. Schließlich hob sie sie in die Höhe und ließ sie über ihrer Stirn kreisen. »Das ist mein Stellvertreter«, sagte sie dabei. »Das ist mein Auslöser. Das ist meine Sühne. Diese Henne geht dem Tode entgegen, ich aber gehe einem guten Leben und Frieden entgegen.« Damit drückte sie die Henne auf den Klotz und hob das Beil. Mit einem beherzten Hieb schlug sie ihr den Kopf ab. Blut spritzte. Rasch tat sie das zappelnde Tier in den Eimer.

»Meine Tochter.« Vater nahm sie bei den Schultern. »Alles soll dir verziehen sein. Verzeihst du auch mir?«

»Ja, das tue ich.«

»Geh, bereite das Abendessen zu. Ich bringe derweil Hahn und Henne zu den Armen am Birsig.«

Nach seiner Rückkehr speisten sie ausführlich. Es war der Abend vor Jom Kippur, und zu Jom Kippur fasteten alle Juden. Deshalb war das Abendessen zuvor besonders wichtig. Sie aßen gebratenen Lachs, dann noch Röstspieße von Lammfleisch und Hirsebrei.

Genießen konnte Saphira es nicht. Sie hatte eine böse Offenbarung zu machen. Bei jedem Bissen sann sie darüber nach, wie sie es Vater am besten beibrachte. Es wollte ihr kein guter Anfang einfallen. Schließlich räumte der alte Diener den Tisch ab, und anstatt zu reden, lächelte sie nur.

Sie wuschen sich die Hände und zogen die weißen Kleider an. Erst als es zur Synagoge gehen sollte und Vater bereits die Hand nach der Haustür ausstreckte, sagte sie: »Warte. Können wir uns noch einmal setzen?«

»Natürlich.« Er ging in die Küche voraus. »Lass uns allein«, befahl er dem Diener. Er setzte sich und wartete, bis Saphira ihm gegenüber Platz genommen hatte. »Was bedrückt dich?«

Der Augenblick war da. Es half nichts, sie konnte ihm nicht länger ausweichen. Sie sah zu Boden. »Ich bin schwanger. Es ist eine Schande für dein Haus, das weiß ich. Aber ich brauche einen Ort, an dem ich das Kind zur Welt bringen kann, und einen Platz, an dem es aufwächst. Willst du mich auch unter diesen Umständen als deine Tochter aufnehmen?«

Vaters ließ in einem langen Seufzer die Luft entweichen. »Also wird dein Fehltritt bald allen bekannt sein«, sagte er. »Sie werden sich über dich das Maul zerreißen. Allen voran jene, die dir wegen deiner Schönheit gern den Hof gemacht hätten, während du nur Augen für diesen Christen hattest.«

Er ahnte nicht, dass es sich bei *diesem Christen* um Tam handelte. Aber ihm noch mehr Schrecknisse zuzumuten? Unmöglich. Er würde seine Tochter überhaupt nicht mehr verstehen, die den einen liebte und dem anderen ihre Unschuld opferte, sich nach dem einen verzehrte und den anderen bat, sie zu heiraten. »Ein wenig hoffe ich noch, Christian Münch nimmt mich zur Frau.«

»Dann ist die Schande nicht geringer, Saphira. Im Gegenteil! Saphira-bat-Simon heiratet einen Christen, stell dir diese Nachricht vor, wenn sie in den Häusern getuschelt wird, wenn mir die Männer vor der Synagoge aus dem Weg gehen und die Weiber schadenfroh hinter meinem Rücken lachen. In diesen Zeiten, wo man uns anfeindet! Wo die christliche Bevölkerung Basels uns hasst!«

»Das Gerede kümmert mich nicht. Ich bekomme ein Kind, und ich wünsche mir, dass es mit einem Vater aufwächst. Außerdem, wer soll für mich sorgen, wenn du einmal nicht mehr bist? Kein Jude wird mich zur Frau nehmen.«

Simon-ben-Levi vergrub das Gesicht in den Händen und stützte die Ellenbogen auf den Tisch. »Also sei es«, sagte er. Die Handteller dämpften seine Stimme. »Frage ihn. Wenn er dich zur Frau nehmen will, werden wir es gemeinsam ertragen. Lehnt er ab, erziehen wir dein Kind in diesem Haus.«

Sie streckte den Arm über den Tisch und griff nach der Linken des Vaters, zog sie vom Gesicht fort und drückte sie. »Ich danke dir.«

Vater hob eine Braue. »Ich will diesen Kerl vorher kennenlernen und in Erfahrung bringen, ob er es mit dir ernst meint. Die Christen sind rasch zur Hand mit einem Scheidebrief heutzutage.«

So brach Jom Kippur an, der große Versöhnungstag. Am Abend – der Tag währte für die Juden von Abend zu Abend –, noch vor Sonnenuntergang, strömten die Juden in weißen Kleidern durch die Stadt zur Synagoge. Selbst ihre Schuhe waren aus weißem Stoff gefertigt. Sie gaben ein fremdes, märchenhaftes Bild ab. Wie Heilige liefen sie durch die Straßen, wie Engel. Niemand wagte heute, sie zu verspotten. An diesem Tag, dem zehnten Tischri, hatte Mose die Bundestafeln zum zweiten Mal überbracht. Vierzig Tage war er auf dem Berg Sinai gewesen und hatte das Wort der Gesetze von Gott empfangen. Adonai selbst hatte sie in steinerne Tafeln geschrieben. Als er zurückkehrte, konnte er die Botschaft verkünden, dass Gott die Sünde des goldenen Kalbs vergeben habe. Diesen Tag der Vergebung feierte man als Jom Kippur.

Vor Hunderten von Jahren war es Sitte gewesen, dass der Hohepriester zu Jom Kippur in seinem goldenen Gewand Opfer für die Sünden des Volkes darbrachte. Danach zog er das Gewand eines einfachen Priesters an, weißes Leinen, und ging ins Allerheiligste. An keinem anderen Tag betrat der Hohepriester diesen Bereich des Tempels, der vom *Heichal*, dem Vorraum mit dem goldenen Räucheraltar und dem siebenarmigen Leuchter, mittels eines Vorhangs getrennt war. Das Allerheiligste nannte man »Wohnung Gottes«, *Sch'chinah*. Sie zu betreten konnte den Tod bedeuten. In ihr war die Bundeslade mit den Gesetzestafeln aufbewahrt. Cherubim bewachten sie.

Draußen vor dem Tempel wartete das Volk in Sorge und Anspannung. Würde der Hohepriester lebendig aus der Gegenwart Gottes zurückkehren? Erschien er nicht, bedeutete es, dass keine Versöhnung mit Gott stattgefunden hatte. Trat er aber durch die Tempeltüren, dann brach Jubel aus. Sein Gesicht strahlte von einem fremden, herrlichen Licht, weil er Gott begegnet war. Heute, im Jahr 5109 nach der Schöpfung, oder, wie die Christen zählten, 1348 Jahre nach der Geburt Jesu, gab es keinen Tempel mehr.

Am Eingang der Basler Synagoge trennten sich Simon-ben-Levi und Saphira-bat-Simon, denn Frauen und Männer standen für sich im Gottesdienst. Das Licht Hunderter Kerzen erhellte die Synagoge. Weiße, silberdurchwirkte Vorhänge schmückten sie.

Die meisten beteten, sie murmelten: »Wir haben die Treue

gebrochen. Wir haben Unrecht getan. Wir haben böse geredet. Wir haben den Weg des Rechts verlassen. Wir haben zur Sünde verleitet. Wir haben in Übermut gehandelt. Wir haben Gewalt geübt. Wir haben uns durch Lüge entwürdigt. Wir haben Böses geplant. Wir haben falsche Reden geführt. Wir haben gespottet. Wir haben gemurrt. Wir haben gelästert.«

Die Synagogentüren wurden geschlossen. Gemeinsam beteten alle den Psalmvers: »Erschaffe mir, Gott, ein reines Herz, und gib mir einen neuen, beständigen Geist!«

Der Toraschrank wurde geöffnet. In weißen Gewändern luden sich der Stadtarzt und der Lehrer die Torarollen auf die Arme und trugen sie zum Vorbeter. Rechts und links des Vorbeters stellten sie sich mit den Rollen auf.

Die Menge betete: »Ein Licht hat er gesät dem Gerechten und Freude den Aufrechten.«

Der Vorbeter verkündete: »Auf Beschluss Gottes und auf Beschluss der Gemeinde geben wir die Erlaubnis, mit den Sündern zu beten.«

In das Licht der Kerzen und das silberne Leuchten der Schmucktücher und in die Stille hinein begann die Weihe des höchsten jüdischen Festes. Es erklang das Gebet, das nur am ersten Abend Jom Kippurs gesungen wird: *Kol-Nidrej*. Langgezogene Töne schwebten durch die Synagoge, ein drängender, hinaufstrebender Gesang hallte von den Wänden.

Als sie sangen: »Und Gott sprach: Ich habe vergeben!«, da fuhr ein Schauer über Saphiras Arme. Ihr war vergeben! Sie war frei von Schuld vor den Augen Adonais!

Die Gemeinde sagte im Chor: »Wir verzeihen der ganzen Gemeinde der Kinder Israel und den unter euch lebenden Fremden, denn das ganze Volk irrt.«

Der Vorbeter ergänzte: »Und Gott wird sagen: Ich habe verziehen, wie du sagtest.«

Nun wurden die Torarollen zurück in den Schrank getragen. Dreimal trug der Vorbeter das Sündenbekenntnis vor. Er vertrat den Hohepriester der alten Zeit. Wie sich das Volk Israel im Innenhof des Tempels niedergeworfen hatte, wenn dieser aus den Tempeltüren trat, so warfen sich nun die Juden Basels zu Boden. Der Vorbeter sagte mit den Worten Jesajas: »Gott spricht: Ich lösche deine Verbrechen wie einen Dunst, deine Sünden wie eine Wolke, kehre zu mir zurück, denn ich erlöse dich.«

Der nussige, erdige Geruch reifer Körner schwebte über Basel. Er erinnerte an frisch gebackenes Brot. Die Garben wurden in die Scheunen gefahren. Man ersetzte die Seitenbretter der Ackerwagen durch Leiterwände und stemmte die Garben mit langstieligen Forken nach oben. Auf den Wagen standen die Frauen, nahmen sie entgegen und räumten sie so zurecht, dass möglichst viel mit einer Fuhre mitgenommen werden konnte. Die vollen Wagen rumpelten zu den Scheunen hin. Rinder wurden auf die Stoppelfelder geführt. Sie fraßen die trockenen Stoppeln.

Nur die Juden arbeiteten nicht an diesem Tag. Sie aßen auch nicht. Und trotzdem lächelten sie voller Glück, denn die Schuld des vergangenen Jahres fühlten sie wie ein Tonnengewicht von ihren Schultern gehoben. Es war Jom Kippur, das Fest der Versöhnung.

Kähne schleppten Erde zur sandigen Insel im Rhein. Man lud sie am Ufer in Eimer und schleppte sie zur Mitte der Insel. Dort errichtete ein Zimmermann mit seinen Gehilfen daraus ein Fundament. »Es wird ein Fischerhaus«, sagte er ihnen.

Das Wappen der Ramsteiner über dem Kamin zeigte zwei gekreuzte Lilienstäbe. Es war angerußt. Windstöße hatten wohl die Flammen der Kerzen hinübergelenkt, die auf dem von der Decke herabhängenden Wagenrad steckten. Auch jetzt brannte dort ein gutes Dutzend Kerzen. Konrad von Bärenfels wischte die fettigen Finger an einem Tuch ab. Ja, er konnte Ramstein verstehen, dass er seine Frau nicht verlieren wollte. Sie hatte Geschmack. Über das weiße Tischtuch verteilt lagen Blüten, kunstvoll zu Bögen um die Vorlegeplatten arrangiert. »Das war ein vortreffliches Abendessen, ich danke Euch!«, sagte er.

Ramsteins Frau strahlte.

Es war schwer, sich ihrem Bann zu entziehen. Zwar war sie klein – kaum zu fassen, dass sie einen solchen Hünen von Mann geheiratet hatte –, aber ihre Augen leuchteten wie Smaragde, und ihr Mund lächelte beständig. Gott hatte sie mit der glatten, nie alternden Haut einer Jungfrau gesegnet. Wie musste erst ihre jüngere Schwester beschaffen sein, wenn Ramstein sie dieser Frau vorgezogen hatte? »Ich verstehe Euch nicht, Ramstein. Ihr habt eine so wunderschöne Frau …«

Ramstein gefror zu einem Eisblock.

»… und doch seid Ihr so oft außer Haus unterwegs.«

Die Frau errötete. »Ihr schmeichelt mir. Es ist eine solche Ehre für uns, den hochgeachteten Herrn Bürgermeister zu Gast zu haben! Und das, wo mein Mann zu den Sternern gehört!«

»Nun, wisst Ihr, als Bürgermeister stehe ich gewissermaßen auch für die Sterner ein. Wie soll man diese Stadt ein Jahr lang führen und dabei nur die Hälfte ihrer Ritter unterstützen? Das wäre Irrsinn. Es gilt, die alten Fehden zu vergessen, zumindest für die Zeit, in der ich dem Rat vorstehe. Nicht wahr, Burkhardt?«

Der Ritter antwortete nicht. Er hatte sich zu einem etwa fünfjährigen Buben hinuntergebeugt, der neben ihm saß, und sagte halblaut: »Zeit für dich, zu Bett zu gehen. Du hast dich sehr gut verhalten zu Tisch. Ich bin stolz auf dich.«

»Ist das der kleine Fidelius?« Konrad lächelte. »Dein Vater hat mir so viel von dir erzählt! Willst du einmal ein Ritter werden wie er?«

Der Junge nickte. Am Hinterkopf ragte ihm frech ein Haarbüschel aus der Frisur.

Ramstein sah warnend zu Konrad hinüber.

»Er ist der Sohn meiner Schwester«, sagte Ramsteins Frau, »aber wir haben ihn so ins Herz geschlossen, dass er gar nicht oft genug bei uns sein kann. Er wächst förmlich bei uns auf. Wo wir doch nur Töchter haben.«

»Ich bitte dich.« Burkhardt von Ramstein breitete die Arme aus. »Du vergisst, was das für Töchter sind!«

Ein helles Lachen brach am Tisch aus. Die fünf jungen Frauen begannen, sich gegenseitig zu necken. Sie alle hatten die Smaragdaugen der Mutter geerbt.

»Richtig«, sagte Konrad. Er sah Fidelius nach, der vom Stuhl gerutscht war und sich entfernte. »Ich habe gehört, Eure älteste Tochter hat den Grafen von Thierstein geheiratet? Gemeinhin ärgert man sich, wenn Mädchen zur Welt kommen, aber auch mit ihnen lässt sich Politik machen.«

»Es ging mir nicht um Politik«, sagte Ramstein. »Ich habe einzig darauf geachtet, dass meine Tochter ein gutes Auskommen hat und einen Mann heiratet, der weiß, wie man eine Dame zu behandeln hat.«

Seine Frau lachte. »Wisst Ihr, früher hat ihr einmal dieser Christian Münch nachgestellt.«

»Immerhin der künftige Führer des Sternerbundes«, sagte Konrad, »oder nicht? Und der Graf von Thierstein ist um etliches älter als sie.«

»Er ist ein edelmütiger Mann.« Ramstein wischte sich nun ebenfalls die Finger ab. Es sah aus, als wollte er die Tafel so bald wie möglich aufheben. »Er macht unsere Tochter glücklich.«

»Ist bereits ein kleiner Erbe unterwegs?«

Die Bewegungen Ramsteins wurden immer fahriger. Er spielte mit einer Blüte, riss ihr die Blütenblätter aus. »Wir werden Euch benachrichtigen, wenn es so weit ist.« Dieses Abendessen musste eine große Qual für ihn sein. Immer die Befürchtung, dass er, Konrad, sein dunkles Geheimnis aufdeckte, fortwährend das Bemühen, vor seiner Frau gefasst und selbstsicher zu erscheinen – Ramstein war am Ende seiner Kräfte, das war unverkennbar.

»Nun«, Konrad erhob sich, »ich kann nur wiederholen, dass ich höchst dankbar bin für Eure Gastfreundschaft.« Er wandte sich Ramsteins Frau zu. »Entzückend, dass ich Euch endlich einmal wiedersehen durfte, meine Teure.«

Sie stand auf und knickste höflich, während er ihre dargebotene Hand küsste.

»Burkhardt«, sagte er, »seid Ihr so gut und begleitet mich noch zum Bärenfelserhof? Ich hätte da eine Kleinigkeit mit Euch zu besprechen.«

Ramstein gürtete schweigend sein Schwert um. Auch eine Antwort, dachte Konrad, nahm ebenfalls sein Schwertgehänge von der Wand und zog die Schnalle zu. Sie stiegen die Stufen hinunter, verließen das Haus. Mondlicht glänzte auf den Pflastersteinen. Die kühle Abendluft machte Konrad bewusst, wie muffig und warm es beim Abendessen gewesen war. Er wandte sich die Petersgasse hinauf. Schweigend folgte ihm Ramstein.

Wo die Petersgasse den Namen wechselte, um fortan Nadelberg zu heißen, sagte Ramstein: »Wagt es nicht noch einmal, mein Haus zu betreten.«

»Warum so aufgebracht?«

»Ihr wisst es genau. Eure Anspielungen machen meine Frau misstrauisch. Ihr zerstört meine Familie. Mein ganzes Leben ruiniert Ihr.«

»O nein, mein lieber Ramstein«, antwortete er. »Euer Leben habt Ihr mit der Liebschaft ruiniert. Es sind nicht meine Anspielungen, die Euch ins Unglück stürzen. Ihr selbst wart es, als Ihr …«

»Schweigt still!«

»Ich soll schweigen? Dann tut, was ich Euch sage.«

»Was verlangt Ihr?«

Konrad blieb stehen. Er sah Ramstein fest ins Gesicht.

Ramstein blickte zurück. Verständnislos. Dann bemerkte er den Hofeingang, vor dem sie standen. »Das ist nicht der Bärenfelserhof«, sagte er leise.

»Richtig«, sagte Konrad. »Bringt uns hinein.«

Ramstein presste die Faust gegen die Lippen. »Gott, steh mir bei«, stieß er aus. Er trat vor das Tor und klopfte an.

Schritte näherten sich. Fackelschein leuchtete durch den Spalt unter dem Tor. Ein Guckfenster wurde geöffnet. Ramstein zeigte sein Gesicht. Von drinnen tönte es: »Ihr seid es!« Ein Riegel knirschte. Die Tür im rechten Torflügel öffnete sich.

Ramstein und Konrad traten ein.

Der Wachposten musterte Konrad erstaunt. »Herr Bürgermeister? Was tut Ihr hier?«

»Das geht in Ordnung«, sagte Ramstein und steuerte auf den Palas zu. »Ritter Münch ist oben im Studierzimmer?«, fragte er über die Schulter hinweg.

Konrad aber blieb beim Wachposten stehen. Er reichte ihm die rechte Hand: »Erfreut, Eure Bekanntschaft zu machen.« Als die Wache nach seiner Hand griff, zog er blitzschnell mit der Linken den Dolch aus dem Gürtel und schnitt dem Mann die Kehle durch. Den röchelnden, sich windenden Körper schleifte er in den Schatten der Mauer. Friedlich plätscherte der Springbrunnen im Hof.

Ramstein kehrte zurück, mehlbleich. »Hat Euch der Verstand verlassen?«, flüsterte er.

»Voran, zum Münch!«

»Dieser Mann hat sieben Kinder!«

»Hatte. Ein einfacher Söldner. Es gehört zum Wagnis seines Berufs. Los schon!«

Ramstein wandte sich um zum Palas. Sie traten ein. Konrad hatte Mühe, ihm zu folgen, so zielsicher bewegte sich der Ritter durch das Haus. Sie erklommen Treppen, überquerten Flure und öffneten Türen. Endlich blieb Ramstein vor einer Pforte stehen. »Hier ist es«, raunte er. »Ich bleibe besser draußen.«

»Nein«, flüsterte Konrad, »Ihr kommt mit. Ich bringe den Münch nicht um. Er ist Ritter, habt Ihr das vergessen? Ich will nur mit ihm reden.« Dabei tastete er vorsichtig nach der tuchförmigen, weichen Beule an seinem Rücken.

»Wenn ich da hineingehe, mit Euch zusammen, fliegt alles auf.«

»Das spielt bald keine Rolle mehr.« Konrad klopfte.

»Tretet ein!«, kam es von drinnen.

Er nickte Ramstein zu.

Ramstein öffnete. Gleich nach ihm betrat Konrad das Zimmer. Regale mit Pergamenten und in Holz gebundenen Büchern standen an den Wänden. Am Tisch saß im Licht einiger Kerzen der Münch. Tiefe Furchen zwischen den Augen zeugten vom anstrengenden Lesen. Er legte die Brille ab, die er sich vorgehalten hatte, und blinzelte. »Mein guter Ramstein, was führt Euch zu mir zu so später Stunde? Und wen habt Ihr …« Er stand auf. »Konrad? Ihr hier?« Der Fischmund zuckte.

Konrad schloss die Tür. »Keine Sorge. Ich will nur mit Euch reden.«

»Wenn Ihr reden wolltet, hättet Ihr Euren Besuch angemeldet.«

Konrad lächelte. »Ich möchte nicht, dass man weiß, dass ich Euch um Rat fragen muss. Versteht Ihr?« Er sah sich um. Tam hatte davon erzählt, dass bei den Münch keine Wirkteppiche an den Wänden hingen und dass sie sie stattdessen mit Leinen bespannten. Interessiert trat er an eine Wand heran. Die rötlichen Muster und die schwarzen Bildmotive dazwischen wirkten fremdländisch und modisch, als gehörte dieses Haus nicht in die Ritterwelt Basels, sondern in eine neue Zeit, eine Zeit der Kaufleute und Universitäten, in der ein Wort kein Wort mehr war und ein Schwert kein Schwert, in der es dreier Männer bedurfte, wo heute einer genügte. Es missfiel ihm. »Ihr habt seltsame Wandbehänge anbringen lassen.«

»Fasst Euch kurz, Konrad. Ich schätze es nicht, wenn man mich beim Lesen stört. Sagt, was Ihr wollt, sonst bitte ich den Herrn von Ramstein, Euch hinauszugeleiten.«

Draußen ertönte klagend der Ruf eines Pfaus.

Konrad drehte sich zum Münch hin und sah ihm ins Gesicht. »Habt Ihr Schulden?«

»Das geht Euch nichts an.«

»Bei den Juden, nicht wahr? Wir alle sind bei ihnen verschuldet. Wie wäre es, wenn diese Schulden von einem Tag auf den anderen verschwinden würden?«

»Wovon sprecht Ihr?«

»Von einer kleinen Säuberung, die Basels Rittern wieder Luft zum Atmen verschaffen wird. Ich werde mit den Wucherjuden ein Ende machen.«

»Seid Ihr übergeschnappt? Wagt es nicht, Euch an den Juden zu vergreifen! Wenn Ihr das tut, werden ich und die Sterner Euch in den Arm fallen, verlasst Euch darauf.«

»Natürlich vergreife ich mich nicht selbst an ihnen, wo denkt Ihr hin! Die Armen tun es für mich. Sie sind nicht mehr allzu gut auf die Juden zu sprechen, habt Ihr davon gehört?«

»Hütet Euch!«

»Ich denke, ich werde es zu Weihnachten ausführen. Das ist eine gute Zeit dafür, findet Ihr nicht? Die Wohlhabenden speisen festlich, und den Armen ist bewusster denn je, dass sie nichts haben.«

»Ihr stürzt die ganze Stadt ins Unglück. Das werde ich verhindern. Ihr überschätzt Eure Macht, Konrad, wie es so vielen kurz vor ihrem Fall ergeht.«

»Tue ich das?« Er schlich sich näher an den Münch heran und trat hinter ihn.

»Burkhardt«, sagte dieser knapp, »bitte werft den Herrn Bürgermeister aus meinem Haus.«

Ramstein rührte sich nicht. Konrad sagte: »Fragt Burkhardt von Ramstein. Fragt ihn, ob ich meine Macht überschätze.«

Der Münch musterte Ramstein. »Burkhardt, wisst Ihr etwas, von dem ich keine Kenntnis habe?«

Ramstein stand reglos. Er schlug den Blick nieder.

»Burkhardt?«, fragte der Münch noch einmal.

Sorgfältig zog Konrad den Stofffetzen aus seinem Hemd. Er ballte ihn in der Faust zusammen und näherte sich dem Münch. »Ich führe Basel zu einer neuen Blüte! Ritter zu sein wird wieder etwas bedeuten. Zuerst wird es ein wenig wehtun, leider. Vor dem Sonnenschein haben wir einige düstere Wochen. Sie sind unabwendbar. Wir schlagen eine große Schlacht, da geht es nicht ohne Blutvergießen ab.«

»Burkhardt? Warum sagt Ihr nichts?« Die Stimme des Münch bebte. »Gibt es etwas, das ich wissen sollte?«

Mit einem Ruck drückte Konrad seinem Rivalen den Stoff auf den Mund. Während er den Zappelnden umklammerte, zischte er: »Stellt Euch vor: Euer Sohn Christian wird dafür sorgen, dass das Unheil losbricht. Vorausgesetzt, er überlebt die Verletzung, die Tam ihm vergangene Woche beigebracht hat. So oder so: Er stirbt, oder er dient mir.«

Die Gegenwehr des Münch wurde kräftiger, verzweifelter.

»Kommt her, haltet ihn fest, bis das Mittel wirkt!«, befahl Konrad. Ramstein gehorchte, er packte den Münch mit seinen starken Armen.

Endlich erlahmte der Sternerführer. Als sie ihn niederlegten, sagte Konrad in das Gesicht des Münch, den flackernden Lidern entgegen: »Tröstet Euch, Christian macht es ganz unwissentlich, später wird er sich sagen können, dass Tücke ihn dazu gebracht hat.«

Ramstein sagte leise: »Werde auch ich mir das sagen können? Dass Tücke mich dazu gebracht hat, meinen Lehrvater und Herrn zu verraten?«

»Ich weiß nicht, Ramstein.« Konrad musterte ihn. »In Eurem

Fall würde ich eher von Verzweiflung sprechen. Aber Ihr dient der rechten Sache, glaubt mir das. Und Ihr werdet froh sein über die goldene Zeit, die im judenbefreiten Basel anbricht. Ein Ritter zu sein wird wieder etwas gelten.«

Ramstein wies auf den Erschlafften. »Wenn er berichtet, was soeben geschehen ist, war ich die längste Zeit Ritter.«

»Er wird schweigen.« Konrad konnte nicht anders, als zu lächeln. Ramstein war nun so sehr verstrickt, dass er nicht mehr umkehren konnte. Er würde in ihm einen gehorsamen Gefolgsmann haben. »Helft mir, ihn unbemerkt fortzuschaffen. Hat der Hof eine Hinterpforte?«

»Wo wollt Ihr ihn hinbringen?«

»Nicht ich. Wir, Ramstein. Wir bringen ihn zum Eselsturm.«

»Ins Verlies? Den angesehensten Ritter der Stadt? Ihr seid wahnsinnig!«

»Erstens bin *ich* der angesehenste Ritter der Stadt. Und zweitens hätte der hochwürdige, in Gottvater gnädige Herr Bischof Johann Senn von Münsingen wohl kaum einen Wahnsinnigen zum Bürgermeister über diese Stadt bestellt, meint Ihr nicht?«

Zweiter Teil

Winter 1348/49

15

Viele wunderten sich über das Haus, das der Zimmermann auf der Rheininsel vor der Birsigmündung errichtete. Es hatte keine Fenster. Lastkähne schleppten Schindeln herbei. Man begann im November, das Dach zu decken. Wenn er danach gefragt wurde, sagte der Zimmermann: »Es wird ein Bootshaus.«

Der Bürgermeister gab merkwürdige Anweisungen. Zu Weihnachten lud er fünfhundert Arme zu einem Festmahl auf dem Münsterplatz ein und zeigte ihnen, wie es an den Tafeln der Reichen schmeckte. Dann verbot er die Armenspeisungen der Klöster, und die, die eben noch das Feinste kosten durften, darbten. Ihre Mägen knurrten. Die Bratendüfte aus den guten Vierteln Basels lockten sie wie hungrige Wölfe auf die Straße.

Den Bischof hatten *Bancheri* auf ihre italienischen Weingüter eingeladen. Er weilte im warmen Süden und vergaß seine Stadt. Während in Italien die Sonne schien, trieb in Basel Eis auf dem Rhein. Es zersplitterte an den Pfeilern der Brücke, knirschte an ihnen herauf und brach in Schollen. Bauern fuhren mit Pferdeschlitten Brennholz in die Stadt. Am Kummet waren Glocken aufgereiht, sie läuteten durch die Winterstille. Dazwischen gellten die schneidenden Rufe der Kutscher.

Das Land war weiß, als sei es schon immer weiß gewesen. Nur die Bäume ragten schwarz empor: totes Gestrüpp, dem man nicht zutraute, dass eines Tages wieder Grün aus ihm schlagen würde, die Äste bestäubt mit Schnee.

Auch in Konrads Stube war es kalt. Er schob die klammen Finger unter die Katzenfelle des Herrenstuhls, um sich zu wärmen. Der Zeitpunkt war gekommen. Die frevelhaften Juden taten ihre letzten Atemzüge. Der Bettlerkönig wusste Bescheid, die Psitticher wussten Bescheid. Nur einen musste Konrad noch wecken: Ramstein. Waren ausschließlich Psitticher an der Sache beteiligt, würde der Rat Verdacht schöpfen.

Er trat ans Fenster und sah auf den Hof hinunter. Das Pferd stand bereit, gesattelt. Es wühlte den Schnee mit den Nüstern auf, um darunter nach Vorjahresgras zu suchen. Hühner pickten im Schnee. Der Wachhund pinkelte in die Ecke am Tor.

Das, was vor ihm lag, erfüllte ihn nicht mit Freude. Es war notwendig. Es war der einzige Weg, die Stadt und die Würde der Ritter zu retten. Aber es war nicht der Weg, den ein Ritter gehen sollte. Viele Wehrlose und Schwache würden ihr Leben lassen. Nur dieses eine Mal, sagte er sich. Danach würde er Tücke und Grausamkeit aus seinem Leben verbannen.

Er wandte sich um und lehnte sich mit dem Rücken gegen die Fensterbrüstung. Reif glitzerte auf den Wandteppichen. Der Atem wölkte vor seinem Mund. Dieser Winter würde irgendwann ein Ende haben. Der Frühling würde wiederkehren und mit ihm Sonne, Freude und Glück. Dann lebten keine Juden mehr in Basel.

Es klopfte. »Ja«, sagte er.

Der Knappe trat ein. »Christian Münch sattelt sein Pferd, Herr.«

»Gut. Wurde auch Zeit.« Konrad verließ den Raum. Das Kettenhemd klirrte, als er die Treppenstufen hinunterstieg. Er schwitzte unter den Achseln. Seltsam, dass das ging: zu frieren und gleichzeitig zu schwitzen. Aber er war heute auch wirklich nicht er selbst.

Er überquerte den Hof und saß mit einem Ruck auf dem Pferd auf. Dem Knappen, der gerade aus der Tür des Palas trat, sagte er: »Lauf zum Hof der Schaler. Sage ihnen, es geht los. Danach läufst du zu denen von Hachberg und bringst ihnen die gleiche Botschaft.«

Der Knappe sah ihn verwirrt an.

Konrad trieb das Pferd an ihn heran und zügelte es. Er griff nach dem Kinn des Jungen, packte hart zu. »Du tust, was ich dir gesagt habe. Du musst es nicht verstehen. Wenn du Ritter bist, kannst du anfangen nachzudenken. Jetzt bist du mein Knappe und hast zu gehorchen. Ist das klar?«

»Ja, Herr.«

Konrad löste seinen Griff. Der Junge stob vom Hof.

Widerstand in den eigenen Reihen – das konnte er am allerwenigsten gebrauchen. Er streckte die Schultern und prüfte den Sitz des Schwertes. Dann ließ er das Pferd antraben. »Bleib!«, rief er dem Hund zu. Hinter dem Tor wendete er sich nach rechts.

Ein Stück den Nadelberg hinunter, dort, wo er Petersgasse hieß, sah er Christian aus dem Tor der Münch kommen. Er bog ebenfalls in Richtung Stadtmitte ein. Rote Locken fielen dem Reiter auf die Schultern. Christian Münch wieder auf den Beinen. Dass das Ungeziefer einfach nicht sterben wollte! Aber man musste es sich zunutze machen. Christian hatte nun eine wichtige Aufgabe, ohne dass er davon wusste.

Konrad zügelte sein Pferd, damit er den jungen Ritter nicht einholte. Sie bogen zum Fischmarkt ein. Der Schnee auf dem Platz war zu einem glatten Spiegel zusammengetrampelt. Sonnenstrahlen brachen durch die Wolkendecke und brannten auf den Eisflächen wie gelbweißes Feuer. Der Münch lenkte sein Pferd an den Rand des Platzes, wo Abfälle den Schnee dunkel färbten. Trotzdem rutschten die Hufe aus, und das Pferd musste mitunter nachsetzen, um nicht zu stürzen. Konrad zog die Zügel noch straffer, um seinem Tier ein wenig mehr Halt zu geben.

An der Trinkstube »Zum Seufzen« ritt der Sternererbe vorüber. Er folgte der Schneidergasse. Der Münzgasse. Bei Rümelins Mühle hatte sich eine lange Schlange von Menschen in zerlumpter Kleidung vor einem Bottich aufgereiht. Wasser dampfte darin. Offenbar warteten sie darauf, ein Bad nehmen zu können, während eine Familie im Bottich sich gegenseitig die Rücken schrubbte. Natürlich, das Holz war teuer im Winter, zu teuer für die Armen, um genug Wasser anzuheizen, sodass jeder ein eigenes Bad nehmen konnte. Also badete die halbe Straße in einem Bottich, einer nach dem anderen. Beim letzten würde das Wasser nur noch lauwarm sein, und Dreck würde darin schwimmen wie in einer Kloake.

Christian Münch stieg ab. Er band das Pferd vor dem Haus Simon-ben-Levis an. Konrad brachte sein Tier zum Stehen und stieg ebenfalls aus dem Sattel. Er spähte über den Rücken des Pferdes. Christian klopfte an die Haustür. Es war nur eine Frage der Zeit gewesen, bis er hierherkam. In den Wochen seiner mühsamen Genesung hatte ihn die Jüdin wieder und wieder heimlich besucht, unter aufwändigen Vorkehrungen, um nicht erkannt zu werden, aber was blieb den Spähern des Bettlerkönigs schon verborgen? Nun musste Christian nur noch das Haus betreten.

Simon-ben-Levi öffnete, strich sich die Schläfenlocken aus dem pockennarbigen Gesicht und ließ den Sterner eintreten. Die Tür schloss sich hinter ihnen.

Die Schlacht konnte beginnen.

Konrad saß auf, riss das Pferd herum und ritt gen Ramsteinerhof.

Saphira erwachte, frierend. Gänsehaut überzog ihre Arme. Auf der Bettdecke lag ein Häufchen Schnee. Er musste durch die Spalten unter der Dachkante hereingeweht sein. Mit klappernden Zähnen sprach sie das Morgengebet: »Ich da-danke dir, lebender König, da-dass du mir voller Erbarmen meine Seele zurückgegeben hast, de-denn deine Treue ist groß.« Sie stand auf. Es ging nicht mehr so leicht mit dem schweren Bauch. Obwohl sie ihre Oberarme rieb, zitterte sie am ganzen Körper. Sie hob den Krug an, um sich die Hände zu übergießen, aber das Wasser im Krug war gefroren.

Hastig warf sie sich ein Arbeitskleid über. Unten im Haus konnte sie den Ofen bollern hören. Sie lief barfuß die Treppe hinunter. Die Schuhe würde sie vor dem Ofen anziehen, wo es warm war. Wie der Vater es nur schaffte, in die kalte Stube hinunterzugehen und zu heizen, wie er es schaffte aufzustehen, bevor es irgendwo im Haus warm war!

Sie lehnte sich an die heißen Kacheln. Es war eine Wohltat. Bald brannten sie auf der Haut, und sie musste sich damit begnügen, in ihrer wärmenden Nähe zu stehen und sie nur von Zeit zu Zeit zu berühren. Wäsche baumelte an Schnüren quer durch das Zimmer. Saphira zog ein Kleid zu sich heran und vergrub das Gesicht darin. Es roch nach Asche und war wohlig warm. Ihr bestes Stück hing dort hinten – das Blaue, das noch passte. Wie sie es liebte, wenn der Stoff den Geruch von Holzfeuer verströmte!

Was waren das für Stimmen? Jemand klopfte im Vorraum seine Schuhe ab.

»Ich hoffe, ich überrumple Euch nicht zu sehr.« Christian betrat die Küche. Ihm folgte Vater. Seine Brauen waren dicht zusammengezogen. Der plötzliche Besuch missfiel ihm.

Christian strahlte Saphira an. »Überraschung!«

Hatte sie ihm nicht gesagt, dass er mit ihrem Vater vorsichtig sein musste und erst sein Vertrauen zu gewinnen hatte? »Solltet Ihr nicht noch liegen?«, fragte sie. »Eure frisch verheilte Wunde wird wieder aufreißen.«

»Und wenn schon. Ich musste Euch sehen.«

»Sie hat geschlafen«, sagte Vater.

Christian sah lächelnd auf ihren Bauch. »Gut so. Schont Eure Kräfte.«

Ihre Wangen wurden heiß. Sie schämte sich unter Christians Blicken. »Ich ziehe mich um«, sagte sie, »bin gleich zurück.« Sie nahm das blaue Kleid von der Leine und schlüpfte im Vorraum hinein. Wie sah sie aus? Wenigstens das Gesicht wollte sie sich waschen. Sie zog die Holzschuhe an und trat nach draußen.

Die Tür kreischte. Eiswind fuhr ihr unter die Kleider, und es schneite. Eilig berührte sie die Mesusa am Türpfosten und führte die Hand zum Mund. Dann lief sie hinüber zum Brunnen. Unterwegs verlor sie einen ihrer Schuhe und musste zurück. Der Schnee fasste kalt nach ihrer nackten Fußsohle, und als sie wieder in den Schuh fuhr, brachte sie Schnee mit hinein. Sie ärgerte sich zuerst, dann aber musste sie lachen. Die Kälte gab ihr das Gefühl, lebendig zu sein. Und sie konnte den Schnee hören! Es war ein feines Klirren, tausendfach, ein Knistern. Dicht trieben die kleinen, eisschillernden Schneekristalle auf den Platz hinunter, setzten sich auf ihr Gesicht, auf ihre Ohren und die Hände.

War es schon so spät? Es war hell, die Sonne musste vor Stunden aufgegangen sein. Schlittenglocken schellten irgendwo in der Nähe. Sie war froh, dass sie endlich einmal ausgeschlafen war. In keiner Haltung konnte sie des Nachts Ruhe finden. Lag sie auf dem Rücken, ging ihr Atem schwer. Lag sie auf der Seite, zog der dicke Bauch und schmerzte. Ganz zu schweigen davon, dass das Kleine strampelte und sie immerfort zum Abtritt eilen musste, um Wasser zu lassen.

Der Eimer stand oben am Brunnenrand, Vater hatte ihn ihr hingestellt, damit sie nicht zu kurbeln brauchte. Eine feine Eisschicht bedeckte bereits das Wasser. Saphira zerbrach sie mit der Hand. Sie schöpfte das kühle Nass und wusch sich das Gesicht. Ein Fell strich an ihren Beinen entlang. »Peterchen!«, lachte sie. »Du schleichst dich an wie ein Räuber.« Sie ging mühsam in die Hocke, um ihn zu streicheln, aber er entfloh ihrer nassen Hand und schüttelte sich. »Ja, es ist kalt und mir laufen die Tropfen den Hals runter!«

Sie ließ ihn am Brunnen zurück. Wie der Kater es aushielt mit den Pfoten im Schnee, war ihr ein Rätsel. Sie eilte zum Haus, streifte im Vorraum die Schuhe ab und lief in die Küche zum Ofen. Vater und Christian standen noch dort. Hatten sie überhaupt ein Wort gewechselt? Sie sahen aus, als hätten sie sich angeschwiegen.

»Friert Ihr?«, fragte Christian.

»Das seht Ihr doch.« Sie wärmte Hände und Rücken an den heißen Kacheln. Es war besser, wenn sie in der Nähe blieb. So konnte sie das Gespräch am Leben erhalten.

Vater sagte: »Ihr bleibt zum Essen, nehme ich an. Gehen wir hinüber. Der Tisch ist gedeckt.«

Es fiel ihr nicht leicht, sich vom Ofen zu lösen. Als sie aber den beiden gefolgt war und am Tisch Platz genommen hatte, vergaß sie, dass sie gefroren hatte. Sie war hungrig. Und sie machte sich Sorgen wegen Christian und Vater.

»Ihr gestattet?«, fragte Vater. Dann legte er die Hände auf

das Brot und betete: »Gelobt seist du, ewiger Gott, Herrscher der Welt, der du Brot aus der Erde hervorbringst.« Er schnitt eine Scheibe ab und reichte sie Christian. Die nächste Scheibe erhielt Saphira.

Sie lud einen großen Löffel Honig darauf.

»Ihr glaubt nicht, was ich gestern gesehen habe«, sagte Christian. »Ich war bei diesem Teich in der Lottergasse, und da waren Kinder, die auf dem Teich Schlittschuh fuhren. Aber nicht einfach so. Sie haben die Karpfen gejagt! Die Fische sind unter dem Eis vor ihnen geflohen, und die Kinder haben sie verfolgt. Unglaublich, oder?«

Saphira stutzte. »Was hattet Ihr in der Lottergasse verloren?«

»Darum geht es doch gar nicht. Die Karpfen, denkt einmal!«

»Warum seid Ihr in die Lottergasse gegangen?« Es klang schärfer, als sie beabsichtigt hatte, und sie erntete einen warnenden Blick vom Vater.

»Ich war beim Henker«, sagte Christian. »Habe ihm ein wenig Geld gebracht. Ich weiß, Ihr wolltet nicht, dass ich ihn entlohne, aber denkt auch an die Kinder! Sie freuen sich über einen Apfel oder ein wenig Speck. Der Winter ist streng dieses Jahr.«

»Die Kinder haben genug zu essen. Ich habe für die Familie gearbeitet«, sagte sie, »und was sie mir gaben, haben sie aus Güte geschenkt, nicht, um dafür eine Belohnung zu erhalten. Der Lohn macht aus dem Liebesdienst ein Geschäft.«

Christian blinzelte Vater zu. »Ich habe gehört, dass schwangere Frauen launisch sind. Wenn das Kind zur Welt gekommen ist, gibt sich das.«

Vaters Gesicht versteinerte. Sie trat ihm unter dem Tisch auf den Fuß. Er zuckte mit keiner Wimper. Sein starrer Blick ruhte weiter auf Christian.

Christian nahm sich eines der Eier und zerschlug es rundum auf der Tischplatte, bevor er begann, es zu schälen.

Sollte das ein Zeichen für Vater sein? Warnte er ihn, indem er das Ei malträtierte? Saphira war, als lastete plötzlich eine beklemmende Gefahr auf dem Frühstücksmahl. Es war so viel schöner gewesen, als Christian noch hilflos im Bett lag und sie ihn besucht hatte! Er war kindlich gewesen. Heute strahlte er Kampfeslust und Kraft aus. Es machte das Wiedersehen unwirklich, Fremde waren sie; die Zärtlichkeiten, die sie sich in den vergangenen Wochen zugeflüstert hatten, galten nicht mehr.

Für Vater musste es eine Beleidigung sein, diesen Rivalen im Haus zu haben. Sicher fühlte er sich in seiner Führung angegriffen. Wie sollte er Christian als Schwiegersohn akzeptieren, wenn sie sich feindselig gegenüberstanden, als seien sie Gegner?

Dass Christian das Ei dermaßen bearbeitete! Kaum hatte er es zu Ende geschält und in den Mund gesteckt, knackte er die Knöchelchen eines gerösteten Hühnchens, zog das weiße Brustfleisch ab und steckte es sich ebenfalls in den Schlund. An der Art, wie er kaute, hörte man, dass er gerne aß.

Tam hätte das so viel feinfühliger hinbekommen. Er hätte Vater Fragen gestellt, hätte sich ihm zunächst untergeordnet.

Vater setzte sich ruckhaft auf und sagte: »Ihr gehört einer mächtigen Familie an und einem Ritterbund, der in Basel viel Einfluss hat.« Seine Stimme klang verändert. Nun stellte er Christian also wahrhaftig auf die Probe.

»Das ist wohl so.«

»Dennoch hat die Stadt begonnen, uns Juden zu hassen. Ich fürchte um mein Leben und um das meines Volks. Saphira wird es schlecht ergehen, wenn man die Juden vollends verstößt.«

»Ich habe die Gerüchte gehört, die über Eure Gottesdienste die Runde machen.« Christian kaute. »Man muss dem entgegentreten.« Er hob den Becher und spülte das Essen mit verdünntem Wein hinunter. »Ich wollte längst mit meinem Vater darüber reden, aber er ist beständig auf Reisen, seit Monaten habe ich ihn nicht gesehen. Gleich wenn ich nach Hause komme, werde ich eine Botschaft an ihn aufsetzen und sie Burkhardt von Ramstein, seiner rechten Hand, mitgeben. Er sieht ihn von Zeit zu Zeit.«

Dieses Sich-Abtasten, dieses Umeinander-herum-Tänzeln! Konnte Vater nicht fragen: Wie steht Ihr zu den Juden? Und konnte Christian nicht antworten: Es würde meinen Ruf ruinieren, wenn ich mich öffentlich für sie einsetzen würde? Nein, sie mussten einander etwas vorspielen, schlimmer noch, sie spielten ihr, Saphira, etwas vor.

Aber hielt sie nicht selbst das zurück, was sie wirklich dachte? Wen wunderte es da, dass zwischen Christian und ihr keine Wärme aufkommen wollte. Er spürte sicher, dass sie ihre wahren Gedanken verbarg. Das war eine Form von Lüge, und Lügen führten zu nichts. »Wie geht es Tam?«, fragte sie.

Es war augenblicklich still. Christian bedachte sie mit einem seltsamen Blick aus seinen grünen Augen.

Vater setzte sein strenges Gesicht auf. »Saphira«, sagte er, und der Bart zitterte dabei, »was kümmert dich der Sohn des Judenverächters?«

»Er muss gefüttert werden«, sagte Christian leise, ohne sie aus dem Blick zu entlassen. »Er sitzt einfach da und starrt vor sich hin. Ich fürchte, er ist wahnsinnig geworden. Als ich ihn besucht habe, hat er mich nicht erkannt.«

Sie sah in seine Augen. Die Schuld verband sie doch, sie waren zu gleichen Teilen dafür verantwortlich, dass es Tam so schlecht ging! Und sie wollte, dass Christian sie heiratete. Dennoch leuchtete nun noch farbiger Tams Bild in ihrem Herzen, wie er da saß, zu Tode betroffen von ihrer Untreue.

»Eine Strafe Gottes«, sagte der Vater.

»Ich kann nichts mehr essen«, sagte Saphira. »Es ist … Seit ich schwanger bin, hat nicht mehr viel Essen Platz in meinem Bauch.« Was tat sie hier? Brachte Christian nicht ein großes Opfer allein durch seinen Besuch im Judenhaus? Setzte er sich nicht für sie den Sticheleien ihres Vaters aus?

Christian ließ sich nicht täuschen. Sie sah es in seinen Augen.

Das Schnauben der Pferde hallte von den Hofmauern wider. Die Tiere tänzelten nervös. Ihre Nüstern blähten sich, sie rochen das Leder der Handschuhe. Die Kettenpanzer der Reiter rasselten bei jeder Bewegung unter den Waffenröcken. Die Pferde spürten, dass eine Schlacht bevorstand. Um sie herum drehte Konrads Hund seine Runden.

»Was soll der Sterner?«, bellte der Herr von Hachberg. Er ließ die Stachelkugel seines Morgensterns an der Kette kreisen. »Wir haben genug Ritter! Wir brauchen ihn nicht.«

Wir brauchen ihn mehr als Euch, dachte Konrad. Er schaute zu Ramstein hinüber. Der Hüne saß reglos auf seinem schwarzen Ross. Er sah den von Hachberg nicht einmal an.

»Lasst das meine Sorge sein.« Konrad klopfte sich auf die Brust. »Ihr kämpft und zerstört. Das ist Euer Werk. Herr von Hachberg: Das Haus des jüdischen Scharlatans, der sich Stadtarzt nennt, ist Euer. Herr Schaler: Ihr reitet gegen Jöli-ben-Isaak. Ramstein: Simon-ben-Levi gehört Euch. Ihr wisst, was wir besprochen haben.«

Konrad beobachtete Ramstein auf das Genaueste. Er war der unsichere Posten, mit ihm stand und fiel alles. Hatte der Hüne ihn überhaupt gehört? Er sah ihn nicht an, fuhr nur in einer fließenden Handbewegung zum Sattel, einer Bewegung, die einem weniger aufmerksamen Beobachter entgangen wäre, und vergewisserte sich seines Kriegsbeils. Dann schnalzte er mit der Zunge, und der Rappe brachte ihn im Trab vom Hof. Die gestreckten Schultern, der erhobene Kopf: Der Ritter verriet nicht das kleinste Anzeichen von Furcht.

Mit Getöse folgten ihm die beiden Psitticher.

Keiner sah den anderen an. Christian kaute schweigend. Simon-ben-Levi schnitt seine Brotscheibe in kleine Streifen und zerhackte sie anschließend zu Würfeln. Saphira fuhr gedankenverloren mit der Fingerspitze die Konturen des Honigtopfes nach. Es ärgerte ihn, wie sie das tat. Christian hatte das Gefühl, sie streichelte den Honigtopf. Dachte sie etwa an Tam dabei?

In welche Lage hatte er sich gebracht! Er hatte sie geküsst und gestreichelt, hatte ihr Kosenamen und Komplimente ins Ohr geflüstert. Er hatte sich entschuldigt für seinen Ausrutscher mit Marie. Im Zusammensein mit Saphira hatte er sich zu Hause gefühlt wie nie zuvor bei einer Geliebten. Aber hatte er wirklich nachgedacht? Hatte er Pläne gemacht und die Folgen seiner Liebschaft ausgemessen? Nein. Es war schwer genug gewesen, Saphira vom Krankenlager aus ins Haus einzulassen, ohne dass die Mutter es erfuhr. Glücklicherweise war die Mutter nicht annähernd so scharfäugig wie der Vater und zudem durch dessen langes Ausbleiben gekränkt und verwirrt. Es waren gute Wochen gewesen.

Dies aber, der Besuch im Hause Simon-ben-Levis, war etwas gänzlich anderes. Es sah aus, als halte er um Saphiras Hand an!

Christian stutzte.

Er wollte das. Er wünschte sich diese Jüdin als Ehefrau. Der Gedanke daran, sie als Begleiterin für das ganze Leben zu haben, ließ ihn vor Freude erschaudern. Christian wischte sich die schweißnassen Handflächen an den Beinlingen ab. Er fühlte sich plötzlich wie ein Fünfzehnjähriger. Was war los mit ihm?

»Wir sind Torfköpfe, allesamt!«, rief er aus. Er wandte sich an Simon-ben-Levi. »Werter Herr, Ihr wisst, warum ich hier bin, nicht wahr? Und weil Ihr mich für einen flatterhaften Weiberhelden haltet, sorgt Ihr Euch um Eure Tochter. Das müsst Ihr nicht. Ich möchte wirklich Euer Schwiegersohn werden. Ich meine es ernst damit. Beenden wir die Feindschaft! Einverstanden?«

Der Jude verzog keine Miene. »Ihr überseht den Umstand, dass Saphira eine Jüdin ist. Das Gesetz gestattet nicht, dass Juden und Christen heiraten.«

»Nun, sie kann doch Christin werden, oder nicht?«

»Ihr sagt das leicht dahin, Christian Münch. Für mich bedeutet es, dass meine Tochter unserem heiligen Volk den Rücken kehrt. Diese Vorstellung bereitet mir körperliche Schmerzen.«

»Ihr könnt nicht behaupten, dass es dieser Tage viele Vorteile mit sich bringt, Eurem Volk anzugehören.«

Simon-ben-Levi biss sich so fest auf die Unterlippe, dass sie zu bluten begann. »Beim Glauben an den Allmächtigen geht es nicht um Vorteile. Das wisst Ihr wie ich. Ihr wollt etwas anderes ausdrücken, nicht wahr? Ihr werft mir vor, dass ich meine Tochter in Gefahr bringe durch meine Strenggläubigkeit. Ist es so?«

Das Zittern des Juden war ihm unheimlich. Offenbar hatte er an einen wunden Punkt gerührt. »Das sage ich nicht, lieber Herr Ben-Levi. Wir befinden uns auf derselben Seite. Ihr wünscht Euch das Beste für Eure Tochter, und auch ich suche ihr Bestes.« »Ist das so?« Der Jude kniff die Augen zusammen und musterte ihn. »Ist das so, Christian Münch?«

Das ihm entgegengebrachte Misstrauen ärgerte ihn. Er sah zu Saphira hinüber. Wie hatte sie über ihn geredet? Wie kam ihr Vater zu einem derart schlechten Bild von ihm? Wenn er sie so ansah, war er sich gar nicht mehr sicher, ob er sie überhaupt haben wollte. In ihrem Blick lag Verzweiflung. Wo war die Freude über sein Ringen um ihre Hand, wo war die glühende Liebe? »Ihr seid ein Narr, Simon-ben-Levi«, sagte er und stand auf. »Jeder Vater dieser Stadt wäre froh, wenn ich um die Hand seiner Tochter anhalten würde. Meine Familie streckt ihre Zweige nach Landskron aus, nach Münchenstein, Münchsberg. Uns gehört das Schloss Oetlikon, Angenstein ist unser, Büren und Löwenberg. Ich bin Ritter, im mächtigen Sternerbund betrachtet man mich mit Wohlwollen als den Nachfolger meines Vaters. Eines Tages werde ich Basels Rat als Bürgermeister vorstehen. Zeigt mir einen Bräutigam für Eure Tochter, der trefflicher ist! Ihr werdet keinen –« Das letzte Wort, obwohl er es mit Nachdruck gesprochen hatte, ging in einem ohrenbetäubenden Getöse unter. Es klang, als zerberste die Haustür.

Ein Ungetüm polterte den Flur entlang. Holz splitterte. Unter Donnern fiel ein Schrank um. Axthiebe krachten auf ihn nieder. Pergamente und Papierseiten flatterten heraus, Tintenfässchen zerknackten.

Man hörte das Stöhnen eines Mannes, der mit voller Kraft Hiebe verteilte. Es war eine tiefe, ehrfurchteinflößende Stimme.

Simon-ben-Levi erhob sich. »Die Schreibstube«, sagte er.

Fieberhaft suchten Christians Augen auf dem Tisch. Er nahm das lange Messer, mit dem Simon-ben-Levi das Brot geschnitten hatte, stand auf und stellte sich neben die Tür. Er würde diesen Raum verteidigen. Aber sich hinauszuwagen? Dem Ungeheuer mit einem Brotmesser entgegenzutreten? Warum hatte er nur zu Hause sein Schwert nicht umgehängt! Er hatte den Wundverband nicht belasten wollen. Nun war er wehrlos.

Es wurde still, als schöpfe die Bestie Atem und sähe sich um.

Saphira flüsterte: »Was ist das?«

Schwere Schritte überquerten den Flur. Kettengeflecht rasselte. Dann drang Lärm aus der Küche. Geschirr zerbarst, Säcke rissen und entließen Körnerschwalle. Äpfel spritzten auseinander, das Beil hieb Beulen in Töpfe, es zerhackte Schemel und Truhen.

»Thomas von Bärenfels hat mich gewarnt.« Simon-ben-Levi presste die Faust gegen das Kinn. »Genau davor hat er mich gewarnt.«

Wieder wurde es still. Die Schritte kamen den Flur entlang. Sie näherten sich der Tür. Christian schlug das Herz bis in den Hals. Er stellte den Fuß unten gegen die Tür und hielt sie oben mit den Händen fest. Vielleicht dachte der Wüterich, dass sie verriegelt war.

Eine Kraft drückte gegen die Tür. Christians Fuß und Hände hielten ihr stand. Sie drückte erneut. Christian hielt dagegen.

Da erzitterte die Tür unter einem schweren Hieb. Ein weiterer folgte. Die Wucht zuckte bis in Christians Ellenbogen und Schulter hinauf. Ein Axtblatt erschien mitten in der Tür. Es wurde wieder herausgezogen. Krachte erneut ins Holz. Splitter spießten heraus. Die Tür würde nicht lange standhalten.

Denk nach, Christian! Er hatte nicht geglaubt, dass er so jung sterben würde. Kämpfe!, befahl er sich. Handle wie ein Ritter! Er wartete den nächsten Hieb ab und ließ los.

Die Tür sprang auf. Ein Kriegsbeil hing darin, ihm folgte eine hünenhafte Gestalt. Christian stieß zu. Das Messer rutschte über Kettengeflecht. Der Hüne drehte sich zu ihm um, packte ihn an der Kleidung und hob ihn in die Höhe. Christian flog, er rutschte über den Tisch, landete hart an einem Stuhl und riss Simon-ben-Levi mit sich zu Boden.

Saphira schrie.

Tat er ihr etwas an? Benommen hob Christian den Kopf. Sie stand da, die Hände zum Gesicht erhoben, und schrie um Hilfe, während der Angreifer einen Stuhl in die Höhe reckte. Christian kam mit Mühe auf die Beine. »Halt!«, rief er. Ein stechender Schmerz in seiner Brust erinnerte ihn an die Wunde, die ihm Tam beigebracht hatte. Warmes Blut tränkte seine Kleider.

Der Stuhl krachte auf den Tisch nieder und zerbrach.

Da erkannte Christian den Angreifer. Das schwarze Haar wie Rabengefieder, das kantige Gesicht, die hünenhafte Gestalt. Ramstein. »Was tut Ihr hier?« Christian hielt sich die Brust, jedes Wort schmerzte ihn. »Ramstein, was ist in Euch gefahren? Kommt zur Besinnung!«

Der Ritter hatte den nächsten Stuhl genommen. Er warf ihn gegen ein Fenster. Die kostbaren Glasscheiben zersprangen, der Stuhl aber blieb im Fensterkreuz hängen.

»Ihr müsst einem schrecklichen Irrtum unterliegen«, ächzte Christian.

Ramstein zog das Kriegsbeil aus der Tür und zerschlug damit das Geschirr auf dem Tisch. Soßen spritzten an die Wände. Als es nur noch Scherben gab, machte er sich daran, ein Bein des Tisches zu fällen. »Am besten haltet Ihr Euch da raus, Bursche«, dröhnte der Ritter. Er hieb mit Wucht gegen das Bein. Endlich zerknackte es, und der Tisch neigte sich. Scherben und Essensreste rutschten ab. Die Soßen tropften in die Weinpfütze am Boden.

Ramstein kam um den Tisch herum. Saphira wich zurück, und Christian stellte sich zwischen sie und Ramstein, obwohl er ahnte, dass ihn der Ritter mit einer Armbewegung beiseite fegen würde. Ramstein trat an das unversehrte Fenster heran und schlug das Beil hinein. Kurz ließ er den Blick über die Zerstörung schweifen, dann machte er kehrt und verließ den Raum.

Seine Stiefelsohlen knirschten auf den Scherben im Flur. Man hörte draußen ein Pferd wiehern. Endlich Hufschlag, der sich entfernte.

»Wenn Konrad von Bärenfels glaubt, dass er mich so aus der Stadt treiben kann«, sagte Simon-ben-Levi mit zitternder Stimme, »hat er sich getäuscht. Er wird mir diesen Schaden bezahlen! Ich habe König Karl in Prag geschrieben.«

Christian schüttelte den Kopf. »Ramstein gehört nicht zu Konrad von Bärenfels. Ramstein ist Sterner.« Wie ich, fügte er in Gedanken hinzu. »Der Ritter selbst wird Euch Genugtuung geben. Dafür sorge ich. Ich bringe die Sache vor den Rat.«

16

Die Glocke im Turm der Martinskirche läutete und rief die Ratsherren zur Versammlung. Sie machten sich auf den Weg zum Rathaus am Kornmarkt, verwundert, dass sie an einem Donnerstagvormittag gerufen wurden. Menschentrauben sammelten sich in den Straßen. Die Basler ballten sich an den Häusern des Stadtarztes, Jöli-ben-Isaaks und Simon-ben-Levis, inmitten von Scherben und Möbeltrümmern, und stellten Fragen, die niemand beantworten konnte, auf die aber im Handumdrehen die wunderlichsten Erklärungen kursierten. Die drei Juden hätten im Zusammenhang mit den Brunnenvergiftungen gestanden, hieß es. Sie seien die wirklichen Strippenzieher gewesen! Ein anderer berichtete von einem lauten Knall, der nur aus den geheimen Alchemistenlabors kommen könne, die die Juden in ihren Kellern betrieben. Dafür habe man das Blut der christlichen Buben gebraucht. Für düstere Rezepte. Für Giftsuppen.

Christian wartete im kühlen Saal, der der Ratshalle benachbart war. Der Boden von poliertem Porphyr war so sauber, dass sich die Fenster darin spiegelten. Im Geiste sah Christian die Zerstörung in Saphiras Vaterhaus vor sich. Er war wütend. Mit ihm machte man so etwas nicht! Und nicht mit der Frau, um die er warb. Auch ohne seine Gegenwart wäre es eine himmelschreiende Ungerechtigkeit gewesen. Dass aber er selbst Zeuge werden musste und von einem wie Ramstein mit derartiger Verachtung behandelt worden war, beleidigte sein Ehrgefühl auf das Peinlichste. Ein Donnerschlag musste die Antwort sein. Dafür würde er sorgen.

Einer nach dem anderen kamen die Ratsherren die Treppe

herauf. Sie grüßten ihn und traten ein: reiche Kaufleute, Ritter, die Meister der fünfzehn Zünfte. Als alle versammelt waren, schloss man vor Christians Nase die Tür.

Ein Stadtbote hielt Wache, vermutlich, um zu verhindern, dass jemand an der Tür lauschte. Da nur Christian hier war, sah es wie ein Vorwurf aus, es sah aus, als misstraute man ihm persönlich. Er sagte zum Stadtboten: »Was gaffst du mich so an?«

»Verzeiht bitte, Herr Münch.« Der Stadtbote errötete.

»Musst du hier herumstehen und Maulaffen feilhalten?«

»Ich bedaure, würdiger Herr, aber das ist meine Pflicht.« Wenn er sprach, bildeten sich weiße Atemwolken vor seinem Mund, so kalt war es im Saal.

»Eine schöne Pflicht ist mir das. Du tätest besser daran, einen Becher heißen Würzwein heranzuschaffen!«

Der Stadtbote verzog verzweifelt das Gesicht. »Würdiger Herr, ich …«

»Vergiss es.« Runde um Runde lief Christian. Seine ledernen Sohlen quietschten auf dem blanken Steinboden.

Endlich öffnete sich die Tür. »Der Herr Ritter Münch wird aufgerufen«, sagte ein junger Mann in der Gewandung eines Stadtboten. Der Stoff und die Anordnung der Knöpfe seines Rocks glichen der Kleidung des anderen Stadtboten: eine Hälfte war weiß, die andere im Rot des bischöflichen Stadtherrn gehalten, die Knopfreihe trennte die Farben in der Mitte.

Christian trat an ihm vorüber in die Ratshalle. Auch hier war es kalt. Der Kaminofen flackerte jämmerlich. Die langen gelben Seidentücher an den Wänden täuschten eine Freundlichkeit und Wärme vor, die nicht der Wirklichkeit entsprachen. Christian stutzte. Er hatte entrüstete Gesichter erwartet, zum Handeln entschlossene Ratsherren, die darauf gierten, den genauen

Tathergang von ihm zu hören. Aber die Blicke, mit denen ihn die Herren empfingen, waren frostig und abweisend.

Da saßen sie: die Händler in ihrem Brokat und ihren federgeschmückten Mützen, die Ritter mit goldverzierten Schwertgehängen, die Zunftmeister, von denen sich einige zum Zeichen ihrer Würde silberne Ketten um den Hals gelegt hatten. Sie waren verärgert, dass man sie aus ihrem Tagesgeschäft gerissen hatte. Sie wollten ihn nicht anhören, und dass sie dazu gezwungen waren, missfiel ihnen offenbar.

Konrad von Bärenfels, der etwas erhöht auf einem Podest saß, in einen pelzbesetzten Mantel gekleidet, nickte ihm zu. »Ich habe dem Rat den Sachverhalt bereits dargelegt. Aber wenn Ihr Wert darauf legt, berichtet selbst noch einmal, Christian Münch. Ihr habt schließlich diese Versammlung eingefordert.«

Konrad von Bärenfels ließ es gerade so aussehen, als sei er, Christian, derjenige, der die Ruhe der Stadt Basel störte! Nicht mit mir, dachte er. Ihr werdet mich anhören, und ihr werdet den verdienten Donnerschlag beschließen, so wahr ich ein Münch bin.

Er ging die Runde der Ratsherren ab und sah ihnen in die Gesichter. »Heute war es das Haus eines Juden«, sagte er. »Heute war es Simon-ben-Levi, der während des Frühmahls überfallen und gedemütigt wurde. Ihr fühlt Euch sicher, weil Ihr zu wissen meint, dass Euch so etwas nicht zustoßen würde. Aber Ihr vergesst eines: Ich, Christian Münch, war in diesem Hause zu Gast, als der Überfall geschah. Und Ramstein scherte sich nicht einen Dreck darum.«

»Es hatte offenkundig nichts mit Euch zu tun«, sagte einer der Kaufleute. »Es ging ihm um den Juden.«

Christian wirbelte herum. »Ihr seid Kaufmann. Soll Ramsteins Beispiel Schule machen? Dürfen Eure Geschäftspartner, wenn es sie danach gelüstet, in Euer Haus eindringen und zertrümmern, was ihnen nicht gefällt, nur um sich für ein Geschäft zu rächen, das zu ihren Ungunsten verlaufen ist? Für ein Schiff, das den Flusspiraten zum Opfer gefallen ist oder eine Ware, die sich als fehlerhaft erwiesen hat?«

»Herr Münch«, sagte der Meister der Safranzunft, »Ihr vergesst, dass der Überfall auf Simon-ben-Levi heute nicht der einzige war. Auch in die Häuser Jöli-ben-Isaaks und des Stadtarztes ist man eingedrungen. Der Rat ist sich darin einig, dass dies ein Ausbruch des Judenhasses war, der derzeit in Basel brodelt. Wir können ihn nicht den Rittern vorwerfen.«

»*Den* Rittern?«

»Der Herr Schaler und der würdige Herr von Hachberg waren ebenfalls daran beteiligt.«

»Ich verstehe.« Er rieb sich das Kinn, obwohl er am liebsten eines der Pulte umgestoßen hätte, an denen die Schreiber standen. »Weil es sich um angesehene Ritter handelt, die Juden zurzeit aber nicht besonders wohlgelitten sind, sollen die Angreifer straffrei ausgehen.«

Der Weinzünftler säuselte: »Ihr könnt natürlich Genugtuung fordern. Wir sind bereit, eine Geldstrafe zu verhängen.«

Christian stockte. Auf den Pulten des Ratsschreibers und der Schreibergehilfen ruhten die Federn in den Tintenfässchen. Kein Wort wurde niedergeschrieben. Diese ganze Ratsversammlung war nur ein Schauspiel, um ihn zum Schweigen zu bringen.

»Seht doch«, fuhr der Weinzünftler fort, »niemand wurde verletzt. Es geht allein um einen Sachschaden. Im Sinne der Ruhe der Stadt Basel wollen wir den Vorfall nicht zu hoch aufhängen. Der Streit zwischen den Juden und den Rittern ist in seiner jetzigen Hitzigkeit schon ärgerlich genug.«

Christian knöpfte sein Wams auf. Vor den erstaunten Blicken der Ratsherren zog er es aus, sodass er nur noch im Hemd dastand. Er drückte auf die Wunde, die ihm seine Mutter vorhin noch frisch verbunden hatte. Es tat weh, aber er biss grimmig die Zähne zusammen. Er konnte spüren, wie das Blut das Hemd nässte, er konnte den Schrecken von den Gesichtern der Ratsherren ablesen, als es ihm über die Finger lief. »Niemand wurde verletzt? Niemand?«, keuchte er. »Burkhardt von Ramstein hat mich gepackt und über den Tisch geschleudert! Ich habe Monate an dieser Verletzung gelitten, bis sie endlich verheilte, und durch die Gewalttätigkeit Ramsteins ist die Narbe wieder aufgerissen. Ramstein hat den Hausfrieden gebrochen und Hand an einen anderen Ritter gelegt. Er war bewaffnet mit einem Kriegsbeil, während ich ohne Schwert dastand. Was wollt Ihr noch hören? Was muss geschehen, bis Ihr einseht, dass die Ruhe der Stadt Basel längst gestört ist?«

Ein hagerer Zünftler hob zögerlich die Hand. Einfache Wollkleider und Farbflecken an der Hand wiesen ihn als Vorsteher der Zunft zum Himmel aus, der die Maler angehörten. Offenbar hatte ihn die Ratsglocke von der Arbeit fortgerufen. »Liebe Herren, nun möchte ich doch eine Frage stellen. Wir sollten, gerade hier im Rat, offen reden. Wäre es möglich, dass dieser Vorfall … Ich meine, wurde er vielleicht von den Psittichern und unserem hohen Herrn Bürgermeister geplant? Ich habe durch den Prior des Sankt-Alban-Klosters erfahren, dass Konrad von Bärenfels bei Simon-ben-Levi tief verschuldet ist und dass er deshalb danach trachtet, die Juden loszuwerden.«

Konrad von Bärenfels erhob sich. »Ich verzeihe Euch diese

Anschuldigung. Ein Tag voller verwirrender Ereignisse kann auch den Klügsten unter uns einmal vom Wege abirren lassen. Wer war es, der Simon-ben-Levi überfallen hat? Burkhardt von Ramstein. Es gibt wohl außer dem alten Herrn Münch keinen Ritter in Basel, der deutlicher dem Sternerbund zugeordnet werden kann als er. Ich wünschte, er wäre Psitticher, aber leider ist dem nicht so.«

Die Ritter im Rat grölten fröhlich. Ein fettleibiger Kaufmann aber rief: »Nun sagt uns doch, Herr Bürgermeister, wie Ihr mit den Ruhestörern verfahren wollt! Christian Münch ist verwundet worden. Das können wir nicht ungestraft lassen.«

»Man sagt mir nach«, antwortete Konrad von Bärenfels, »ich sei den Juden feind. Auf gewisse Weise ist es wahr. Hier aber haben drei Ritter dieser Stadt die Grenze überschritten. Sie alle, auch meine treuen Psittichergefährten Schaler und von Hachberg, verdienen eine Strafe. Den Stadtarzt anzugreifen, das geht entschieden zu weit. Der Stadtarzt ist eine Respektsperson Basels! Wir haben ihn in die Stadt geholt. Er steht unter unserem besonderen Schutz. Wer den Stadtarzt angreift, der greift Basel an. Und den Sohn des ehemaligen Bürgermeisters bis aufs Blut zu verletzen, ohne dass es sich um einen fairen Zweikampf handelte, bedarf ebenfalls einer Vergeltung. Ich fordere Euch auf, verehrte Ratsherren, die Ritter Ramstein, von Hachberg und Schaler aus Basel zu verbannen.«

Raunen brandete auf. »Ist diese Strafe nicht zu hart?«, säuselte der Weinleutezünftler. »Wird sie nicht die Ritterschaft gegen uns aufbringen?«

»Die Taten der drei Beschuldigten waren sehr unritterlich.« Konrad von Bärenfels trat vom Podest herunter und legte Christian die Hand auf die Schulter. »Und wir schützen die

Ehre eines herausragenden Ritters dieser Stadt, indem wir sie bestrafen. Für Vergehen dieser Art ist das Verbannen die einzig passende Antwort.«

Aus dem Raunen wurde lautes Durcheinanderreden. Konrad brachte die Ratsherren mit Mühe zur Ruhe. »Ihr Herren«, rief er, »wir wollen zur Entscheidung schreiten. Wer verschafft Christian Münch Genugtuung und stimmt dafür, die Aufrührer durch Verbannung zu bestrafen? Erhebt die Hand!«

Zögerlich hoben die Kaufleute ihre Rechte, einige Zünftler folgten. Die Ritter schüttelten entrüstet die Köpfe. Immer mehr Zunftmeister wurden es, bis schließlich eine Mehrheit erreicht war.

Konrad von Bärenfels befahl dem Ratsschreiber: »Haltet den Beschluss fest! Für ihre Vergehen werden die Ritter Schaler, von Hachberg und Ramstein aus Basel verbannt. Sie sollen die Stadt noch heute für immer verlassen. Dies beschließen der Bürgermeister Konrad von Bärenfels und der Rat der Stadt Basel.«

Simon-ben-Levi würde endlich den Einfluss würdigen, über den er, Christian, in Basel verfügte. Saphira würde ihm danken und ihn bewundern. Christian wollte sich freuen über die Wirkung, die seine Worte und sein mutiges Auftreten gezeigt hatten. Aber da war die Hand Konrads auf seiner Schulter. Er hätte sie gern abgeschüttelt. Sie gab ihm ein ungutes Gefühl.

War der Beschluss des Rates nicht ein Sieg für die Juden? Warnte er nicht die Judenverächter Basels und zeigte ihnen, dass das Recht auf der Seite der Verachteten stand? Warum aber freute sich dann der größte Widersacher der Juden über den Ausgang der Sache? Hier geschah etwas, das er nicht recht verstand. Wenn Konrad von Bärenfels ihm dankte, hieß das, er hatte einen großen Fehler gemacht.

Am Zaumzeug des Rappen blitzten Goldplättchen. Ramstein trug den roten Waffenrock mit weißem Stern, den Helm, auf dem sich Lilienstäbe kreuzten, und in der Linken seinen Wappenschild. Die Rechte hielt den Zügel straff gespannt, damit der feurige Hengst nicht ausbrach. Ramstein sah niemanden an, er blickte geradeaus, das Kinn stolz erhoben.

Auch die beiden anderen Ritter hatten ihre Prunkrüstungen angelegt. Sie sahen nicht aus, als würden sie für ein Vergehen bestraft. Eher wirkte ihr Auszug aus der Stadt wie eine Auszeichnung. Nur die weinenden Edelfrauen, die ihnen folgten, erinnerten daran, dass es sich um eine Verbannung handelte.

Christian zuckte zusammen. Was hatten jene Bettler dort gerade getan? Ihre Handbewegung sah aus wie eine Parole, wie ein einstudiertes Zeichen. Er folgte einem der Bettler mit den Augen, sah ihn auf Krücken zur nächsten Häuserecke humpeln und dort einem Blinden zunicken. Einem Blinden! Der Blinde nickte zurück, nahm seine Almosenschale auf und verschwand in einer kleinen Gasse.

Der Krüppel lehnte eine der Krücken an die Hauswand, als wollte er sich ausruhen. Da machte er das Handzeichen erneut: Er stieß Zeigefinger und Mittelfinger der Rechten in die Handfläche der Linken. Zwei Straßenkinder wiederholten es und stoben davon. Was ging hier vor?

Am Tor eines weiß getünchten Hauses postierte sich ein Ritter des Grafen von Neuenburg. Er und seine Knappen waren bis an die Zähne bewaffnet. Eine alte Frau streckte neugierig den Kopf aus dem Fenster des Nachbarhauses. Rasch überquerte Christian die Straße. »Verzeiht«, sagte er zu ihr, »wer bewohnt dieses Haus?« Er wies auf das weiß getünchte Gebäude.

»Italiener«, antwortete sie. »Reiche Leute. Sie kaufen nur vom Feinsten ein.«

Warum wurden sie bewacht? Der Graf von Neuenburg war ein enger Vertrauter des Bürgermeisters, ein Psitticher. Christian sah sich um. Konrad von Bärenfels fehlte. Er verabschiedete die Verbannten nicht, weder mit einer Strafrede noch mit einem Handschlag. Sterner waren da, um Ramstein das Geleit zu geben. Aber es mangelte an Psittichern. Wo waren die Ritter der Gegenseite?

Das ungute Gefühl in ihm wurde stärker. Etwas geschah hier, etwas Unheimliches. Und es würde nicht mehr aufzuhalten sein, wenn er nicht auf der Stelle handelte.

Konrad betrat das Zimmer. Leere Mehlsäcke hingen vor den Fenstern und verdunkelten den Raum. Friedhild kauerte vor Tams Bett, sie streichelte seine Hand. Sein Sohn bot einen jämmerlichen Anblick. Tam saß reglos in den Kissen, der Blick stumpf. Speichelfäden rannen ihm vom Kinn. Auf dem Schoß lag wie ein Spielzeug die Streichlaute. Friedhild drehte sich kurz nach Konrad um. Gleich wendete sie sich darauf wieder ihrem Sohn zu. »Hast du Kopfgrimmen, Tam?«

»Er hat kein Kopfgrimmen«, antwortete Konrad für ihn.

Sie goss aus einem Kupferfläschchen Arznei auf einen Löffel. »Trink diesen Baldrianwurzelextrakt. Das tut dir gut.« Sie versuchte Tam die Flüssigkeit einzuflößen, indem sie ihm den Nacken hielt und den Löffel zwischen seine Zähne schob. Die Arznei tropfte herunter und beschmutzte das Hemd.

»Geh«, befahl Konrad.

Sie widersprach nicht. Stumm stand sie auf und ging hinaus, ohne ihn anzusehen. Das Fläschchen ließ sie stehen.

Er trat an das Bett heran. »Steh auf, Thomas«, sagte er scharf.

Der Sohn gehorchte nicht.

»Du wolltest von mir behandelt werden wie ein Ritter. Nun sei auch einer! Ich brauche heute jeden Mann. Ich brauche dich, verstehst du? Wir müssen die Tore besetzen, müssen von Haus zu Haus gehen. Wir sind zu wenige. Also wach auf, verdammt noch mal! Du hast dich lange genug verkrochen.«

Tam saß reglos, als würde er nichts hören.

Wie er diesen Anblick verabscheute! Es war die Krankheit, die Schwäche, die er selbst fürchtete – sie war in sein Haus eingedrungen und hatte seinen Sohn befallen. Ein einziges Mal hatte Tam eine große Tat vollbracht, ein einziges Mal war er auf ihn stolz gewesen. Und nun dämmerte er seit Monaten dahin.

Was hatte Tam damals dazu veranlasst, sich heldenhaft zu verhalten? Wie konnte er diesen starken Anteil seines Sohnes wieder aufwecken?

Konrad überwand seinen Ekel und setzte sich auf die Bettkante. »Christian Münch hat sich erholt, seine Wunden haben sich geschlossen. Er ist wieder auf den Beinen. Und weißt du, wo er sich herumtreibt? Er geht zu dieser Jüdin! Das Weibsstück betrügt dich nach Strich und Faden! Ich weiß nicht, was sie miteinander treiben, aber wir können davon ausgehen, dass sie das Bett teilen.«

Tam rührte sich nicht.

»Kümmert dich denn überhaupt nichts mehr? Willst du bis ans Ende deiner Tage so sitzen und vor dich hinsabbern? Ein feiner Sohn! So habe ich ihn mir immer gewünscht. Ach!« Er stand auf. »Mit dir vergeude ich meine Zeit. Verrecke doch.«

Er ging zur Tür und drehte sich dort noch einmal um. »Sie

wird sterben, deine Saphira. Sie ist dem Tode geweiht. Den morgigen Tag überlebt sie nicht. Ja, mein Sohn, ich töte sie.«

Sachte, kaum merklich, bewegten sich Tams Fingerspitzen über die pergamentene Schalldecke der Rebec. Er nahm den Bogen in die Hand. Einen langen, klagenden Ton strich er an. Dann legte er den Bogen wieder beiseite. Er schluchzte nicht, aber es rannen ihm Tränen über das Gesicht, während er angestrengt atmete.

Vater ging. Tam tastete verzweifelt über die Kissen, suchte einen Halt. Philosophie! Es würde helfen, wenn er den Schmerz mit Vernunft anging. Wenn er ihn in kleine Stücke zerteilte und sie einzeln betrachtete, als seien sie nicht die Scherben seiner Seele, sondern als handle es sich um das Leid eines anderen, den er zu verstehen versuchte. »Ich bin zornig«, flüsterte er. Er konnte es aussprechen, so, wie er sagen würde: Ich heiße Tam. Was sagte Aristoteles über den Zorn? »Es ist der Zorn ein mit Schmerz verbundenes Trachten nach dem, was uns als Rache für das erscheint, worin wir eine Kränkung unserer selbst oder eines der Unsrigen erblicken von jemandem, dem das Kränken nicht zukommt. Man ist zornig, wenn einem Schmerz zugefügt wird, denn wer Schmerz empfindet, trägt ein Verlangen nach etwas. Auch zürnt man Freunden mehr als solchen, mit denen man nicht befreundet ist.« Er stockte.

Freunde.

Christian hatte ihn all die Jahre missbraucht. Er, Tam, hatte sich dem vermeintlichen Freund immer angepasst. Er hatte Interesse geheuchelt, wenn Christian etwas wichtig war, hatte gegessen, was Christian schmeckte. Geröstete Fischotterstreifen hatte er hinuntergewürgt. Zimtäpfel hatte er verzehrt und sich danach beinahe übergeben. Er hatte Stunden damit zugebracht, mit Christian Frauen zu beobachten, die ihn um nichts in der Welt interessierten. Einfach, damit er bei seinem Freund sein konnte. Wenn es zwischen ihnen still wurde, hatte er zu reden begonnen, weil er fürchtete, dass der Freund unzufrieden mit ihrem Zusammentreffen sein könnte.

Jetzt verabscheute er Christian. Er wollte dieses Gefühl nicht haben, er wollte sich eingestehen, dass in späteren Jahren doch eine echte Freundschaft zwischen ihnen gewachsen war – aber es gelang ihm nicht. Christian, der füllige, sommersprossige Rotschopf hatte ihn, Tam, an sich gezogen mit seiner Selbstsicherheit. Dann hatte er ihn ausgenutzt.

Auch auf Saphira war er wütend. Spürte er dieser Wut nach, wehte sie fort und es glühte Liebe auf, wie er sie immer für sie empfunden hatte. Konnte er Saphira überhaupt zürnen? Er würde sie lieben, auch wenn sie ihn zurückgewiesen hatte und für immer zurückwies, er würde trotz ihrer Untreue treu sein. Sie besaß sein Herz. Was half's? Sie würde es besitzen, solange es schlug.

Tam stand auf. Die Gelenke knackten. Mager war er geworden. Und er stank. Er trat an die Waschschüssel heran, die neben dem Bett auf dem Beistelltisch stand, hob sie an und goss sich das Wasser über den Kopf. Dann schnallte er sich den Schwertgurt um. Aus dem Winkel hinter dem Schrank holte er die blutige Waffe hervor.

Du wirst sie nicht töten, Vater, dachte er.

17

Saphira hob den Krug auf und besah ihn von allen Seiten. Er war unversehrt. Nicht einmal angeschlagen war er. Sorgfältig, als sei er ein empfindliches Lebewesen, barg sie ihn an ihrer Brust und ging hinüber zur Schreibstube. Unter ihren Holzschuhen knirschten Scherben. »Väterchen, dieser Krug ist heil geblieben. Er lag unter den Trümmern begraben, hat aber nicht einen Kratzer abbekommen. Und die Holzbecher sind unbeschädigt.«

»Kommst du bitte zu mir?« Der Vater stand vor einem Berg von Holz.

Saphira trat näher. Sie konnte Stücke der Schreibpulte darin ausmachen, die Seitenwand eines Schranks, Regalböden und zwei Schranktüren.

»Siehst du diesen Haufen?«

»Was ist damit?«

Er nahm ihren Arm und zog sie näher, ohne den Blick vom Holzberg zu nehmen. Leise sagte er: »Darunter ist ein Kasten verborgen unter einer losen Bodenplanke. Ich habe den Haufen absichtlich hier zusammengetragen, damit die Planke besser verborgen ist. Im Kasten stecken die wichtigsten Schuldscheine. Sollte Konrad von Bärenfels mich gefangen setzen …«

»Sag so etwas nicht, Väterchen!«

»Nach dem, was gerade geschehen ist, weiß ich, dass er vor nichts zurückschreckt. Sollte er mich also gefangen setzen, möchte ich, dass du den Kasten nimmst und ihn zusammen mit diesem Schlüssel fortschaffst.« Er reichte ihr einen kleinen eisernen Schlüssel.

»Wohin soll ich den Kasten bringen?«

Im Flur knirschten Schritte. Der Vater sah auf. Er schloss seine Faust um Saphiras Hand mit dem Schlüssel. Dann ließ er erleichtert die Schultern sinken. »Christian Münch, Ihr seid es.« Er ließ sie los und ging ihm entgegen. »Ich habe gehört, Ihr habt vor dem Rat für uns gestritten und erwirkt, dass die Wüteriche aus der Stadt verbannt wurden. Dafür danke ich Euch sehr. Ich stehe tief in Eurer Schuld.«

Christian schien ihm gar nicht zuzuhören. Er trat zwischen sie. »Saphira, Herr Ben-Levi, in der Stadt braut sich etwas Fürchterliches zusammen. Wenn wir nicht auf der Stelle etwas unternehmen, seid Ihr nirgendwo mehr sicher. Kommt!« Er ging zur Tür und winkte auffordernd. »Los schon!«

Widerstrebend folgte ihm der Vater. Er warf sich im Flur den Mantel über und setzte den Hut auf.

Saphira blieb stehen. »Sagt, wo Ihr uns hinbringt.« Aber Christian wartete nicht auf sie. Vater und er gingen nach draußen. Gezwungenermaßen folgte sie ihnen. »Ich weiß nicht, ob wir jetzt auf die Straße gehen sollten«, sagte sie. Hastig band sie sich den Schleier um. Den Schlüssel verbarg sie im Schuh. Sie konnte ihn mit den Zehen fühlen.

»Jetzt oder nie wieder.« Christian hastete an Rümelins Mühle vorüber. Das Mühlrad stand still, es war mit dem Bach zusammengefroren. Eiszapfen hingen vom Dach der Mühle herab. »Rasch! Zum Rathaus.« Als sie in den Rindermarkt einbogen, blieb er stehen. »Verflucht.«

Vor der Synagoge hatten sich Dutzende Basler versammelt. Sie reckten drohend Knüppel, Mistgabeln und Äxte gegen das Haus. Einige von ihnen rüttelten an der Tür.

»Weg hier«, befahl Christian und trieb Saphira und den Vater zurück um die Häuserecke. »Bevor sie Euch sehen und ein Unglück geschieht. Wir nehmen die Schneidergasse.«

Sie eilten an der Münzprägestätte vorbei, deren Fenster schmiedeeiserne Gitter schützten, schwarze Gitter, auf die sich Schnee gesetzt hatte. Junge Adlige standen davor. Sie riefen: »Christian Münch, was treibt Ihr mit den Juden da?«

»Wonach sieht es aus?«, entgegnete er, ohne stehen zu bleiben. »Ich verhindere eine Ungerechtigkeit.«

Die Fliehenden hasteten vorüber.

»Dafür ist es zu spät«, brüllten die Adligen ihnen hinterher. »Ramstein, von Hachberg und Schaler sind vertrieben! Die Juden hätten sich das besser früher überlegt!«

Auf dem Kornmarkt rotteten sich Menschen zusammen. Hunderte waren es. Die Frauen hielten Nudelhölzer, Männer drohten mit Sensen, Forken und Knütteln. Vater riss sich den gelben Judenhut vom Kopf und warf ihn zu Boden. Er presste die Hand auf den Judenfleck am Mantel, um ihn zu verbergen.

Sie folgte seinem Beispiel und zog den blauweißen Schleier herunter. Christian bahnte ihnen einen Weg. Als das Rathaus schon hoch vor ihnen aufragte, hielt jemand Vater am Mantel fest. »Du bist doch einer von denen. Einer von diesen Juden!« Er drehte sich zur Menge um: »Da, seht ihr die schwarzen Locken?«

Ihr blieb das Herz stehen. Vater versuchte sich freizuwinden, aber immer mehr Fäuste griffen nach ihm. Sie sah sich nach Christian um. Er lief fort! Er rettete sich zum Rathaus und ließ sie im Stich. Dieser Feigling! Sie waren verloren.

Saphira warf sich auf die Angreifer, biss in einen Arm, schlug auf einen Rücken. Man packte sie bei den Haaren und hielt sie fest. »Verfluchte Metze!«, schimpfte jemand.

Aus den Augenwinkeln sah sie Christian bei den Stadtbütteln, die sich vor dem Eingang des Rathauses postiert hatten. Er trat an eine der Wachen heran und riss ihr das Schwert aus der Scheide. Unter wütendem Gebrüll kam er zurück. Er holte mit der Klinge aus, dass die Meute kreischend auseinanderwich.

Die Männer schlugen Vater mit Knütteln, er beugte sich hinunter und versuchte den Kopf mit den Armen zu schützen. Als sie zu ihm wollte, riss man sie an den Haaren zurück. Die Kopfhaut brannte, ihr Bauch stach. Endlich war Christian bei ihnen. Er schlug dem einen die Parierstange des Schwerts ins Gesicht, dass er mit zerschmettertem Kiefer zurücktaumelte. Dem nächsten trat er zwischen die Beine. Dem dritten hielt er die Schwertspitze auf die Brust. »Zurück, oder du stirbst. Ich zögere nicht!«

Sie ließen von Vater ab. Auch Saphira kam frei. Sie half Vater auf. Er blutete. Christian stützte ihn, und so schleppten sie sich bis vor die Stufen des Rathauses.

Die Tür öffnete sich. Konrad von Bärenfels trat heraus. Er fuhr sich mit der Hand über den Bart und blickte finster auf die versammelte Menge. Ihren verletzten Vater schien er nicht zu bemerken.

»Holt die Verbannten zurück!«, rief das Volk. »Die Juden sollen büßen!«

Einer der Büttel näherte sich dem Bürgermeister und sagte: »Eine wütende Meute schändet gerade den jüdischen Friedhof. Sie stoßen Grabsteine um und zerwühlen die Gräber. Seht Euch dieses Volk an! Sie haben sich bewaffnet. Wir können Euch nicht beschützen. Wenn Ihr verhindern wollt, dass sie sich nach den Toten auch noch die Lebenden vorknöpfen, so seid ihnen zu Willen!«

Konrad von Bärenfels sah ihn nicht einmal an. Er überhörte auch Christian, der ihn um Hilfe bat. Laut verkündete der Bürgermeister: »Der Rat wird noch in dieser Stunde eine Entscheidung treffen. Wir haben euer Anliegen gehört.« Er machte auf dem Absatz kehrt.

Die Menge johlte.

Christian setzte ihm nach und zog Vater und sie mit sich.

Der Hauptmann der Büttel aber, ein schwerer, breitschultriger Mann, stellte sich ihnen in den Weg. Missbilligend musterte er Saphira und Vater. Christian sagte: »Wer, glaubt Ihr, wird in wenigen Jahren Euren Sold bezahlen? Wer wird dem Rat vorstehen und damit auch Euch, den Bütteln? Ich, Christian Münch! Also treibt keine Scherze mit mir! Diese Juden sind in Lebensgefahr hier draußen, und solange kein Urteil über sie gefällt wurde, ist es Eure Aufgabe, sie zu beschützen, Hauptmann. Habt Ihr mich verstanden?« Damit nahm er Vater und sie an den Armen und zog sie ins Rathaus hinein. Der Hauptmann ließ es geschehen.

In der Halle vor der breiten Freitreppe drückte Christian hastig ihre Hand. »Ich will sehen, was ich im Rat für Euch tun kann. Wartet hier.« Er eilte die Treppe hinauf, drei Stufen auf einmal nehmend. Oben klappte eine Tür, und damit war er verschwunden. Man konnte die wütenden Rufe des Volkes hören. Saphira liefen Schauer über den Rücken. »Sie werden das Rathaus stürmen.«

»Hoffen wir es nicht.« Vater betastete die Platzwunden in seinem Gesicht.

»Schmerzt es sehr?«

»Sobald wir frei sind, gehen wir zum Stadtarzt, er wird mich verbinden.«

Wenn wir überhaupt lebend hier herauskommen, dachte sie. »Wie kann Gott so etwas zulassen?«

Vater setzte sich auf den glänzenden Steinboden nieder und stützte den Kopf in die Hand.

»Weißt du, wie man verhindert, dass in der Nacht jemand die Grenzsteine versetzt?«

»Welche Grenzsteine, was redest du da?«

»Es spielt keine Rolle, welche Steine, das Verfahren ist überall gleich. Sagen wir, die Steine, die Basels Bannmeile kennzeichnen.«

»Vater, ich habe jetzt keine Kraft für so etwas.«

»Man vergräbt kleine Kohlestückchen und Kieselsteine unter dem Grenzstein. Niemand findet alle diese Stücke, wenn er den Stein versetzt, und so lässt sich später beweisen, wo er gestanden hat. Aber das ist nicht alles.«

»Vater …«

Draußen hatte sich die Menge auf einen Ruf geeinigt, den sie gemeinsam wieder und wieder brüllte: »Fort mit den Juden!«

»Es gibt einen Tag«, sagte Vater, »bevor die Alten sterben, da ziehen sie mit ihren Enkeln die Grenze entlang. Sie nehmen kleine Kinder mit, denn diese Kleinen werden noch leben, wenn sie, die Alten, längst verschollen sind. Jeden Grenzstein zeigen sie ihnen. Damit sich die Kleinen den Ort gut merken, geben sie ihnen dort Kuchen. Oder sie ohrfeigen sie, schlagen ihnen aus heiterem Himmel ins Gesicht. Den Schmerz, die Freude – das vergessen diese Kinder nie.«

»Vater, was denkst du dir für widerwärtige Dinge aus! Nur um unserem Unglück einen Sinn zu geben.«

»Nein, Saphira, es ist die Wahrheit. Überall im Land macht man das so. Seit Menschengedenken.«

»Und was sollen wir uns merken? Warum gibt uns Gott diese Ohrfeigen?«

Da schwieg er. Ratlos zuckte er die Achseln.

Simon-ben-Levi schalt sich einen Narren. Stolz hatte er auf seinem Recht beharrt, hatte sich geweigert, den Drohungen des Bürgermeisters nachzugeben und die Stadt zu verlassen. Nun saßen er und seine Tochter in der Falle. »Fort mit den Juden!«, brüllten sie draußen. Eine Frau kreischte: »Die wollen uns die Pest bringen!« Die Lüge hatte sich als stärker erwiesen. Er hätte das früher erkennen müssen. Adonai, betete er in Gedanken, wenn du uns heil hier herausbringst, will ich mein starrsinniges Haupt vor dir beugen. Ich will meinen Besitz den Armen schenken. Rette uns!

Die Tür oben öffnete sich. Zwei Dutzend gut gekleideter Männer stiegen die Treppe herunter. Er suchte Christian. Der junge Ritter war nicht darunter.

»Raus mit euch!«, befahl Konrad von Bärenfels. »Was treibt ihr hier, ihr Hunde?«

Er erhob sich. »Ehrsamer, weiser Bürgermeister«, setzte er an, aber Konrad von Bärenfels hörte ihm nicht zu.

Sie wurden hinausgestoßen. Er nahm Saphira beim Arm und schob sie dicht zu den Bütteln und Konrad von Bärenfels hin, der aus der Tür trat. Hinter dem Bürgermeister zeigten sich die reichen Kaufleute, die Zunftmeister und ritterlichen Ratsherren.

Der Bürgermeister streckte die Hand aus. Ein Stadtbote trat neben ihn und reichte ihm ein Pergament, von dem ein großes Siegel herabhing. Simon stand so dicht daneben, dass er es beinahe berühren konnte. Das Münster war darauf abgebildet, und ringsum stand in großen Buchstaben SIGILLVM CIVIVM BASILIENSVM.

Er spähte zwischen den Bütteln zur Menge hin. Die scharfen Klingen der Sensen warteten auf ihn. Die Knüppel. Die Fäuste. Wie konnten er und seine Tochter sich noch retten?

Konrad von Bärenfels las laut: »Wir, Bürgermeister Konrad von Bärenfels und der Rat zu Basel, tun kund, dass die Juden der Stadt für schuldig befunden werden, durch verbotene Zinsgeschäfte drei Ritter zum Zorn gereizt zu haben. Ferner haben einige von ihnen unter Folter bekannt, Gift von einer Jüdin mit Namen Gutlin aus einer Stadt im Elsass erworben zu haben, das jene in einem Fässchen über das Meer herangeschafft hatte und an über vierzig Juden verteilte, die es nun überall zum Verderben der Christenheit verbreiten. Ferner werden die Juden Basels für schuldig befunden, geplant zu haben, das Gift in die Brunnen zu schütten. Auf diese Weise sollte die Pest die christlichen Einwohner Basels befallen und vernichten. Um Schlimmes zu verhindern, sollen die Juden festgesetzt und morgen bei Sonnenaufgang verbrannt werden. Wir schwören, zweihundert Jahre lang keine Juden mehr in dieser Stadt zuzulassen. Gegeben unter unserem Siegel am Donnerstag nach dem ersten Sonntag nach Epiphanie im Jahre des Herrn dreizehnhundertneunundvierzig.«

Simon fiel vor Konrad von Bärenfels auf die Knie. »Weiser Bürgermeister, so gewährt uns doch wenigstens einen Aufschub von drei Tagen! Wir können unsere Unschuld beweisen.«

Der Bürgermeister lächelte abschätzig. »Du hoffst immer noch auf Antwort vom König?« Er rief zur Menge hin: »Dieser Geldverleiher wollte den Ruf unserer Stadt verderben! Er hat dem König in Prag einen verleumderischen Brief geschrieben, den wir glücklicherweise abfangen konnten. Einen Brief, in dem er uns auf das Übelste beschimpfte!«

Die Büttel packten Simon und schleuderten ihn hinunter zum wütenden Volk. Nudelhölzer krachten auf seinen Rücken nieder. Er sah ein Stück Winterhimmel, dann einen Stiefel, der ihm ins Gesicht trat. Blut. Stechender Schmerz im Mund.

Tritte trafen seinen Bauch. Er rollte sich zusammen und hielt die Arme über das Gesicht. Etwas Scharfes schnitt seine Beine. Man packte ihn am Bart und zwang ihn in die Höhe. Der Bart wurde abgeschnitten. Von überallher streckten sich Hände nach ihm aus. Sie zerrten an seinem Mantel, an seinen Haaren, an Beinen und Armen. Jemand spuckte ihm ins Gesicht.

Seine Tochter schrie. »Vater!«

»Fliehe!« Er suchte sie mit den Augen, aber die Menge verschwamm vor ihm. »Adonai behüte dich«, rief er. »Fliehe, Kind!« Man knüppelte ihn nieder. Er hörte, wie seine Knochen brachen. Ein mildes Leuchten glomm rings um ihn auf. Allmählich spürte er keine Schmerzen mehr, das Gekreisch der Menschen dämpfte sich, als sei er in einem See untergetaucht, und gnädiges Licht hüllte ihn ein.

Unter rasendem, zuckendem Schmerz erwachte er wieder. Sein Körper war aus Feuer. Er wünschte sich das friedliche Leuchten zurück, wollte sich ihm hingeben und fortschweben, aber da war eine Stimme, die ihn dringlich rief. Fremde Tränen netzten sein Gesicht, und die Stimme rief nach ihm.

Er öffnete die Augen. Wegen der geschwollenen Lider konnte er nur wenig erkennen. Seine Tochter? Sie war in ein gelbes Tuch gehüllt wie eine Hure. Er zuckte zurück.

»Er erschrickt wegen des Wandbehangs«, sagte Christian. Er

schob sich vor Saphiras Gesicht. »Das ist ein Tuch aus dem Ratssaal. Ich habe es heruntergerissen und ihr gegeben, damit man sie nicht erkennt. Man wird ihr kein Haar krümmen, dafür sorge ich.«

»Saphira.« Er gab sich Mühe, den Namen verständlich zu formen. Der zerstörte Mund wollte nicht recht gehorchen. »Saphira.«

»Ich glaube, er will sprechen«, sagte Christian und wich beiseite.

»Bringe den Kasten zum König.«

Sie sah ihn verständnislos an. »Was willst du sagen, Vater? Ich verstehe dich nicht.«

»Den Kasten«, sagte er, »bringe den Kasten zum König nach Prag!« Aus seinem Mund kam nichts als ein langgezogenes Stöhnen.

»Vater, Väterchen! Wie konnten sie dich nur so zurichten!«

Sie verstand ihn nicht. Musik sang in seinen Ohren. Er fühlte sich leicht werden, so leicht, dass er vom Boden abhob. Mühsam zwang er sich zur Konzentration. »Saphira!«

»Ja, Vater? Sagst du meinen Namen?«

Wenn er sich nur genug anstrengte, vielleicht ging es dann. »Den Kasten.«

»Was sagst du? Sprichst du vom Kasten?«

Er versuchte zu nicken. »Bringe – ihn – zum – König.«

Ihr Gesicht wurde ernst. »Vater, ich werde den Kasten nach Prag bringen zum König, das verspreche ich dir.« Er schloss die Augen. Mit letzter Kraft tastete er nach Saphiras Hand. Er nahm sie in die seine, drückte zu. »Ich – liebe – dich.«

»Vater!« Ihre Stimme klang gepresst. »Ich will dich nicht verlieren!«

Das Leuchten kam und hüllte ihn ein. Es war Zeit zu gehen. »Meine Kleine«, sagte er. Er hörte ihre Stimme leiser werden. Fühlte noch ihre Hand, die die seine hielt. Adonai, betete er, dein Diener ist bereit.

18

Der See gehörte zur Krondomäne des Königs von Böhmen. Jeder seiner Fische war königliches Eigentum. Es kümmerte den Schotten nicht. Für Eachann Blackhall war der See das, was er einen gemütlichen Ort nannte, und an einem gemütlichen Ort gab es für seine Schottenseele keine Gesetze. König hin, König her.

Er zog den Schlitten über das Eis und pfiff vergnügt. Die trockene, schneidende Kälte konnte ihm nichts anhaben: Er trug den dicken Pelzmantel, Handschuhe und zwei Paar wollener Beinlinge. Schnee knisterte unter den Schlittenkufen. In der Mitte des Sees hielt Eachann an. Er nahm seine Axt vom Schlitten und begann ein Loch in das Eis zu hacken. Weit musste er ausholen und mit aller Kraft zuschlagen, um der dicken Eisschicht etwas anhaben zu können. Splitter flogen ihm ins Gesicht und tauten dort.

Bald spritzte Wasser auf. Das Eis zerknackte. In Stücken schwamm es im dunklen Loch. Eachann zog sich die Handschuhe aus, fischte die Brocken heraus und legte sie hinter dem Schlitten ab. Sie würden in kurzer Zeit am See festfrieren.

Er verstaute die Axt wieder und nahm sich den Reisigbesen. Sorgfältig fegte er den Schnee rings um das Loch fort. Mehr Licht, mehr Fische, dachte er. Natürlich hatte der Lärm sie verscheucht, aber sie würden zurückkehren, neugierig, hungrig.

An einem alten, eisernen Schildbuckel hatte er sich vom Schmied eine Öse befestigen lassen. Durch diese fädelte er nun ein Hanfseil und knotete es fest. Er ließ den Schildbuckel am Seil ins Wasser hinunter, gab immer mehr Seil nach, bis er keinen Zug mehr verspürte. Der See war hier zwischen vier und fünf Schritt tief, rote Markierungen am Seil sagten ihm das. Er zog das Seil ruckhaft in die Höhe, ließ den Schildbuckel wieder absinken, zog das Seil erneut hoch, ließ den Buckel sinken, zog ihn herauf. Es wühlte den schlammigen Boden auf, er konnte es förmlich vor sich sehen, wie der Schildbuckel Wolken von Schmutz aufwirbelte, Schmutz, in dem Würmer und Larven schwammen, Nahrung für die Fische. »Kommt, meine Guten«, sagte er und zog den Schildbuckel gemächlich ganz herauf.

Das Eisen troff von Schlamm. Er würde es später waschen. Vorerst lehnte er es an die Schlittenkufe und wischte die Finger im Schnee sauber.

Er nahm ein Tuchbündel mit Brotkrumen vom Schlitten, ergriff es an den Ecken und tauchte es einige Augenblicke ins Wasser. Dann knetete er durch das Tuch hindurch das Brot, bis die Krumen sich zu einer zähen Teigmasse verbanden. Er öffnete das Bündel und trennte einen Teil der Masse ab. Ein erbsengroßes Stück formte er daraus und drückte es um seinen Angelhaken. Den Haken – die dünne Schnur sorgsam um die Hand gewickelt – warf er ins Wasser.

Nun hieß es warten. Er setzte sich auf den Schlitten und sah stillvergnügt auf das Loch hinunter.

Wie lange dauerte es, eine Festung zu errichten? Zehn Jahre? Zwanzig Jahre? Wenn es nach ihm ging, konnten sie noch lange brauchen. Er hob den Kopf. Oben auf dem Felsen, in schwindelerregender Höhe über dem Flusstal, sollte die zweitwichtigste Festung Böhmens entstehen, mitten in der Wildnis, von der Hauptstadt Prag genauso weit entfernt wie von Beraun, der nächstgrößeren Siedlung, der König Karl gerade das Stadtrecht verliehen hatte. Noch sah man nicht eine einzige Mauer. Sie hatten im Sommer einen Brunnenschacht gegraben. Nun befestigten sie die Felsenränder. Musste der König ausgerechnet auf dieses stille Berauntal sein Auge werfen? Er war inzwischen nicht mehr nur böhmischer König, sondern auch zugleich König des Heiligen Römischen Reiches Deutscher Nation. Er konnte überall bauen, von der Nordsee bis zum Mittelmeer. Warum hier, in der Wildnis? Warum an diesem Platz, den er, Eachann, sich als gemütlichen Ort auserwählt hatte? Er würde nicht weichen. Auch ein König konnte ihn nicht von hier vertreiben. Hatte er nicht schon dem französischen König getrotzt? Er hatte seine Erfahrung mit Königen.

Eachann spürte einen Zug an der Schnur. Mit Gefühl zog er sie an und grub den Haken fest in das Maul des Fisches. Dann holte er die Schnur ein. Der Fisch hielt dagegen, versuchte zu fliehen. Unerbittlich zog Eachann ihn hinauf. Bald zappelte das silbrige Tier im Eisloch. Gelbrötliche Flossen, ein Rotauge. Er zückte das Messer und schlug dem Fisch mit dem Knauf hinter die Augen. Das Zappeln erlahmte. Um das Rotauge zu töten, stach Eachann von unten zwischen die Brustflossen.

Mit der Messerspitze ritzte er das Tier entlang der Seiten ein. Er nahm es vom Haken, spießte es auf einen größeren an festerer Schnur und warf es zurück in das Eisloch. Rote Blutschwaden wölkten um den Fisch, während er langsam vom Bleigewicht hinabgezogen wurde.

Das Rotauge war von guter Größe, es musste an die zehn Jahre alt sein. Rotaugen wuchsen langsam. Zwei Handbreit lang, ja, die Räuber da unten würden es für einen lohnenden Happen halten.

Aleth hatte noch geschlafen, als er sich angekleidet hatte, um den Schlitten und die Ausrüstung aus der Scheune zu holen. Da sie schwer hörte, hatte er nur aufpassen müssen, sie nicht versehentlich zu berühren. Es war eine Freude gewesen, den ersten Knechten auf dem Hof zu begegnen, mit ihnen in die Küche zu gehen und ein wenig Gerstengrütze zu löffeln. Ihre erstaunten Gesichter! Dann loszuziehen, frei, ungebunden.

Aber nun musste er doch an sie denken. Er fragte sich plötzlich, ob seine Frau gerade am Schloss der Tür herumwerkelte, ob sie versuchte es mit einem Eisenhaken aufzuschließen. Er tastete nach dem Beutelchen mit den Schlüsseln, wohlbehalten hing es an seiner Brust, die Schlüssel konnte er fühlen. Selbst wenn es ihr gelang, die Tür zu öffnen! Da war noch die Truhe. Das Schloss sei nicht zu knacken, hatte ihm der Kleinschmied versichert. Es sei nach allen Regeln der Kunst geschmiedet, und die Eisenbänder, die die Truhe umspannten, verhinderten gewaltsames Eindringen. Was sollte geschehen?

Die Schnur zog an. Er fasste mit den Fingern der Linken nach und versuchte zu spüren, was sich in der Tiefe tat. Starker Widerstand. Die Schnur straffte sich, ließ nach, straffte sich erneut. Es waren gefühlvolle Anschläge, nicht das wütende Kopfschütteln eines Hechtes. Eher glich es einem zähen Ringen. Der Zug wurde schwerer, kräftiger. Kein kleiner Fisch, soviel stand fest. Eachann packte mit beiden Händen zu.

Jeder Schritt, den er den Fisch nach oben zwang, wurde ihm anschließend wieder abgewonnen. Er begann zu schwitzen. Breitbeinig stand er über dem Eisloch und zog die Schnur. Mit großer Anstrengung gelang es ihm schließlich, Handbreit für Handbreit der nassen Schnur hinaufzuziehen.

Es schimmerte bräunlich. War das der Fisch? So groß? Das Tier schwamm in voller Länge unter dem Loch vorbei, ohne große Anstrengung holte es sich so viel Schnur, wie es für seinen Weg brauchte. Ein Wels von der Größe eines Wolfes. Es war ein seltsames Gefühl, ihn durch das klare Eis unter sich zu sehen. Eachann fletschte die Zähne. »Komm, mein Junge, kämpfen wir!« Da gab die Schnur nach, er hielt ihr Ende ohne Haken in der Hand, ausgefranst und tropfend. Der Wels hatte sie durchgebissen. Eachann sah ihn in die Tiefe hinabtauchen.

Warum hatte er das Gefühl, der Wels hatte ihn, Eachann, nur anschauen wollen, und es war gar nicht seine Kraft gewesen, die ihn nach oben gezwungen hatte? Er musste lachen. »Einverstanden«, sagte er, »es ist dein See. Du bestimmst hier.« Der König des Sees hatte den Besucher gemustert und war wieder davongeschwommen. Vermutlich hätte der Fisch gar nicht durch das Loch gepasst.

Wie sollte er ohne Haken weitermachen? Die Hechte konnte er vergessen. Auf ein stattliches Rotauge konnte er es noch anlegen, der kleinere Haken würde da genügen. Wenn er den Köder nicht erbsengroß, sondern kirschgroß formte, würde vielleicht ein Achtpfünder anbeißen.

Eachann pfiff wieder die schottische Weise, während er den Teig zwischen den Fingern rollte. All dies war eine prächtige Erinnerung an die Heimat. Nur der Vater fehlte ihm, mit dem er als Knabe geangelt hatte. Es war ihre Zeit gewesen. Ihre Verbindung zueinander. Er hatte keinen Zweifel daran, dass es dem Vater damals das gleiche Gefühl der Freiheit gegeben hatte, auf dem See zu stehen. Obwohl Vater Waldhüter war in Garioch, Aberdeenshire, wilderte er im See des Earls. Des Earls, für den er Seen und Wälder vor Wilderern bewahren sollte. Eachann grinste. Vor den Herren nicht übermäßig zu buckeln hatte er von seinem Vater gelernt.

Mit blankem Schwert bahnte sich Tam einen Weg durch die Menge. Es war nicht ungefährlich, sie mochten sich in seinem Rücken gegen ihn kehren, ihn anspringen, mit ihren Knüppeln zuschlagen, weil sie ihn als wohlhabenden Ritter erkannten. Aber er musste rasch zu Saphira gelangen. Die Menge fiel über die Judenhäuser her wie kreischende Dämonen. Sie zerschlugen das Mobiliar, hängten die Fensterläden aus, kletterten auf die Dächer und warfen die Holzschindeln herunter. Was sie nicht vernichteten, raubten sie. Frauen schleppten Geschirr davon, Kleider, Wandteppiche. Männer rollten Weinfässer heraus. Auf der Straße stellten sie sie auf, schlugen die Deckel ein und begannen Saufgelage. Mitten hindurch schlüpften Bettler. In ihren Fäusten blinkte Gold, ein Kleinod, ein Ring. Mit jedem Judenhaus, das er passierte, wuchs seine Sorge.

Das Haus des Stadtarztes. Es war noch unversehrt, die Menge lauerte unschlüssig auf der Straße. Da öffnete sich die Tür, und Psitticher traten heraus. Sie führten den Arzt ab wie einen Verbrecher. Er rief: »Ich lasse mich taufen! Ich werde Christ!« Sofort änderten die Ritter die Richtung und schleppten ihn nun gen Münster. »Meine Frau auch!«, rief er. Die Psitticher mit der Frau folgten ihnen. »Was ist mit meinen Kindern?«, flehte er.

Tam sah zum Haus zurück. Andere Ritter hatten die Kinder gepackt und zerrten sie fort, weg von den Eltern. Die Kinder schrien.

»Wohin bringt Ihr sie?« Der Stadtarzt versuchte, sich freizuwinden.

»Ins Kloster«, sagte man ihm. »Oder willst du sie mit in den Turmkerker nehmen?«

»Aber ich lasse mich doch taufen!«

»Und du sollst dafür am Leben bleiben. Dass das Leben als Christ ein Zuckerschlecken wird, hat niemand behauptet.«

Weiter, befahl sich Tam. Du kannst nicht allen helfen. Ein Karren kam ihm entgegen, von zwei Ochsen gezogen. Er hatte Grabsteine geladen. Als Tam genauer hinschaute, sah er Schriftzeichen darauf, wie sie im Haus Simon-ben-Levis an den Wänden standen. Moos wucherte auf den Steinen, ihre Sockel waren unregelmäßig gebrochen. Offenbar hatte man sie frisch von den Gräbern gekippt.

»Gift aus Kröten, Schlangen und entweihten Hostien wollten sie in die Brunnen werfen! Alles gestanden vor einem ordentlichen Gericht!«, schrie eine Frau.

»Wir werden alle sterben!«, heulte eine andere. »Mein Schwager auf dem Dorf – Frau und Kinder – alle tot! Und jetzt ist unser Wasser ebenfalls vergiftet! Die Pestilenz wird uns holen!«

Was erwartete ihn bei Simon-ben-Levi? Stand das Haus noch? Schleppten sie Saphira gerade fort? War sein Vater da, der geschworen hatte, sie umzubringen?

Er steckte das Schwert ein und verfiel in Laufschritt. Die Münzprägestätte mit ihren vergitterten Fenstern. Ritter standen Wache vor ihrem Tor. Sie sahen ihm erstaunt nach. Endlich, Rümelins Mühle. Das Haus Simon-ben-Levis. Beide Türen waren aufgebrochen, und aus Saphiras Federhandel trug man Säcke heraus. Daunen flogen wie kleine weiße Klagebriefe gen Himmel. Aus einem Fenster, dessen Scheibe zerbrochen war, ragte ein Stuhlbein heraus.

Er sprang über die Schwelle und hastete den Flur entlang. Raue Männerstimmen drangen aus den Zimmern und das Bersten von Holz. Gelächter.

Als er in die Schreibstube blickte, fror er am Boden an.

Zwei Männer schrieben mit Kohlestücken Sprüche an die Wand, sie malten die Brüste einer Frau und lachten. Hinter ihnen, inmitten eines Berges von Holzschutt, stand Christian. Er warf Stücke von Schreibpulten umher, die Seitenwand eines Schranks, Regalböden. Jetzt riss er eine Planke aus dem Boden. Offenbar war er fündig geworden. Er hob eine kleine Kiste aus einem Hohlraum herauf.

»Verschwindet!«, befahl Tam den Schmierern.

Christian sah erschrocken hoch.

Einer der Schmierer spie aus. »Das ist nicht Euer Haus, also haltet das Maul!« Er war offensichtlich betrunken. Glücklich über seine kluge Antwort, grinste er seinen Kumpanen an. Tam konnte den Säuferatem riechen.

Wortlos zog er das Schwert.

Die beiden Schmierer blickten ernüchtert auf die blutige Klinge. »Der meint es ernst«, sagte der eine zum anderen, ohne den Blick vom Schwert zu nehmen.

»Ich hoffe, das ist Judenblut, Mann.« Sie wichen zurück.

»Raus«, sagte Tam. Er trat einen Schritt nach vorn, um die Tür freizugeben, tat es aber so, dass er Christian im Wege stand, falls dieser auf den Gedanken kam zu fliehen.

Die Schmierer wankten hinaus.

»Tam«, sagte Christian, »du irrst dich, wenn du meinst, ich würde plündern.«

Tam nickte. Er tippte mit der Schwertspitze gegen den Kasten, den Christian in den Händen hielt. »Das hatte Saphira nur von dir geliehen, nicht wahr?«

»Würdest du mir bitte ein einziges Mal glauben?«

»Nie wieder, Christian.«

In Christians Augen flackerte Angst auf. »Ich weiß, dein Vertrauen in mich ist zerstört. Zu Recht. Aber du musst mir dieses eine Mal trauen. Für Saphira!«

Langsam trat Tam näher. Voller Verachtung kniff er die Augen zusammen. »Wenn dir Saphira auch nur einen Atemzug lang etwas bedeutet hätte, dann hättest du ihre Festnahme verhindert. Aber du randalierst, suchst Beute und mischst dich unter die wahnsinnige Menge. Was bist du für eine Schande, Christian. Weißt du, dass ich jede Stunde meines Lebens bereue, die ich mich für deinen Freund gehalten habe? Wie konnte ich nur!«

»Tam …« Er bückte sich und setzte den Kasten ab.

»Ich werde dich nicht töten. Du bist es nicht wert, dass ich für dich mein Leben ruiniere. Zieh dich aus, Christian! Ich will, dass du nackt und blutend nach Hause läufst, damit jeder in der Stadt die Achtung vor dir verliert.« Was bückte er sich so lange?

Tam sah, wie sich die Muskeln auf Christians Rücken spannten. Er hatte einen Regalboden gepackt, er wirbelte ihn hoch –

Tam riss das Schwert herüber. Zu spät. Das Holz prallte gegen seinen Kiefer, Tam wurde von den Füßen gerissen, er war zu schwach geworden, zu schwach, er fiel, es wurde rot vor seinen Augen, Sterne tanzten, langsam, ganz langsam kam das Licht zurück. Schwindel drehte den Raum. Er stützte sich an der Wand ab und stand mühsam auf. Christian war fort.

Tam stolperte hinaus, den Flur entlang, zur Tür. Er sah die Münzgasse hinauf. Christian war nicht zu sehen, nur Berittene, die die Bettler und die randalierende Meute auseinandertrieben. »Der Aufstand ist vorüber!«, brüllten sie. »Jeder gehe in sein Haus! Niemand hat sein Haus zu verlassen!«

Tam sah zur anderen Seite, Richtung Gerberviertel. Da rannte Christian. Tam stürzte hinterher. Er merkte jetzt, dass er keine Kraftreserven hatte. Die Knie gingen unsicher und die Lunge pumpte schon nach wenigen Schritten, als wäre er ein alter Mann. Im Laufen fasste er sich ins Gesicht. Er sah die Finger an: Blut. Christian hatte ihn niedergeschlagen, der tückische Dieb, er hatte ihn getäuscht, ein weiteres Mal!

Um nichts in der Welt konnte er ihn einholen. Er sah ihn in der Ferne zu Sankt Leonhardt einbiegen und musste an einer Hauswand stehen bleiben, um Atem zu schöpfen. Wo ging er hin? Zum Eselstürlein? Natürlich! In die Lottergasse! Dort, am Fuß des Steinenbergs, wohnte der Abschaum Basels. Dort würde er sein Diebesgut verhökern. Wo konnte er ihn stellen? Am besten, er lauerte ihm in der kleinen Pforte unter der Stadtmauer auf. Wenn der Schurke zurückkehrte, würde er ihm geradewegs in die Arme laufen. Das Eselstürlein war dunkel und schmal. Christian würde ihm nicht entkommen. Diesmal nicht.

Kurz hinter dem Eselstürlein blieb Christian stehen. Was tat er hier eigentlich? Er warf sein Leben fort, den Sternerbund, das Erbe, seine Zukunft als Bürgermeister und erster Ritter Basels. Wollte er das? Wollte er das für sie tun, für Saphira? Er kannte sie überhaupt nicht. Was er oberflächlich von ihr wusste, gefiel ihm. Aber was hieß das schon! Es ging hier um sein gesamtes Leben! Handelte er nicht ein wenig blindwütig? Wenn er heute einen Fehler machte, würde er ihn jahrelang bereuen. Es gab keine Rückkehr nach Basel für ihn, wenn er mit der Jüdin floh.

War er denn in der Verfassung, eine Entscheidung von so großer Tragweite zu fällen? Man nahm sich doch Zeit für so etwas! Man grübelte über Wochen hin. Man wägte ab. Man plante. Er aber stolperte ins Ungewisse wie ein Tölpel.

Saphira erwartete ein Kind von ihm. Saphira war todgeweiht, wenn er ihr nicht half. Geh hin, sagte er sich. Wenn du sie anschaust, wird das die Liebe wieder entfachen und dir Sicherheit geben.

Als er aber in die Lottergasse einbog, dachte er: Es ist keine Liebe, wenn man sich dazu überwinden muss. Liebe bedeutete doch, von seinen Gefühlen fortgetragen zu werden. Er hatte einfach ein schlechtes Gewissen, weil er Tam die Geliebte geraubt und sie geschwängert hatte.

Nun, er hatte Verantwortung für sie übernommen, soviel stand fest. Liebe hin, Liebe her, er war für sie verantwortlich. Saphira gehörte zu ihm. Sie war seine Braut. Seine Frau, in Kürze. Und er konnte stolz darauf sein, dass sie an ihm hing und auf ihn baute. Er würde sie nicht enttäuschen. Er durfte sie nicht enttäuschen.

Das Haus des Henkers stand stumm. Der Himmel spannte sich darüber in weißblauer Klarheit. Auf dem Teich war niemand zu sehen, die Gasse war menschenleer. Es war kalt, bitterkalt. Christian hoffte, sie hatten die Stube gut beheizt. Er klopfte an. »Ich bin es, Christian Münch«, sagte er. Sein Atem formte weiße Wolken.

Der Henker öffnete. Bevor er ihn einließ, sah er prüfend nach rechts und nach links, als wollte er sichergehen, dass sich dort keine Häscher verbargen.

Christian sagte: »Ihr könnt mir vertrauen.« Es ärgerte ihn, dass der Henker ihn für fähig hielt, Saphira zu verraten.

Die Stube war tatsächlich warm. Die Wärme biss in Christians Wangen. Er musterte Saphira. Sie saß am Tisch und löffelte eine Hirsesuppe, ihr Gesicht war angeschwollen, die Augenränder gerötet. Er trat an den Tisch heran und stellte den Kasten ab.

»Ich danke Euch«, sagte sie. Es klang kraftlos.

Von Tam würde er nichts sagen. Jedenfalls jetzt nicht. »War nicht schwer.« Wo waren die Kinder des Henkers? »Wo sind die Kinder?«, fragte er.

»Meine Frau ist unterwegs, sie zu suchen«, sagte der Henker.

Saphira sah Christian flehend an.

Er sollte nicht nach ihnen fragen? Da fiel es ihm ein. Natürlich, sie waren in den Judenhäusern, Beute machen.

»Christian«, sagte sie und schwieg dann, ohne ihn anzusehen.

»Was ist?«

»Mein Vater. Ich muss immerfort daran denken, wie wir ihn im Stich gelassen haben.«

»Wir konnten nichts tun.« Er schälte sich aus dem Mantel und warf ihn über eine Truhe. Schnee rieselte herab. »Habt Ihr vergessen, wie schnell alles ging? Die Menge hatte ihn. Was hätten wir denn machen sollen?«

»Das meine ich nicht. Ich meine, vorhin, als er gestorben ist. Er hat ein ordentliches Begräbnis verdient.«

Christian spürte Unwillen in sich aufsteigen. Am liebsten wollte er diese Frau an den Schultern packen und schütteln. Wo war sie mit ihren Gedanken? Begriff sie denn gar nichts? »Saphira, wisst Ihr, was los ist in der Stadt? Sie machen Hatz auf die Juden! Ihr seid vielleicht die Einzige, die entkommen ist! Es war gefährlich genug, Euch in diesem gelben Seidentuch, diesem Wandbehang, durch das Tor zu schleusen. Wie hätten wir Euren toten Vater mitnehmen sollen?«

Ihre Hände zitterten. »Ich weiß. Es tut mir leid.« Sie sah ihn an, ganz offensichtlich tat es ihr leid und sie wollte ihn besänftigen.

Aber so leicht ging das nicht. Sie konnte nicht von ihm fordern und fordern und fordern und dann, statt dankbar zu sein, noch an ihm herumnörgeln. »Ihr wart doch dabei, als ich einen unserer Knechte gebeten habe, ihn zu begraben.«

Sie rührte sich nicht.

»Wart Ihr dabei, oder nicht?«

Der Henker sagte: »Ich bitte Euch, habt Mitleid mit ihr.«

»Wart Ihr dabei?«, wiederholte er.

Sie nickte.

»Also, was wollt Ihr dann? Glaubt Ihr mir nicht, dass der Knecht tun wird, wie ich ihn geheißen habe?«

Sie hauchte: »Er wird ihn verscharren.«

Verscharren. Christian sackte in sich zusammen. Dieses Wort drückte alles aus, ihre Verzweiflung, ihre Trauer. »Vergebt mir bitte«, sagte er. Er streckte den Arm aus und ergriff ihre Hand. Sie war kalt. Er setzte sich auf einen Schemel, nahm ihre Hände zwischen seine und wärmte sie. »Morgen sind wir schon auf der Straße, weit fort von hier. Ihr werdet alles hinter Euch lassen können. Ein neuer Anfang.«

Der Henker trat an den Kopf des Tisches heran. Er hatte die Brauen über den Augen dicht zusammengezogen. »Wollt Ihr wirklich bis morgen warten? Sie könnten Saphiras Fehlen bemerken, jemand, der sie kennt, ein Nachbar, ein Stammkäufer. Dann werden sie von Haus zu Haus gehen. Wenn sie mir hier alles umdrehen, weiß ich nicht, wo ich das Mädchen verstecken soll.«

Das Mädchen nannte er sie. Aber sie war *sein* Mädchen, nicht das Mädchen des Henkers. »Die Flucht will gut vorbereitet sein«, erwiderte er. »Ich muss Pferde besorgen. Und Geld.« Die Wahrheit war: Er wollte sich von der Stadt verabschieden, in der er aufgewachsen war. Der Stadt, die er liebte. Einen Abend noch in der Trinkstube »Zum Seufzen«. Konnte man ihm das verwehren, bei dem Opfer, das er brachte? Der Henker hatte natürlich recht. Sie würden die Häuser durchsuchen. »Wir müssen bald von hier verschwinden, das ist wahr. Ich schaffe es bis Mitternacht.«

»Ist gut«, sagte sie.

»Zieht etwas Dunkles an, damit sie uns von der Mauer aus nicht sehen. Die Pferde schicke ich mit einem Knecht voraus.«

19

»Ich übernehme«, sagte Tam.

Die Wache an der Pforte sah ihn unsicher an.

»Mein Vater hat gesagt, ich soll mich nützlich machen.« Was gab es da zu zweifeln? Traute nicht einmal ein einfacher Scherge ihm zu, dass er ein schmales Tor bewachen konnte?

»Ihr blutet, Herr.«

»Tatsächlich, Ihr seid ein guter Beobachter.« Er fuhr den Posten an: »Lümmelt nicht faul herum! Ich habe mich den Aufständischen entgegengestellt, was ist in Gottes Namen so erstaunlich daran? Geht und meldet meinem Vater, dass ich das Eselstürlein übernommen habe und er Euch anderweitig einsetzen kann! Habt Ihr mich verstanden?«

»Ja, Herr.« Der Posten entfernte sich eilig.

Tam trat unter die Pforte und drückte sich in den Schatten. Er hielt die Schwertklinge nahe an die Mauer, damit kein Lichtfunke sie fand und ihn durch ein Aufblitzen verriet.

Er nahm aus dem Augenwinkel eine Bewegung wahr. Nicht von draußen, nicht von außerhalb der Stadtmauern, sondern von der Stadt her. Jemand näherte sich dem Eselstürlein. Tam trat aus dem Schatten. Er würde ihn zurückweisen, gleichgültig, wer er war. Niemand verdarb ihm seine Rache.

Warum schlich der Kerl, warum ging er so schwerfällig? War es einer derer, die sich am Wein der Juden gelabt hatten? Er war in einen schwarzen Wollmantel gehüllt. Schritt für Schritt schlurfte er näher.

»Was ist mit Euch?«, herrschte Tam ihn an. »Was schleicht Ihr so? Ihr habt hier am Tor nichts verloren.«

Der Mann schwieg. Er streckte die Hand nach Tam aus und machte ihm Zeichen, beiseite zu treten. Blut lief ihm aus dem Mund.

Tam stutzte. »Seid Ihr verwundet?« Er ging zu ihm hin und stützte ihn.

Der Mann schüttelte den Kopf und versuchte, sich von Tam zu lösen.

»Kommt, Ihr braucht Hilfe.« Der Ellenbogen, den er stützte, zitterte. Der ganze Körper des Mannes schien wie im Fieber zu zittern. Tam sah genauer hin. Die Haut im Gesicht des Mannes – schimmerte sie blau? Wieder rann ihm ein Blutstropfen über die Lippen. »Zurück zur Stadt«, sagte Tam, »was wollt Ihr da draußen, in diesem Zustand!«

Der Mann zerrte an seinem Mantel und entblößte den Hals. Tam wich zurück. Es sah aus, als säßen zwei schwarze Käfer am Hals des Mannes. Der Mann stöhnte und zeigte darauf.

Diese Schwülste, diese blauschwarz verfärbten Beulen … Tam machte ihm Platz. »Gott im Himmel.« Er fasste sich an die Kehle. Der Mann hatte die Pest.

Im Bärenfelserhof herrschte rege Betriebsamkeit. Waffenknechte erhielten Anweisungen und marschierten davon. Ritter umgaben den Vater. »Von diesem Tag wird man noch lange erzählen«, hörte Tam den einen zum anderen sagen. Ihre Gesichter leuchteten, sie wurden gebraucht, es gab wichtige Aufgaben und echte Gefahren, die sie zu meistern hatten. Sie trugen goldbestickte Mäntel und glänzende Schwertgehänge und gaben sich wie Helden, die in den Kampf zogen, von den Jungfrauen jubelnd verabschiedet.

Wie konnten sie alle so fröhlich sein? Wie konnte Vater sich dieser emsigen Geschäftigkeit hingeben? Vater fällte eine Entscheidung nach der anderen, schnell wie ein Zungenschnalzen, und es schien ihn nicht einmal Kraft zu kosten. Er scherzte mit den Psittichern, die ihn umgaben, und wusste jedem Büttel und jedem Laufburschen des Ritterbundes eine Aufgabe zuzuteilen. Er war in bester Laune, während man in der Stadt die Juden misshandelte und die Pestilenz ihren schwarzen Atem durch die Gassen hauchte. Von Letzterem wusste er wohl nichts.

Tam drängelte sich zu ihm durch. »Vater, ich muss Euch sprechen.«

»Thomas! Wie siehst du aus! Dein ganzes Gesicht ist blutverklebt.«

»Das ist unwichtig. Ich muss mit Euch sprechen.«

»Mit wem hast du gekämpft?«

»Mit Christian Münch. Vater …«

Der Vater erstickte seine Worte durch eine Umarmung. »Mein Sohn. Du bist zurückgekehrt. Ich wusste, du würdest deinen Mut wiederfinden. Mit welcher Hartnäckigkeit du dich auf den Münch stürzt! Es beeindruckt mich, wahrlich.« Aus der Umarmung heraus umfasste er Tams Schultern und streckte ihn von sich, wie um ihn zu beschauen. »Und es ist gut, denn sieh einmal, Christian wird eines Tages dein Rivale sein, wenn es um die Macht in Basel geht. Besiege ihn jetzt, und dich erwartet eine goldene Zeit. Du wirst triumphieren, wie im Sommer. Die Münch sind geschwächt, die Zeit ist reif.«

»Vater.« Tam wand sich frei. »Hört mich an, bitte.«

Der Vater trug sein gutes Kettenhemd. Auf der Brust formten Messingringe inmitten des dunklen Eisengeflechts einen schimmernden Psittich. »Was gibt es? Wie kann ich dich unterstützen?«

»Ich muss Euch vor etwas warnen, das Euer Kettenhemd wie Papier durchstoßen wird. Bitte, wir müssen reden, unter vier Augen!«

Nun wurde Vaters Gesicht ernst. »Komm.« Er ging zum Pferdestall hinüber. »Ist es eine Verschwörung gegen mich?«, fragte er, als sie das große Stalltor durchschritten.

Tam sah in den dunklen Korridor, zu dessen Seiten die Stände der Pferde abzweigten. Kein Knecht war zu sehen. »Schlimmer als eine Verschwörung.«

»Nun rede schon!«

Er fasste den Vater fest ins Auge. »Ich fordere eine Gegenleistung. Ihr sollt das dunkle Geheimnis erfahren, wenn Ihr mir sagt, wo sich Saphira befindet.«

»Eine Gegenleistung? Du bist mein Sohn! Wir kämpfen auf derselben Seite. Ach, die Jüdin, diese Kleinigkeit, bei der wir verschiedener Meinung sind. Das wird sich legen. Du wirst sie dir aus dem Kopf schlagen.«

»Wo ist sie?«

»Ich weiß es nicht. Die Juden waren so verdattert – wir haben sie alle erwischt, bis auf die kleine Metze. Aber wir finden sie noch. Meine Leute gehen jedes Haus einzeln durch. Wir durchkämmen die ganze Stadt. Sie wird nicht entkommen.«

»Da bin ich anderer Meinung.«

»Was ist die Bedrohung, gegen die ich mich wappnen soll?«

Tam zögerte. »Es ist die Pest, Vater.«

Konrad von Bärenfels reckte den Kinnbart in die Höhe und lachte, so sehr, dass er sich am Torpfosten abstützen musste. »Tam«, sagte er und wischte sich Tränen aus den Augenwinkeln, »du hast doch dieses Geschwätz nicht etwa geglaubt? Ich habe es selbst erfunden. Es gibt kein Gift, und es gab auch nie den Plan unter den Juden, die Brunnen zu verderben. Basel ist ungefährdet! Mach dir um die Pest keine Gedanken.«

»Die Pest ist da«, wiederholte Tam und blickte starr auf seinen Vater. »Gottes Strafe.«

»Höre einfach nicht hin, mein Sohn. Sie sagen so etwas auf den Straßen, ich weiß, aber es ist von vorn bis hinten erlogen. Hier«, er tippte sich gegen die Brust, »hier hat es seinen Anfang genommen. Wenn jemand weiß, dass Basel die Pestilenz nicht zu fürchten hat, dann bin ich es.«

»Ich habe einen Pestkranken gesehen. Er spie Blut. Er fieberte und trug schwarze Beulen am Hals.«

Der Vater verzog das Gesicht. »Hör auf! Ich hasse Krankheiten. Ich will nichts darüber wissen, wie der arme Kerl verreckt ist. Jedenfalls ist es nicht die Pest. Geh, suche Christian Münch, damit dienst du mir mehr als mit dieser Mär. Bring ihn zur Strecke! Wenn dir das gelingt, will ich dir reichlich Gold geben und dich zu meinem Berater machen. Du bist ja nicht dumm, im Gegenteil. Nur deine Vorstellungskraft ist zu stark ausgeprägt.« Er seufzte. »Also los, Söhnchen, stelle deinen Feind. Meinen Segen hast du. Es wird kein Gerichtsverfahren geben, wenn du ihn tötest.« Damit trat er hinaus in die Wintersonne und ließ Tam stehen.

Ramstein umarmte jede seiner Töchter. Zum Schluss hielt er Fidelius im Arm und drückte ihn lange und fest an sich. Seine Frau stand mit verschränkten Armen dabei. Er setzte den Kleinen ab und küsste sie auf den Mund. Sie erwiderte den Kuss nicht.

Stumm hängte er das rote Zaumzeug mit den Goldplättchen an einen Haken an der Wand. Er löste die Fibel auf der Brust, nahm den Waffenrock ab und legte ihn über eine Truhe. Den Helm mit den Lilienstäben nahm er vom Tisch und setzte ihn darauf. »Du scheinst dich nicht zu freuen, mich wiederzusehen«, sagte er.

»Warum hast du das getan? Warum bist du beim Juden eingebrochen?«, fragte sie.

»Es war nichts Persönliches.«

»So? Was dann?«

»Ein Auftrag.«

Sie stieß Luft zwischen den Zähnen aus, als hätte sie einen Schlag eingesteckt. »Ist Burkhardt von Ramstein unter die Räuber gegangen?« Ihre Stimme klang weinerlich.

Er sagte kalt: »Ich habe nichts gestohlen.« Mit großen Schritten ging er zur Tür. Die Töchter sahen ihm erstaunt nach. Fidelius verkroch sich unter dem Tisch.

»Burkhardt, warte«, sagte sie. »So lässt du mich nicht stehen!«

Er erstarrte. Drehte sich schließlich um.

Ihre Smaragdaugen funkelten böse. »Sind wir noch verheiratet?« Ein Windstoß ließ die Kerzen auf dem Wagenrad an der Decke flackern.

»Natürlich.«

»Dann rede mit mir. Was ist los mit dir? Du bist nicht mehr der Mann, den ich einmal kannte.« Sie ging auf ihn zu. »Rede mit mir.«

Er wich ihrem Blick aus und sah zu den Kindern hin.

»Ich ertrage es nicht mehr«, sagte sie. »Erst habe ich darauf gewartet, dass du dich mir offenbaren würdest. Dann, als ich das aufgeben musste, habe ich gehofft, dass du allein wieder zurückfindest zu dir selbst und zu mir. Aber es geschieht nichts dergleichen. Ich will dich nicht verlieren, verstehst du das? Ich will dich nicht verlieren, großer Mann.«

Bei den letzten beiden Worten zuckte er zusammen.

»Bedeute ich dir noch etwas?«

»Du bedeutest mir alles«, sagte er mit rauer Stimme.

Sie trat an ihn heran und legte ihre Wange gegen seine Brust. »Also wirst du uns nicht verlassen?«

Seine Hand umfasste ihren Kopf. Er hielt sie sanft. »Euch verlassen? Niemals. Niemals, hörst du?«

»Was ist es dann, das dich niederdrückt? Warum liegst du in der Nacht wach? Warum sprichst du nicht mehr mit mir? Wir haben doch Sorgen immer geteilt.«

»Ja«, sagte er knapp. »Haben wir.«

»Du hast schwere Sorgen, richtig?«

Er schwieg.

»Soll ich die Kinder hinausschicken?«

Die Töchter, die wie Salzsäulen am Tisch gestanden hatten, erwachten zum Leben und eilten zur Tür. Sie schlüpften hinaus. Fidelius folgte ihnen. »Wartet«, rief er, »wartet auf mich!« Die Tür schlug hinter ihm zu.

Es war still im Raum. Staubkörnchen schwebten durch die Luft.

»Also?«, fragte sie.

»Ich habe mich in Schwierigkeiten gebracht. Ich kann nicht darüber reden.«

»Schwierigkeiten mit den Juden? Bist du deshalb bei Simon-ben-Levi eingedrungen?«

»Nein. Es hat nichts mit den Juden zu tun. Ich habe einen Eid gebrochen auf schreckliche Weise. Und nun muss ich es wiedergutmachen.«

»Einen Eid?« Sie trat einen Schritt zurück und sah ihn prüfend an. »Du hast mir nie von einem Eid erzählt.«

»Bitte!« Er streckte die Hände aus und wartete, bis sie ihre Hände in die seinen legte. »Wenn es diese eine Sache gibt, von der ich dir nie erzählen werde, und davon ausgenommen bin ich dein Ehegatte in Liebe, durch Not und Glück verbunden, kannst du das hinnehmen? Kannst du das Schweigen verkraften, das in dieser Sache zwischen uns stehen muss?«

»Ich weiß es nicht.«

»Warum leidest du so sehr darunter?«

»Ich leide nicht unter dem Schweigen, Burkhardt. Ich leide darunter, dass es dich verändert, was auch immer es ist. Du merkst es vielleicht nicht. Aber es verändert dich.«

»Ist es eine Veränderung zum Schlechten?«

»Schlimmer, mein Liebster. Es ist eine Veränderung zum Tod. Ich habe den Eindruck, dass dieses Geheimnis dich von innen tötet.«

»Bist du wahnsinnig?« Der Henker stellte sich ihr in den Weg. »Du willst das Haus verlassen? Sie suchen nach dir! Willst du den Häschern in die Arme laufen?«

»In diesem gelben Umhang wird mich niemand erkennen.«

»Der Wandbehang wird dich nicht retten, Saphira. Es ist niemand auf der Straße, sie haben verboten, dass man nach draußen geht. Du wirst die einzige Frau sein, die sich ins Freie wagt. Es ist ein Leichtes, dich zu erkennen und zu fangen!«

»Nicht so laut«, raunte sie. »Du weckst die Kinder.«

»Schon geschehen.« Sie drehte sich um. Aus dem Schlafraum tappte die kleine Prinzessin heraus. Mit offenem Mund und nackten Füßchen stand sie da und sah die beiden an.

»Zurück ins Bett mit dir«, befahl der Henker.

»Geht Saphira weg?«, fragte die Kleine.

Saphira trat zu ihr hinüber, hockte sich nieder und küsste sie auf die Stirn. »Ich vergesse dich nicht, Prinzessin. Aber es ist eine schwierige Nacht für mich. Wenn du mir helfen willst, dann tu, was dein Vater sagt. Ich darf jetzt keine Fehler machen, und wenn ich dich so sehe mit den nackten Füßen auf dem kalten Boden, dann habe ich noch eine Sorge mehr, verstehst du?«

»Ist gut. Ich geh zurück ins Bett, ganz schnell.« Der kleine Lockenkopf tappte zum Schlafraum. In der Tür blieb die Prinzessin stehen, flüsterte: »Ich hab dich lieb!« Dann klappte die Tür zu.

Saphira stand auf. Der dicke Bauch erschwerte es. »Ich muss gehen.«

»Der Ritter wird bald hier sein und dich abholen.«

»Eben darum muss ich in die Stadt. Es gibt jemanden, von dem ich mich verabschieden möchte.«

»Und wenn der Abschied deinen Tod bedeutet?«

»Dann ist es so. Bitte. Halte mich nicht länger auf.«

Der Henker presste die Lippen aufeinander. Er gab die Tür frei. »Weißt du, ich bin es, der morgen früh die Menschen bei lebendigem Leib verbrennen muss«, sagte er leise. »Wenn du darunter bist … Ich möchte nicht dein Mörder sein.«

Saphira trat hinaus. Die Ohren zwickten, und Kälte legte sich um ihr Gesicht wie Eishände. Es war still. Kein Wind wehte, kein Hund bellte. Basel schwieg. Aber es schlichen Häscher durch die Stadt, die sie einfangen sollten. Und mit Sicherheit waren sämtliche Tore bewacht.

Sie bog zum Eselstürlein ein. Die Pforte war geschlossen. Saphira sah an der Mauer hinauf. Die Sterne glitzerten über dem hohen Steinwall. Sie schob die Tür auf. Kein Posten stand dahinter. War das Eselstürlein vergessen worden? Sorgfältig schloss sie die Tür wieder.

Plötzlich sagte eine Stimme: »Haben wir dich!«

Sie wirbelte herum. Ein Wachmann richtete seine Speerspitze auf sie. Er rief hinter sich: »He, Cuntzlin, ich habe sie!«

»Schhh«, machte sie. »Was soll der Radau? Ihr weckt noch die halbe Stadt!«

Ein zweiter Mann erschien mit einem rostigen Schwert. Er begutachtete sie im Sternenlicht. »Ja, das muss sie sein. Der Bürgermeister wird eine Belohnung springen lassen.«

»Wovon redet ihr?«, fragte sie. »Nehmt das dumme Eisen weg!«

»Wovon wir reden?« Cuntzlin hielt ihr die schartige Klinge an den Hals. »Du bist die Jüdin, die in der ganzen Stadt gesucht wird. Und wir haben dich gefangen. Nützlich, dass wir hier gleich beim Eselsturm sind. Da unten im Verlies kannst du deiner Sippschaft Gesellschaft leisten.«

»Ich eine Jüdin? Sehe ich etwa aus wie eine Jüdin? Bursche, das wird dich teuer zu stehen kommen! Sieh genauer hin, ehe du dir mit Geschmacklosigkeiten Ärger einhandelst.«

Cuntzlin begutachtete sie eindringlich und kam dabei ihrem Gesicht sehr nahe. »Nun, es ist dunkel. Du könntest eine Jüdin sein.«

»Die will sich doch nur rausreden.« Der zweite Wachmann bohrte ihr die Speerspitze in den Rücken. »Was hast du zu dieser nachtschlafenden Zeit im Freien zu suchen, wenn du nicht die Jüdin bist? Ja, da gehen dir die Worte aus. Sie ist es.«

Cuntzlin befingerte den gelben Seidenstoff, den sie um ihr Wollhemd gewickelt hatte. »Gekleidet wie eine Hure.«

Sie verzog den Mund. »Das ist nur Tarnung.« Ihre Atemzüge waren flach, eine falsche Regung, und die Speerspitze würde die Haut durchstoßen. »Was hat eine Frau wohl des Nachts in der Lottergasse verloren? Ist das so schwer zu verstehen?« Sie hob vorsichtig das Tuch und das Hemd an und entblößte ihren Bauch.

»Du bist schwanger!«, entfuhr es Cuntzlin. »Du warst bei einer Abtreiberin? Aber …« Ihm stand der Mund offen.

»… es ist nicht geglückt«, ergänzte der Speerträger. Er entfernte die Waffe von ihrem Rücken und kam nach vorn. »Ein hartnäckiger Racker ist das da in deinem Bauch.«

»Wir müssen dich trotzdem mitnehmen.« Cuntzlin ergriff ihren Arm. »Wir führen dich dem Bürgermeister vor, morgen, da kannst du deine Unschuld beweisen.«

Entrüstet wand sich Saphira frei. »Was meint ihr, warum ich in der Nacht hinausgeschlichen bin? Doch nicht, damit die ganze Stadt erfährt, dass ich ein Kind von – dass ich ein Kind in mir trage!«

»Ein Kind von wem?«

Sie sah zu Boden. »Von Christian Münch.«

Die Wachen zuckten zusammen. Warfen sich Blicke zu. »Christian Münch?« Der Speerträger biss sich auf die Unterlippe. »Cuntzlin, das gibt Ärger. Lassen wir sie besser. Der Münch-Erbe hat die ganze Sternerbande hinter sich.«

Cuntzlin nickte. »Schwöre«, befahl er ihr, »dass du die Wahrheit sagst.«

»Ich schwöre, Gott strafe mich, wenn ich lüge: In meinem Bauch wächst das Kind von Christian Münch heran.«

»Also geh.«

Sie nickte. »Kein Wort. Zu niemandem. Ist das klar?«

Die Wachen versprachen es.

Adonai, betete sie in Gedanken, ich danke dir für diese Rettung. In die Stadt hineinzugehen war, als betrete sie einen Kerker. Die Häuserfronten waren dunkel. Die, die hinter ihnen schliefen, hatten sich gegen die Juden gestellt. Vielleicht lag jemand wach? Vielleicht saß jemand am Fenster und beobachtete sie? Man machte Jagd auf sie. Hier, in diesen Straßen, durch die sie als kleines Mädchen gehüpft war. Männer, die bei ihr Federbüsche gekauft hatten, Frauen, die sich Staubwedel von ihr hatten binden lassen, misstrauten ihr nun, fürchteten und hassten sie.

Vorsichtig schlich sie sich von Ecke zu Ecke. Sie lauschte. Hastete weiter.

Es würde nicht einfach sein, wohlbehalten aus Basel wieder hinauszugelangen. Und sie setzte ihr Leben und das ihres Kindes für eine tränenreiche Begegnung aufs Spiel. Was würde Tam denken, wenn er ihren Bauch sah? Die Sünde war so offensichtlich! Gehörte er inzwischen nicht auch zu denen, die sie verabscheuten? Er hatte allen Grund dazu.

Sie musste ihn noch einmal sehen. Sie musste sich von ihm verabschieden. Nach allem, was sie verbunden hatte, konnte sie nicht stillschweigend verschwinden. Sie hatte diesen jungen Ritter geliebt. Sie liebte ihn noch. Er war es wert, dass sie sich in Gefahr brachte. Vielleicht würde er ihr verzeihen.

Ihr Haus durfte sie nicht aufsuchen. Dort wartete man nur darauf, dass sie auftauchte, da war sie sich sicher. Wie sah es aus? War alles zerstört? Vermutlich bedeckte eine Reifschicht die Bank in der Küche, das Polster, das mit knisternden Getreideschalen gefüllt war, die Decke mit ihrem alten Kleid und dem weichen Kopftuchflicken, den sie so gern berührt hatte. Es war ja kein Leben mehr im Haus. Kalt und dunkel musste es sein. Vater würde nie wieder Licht machen, nie wieder heizen. Sie würde nie wieder aufwachen und ihn am Ofen werkeln hören, wie er den Schürhaken über den Gitterrost kratzte und die quietschende Ofentür zuklappte.

Waren das Schritte? Sie drückte sich in einen Hauseingang.

Der Schatten kam geradewegs auf sie zu. Er musste sie gesehen haben. »Was kostest du?« Er näherte sich ihrem Gesicht und raunte ihr ins Ohr: »Du bist hübsch. Ich nehme dich.« Speicheltropfen spritzten in ihre Ohrmuschel. Die Wärme des fremden Atems ließ sie erschaudern.

»Lasst mich in Frieden«, sagte sie und eilte weiter. Wo war sie? Die Schneidergasse. Es war nicht mehr weit bis zum Bärenfelserhof.

Der Schatten aber ließ nicht locker. »Komm schon, Hübsche. Was kostest du? Wir haben ein nettes Zimmer über der Trinkstube. Niemand wird uns hören.«

»Hört auf«, sagte sie. »Verschwindet!«

»Was soll das heißen? Du trägst Gelb, du bist eine Dirne. Also zick nicht rum.« Der Schatten packte sie am Arm und zerrte sie von der Straße.

Alles in ihr drängte zu einem lauten Hilfeschrei, sie fühlte den Schrei, es verlangte sie, ihn auszustoßen. Aber sie durfte nicht schreien. Sie durfte nicht. Es würde ihre Häscher herbeirufen. »Lasst mich los!«, keuchte sie. »Lasst mich!«

Der Schatten riss die Tür eines bunt bemalten Hauses auf. Bierdunst schlug ihnen entgegen, es war hell und laut. Eine Schankstube. »Komm«, raunte der Schatten ihr zu. »Da die Treppe rauf. Oben haben wir ein süßes, kleines Zimmerchen.« Er stieß sie in die Stube.

Saphira sah sich panisch um. Es stürzte sich kein Häscher auf sie. Junge Ritter saßen hier beisammen und tranken, die meisten waren sturzbesoffen. Einige würfelten, andere sangen und grölten. Am großen Tisch in der Mitte – hier waren vier Holzplatten zusammengeschoben – hockte ein molliges rothaariges Mädchen auf dem Schoß eines Ritters, ihre Gesichter waren verschmolzen zu einem Kuss, gerade verschwand seine Hand unter ihrem Rock.

Sie kannte das Mädchen. Es war Marie, die Wäscherin, mit der Christian –

Christian.

20

Er fiel vor dem Haus des Henkers auf die Knie. Die Straße empfing ihn hart. Christian heulte ihren Namen. Er krallte die Hände in das Eis am Boden, kratzte Schnee und Eissplitter auf. »Saphira«, rief er, »vergib mir!« Der Kopf schmerzte. Er war betrunken, er konnte keinen klaren Gedanken fassen. Dass er einen großen, einen riesigen Fehler gemacht hatte, das spürte er. Aber er fand keinen Ausweg. Ständig versanken seine Gedanken in Nebelschwaden.

Sie hatte ihn gesehen mit Marie, dabei war Marie doch nichts Ernstes, er hatte sich nur Mut für die Flucht angetrunken, er hatte nicht wissen können, dass Marie ihn in der Trinkstube besuchte. Er hatte sie kaum angefasst, zu Anfang hatte er sie regelrecht abweisend behandelt! »Saphira!«, rief er. »Saphira! Komm raus!« Was bedeuteten schon Küsse? Was bedeuteten sie schon, wenn man betrunken war? Saphira konnte das doch nicht so ernst nehmen. Er musste ihr erklären, dass die Küsse nicht ernst gemeint gewesen waren. »Komm raus, ich erkläre es dir!«, rief er. »Es war nicht deine Schuld!« Was redete er da? »Nicht meine Schuld, meine ich. Marie hat mich geküsst. Ich habe sie nicht zurückgeküsst! Niemals habe ich sie, noch nie habe ich sie zurückgeküsst! Es tut mir leid! Saphira. Vergib mir, komm raus, komm, meine Süße, bitte!«

Die Tür ging auf. Der Henker war mit wenigen Schritten bei ihm. Er packte ihn an den Armen und riss ihn hoch. »Hör auf zu schreien, hast du mich verstanden?«

»Ja, ich will brav sein«, jammerte Christian. »Von heute an will ich brav sein. Immer brav sein.«

»Es gibt kein von heute an. Verschwinde.«

»Ich will mit Saphira reden.«

»Saphira ist nicht hier.«

»Du lügst doch!« Er sah in das böse Gesicht des Henkers. »Sie ist hier! Sie wartet auf mich, wir fliehen gemeinsam.«

Der Griff des Henkers an seinem Arm tat weh. »Saphira – ist – nicht – hier.«

»Aber sie hat es versprochen. Ich habe das Mädchen doch nur geküsst, nein, ich habe sie nicht geküsst, sie hat mich geküsst, und ich habe ihr dabei nur zugehört.«

Nun riss der Henker ihn an den Haaren und hielt ihn daran fest. »Wenn das Mädchen diese Nacht nicht überlebt, Bursche, dann bringe ich dich um.«

Unter der Rheinbrücke krachten die Eisschollen aneinander. Sie störten die Ruhe der Nacht, aber Saphira hörte sie gern, sie hielt das Brückengeländer und es erzitterte, während das Eis zerbarst, während es an den Pfeilern der Brücke heraufknirschte und in Stücke brach.

Der Sternenhimmel spannte sich weit über ihr auf. Sie war nichts. Unbedeutend. Wen kümmerte es, dass sie allein war auf der Welt? Heute hatte sie alles verloren. Ihren Vater. Ihre Arbeit. Ihre Zukunft und ihre Liebe. Sie war nichts mehr.

Sie wollte beten, aber sie konnte es nicht. Adonai war in den Weiten des Himmels verschwunden. Er sah sie nicht, und sie sah ihn auch nicht mehr. Zu sterben war der letzte sinnvolle Schritt an diesem Tag. Würden ihr die Knochen brechen, wenn sie sich zwischen die Eisschollen hinunterstürzte? Würde sie im Eiswasser untergehen und ertrinken? Der Rhein war breit. Sie würde es schaffen zu sterben. Das Kind starb mit ihr.

»Vergib mir, mein Kleines«, sagte sie und strich über den Bauch. »Vergib mir. Ich kann nicht mehr.«

Gerade wollte sie auf das Geländer steigen, da legte sich ein Mantel über ihre Schultern. Der Mantel roch gut. Er roch nach Asche und nach Zuhause. Sie fügte sich in sein weiches Futterfell. Das Fell war warm, jemand hatte den Mantel gerade noch getragen. Sie drehte sich um.

Tam stand da. Er sagte nichts.

Sie sah ihn an.

Er blickte zurück.

Sie zögerte. Was ging in ihm vor? Er hatte ihr seinen Mantel gegeben, hieß das, dass er ihr vergeben hatte? Er war abgehärmt. Sie merkte jetzt erst, wie sehr sie ihn vermisst hatte.

»Wie geht es dir?«, fragte er.

Sie wollte antworten. Es kam nichts über die Lippen. Ihr Hals sperrte sich. Sie zuckte die Achseln und machte dazu ein verzweifeltes Gesicht. Ich weiß nicht, sollte es sagen. Sah er das?

»Komm her.« Er breitete die Arme aus.

Das habe ich nicht verdient, dachte sie. Schon nahm er sie hinein in eine warme Umarmung. Sie standen dicht an dicht, Körper an Körper, und er hielt sie fest, sie konnte seinen Pulsschlag am Hals fühlen. Der Sternenhimmel wurde freundlicher, das Krachen des Eises verlor seine Schärfe. Selbst der Schwertknauf, den sie an seiner Seite spüren konnte, hatte etwas Freundliches, Vertrautes an sich.

Saphira löste sich aus der Umarmung. Ihre Augen schmerzten, das sichere Zeichen, dass gleich Tränen fließen würden. »Ich danke dir«, sagte sie. Keine Tränen, reiß dich zusammen.

»Hast du genug?«, fragte er.

Da musste sie lächeln, die Tränen kamen jetzt, zugleich mit dem Lächeln. Sie schüttelte den Kopf.

Nun lächelte auch er. »Komm wieder her.«

Sie ließ sich in seine Umarmung fallen. Es tat so gut, gehalten zu werden und nicht allein zu sein. Der Fellmantel wärmte sie. Tams Arme wärmten sie. Sie fragte: »Wie hast du mich gefunden?«

»Ich habe die ganze Stadt nach dir abgesucht. Nirgendwo warst du. Also dachte ich mir: Du gehst zuletzt noch einmal zur Rheinbrücke.«

Sie spürte seine Hand an ihrem Bauch.

»Darf ich?«, fragte er.

Sie nickte.

Er betastete den Bauch, fuhr sanft darüber. »Euer Kind ist schnell gewachsen.«

»Tam ...«

»Sag nichts.«

»Doch, ich möchte es sagen. Verzeihst du mir?«

Er ließ den Bauch los und löste sich aus der Umarmung. Er sah über das Brückengeländer auf das Eis des Rheins, das gespenstisch weiß leuchtete im Sternenlicht. »Es hat mir sehr, sehr wehgetan. Aber ich verzeihe dir.« Nun sah er sie an. »Saphira.« Ein feines, kaum sichtbares Lächeln zierte sein Gesicht. »Wer könnte dir zürnen?«

»Womit habe ich dich nur verdient?« Sie nahm seine Hand und drückte sie. »Danke, Tam.«

Vom Rheintor her dröhnte Poltern herüber. Sie schraken zusammen. Miauen und Fauchen folgten. Er sagte: »Nur eine Katze.«

»Nein«, erwiderte sie. »Ich kenne Katzen. Die machen keinen Radau.« Sie lauschte, aber es blieb still.

»Wie geht es weiter mit euch?«, fragte er.

»Gar nicht. Christian sitzt in irgendeiner Schankstube und küsst eine Wäscherin.«

Tam sah sie entsetzt an. »Das ist nicht dein Ernst, oder?«

»Ich musste einem Mann zwischen die Beine treten, um aus der Schankstube zu entkommen. Meinst du, Christian hat das bemerkt? Er war viel zu beschäftigt mit dieser Marie. Ich gehe zurück zum Henker. Er wird mir helfen zu fliehen.«

»Und wie kriegen wir dich aus der Stadt? Die Tore sind gut bewacht.«

»Irgendetwas wird mir einfallen. Das Rheintor hier an der Brücke war auch unbesetzt.«

»Ja, weil ich die Posten fortgeschickt hatte. Es kommt nicht infrage, dass du dich allein durchschlägst.« Er nahm ihren Arm. »Folge mir. Ein einziges Mal muss es von Nutzen sein, dass ich der Sohn dieser Bestie von Bürgermeister bin.«

Im Torbogen am Ende der Rheinbrücke standen drei Büttel. Tam herrschte sie an: »Hatte ich nicht befohlen, dass Ihr am Aeschentor Posten bezieht?«

Die Büttel blieben stehen. Sie erwiderten nichts.

»Gebt den Weg frei«, befahl er.

Sie rührten sich nicht vom Fleck. Ihre Gesichter waren ernst.

Da erschien hinter ihnen ein bärtiger, breitschultriger Mann. Sein Gesicht blieb im Schatten des Tores verborgen, nur den dicken Leib konnte man sehen. Auf dem Kettengeflecht: ein Vogel aus Messing. »Aber, aber.« Die Stimme ließ Saphiras Blut in den Adern stocken. Es war Konrad von Bärenfels. Er trat ins kalte Licht der Sterne. »Noch bestimme ich, was in Basel zu geschehen hat.«

Tam raunte ihr zu: »Lauf um dein Leben, wenn ich es sage.«

Laut sprach er: »Saphira gehört zu mir, Vater. Mit welchem Recht macht Ihr Jagd auf sie? Ihr selbst habt heute gesagt, dass die Juden unschuldig sind. Die Brunnenvergiftung ist nichts als eine Lüge!«

Der Bürgermeister schnalzte mit der Zunge. »Komm zur Besinnung, Junge. Du kannst dieses Weibsbild nicht retten. Im Übrigen danke ich dir. Ich wusste, du würdest uns zu ihr führen.« Er miaute, fauchte. Dann lachte er. »Wollte euch noch ein wenig Zeit geben. Bin ich nicht feinfühlig?«

Tam sagte: »Den Mantel, bitte.«

Sie zog ihn aus und reichte ihn hinüber. »Was hast du vor?«

»Ich werde kämpfen.« Er wickelte sich das obere Ende des Mantels um den Arm. Zum Bürgermeister hingewandt, fragte er: »Was soll mit ihr geschehen?«

»Sie wird morgen bei Sonnenaufgang verbrannt, wie die anderen.«

»Das werde ich nicht zulassen! Saphira-bat-Simon endet nicht auf einem Scheiterhaufen, so wahr ich hier stehe.«

»Diesen Wunsch kann ich dir erfüllen. Sie wird in einem Haus verbrennen.« Konrad von Bärenfels nickte den Bütteln zu.

»Beim Himmel!«, fluchte Tam. Er rief: »Das Haus am Rhein? So ist es doch! Du hast diese Sache seit Monaten geplant, nicht wahr? Den Aufstand, die Gefangennahme der Juden. Ein Teufel bist du!« Er raunte Saphira zu: »Lauf!«, und zog im gleichen Augenblick das Schwert.

Sie drehte sich herum und rannte auf die Brücke hinaus. Es ging schwer. Der Bauch wippte mit jedem Schritt auf und nieder. Die Knie wollten das Gewicht kaum tragen. Als sie die Mitte der Brücke erreicht hatte, sah sie hinter sich, keuchend. Tam schleuderte den Mantel um sich und kämpfte zugleich mit dem Schwert, damit die Büttel an ihm nicht vorbeikamen. Sie rissen ihn mit dem Mantel um und warfen ihn zu Boden. Einer kniete sich auf ihn und wand ihm das Schwert aus der Hand. Die beiden anderen rannten ihr nach.

Die Stiefel, die sie von der Henkersfrau entliehen hatte, passten nicht recht, sie waren zu groß, Saphiras Füße rutschten darin bei jedem Schritt herum. Es stach sie in den Seiten, der Mund war trocken, die Beine schmerzten und wollten nicht schneller.

Das Schnaufen der Büttel näherte sich.

Das Kind, sagte sie sich, tu es für das Kind! Lauf!

Grobe Hände packten sie an den Schultern. Man hielt sie fest und drehte ihr den Arm auf den Rücken. Es ging zurück. Zurück zu Tam und dem dämonenhaften Bürgermeister. Also würde sie brennen. Morgen würden sie und ihr Kind tot sein. Hatte sie sich das nicht vorhin noch gewünscht? Jetzt erschien es ihr schrecklich. Tam hatte ihr verziehen! Er hatte ihren Bauch gestreichelt, sie umarmt. Sie wollte leben!

Er lag immer noch am Boden, der feiste Büttel kniete auf seiner Brust. Tam schrie: »Warum tust du das, Vater?«

»Um die Ehre der Ritter zu retten«, antwortete Konrad von Bärenfels ruhig.

»Ehre«, sagte Tam, »Ehre ist etwas, das man hier trägt.« Er schlug sich mit der Faust auf die Brust.

Saphira passierte ihn. »Leb wohl«, sagte sie. »Ich danke dir, für alles.«

Als die beiden Büttel mit ihr unter den Torbogen getreten waren, schloss sich Konrad von Bärenfels ihnen an. Über die Schulter rief er zum dritten Schergen: »Lass ihn los. Er kann uns nicht schaden. Mein Sohn ist ein Schwächling.«

Tam ließ den Kopf auf den Boden sinken und sah zum Himmel hinauf. Das Geräusch der Schritte entfernte sich. Er hörte die Männer in der Ferne lachen. Kälte stieg in seine Glieder auf. Er hatte die Häscher zu Saphira geführt. Hätte er nicht wissen müssen, dass Vater ihn beschatten lassen würde? Vielleicht wäre sie entkommen, ohne ihn.

Nein. Saphira hätte sich in den Fluss gestürzt. Es war doch zu sehen gewesen, was sie vorhatte. Und Vaters Handlanger hätten aus sicherer Entfernung zugeschaut, ohne einzugreifen. So brauchten sie sich nicht die Finger schmutzig zu machen. Wie es geschehen war, war es gut: Saphira war am Leben. »Ein Schwächling, ja?« Er ballte die Fäuste. »Wir werden sehen.« Von heute an war Konrad von Bärenfels nicht länger sein Vater, von heute an, wo er ihn gedemütigt hatte und seine Geliebte, schwanger, wie sie war, über die Brücke gejagt hatte, würde er nicht mehr sein Vater sein, sondern sein Feind.

Tam stand auf. Er hob den Mantel auf und zog ihn an. Saphira hatte ihn getragen, er roch nach ihr. Mit großen Schritten lief er die Eisengasse hinauf zur Trinkstube »Zum Seufzen«. Er schob die Tür auf, trat in die warme Stube ein und schloss die Tür hinter sich.

Am großen Tisch in der Mitte saßen Christians Freunde.

Sie riefen in eine Ecke der Stube hin: »Komm schon, schmolle nicht länger. Trink mit uns! Deine Judenbraut fängt morgen Feuer, na und?«

»Sie ist nicht meine Judenbraut!«, kreischte es aus der Ecke. War das Christian? Tam ging hinüber zu dem Häufchen Mensch, das dort saß, über einen hölzernen Becher zusammengesunken. Der Betrunkene rief: »Ich kenne sie überhaupt nicht, diese Saphira. Ich hatte nie etwas mit ihr, ich kenne sie nämlich überhaupt nicht!« Damit hob er den Becher an und trank, dass es ihm rechts und links über das Gesicht lief.

»Christian.« Tam legte ihm die Hand auf den Arm. »Ich brauche deine Hilfe.«

Christians Trinkbewegung erlahmte. Langsam senkte er den Becher ab. Aus wässrigen Augen sah er ihn von unten herauf an. »Lass mich. Ich kenne keinen Christian. Und keine Saphira auch nicht.«

»Unsere Freundschaft ist vorüber. Und vielleicht hast du dich entschlossen, dich totzusaufen. Aber heute Nacht, hörst du, heute Nacht brauche ich dich noch einmal als Kameraden. Wir müssen Saphira retten. Saphira und dein Kind, das sie im Bauch trägt.«

Das gerötete, schweißglänzende Gesicht verzog sich wehleidig. »Ich kann dir nicht helfen. Schau mich doch an! Mit mir ist nichts mehr los.«

»Verstehe.« Tam richtete sich auf. »Das denkst du also.« Er verließ den Schankraum. Draußen ging er um die Ecke in Richtung Rhein. Hinter dem Haus der Trinkstube lag der Fischmarkt. Tam steuerte auf den Brunnen in seiner Mitte zu. Er nahm den Eimer vom Brunnenrand und ließ ihn niedersausen. Das Seil rollte pfeifend von der Spule ab. Dann schlug der Eimer auf. Aber kein Wasser platschte. Er war auf harten Grund gefallen.

Tam sah sich um. Niemand war in Sicht. Also zog er das Schwert aus der Scheide und begann, mit der Parierstange einen Feldstein aus der Ummauerung des Brunnens freizukratzen. Immer wieder wackelte er am Stein, bis er sich löste. Er holte den Eimer ein und stieß stattdessen den Stein in die Tiefe. Es krachte unten, dann gluckste es. »Na also.« Er kurbelte den

Eimer wieder hinab, und diesmal versank das Gefäß im Wasser. Das Wasser würde kalt sein, eiskalt. Tam lächelte grimmig. Er holte den Eimer herauf. Schweiß brach ihm aus.

Er stellte den Eimer auf den Brunnenrand und schnitt kurzerhand das Seil mit dem Schwert durch. Heute Nacht gab es Wichtigeres als Brunnengesetze. Nachdem er das Schwert weggesteckt hatte, schleppte er den Eimer zur Trinkstube zurück. Sein eiserner Henkel schnitt ihm in die Finger und das Eiswasser schwappte an sein Bein. Beißende Kälte, die er am liebsten abgeschüttelt hätte. Christian würde augenblicklich nüchtern sein.

Er ließ die Tür gleich offen stehen.

»Was hast du vor?«, fragte Christian noch. Dann schüttete Tam ihm den ganzen Eimer samt der Eisbruchstücke in den Nacken. Christian schrie auf. Er sprang in die Höhe und versuchte vergeblich, das nasse Hemd abzustreifen. Es klebte an ihm wie eine zweite Haut. Christian stolperte durch den Raum zum Kamin und hielt die zitternden Hände an das Feuer. »Bist du wahnsinnig geworden?«, schrie er. »Willst du mich umbringen?«

Tam kam ihm nach. »Ich frage dich noch einmal. Hilfst du mir, Saphira aus dieser Notlage herauszuholen?«

»Ich wusste nicht, wie.«

Das klang schon erheblich besser. Nüchterner. Wacher. »Aber dass du verpflichtet bist, ihr Leben zu retten, ist dir klar, oder?«

»Ja, verdammt. Die Wunde ist tief genug. Du musst die Klinge nicht noch darin drehen.«

»Hör zu.« Er dämpfte seine Stimme. »Mein Vater will die Juden morgen in dem kleinen Haus verbrennen, das auf der

Rheininsel an der Birsigmündung steht. Finde den Zimmermann, der es für ihn gebaut hat! Er soll dir sagen, ob es eine schwache Stelle gibt.«

»Du meinst, Saphira soll auch verbrannt werden?«

Tam sah in die Flammen des Kaminfeuers. Das Feuer leckte an geschwärzten, glühenden Holzscheiten. »Wenn ich daran denke, dreht es mir den Magen um.«

»Wie soll ich den Zimmermann finden, mitten in der Nacht? Und wo soll das verfluchte Haus eine Schwachstelle haben?«

»Christian, darum musst du dich kümmern. Ich weiß nicht, wie du ihn findest. Und ich weiß auch nicht, ob es da eine Schwachstelle gibt. Ist die Tür von dünnerem Holz? Gibt es eine schwache Wand? Wir brauchen einen Flecken, den wir aufhacken können, bevor alles brennt. Wie ich Konrad kenne, lässt er das Haus bewachen. Uns bleibt also nur der Augenblick, wenn sie es angesteckt haben.«

»Ich verstehe überhaupt nichts.«

»Finde den Zimmermann. Das genügt.«

Die Haustür war nicht verriegelt. Tam drückte sie auf und schlüpfte ins Innere. Es war stockdunkel. Er versuchte sich zu erinnern, wie das Zimmer ausgesehen hatte. Ein halbes Jahr war es her, dass er Saphira hier von Zeit zu Zeit besucht hatte, bis sie entdeckte, dass sie von Christian schwanger war. Wenn er sich recht entsann, ging rechts eine Tür zum Schlafgemach ab.

»Ein schlechter Augenblick für einen Einbruch, Bursche«, kam eine Stimme aus dem schwarzen Nichts. »Zufällig warte ich auf jemanden, anstatt im Bett zu liegen. Und zufällig habe ich mein Henkersbeil in der Hand.«

»Ich bin es, Tam. Bitte lasst mich am Leben!«

Hinten im Raum erhob sich jemand. »Tam? Habt Ihr Neuigkeiten von Saphira?«

»Saphira sitzt im Turmkerker beim Eselstürlein, vermute ich.«

Es war still. Dann flüsterte der Henker: »Gott im Himmel.«

Tam tastete sich ein Stück nach vorn. Er bekam den Tisch zu fassen. »Wir müssen sie retten. Sie darf morgen nicht in diesem Haus sterben.«

»Also wisst Ihr davon? Ich musste schwören, es niemandem zu sagen. Eigentlich hätte ich Scheiterhaufen aufgeschichtet, aber Euer Vater ließ mir vor einer Stunde befehlen, dass ich die Juden in jenem Haus zu verbrennen habe.«

»Ihr könnt Saphira nicht umbringen.«

Wieder war es einige Augenblicke still. Dann erklang die Stimme des Henkers: »Ich fürchte, doch.«

»Ich weiß, dass Ihr sie schätzt. Ihr habt sie wie eine Tochter hier aufgenommen. Helft mir, sie zu befreien!«

»Ich liebe das Mädchen. Aber wenn ich die Kapuze trage, bin ich nichts als der Henker. Für den Henker sind alle Menschen gleich. Er empfindet kein Mitleid.«

»Kapuze hin oder her, es seid dennoch Ihr!«

»Versteht Ihr nicht? Ich bin Scharfrichter! Ich werde dafür bezahlt, dass ich töte. Wer, meint Ihr, hat die Juden gefoltert, bis sie in jenen falschen Bekenntnissen Erlösung gefunden haben, die der Bürgermeister hören wollte? Meine persönliche Achtung vor den Juden durfte bei dieser Arbeit keine Rolle spielen. Und mit Freundschaften ist es genauso. Denkt Ihr, ich habe noch nie einen Freund getötet?«

»Das ist grausam. Es ist unmenschlich.«

»Es ist mein Amt.«

»Macht dieses eine Mal eine Ausnahme, ich flehe Euch an! Hört auf Euer Herz, auf Euer eigenes Herz sollt Ihr hören! Warum sitzt Ihr hier im Dunkeln und wartet auf Saphira? Weil Ihr Euch Sorgen um sie macht. Weil Ihr sie schätzt, als sei es Eure eigene Tochter. Niemand kann von Euch verlangen, dass Ihr Eure Tochter tötet.«

»Bitte geht.« Die Stimme war plötzlich hart.

Tam zuckte zusammen. Er dachte: So klingt er in der Folterkammer. »Nein, ich gehe nicht«, sagte er, »ich bleibe. Ihr fürchtet, dass Euer Gewissen erwacht, ist es nicht so? Ich für meinen Teil hoffe, dass es erwacht. Und ich werde auf Euch einreden, bis Euch das Flehen Eures eigenen Herzens erweicht.«

»Oh, Ihr meint, ich würde an einer Art Berufsehre festhalten, und mehr nicht? Was wisst Ihr von meinem Los! Niemand hat mich gefragt, ob ich Henker werden will. Mein Vater war Henker. Kinder von Henkern können nur Henker werden, nichts anderes steht ihnen offen, sie sind verrufen bei der Bevölkerung. Ich kann froh sein, dass ich eine Ehefrau gefunden habe. Sie ist die Tochter eines Henkers. Denn Henkern ist es nur erlaubt, Henkerstöchter zu heiraten. Ja, Ihr stöhnt, Tam, aber es ist die bittere Wahrheit: Die Henker aller Städte sind miteinander versippt und verschwägert. Wir sind nicht frei! Wir sind gefangen, wie unsere Opfer gefangen sind. Ich habe keine Wahl. Ich muss Saphira mit den anderen Juden verbrennen.«

»Ihr habt eine Wahl. Ihr habt eine Wahl! Schert Euch nicht um das Gerede. Wer würde Euch zur Rechenschaft ziehen, wenn Ihr eine andere Arbeit in der Stadt annehmen würdet?«

»Tam, wacht auf! In welcher behüteten Stube seid Ihr aufgewachsen? Meint Ihr, weil ich bei Hinrichtungen eine Kapuze trage, kennt mich niemand? Jeder in der Stadt weiß, wer ich bin. Und sie fürchten mich. Kein Wirtshaus darf ich betreten, bis auf das ›Schwarze Rad‹, und selbst dort lässt man mich nur ein, wenn keiner der Anwesenden etwas dagegen hat. Ich habe dort einen Platz, auf dem sonst niemand sitzt, und einen Krug, aus dem sonst niemand trinkt, man behandelt mich, als würde ich eine ansteckende Krankheit verbreiten. In der Kirche muss ich ganz hinten sitzen, weit ab von den anderen. Der Priester verweigert mir die Kommunion. Ich soll eine andere Arbeit annehmen? Niemand gibt mir Arbeit! Das Henkersamt ist alles, was diese Welt mir zum Überleben bietet.«

Er schwieg. Er konnte den Henker verstehen, was sollte der arme Mann tun? Aber aufzugeben kam nicht infrage. Also machte er einen erneuten Anlauf. »Entschuldigt. Ich habe Eure Lage falsch eingeschätzt. Niemand kann Euch einen Vorwurf machen, wenn Ihr morgen früh Euer Amt ausübt. Aber denkt einmal nach: Worauf werdet Ihr stolz sein, wenn Ihr als alter Mann im Bett die Augen auf ewig schließt? Darauf, Tag um Tag, Jahr um Jahr getan zu haben, was die Obrigkeit von Euch verlangt hat? Oder darauf, ein einziges Mal einen Menschen gerettet zu haben, den Ihr liebtet und der unschuldig sterben sollte?«

21

Am 16. Januar 1349 verstummte der Rhein. Die Eisschollen froren fest. Winterskälte verdichtete das Eis zu einer harten Schicht. Als die Sonne aufging, schwebten Nebelwolken darüber. Sie wurden vom Morgenlicht rot angestrahlt. Es sah aus, als stünde der schweigende Fluss in Flammen.

An beiden Rheinufern sammelten sich Zuschauer. Einer der Schaulustigen war der Meister der Spinnwetternzunft, die Basels Zimmerer und Bauleute vereinte. Er hatte schlecht geschlafen, seine Augen lagen in dunklen Ringen. »Eine Frechheit«, sagte er zum hundertsten Mal an diesem Morgen zu seiner Frau, »mich mitten in der Nacht zu wecken. Eine Frechheit ist das!« Schon zu Mittag würde er die Worte bereuen. Zu Mittag, wenn er erfuhr, dass der Zimmermann, dessen Namen er Christian Münch in der Nacht preisgegeben hatte, sich im Dachgestühl des Hauses, in dem er zur Miete wohnte, erhängt hatte. Einer ihrer besten Leute.

In einem langen Zug gingen die Juden über das Eis zur Insel. Sie trugen die vorgeschriebene Kleidung: gelbe Hüte die Männer, blauweiße Schleier die Frauen. So mancher von den Zuschauern entdeckte unter ihnen einen Nachbarn und schlug peinlich berührt den Blick nieder. Man hörte, wie der Vorbeter die Juden beruhigte. Sie sprachen gemeinsam: »So sollt ihr die Israeliten segnen; sprecht zu ihnen: Adonai segne dich und behüte dich! Adonai lasse sein Antlitz über dir leuchten und sei dir gnädig. Adonai wende sein Angesicht dir zu und lege über dich Frieden.«

Ein Krüppel stand inmitten einiger Bettler am Ufer und

weinte. Einem kleinen Mädchen hielt man die Augen zu, es protestierte: »Warum darf ich nicht hingucken? Alle dürfen, nur ich nicht!« Die Mutter warf den Geschwisterkindern warnende Blicke zu. »Kein Wort!« Den Kindern standen die Münder offen. »Saphira«, hauchte eines, und die Kleine zappelte noch mehr: »Ist Saphira hier? Ich will zu ihr!«

Konrad von Bärenfels kniff die Augen zusammen. Er hatte doch genügend Schergen aufgestellt, wozu hatte der Henker sein Beil dabei? Fürchtete er, die Juden könnten versuchen, aus dem brennenden Haus auszubrechen? Es gefiel ihm nicht. Niemand sollte geköpft werden, also hatte der Henker ohne Beil zu erscheinen. Er würde ihn nach der Hinrichtung rügen.

Er sah zum Ratsherrn hinüber, der mit den Juden ging. Der Ratsherr trug die Schuldscheine, einen ganzen Korb voller Pergamente und Papiere. Sie würden ebenfalls verbrennen. Die Rückgabe der Pfänder an ihre Eigentümer hatte Konrad wohlweislich für später vorgesehen. Er durfte die Menschen nicht zu sehr in Aufruhr versetzen. Wer ein Pfand zurückerhielt, würde sich am Tod der Juden schuldig fühlen. Man wusste nie, wie einfache Seelen auf so etwas reagierten. Sie sahen nicht den großen Plan, die goldene Zukunft, die nach dieser schmählichen Stunde anbrechen würde.

Der Henker wies die Juden in das Haus. Nun begannen sie auch noch zu singen! Einige Frauen unter den Zuschauern schluchzten. Es wurde Zeit, dass das Feuer dem ein Ende machte. Der Ratsherr ging mit dem Korb ins Haus und kehrte ohne ihn zurück. Konrad wartete, bis der Henker die Tür geschlossen und den Balken dagegengestemmt hatte, dann hob er den Arm. Das Zeichen.

Der Henker ließ sich die Fackel reichen und hielt sie ins Reisig, das rings um das Haus aufgeschichtet war. Er spazierte entlang der Wand, die Fackel immer im trockenen Gezweig, bis es lichterloh brannte. Bald fingen die Wände des Hauses an zu schmoren. Die Flammen leckten an ihnen, sie züngelten und einzelne blaue Flämmchen sprangen zum Dach. Endlich brannten die Wände und das Dach fing Feuer.

Von den Juden hörte man nichts mehr. Schwarzer Rauch umhüllte das Haus. Die Büttel wichen zurück. Nun hörte man einzelne Schreie. Wo war der Henker? Dieser Rauch nahm einem die Sicht. Vom Haus war nichts mehr zu sehen, außer dem Flammenschein, der durch den schwarzen Qualm leuchtete.

Es starben Menschen da drüben. Sie verendeten qualvoll in der Hitze und er, Konrad, war verantwortlich dafür. Der Gedanke an die Sterbenden war wie ein unangenehmer Juckreiz. Nur dass er nicht an die Stelle gelangen konnte, um sich zu kratzen. Die Pestverschwörung hatte er erfunden, die Juden waren unschuldig daran. Dennoch, ausgebeutet hatten sie die Christen tatsächlich, nicht bloß ihn, auch etliche andere. Alles, was er tat, war, sie zu bestrafen. War das nicht seine Aufgabe als Bürgermeister und erster Ritter Basels? Er handelte hier nicht als Christ und Mensch, sondern als Amtsträger. Er tat nur seinen Dienst.

Ein Reiter! Konrad sah auf. Jemand galoppierte entlang des Flusses auf die Zuschauer zu. Kurz bevor er sie erreichte, lenkte er das Pferd auf das Eis. War das Tam? Er schüttelte den Kopf. Der Dummkopf wollte doch tatsächlich versuchen, seine Metze zu retten. Er würde sich den Hals brechen mit dem Pferd auf dem Fluss.

Aber der Gaul rutschte nicht aus. Tapfer trabte er zur Insel hin. Offenbar trug er Eisnägel in den Hufeisen. Tam hatte vorgesorgt. Das Volk staunte über ihn, sie wendeten die Köpfe und verfolgten neugierig, was geschehen würde. Diese wetterwendische Meute!

Natürlich würde der Henker ihn abwehren. Nun war Konrad doch froh, dass der Mann das Henkersbeil bei sich trug. Und Tam war selbst schuld, wenn er niedergeschlagen wurde. Er stellte sich offen gegen ihn, seinen Vater.

Der schwarze Rauch verschluckte Pferd und Reiter. Kurze Zeit später ertönten Beilhiebe. Der Henker – wie hatte Tam ihn überwältigt? Er würde ein Loch in die Wand schlagen! Konrad stürzte los, er rannte auf das Eis, rutschte aus, schlitterte, ruderte mit den Armen. »Die Büttel zu mir«, rief er. Ohne auf sie zu warten, trat er in den Rauch. Der schwarze Dampf biss ihn in die Augen. Er konnte nichts erkennen. Heiß war es. Seine Füße platschten in Wasserpfützen. Er musste husten und bekam keine Luft.

Die Beilschläge hörten auf. Pah, es half Tam ja nichts, die Juden waren längst verbrannt oder im Rauch erstickt. Man hielt es nicht aus in diesem Qualm. Er kehrte um. Als er endlich wieder im Licht stand und frische Luft atmen konnte, wollte der Hustenreiz nicht aufhören. Er musste husten und husten. Es war ein Fehler gewesen, in den Rauch hineinzulaufen. Vielleicht war Tam längst erstickt.

Da hörte er das Volk applaudieren. Tosender, rauschender Applaus erschallte, dazwischen tönten Pfiffe und Jubelrufe. Meinten sie ihn? Er sah sich um. Tam ritt über das Eis, hinter sich die Jüdin auf dem Sattel. Sie hielt sich ein Tuch vor den Mund und umklammerte ihn.

Die Erbin!, schoss es ihm durch den Kopf. Man hatte nicht sämtliche Unterlagen Simon-ben-Levis gefunden, ausgerechnet sein Schuldbrief fehlte. Das war die Rache des Juden über den Tod hinaus. Er hatte ihn seiner Tochter gegeben, mit Sicherheit, und dort ritt sie davon!

Ruhig bleiben, befahl er sich. Seit wann fühlte er sich seinem Sohn unterlegen? Es war ein grausames Gefühl. Es hatte zu enden, sofort! Tams Dreistigkeit verunsicherte ihn. Wo ritt Tam mit ihr hin? Wen konnten sie um Hilfe anrufen? Basels Bischof, Johann Senn von Münsingen, in Italien? Nein. Tam wusste, dass der Bischof schwach war.

Er blinzelte. Sie würden zum König reiten.

Eilig ging er zum Ufer und stapfte hinauf zu Ramstein. Er hatte einen Spion beim König, der ihm regelmäßig die politischen Neuigkeiten meldete, aber eine Klage, ein Gerichtsverfahren würde der Spion nicht verhindern können. Ramstein stand inmitten seiner Töchter. Seine Frau weinte offenbar, sie lehnte mit der Stirn an seiner Brust, und ihre Schultern zuckten. Konrad sagte: »Ich muss Euch sprechen, unter vier Augen.« Straßburg, Stuttgart, Nürnberg, Prag. So verlief ihre Fluchtstrecke. Ramstein hatte sie abzufangen.

Unwillig schob Ramstein seine Frau beiseite und folgte ihm.

Als sie etwas abseits standen, sagte Konrad: »Ich möchte, dass Ihr nach Straßburg reitet und dort auf die beiden Ausreißer wartet. Mit Eurem schnellen Rappen seid Ihr vor ihnen da, zumal die Hure schwanger ist, sie können nicht das Letzte aus ihrem Gaul herausholen.«

»Ich soll meine Familie verlassen? Nein, Konrad.« Ramstein zeigte auf den davongaloppierenden Tam, den entschwindenden Punkt am Horizont, der eine Fahne von Schneewirbeln hinter sich herzog. »Das ist Liebe. Seht Ihr es? Euer Sohn liebt sie so sehr, dass er sein Leben für sie aufs Spiel setzt. Ihr dagegen habt heute nur Leben vernichtet.«

»Ist das so? Ihr wisst hoffentlich, wie tief Ihr darin verwickelt seid. Wenn ich ein Ungeheuer bin, seid Ihr es noch viel mehr. Den Münch habt Ihr verraten, er rottet im Kerker vor sich hin. Die Juden habt Ihr ans Messer geliefert mit Eurem Überfall. Denkt Ihr wirklich, Ihr habt noch eine Wahl? Euer Ruf und Euer Leben hängen am seidenen Faden, und den Faden halte ich. Also tut, was ich Euch sage.«

Ramstein schüttelte den Kopf. »Und wenn es mein Untergang ist. Ich bin nicht länger Euer Werkzeug.«

»Euer Untergang? Nein, Ramstein.« Konrad schnaubte. »Letzten Endes handelt auch Ihr aus Liebe. Seht die Sache einmal so! Ihr liebt Eure Frau, und deshalb wollt Ihr sie vor den Schmerzen bewahren, die ich ihr durch ein paar simple Sätze zufügen könnte. Es wäre *ihr* Untergang, nicht Eurer.«

Ramstein ballte die Hände zu Fäusten. Er sah in die Ferne, Tam hinterher. »Wie ich Euch verabscheue!«, stieß er hervor.

»Weil ich für Basel den Karren aus dem Dreck ziehe? In Kürze werdet Ihr sehen, dass wir uns nicht umsonst die Finger schmutzig gemacht haben. Der Stadt stehen goldene Zeiten bevor. Mein Sohn gefährdet das. Also reitet ihm nach. Sofort. Die Verantwortung für Euer Handeln trage ich.«

»Was soll ich denn tun, wenn ich Euren Sohn und die Jüdin in meiner Gewalt habe? Soll ich sie etwa umbringen?«

»Genau das. Und verschafft mir die Schuldbriefe, die sie bei sich tragen.«

Er konnte nicht widerstehen. Aleths weißer Nacken verlockte ihn zu sehr. Sie saß zum Fenster hingewandt und bestickte ein

Tuch. Dass sie schwer hörte, war ihr schon oft zum Verhängnis geworden. Es war unritterlich, ihre Schwäche auszunutzen. Und doch – das schlechte Gewissen machte die Sache nur reizvoller.

Er schlich sich heran. Gerade war er mit einem Rotauge vom Eisangeln heimgekehrt, und da Aleth nicht viel von Fischen hielt, nun, so würde sie seinen Fang zumindest auf diese Weise beachten. Er tat rasch die letzten Schritte und drückte ihr den Fisch ins Genick. Das Rotauge war kalt und glatt.

Aleth schnellte in die Höhe. Sie wirbelte herum, keuchte und schrie ihn an: »Du Ekel! Wie kannst du es wagen!« Das Stickzeug war auf den Boden gefallen. Eachann bückte sich, als Versöhnungsangebot und um sein Grinsen zu verbergen, aber sie befahl scharf: »Rühre es nicht an mit diesen Fischfingern! Es genügt, wenn ich nach deinem toten Tier rieche.« Damit ging sie hinaus.

Sie würde in ihre Schlafkammer stampfen und dort unmäßig viel Rosenwasser auftragen. Die Gerüche des Fisches und des Rosenwassers würden sich auf ihrer Haut vermischen, und sie würde den ganzen Tag unter dem Gestank leiden, der ihre Nase beleidigte. Warum tat er ihr das an?

Er liebte sie, wenn sie hilflos war. Das war der Grund.

Eachann ließ sich auf ihren Stuhl fallen und stützte die Ellenbogen auf die Fensterkante. Auf dem Hof führte ein Knecht Rosamunde im Kreis. Die Stute hustete, es hallte laut von den Wänden der Scheunen wider. »Hast du ihr Bärlapp gegeben?«, rief er hinunter.

Der Knecht sah auf. »Ja, Herr. Sie hat alles gefressen.«

Es schien nicht mehr recht zu helfen. »Heute Abend mischst du ihr Thymian und Salbei unter das Futter. Vielleicht spricht sie darauf an.«

»Jawohl, Herr.«

Aleth war neben ihn getreten. Er konnte es riechen. Die Luft war schwer von Rosenwasser.

»Würdest du bitte aufstehen«, sagte sie kühl.

Er gehorchte. »Du bist doch nicht böse über meinen Scherz, oder, Mäuselchen?«

»Nenne mich nicht so.« Sie setzte sich und nahm das Stickzeug wieder auf.

Ihre feinen Brauen waren noch gekrümmt von der Aufregung. Er liebte diese Krümmung, wollte gern Aleths Brauen küssen, ihren Kopf halten und sie überall im Gesicht kosen. »Weißt du, dass ich dich liebe?«

»Wenn du mich lieben würdest, dann würdest du dich um mich kümmern. Dir ist aber wichtiger, was Rosamunde zu fressen bekommt. Mein Wohlergehen ist zweitrangig für dich, nein, es hat überhaupt keinen Rang, es ist dir gleich.«

»Das ist nicht wahr, und du weißt es.« Ihm gefiel die Wendung nicht, die dieses Gespräch nahm. Die Freude, mit der er Aleth betrachtet hatte, verblasste.

»So? Dachtest du, ich freue mich über den kalten Fisch im Genick?«

»Eine Neckerei, nichts weiter. Du darfst mich genauso necken! Streue mir Mehl über das Kopfkissen! Verdirb die Suppe mit Pfeffer! Ich habe nichts gegen solche Scherze. Im Gegenteil, ich würde lachen. Du kannst es mir ruhig mit gleicher Münze heimzahlen.«

»Eachann, ich bin für solche Bubenstreiche zu reif. Und du solltest es auch sein. Du bist doch keine fünfzehn mehr!«

Er hasste es, wenn sie sich wie eine Mutter aufspielte. Ärgerlich knirschte er mit den Zähnen. »Es ist nicht nötig, dass du mich bemutterst. Musst du die Dinge immer so ernst nehmen?« Er trat an sie heran und schlug den Handrücken auf das Tuch, das sie bestickte. »Denkst du, diese Stickerei ist wichtig? Du fühlst dich reif, wenn du da sitzt und Fäden in ein Tuch ziehst, ja? Aber es kommt nicht auf ein buntes Tuch mehr oder weniger an.«

»Worauf kommt es an? Sage mir das!«

»Darauf, dass wir gemeinsam lachen!« In dem Moment, wo er es sagte, wusste er auch schon, dass sie es nicht verstehen würde. Es war zwecklos.

»Das Leben besteht nicht aus Gelächter. Nimm unsere Ehe ein einziges Mal ernst! Wenn die Kinder am Sonntag kommen, wirst du wieder den Narren für unsere Enkel spielen. Ich sehe dich schon über den Boden krabbeln und Tiergeräusche machen. Wir sind ein Vorbild für sie, verstehst du das nicht? Ich vermisse Fleiß bei dir und Ernsthaftigkeit, ja, männliche Ernsthaftigkeit.«

»Warum bist du so?« Ihm wurde schwindlig vor Wut. »Du kennst mich nicht.« Raus hier, nur raus hier, dachte er. Am liebsten hätte er die Laute von der Wand genommen und sie auf dem Boden zerschlagen. Er ging. Wie von selbst führten ihn die Füße zur verbotenen Kammer.

Er zog das Beutelchen hervor, das um seinen Hals hing, nahm den großen Schlüssel heraus und schloss die Tür auf. Nachdem er die Kammer betreten hatte, schloss er hinter sich wieder ab. Prüfend besah er den schwarzen Stoff, mit dem die Tür von innen bespannt war. Er konnte keine Schäden sehen. Niemand würde ihn durch eine Ritze in der Tür beobachten können.

Es roch wohlig nach abgestandener Luft und Holz. Allein

schon dieser Geruch beruhigte ihn. Nirgendwo konnte er so gut nachdenken wie hier, nirgendwo fühlte er sich so zu Hause. Er setzte sich auf die Bank gegenüber der Truhe und stützte den Kopf in die Hände.

Hätte er Aleth besser nicht mit dem Fisch ärgern sollen? Es war ein Scherz gewesen, jeder andere hätte ihn mit einem Lachen quittiert. Was Aleth ihm gesagt hatte, ihr Tadel, war eine ernste Verletzung. Sie antwortete auf eine Neckerei mit einem Dolchstoß.

Er zog die zwei kleinen Schlüssel aus dem Beutelchen und steckte sie in die entsprechenden Löcher der Kiste. Dort drehte er sie herum.

Aleth verstand ihn einfach nicht. Dachte sie überhaupt über ihn nach? Ihr galt allein ihre Sicht der Dinge und sonst nichts. Erst war sie eine Herausforderung für ihn gewesen. Sie zum Lachen zu bringen, sie aus der Fassung zu bringen – es war ein Spiel gewesen, das er liebte. Sie hatte es auch geliebt, zumindest hatte sie diesen Eindruck vermittelt, als sie sich kennenlernten. Aber mit der Hochzeit ging das rasch zu Ende.

Dachte Aleth wirklich, als verheiratete Frau dürfe sie keine Freude mehr am Leben haben? Sie hatte die Kinder mit einem Pflichtbewusstsein aufgezogen, das an die grimmigen Gesichter der Kameraden vor der Schlacht von Crécy erinnerte. Und wenn er krank war, kümmerte sie sich wie eine gestrenge Nonne um ihn. Nie lachte sie einmal wie früher. Das Höchste war, dass sie an einem Morgen ein Liedchen auf den Lippen trug, Und selbst das kam viel zu selten vor.

Er hob den Deckel an. Schwer war er, wegen der Eisenbänder, die die Truhe umspannten. Behutsam nahm er das Paket in roter Seide heraus. Er schloss den Truhendeckel, stellte das

Paket darauf und wickelte die rote Hülle ab. Ein Fädchen hing an einer Ecke. Er blies es fort.

Ninon, so schön wie immer. Sie war sechzehn auf diesem Bild. Die weiße Haut, die klare Linie des Kinns und der Wangen, die weichen Wimpern – es machte ihn glücklich, sie zu sehen. Ihr richtiger Name war Anne, aber Ninon machte sie einzigartig, niemand außer ihm nannte sie so.

Das Bild tröstete ihn. Na, kleine Comtesse?, sagte er in Gedanken. Und sie schien es mit einem Lächeln zu beantworten. Ihre Locken waren vom flandrischen Künstler so fein erfasst, dass sogar Lichtfunken darauf glänzten. Die gemalten Lippen gaben auf das Genaueste ihren Mund wieder, er musste nur lange genug darauf schauen, dann hörte er ihr glockenhelles Lachen.

Er hatte das Bild dem König von Frankreich gestohlen. Dennoch gehörte es rechtmäßig ihm. Denn würde man Ninon fragen, würde sie entscheiden, dass er das Bild erhalten sollte.

Nirgendwo sprudelte das königliche Blut so fröhlich wie im Körper der kleinen Comtesse. Kein Geschöpf auf der Erde hatte Gott so wunderbar geschaffen wie diese Frau. Ninon gehörte zu ihm. Er streckte die Hand aus und berührte mit den Fingerspitzen sanft ihr Gesicht.

Schritte vor der Tür. Dann leise Worte: »Es tut mir leid. Was immer du da drin tust, tu es nicht, ich bitte dich. Eachann, hörst du? Es tut mir leid.«

22

Es wollte einfach nicht Tag werden. Das Licht hing wie Schlamm an Häusern, Toren und Bäumen. Die fünf Türme des Münsters verbargen sich in der gelbbraunen, schlackigen Luft. Christian trank Wein, bis ihn der Verwalter im Keller erwischte. Trotzig verließ er den Hof. Da er niemanden sehen wollte, den er kannte, kam die Sterner-Trinkstube »Zum Seufzen« nicht infrage. Er machte sich auf den Weg zum »Schwarzen Rad«. Würden sie ihn hier erkennen? Vermutlich. Aber vielleicht ließen sie ihn in Ruhe.

Die Wache am Spalenturm, dem Tor zur Spalenvorstadt, war verdoppelt. Auch nach der Hinrichtung schien Konrad von Bärenfels noch ein Aufbegehren des Volkes zu befürchten. Die vier Torwächter nickten Christian zu, einer murmelte: »Seid gegrüßt, Herr Münch.« Christian würdigte sie keines Blickes, stattdessen strengte er sich an, geradeaus zu gehen. Das war schwer genug, betrunken, wie er war. Vermutlich lasen sie es ihm bereits am Gesicht ab und sprachen hinter seinem Rücken über die gerötete Nase und die glühenden Wangen, aber torkeln wollte er auf keinen Fall.

Er blieb nach dem Tordurchgang stehen. Rechter Hand hinter dem Frauenkloster Gnadenthal lag der verwüstete jüdische Friedhof. Kindergeschrei scholl von dort herüber. Offenbar war der geschändete Totenacker zum Spielplatz geworden. Zur Linken des Turmes hing an einer rußigen Hauswand das große Wagenrad, Kennzeichen des Gasthauses zum »Schwarzen Rad«. Er wendete sich dorthin.

Als er die Tür aufdrücken wollte, zuckte er zurück. Das Holz der Tür war schmierig. Er roch an seinen Fingern. Sie stanken nach Bier und Erbrochenem. Ärgerlich wischte er sie an den Beinlingen ab und stieß die Tür mit dem Fuß auf. Es kostete viel Kraft, als die Tür sich aber öffnete, ging es plötzlich leicht, und er verlor das Gleichgewicht. Ungeschickt stolperte er in die Trinkstube.

Die Sterner hätten ihn mit Gelächter empfangen. Hier hoben die Gäste nur kurz den Kopf. Christian suchte sich eine Ecke, in der niemand saß, ließ sich nieder und besah misstrauisch die anderen Gäste. Boten, Hirten und Handwerksgesellen verprassten hier ihre Beute. Was hatten sie geredet, bevor er eintrat? Womöglich hatten sie gerade auf einen wie ihn gewartet, um ihre Wut an ihm auszulassen.

Als der Wirt in seine Richtung sah, gab Christian ihm durch ein Handzeichen zu verstehen, dass er sich nähern möge. Kaum hatte er ihn erreicht, flüsterte er ihm ins Ohr: »Gebt mir Wein, aber unverdünnten, den besten, den Ihr habt. Es soll Euer Schaden nicht sein.«

Der Wirt wischte sich das Ohr ab. Eine Unverschämtheit, als habe ihn Christian angespuckt! Und selbst wenn – wusste der nicht, was sich gehörte? Stumm nickte der Wirt und ging.

Niemand griff ihn an. Sie beachteten ihn nicht einmal. Seltsamerweise wurde nicht gewürfelt wie bei den jungen Rittern. Die Trinkstubengäste schienen müde zu sein, am Morgen schon müde, warum saßen sie überhaupt hier und waren nicht am Arbeiten?

Der Wirt brachte den Wein. Christian hielt ihn am Ärmel fest und ließ ihn nicht gehen, bis er einen Schluck gekostet hatte. Der Wein war sauer, aber tatsächlich unverdünnt. »In Ordnung«, sagte Christian.

»Das sind sechs Pfennige für den Krug.« Der Wirt sprach es wie eine Warnung aus.

Christian nickte. »Bringt schon mal den nächsten.«

Als der Wirt sich umgewendet hatte, murmelte er »für dich, Saphira« und setzte den Krug an die Lippen. Er leerte ihn mit großen Schlucken. Das Gefühl wich nicht, immer noch kreisten Schwalben in seinem Bauch. Seitdem er am Morgen Saphira mit Tam fortreiten gesehen hatte, ging es ihm miserabel. Sie war weg und es war gut so, er wusste es, sie würde glücklicher sein mit Tam. Trotzdem kreisten die Schwalben in seinem Bauch, er war aufgeregt wie kurz vor einem Kuss und zugleich traurig und bedrückt. Wie nah Trauer und Glück beieinanderlagen!

Der Wirt kam mit dem nächsten Krug und nahm den leeren vom Tisch. Christian trank. Wenn er jetzt den Blick über die Trinkstube schweifen ließ, formten die Flammen der Talglichter Schlieren und ihn schwindelte. Es dauerte eine Weile, bis sich das Bild geradegerückt hatte, das sich seinen Augen bot. Er fühlte sich schrecklich allein. Was nützte ihm die ganze Stadt voller Menschen, wenn Tam und Saphira fort waren? Niemand zum Lieben. Niemand zum Schachspielen. Niemand zum Streiten und Lachen. Niemand zum Küssen. Oh, wie zart waren Saphiras Lippen gewesen!

Die Tür sprang auf, ein junger Kerl brach in die Trinkstube ein und brüllte: »Die Pest ist ausgebrochen! Hier in Basel!«

Ein Störenfried war das, nichts weiter. Der Wachtmeister und seine zwölf Stadtknechte würden ihn packen und einkerkern. Sie waren nicht beliebt, man nannte sie die »Jagdhunde des Henkers«, aber sie tauchten immer dort auf, wo es Ärger gab und sorgten für Ruhe. »Die Stadtknechte!«, rief Christian.

»Was macht ihr überhauptallehier, ßu so früher Stunne?« Er erhob sich. Der Raum schwankte vor seinen Augen.

Die Zecher stürzten zu dem jungen Kerl hin und ließen ihn berichten. Was er so schnell vor sich hin sprudelte, bekam Christian nicht recht mit. Er erzählte von Kranken, mehreren Kranken, soviel stand fest. »Keiner ist mehr sicher«, sagte er.

Christian setzte sich. »Unsinn.« Er musste rülpsen. Es war laut und herrlich komisch. Er lachte. Dann fiel ihm wieder ein, dass er durch seinen Auftritt vor dem Rat alles losgetreten hatte, dass er Konrad von Bärenfels auf den Leim gegangen war. Wie ein Vogel hatte er an der Leimrute gezappelt. Seinetwegen hatten sie die drei Ritter verbannt. Seinetwegen war daraufhin der Aufstand losgebrochen und man hatte die Juden verklagt. Die Pest war ausgebrochen? »Unsinn«, sagte er und musste noch einmal rülpsen. »Nich so hastig trinken.« Er gab sich selbst einen leichten Schlag auf den Hinterkopf. »Chrissian. Sei vernüffig.«

Der junge Kerl war gegangen. Er hatte ihn gar nicht gehen gesehen. Aber es kamen immer mehr Gäste in die Trinkstube.

Christian legte den Kopf auf den Tisch und schlief ein wenig. Es war sehr gemütlich hier. Er würde öfter in das »Schwarze Rad« gehen.

Als er wieder erwachte, sangen die Gäste: »Wir leben nicht mehr lang, wir leben nicht mehr lang!« Sie schwenkten dazu fröhlich die Trinkbecher hin und her. Jemand erfand eine neue Strophe, und alle fielen ein: »Uns holt ja doch die Pest, uns holt ja doch die Pest!« Sie grölten es laut.

Christian murmelte: »Schwachsn. Alles Schwachsn.« Er legte wieder den Kopf auf den Tisch. Saphira fehlte ihm. Wo war sie? Warum konnte sie sich jetzt nicht über ihn beugen und ihn küssen? Er sah hoch. War er vielleicht mit ihr verabredet? Natürlich, er war mit ihr verabredet! Beinahe hätte er es verpasst. Er trank rasch den Krug leer, der vor ihm stand, griff dann in seine Geldkatze und legte einen Haufen Silberpfennige daneben.

Auf dem Weg nach draußen musste er sich an fremden Rücken abstützen und an der Wand. Hoffentlich sah Saphira nicht, dass er getrunken hatte. »Sie liebt mich«, sagte er. Er drehte sich im Türrahmen zu den Gästen der Trinkstube um und schlug sich auf die Brust. »Sie liebt mich!«

»Ist ja gut«, rief jemand. »Geh endlich, du Saufkopf!«

»Sie liebt mich.« Er stolperte nach draußen.

Verflucht. Sein Atem ging zitternd, er biss sich auf die Lippen, um nicht zu schreien. Da schwebte ein Dämon vorüber! Das Höllenwesen reckte einen langen gebogenen Schnabel in die Welt, als schnüffele es nach Menschengeruch auf der Suche nach einem Opfer. Christian drückte sich an die Wand. Ihm wurde kalt vor Angst. Das Höllenwesen sandte scharfe Blicke aus seinen Schlitzaugen. Die Klauen waren von Warzen übersät. Den ekelerregenden Schlangenkörper bedeckte eine schwarze Robe.

Vor Entsetzen nässte sich Christian ein, als er das gekrümmte Messer im Gürtel des Dämons bemerkte. Daneben hing ein Wacholderzweig. Hatte er damit sein Opfer geschlagen? Oder ihm die Augen ausgepeitscht?

Der Dämon schwebte am Stadttor vorüber. Würde er die Wachen mit einer Handbewegung zu Boden schleudern? Sie ließen ihn unbehelligt, entboten ihm sogar einen ehrfürchtigen Gruß. Wie ging das an? Waren etwa … Kamen die Wachposten ebenfalls aus der Hölle? Hatten sie nur Menschengestalt angenommen?

Und wohin war der Dämon unterwegs? Er verschwand in der Gasse zwischen dem Frauenkloster und der Stadtmauer. Natürlich! Der Judenfriedhof! Er würde schrecklich Gericht halten über die Kinder, die es wagten, auf dem Totenacker zu spielen. Wie von einem Zwang beherrscht, folgte Christian dem Teufelsdiener. Das Grauen hatte ihn gepackt und wollte ihn nicht wieder loslassen. Er musste zusehen.

Aber das Höllenwesen beachtete die Kinder nicht, die da zwischen den umgestürzten Grabsteinen herumtollten. Es schwebte weiter entlang der Stadtmauer. War es zum Kirchentürlein von Sankt Peter unterwegs, würde es dort in die Stadt eindringen und im verwunschenen Totengässlein sein Unwesen treiben? Es drehte den Schnabelkopf. Sah es ihn aus dem Augenwinkel an? Lachte es hämisch?

Kurz vor dem Kirchentürlein bog es nach links ein und betrat ein Haus. Es klopfte nicht an, es trat einfach ein. Wenig später kam es wieder heraus. Vom gebogenen Messer im Gürtel tropfte frisches Blut. Christian zog vor Angst den Kopf zwischen die Schultern.

Alles in ihm befahl: Fliehe! Fliehe! Aber er folgte dem Dämon, als sei er einem dunklen Bann verfallen. Er musste das Unglück anschauen, musste hinsehen und leiden, die Finsternis hatte ihn gepackt mit ihrer kalten Krallenhand. Der Dämon schlug einen Bogen zurück zur Spalenvorstadt. Wo sich ihre Ausläufer mit denen der Steinenvorstadt trafen, ganz in der Nähe des Henkerhauses, betrat er eine Hütte. Schmerzensschreie drangen nach draußen, dann nur noch ein schwaches Wimmern. Der Dämon verließ das Haus. Starr war sein Gesicht, unerbittlich die spitze Schnabelschnauze.

An ein Hoftor malte er mit einem Kohlenstück ein schwarzes

Kreuz. Er ließ Kunos Tor hinter sich, und Christian beobachtete mit Grausen, wie er sein blutiges Messer am Straßenrand im Schnee säuberte. Würde er nun zur Hölle zurückkehren, nachdem das Todeswerk getan war? Er bog zur Pforte des Sankt-Alban-Klosters ein. Ein gefallener Engel suchte ein Kloster auf? Welche Gräuel wurden bei den Benediktinern ausgeheckt, dass der Herr das zuließ? Man hieß den Dämon freundlich einzutreten. Die Pforte schloss sich hinter dem bösen Wesen.

Sahen sie ihn nicht, wie er ihn sah? Vielleicht täuschte er die Mönche durch einen Zauber? Christian hastete hinterdrein und klopfte an.

Der Pförtner öffnete.

»Habt Ihrs nich gesehn?«, fragte Christian.

Der Pförtner musterte ihn. Sein Gesicht verfinsterte sich. »In diesem Zustand wagt Ihr es, unser Kloster aufzusuchen? Geht, schlaft Euren Rausch aus!«

Christian schluckte. Hinter dem Pförtner tauchte der Dämon auf. Er sah verändert aus: Den Schnabel hatte er in die Hand genommen wie eine Maske. Er trug nun ein Menschengesicht. Das Gesicht des Priors Guilielmus.

Christian wollte auf ihn zeigen und den Pförtner warnen, dass dieser, der sich dort so menschlich gab, in Wahrheit ein Wesen aus der tiefsten Hölle war und dass er vielfach gemordet hatte, aber der Blick des Dämons ließ nicht zu, dass er sprach.

Der Dämon in Gestalt des Guilielmus fragte: »Seid Ihr Christian Münch, der Sohn des letzten Bürgermeisters?«

Er nickte.

»Ihr seid betrunken.«

Wieder nickte Christian. »Aber ich weiß«, sagte er, »ich weiß Bescheid, ich … Ichhaballesgesehn.«

Dem Pförtner sagte das Höllenwesen: »Bringe ihn in die Kammer des verstorbenen Bruders Bottatius. Dort soll er schlafen. Morgen kommt er mit mir und schneidet Pestbeulen auf.«

»Ehrenwerter Prior, er ist ein Säufer und ein Weiberheld. Man sagt in der Stadt, er treibe es mit jeder Frau, die sich nicht vor ihm in ihr Haus retten kann. Dieser Mann hat sich hundertfach versündigt. Ihr wünscht seine Gesellschaft?«

»Vertraue mir, Bruder Pförtner. Ich weiß es, wenn ich einen verdorbenen Menschen vor mir habe. Ich werde nicht zimperlich mit ihm sein. Der Besuch im Siechenhaus wird ihn Demut und Gehorsam lehren.«

»Vorsicht, das iss gar nich der Prior, Ihr seid verßaubert«, sagte Christian, aber da wurde er schon am Arm durch die Pforte gezerrt.

Die Wandteppiche und der grüne Ofen spiegelten sich auf den Porphyrfliesen. Im Kamin knackte Tannenholz. Harztropfen verbrannten zischend und erhellten für kurze Zeit den Raum. »Dieses braune, matte Licht da draußen«, sagte Konrad. »Dabei müsste die Sonne hoch am Himmel stehen. Man kann es dem Volk kaum verübeln, dass es abergläubisch wird.« Er biss vom Käse ab. »Köstlich!« Mit der Zungenspitze leckte er sich einen Krümel aus dem Mundwinkel. »Diesen herzhaften Bergkäse musst du probieren.«

Friedhild schüttelte den Kopf.

»Du isst zu wenig. Heutzutage muss man wohlgenährt sein. Ein dicker Bauch ist die beste Vorsorge.«

»Glaubst du etwa, Bauchspeck schützt dich vor der Pest?«

»Du nimmst das viel zu ernst. Wenn es hoch kommt, liegen

zwanzig Pestkranke im Siechenhaus. Letztes Jahr waren es die Blattern, nächstes Jahr ist es die Ruhr. Die Pest wird vorübergehen.«

Sie sah ihn an. »In Marseille sind sechzigtausend gestorben! Sechzigtausend! Du willst es nicht wahrhaben, Konrad von Bärenfels.«

»Was erwartest du von mir? Soll ich zu den Kranken hingehen und mich entschuldigen? Ich habe die Pest ja wohl nicht eingeschleppt. Das waren die Juden.«

»In der Folterkammer kriegt man zu hören, was man hören will. Für die Juden ist es nun zu spät. Aber rette Basel! Du solltest schleunigst den Stadtarzt aus dem Kerker holen. Vielleicht kann er der Sache noch Herr werden.«

»Meinst du, daran habe ich noch nicht gedacht? Ich habe längst nach ihm schicken lassen. Er ist aber nicht mehr verfügbar. Er hat sich heute Vormittag mit seinem Gürtel erwürgt.« Er winkte einen Pagen heran. »Rufe den Koch. Er soll das Hauptgericht bringen.«

Sie schwiegen. Er musste an seinen Rivalen Münch denken, dem er vorhin einen Pestkranken in die Zelle hatte bringen lassen. Auf diese Weise habe ich ihn nicht umgebracht, dachte er, ich habe nur die Voraussetzungen dafür geschaffen, dass er auf zügige Weise sterben kann. Er würde ein anständiges Begräbnis bekommen, anstatt im Kerker zu verrotten. Ging er nicht glimpflich mit seinem Rivalen um?

Friedhild sagte: »Wenigstens hat Tam die Stadt rechtzeitig …«

»Kein Wort von ihm!«, unterbrach er sie. »Er hat mich vor aller Augen gedemütigt! Er verdient es nicht länger, Sohn dieses Hauses zu sein. Ich möchte nie wieder etwas über ihn hören.« Tam war ein Fehlschlag gewesen, von Anfang an.

Der Koch trat ein. Mit dicken Topflappen hielt er eine Pfanne, in der Pilze schmorten. Hinter ihm folgte ein Küchengehilfe mit einer Schale dampfenden Hirsebreis.

»Steinpilze in zerlassener Butter?«, fragte Konrad.

Der Koch bejahte. Er setzte die Pfanne ab und löffelte Konrad und seiner Frau Pilze auf die Brotscheiben.

»Sehr gut.« Konrad drückte mit den Fingerspitzen auf seinen Leib. »Ich möchte noch ein wenig zulegen. Und sie duften ganz hervorragend.«

»Wartet einen Augenblick, Herr, damit Ihr Euch nicht den Mund verbrennt.«

»Danke. Du kannst gehen. Kümmere dich um Süßspeise zum Nachtisch, vielleicht etwas aus Eiern?«

»Sehr wohl.« Der Koch verneigte sich und verließ den Raum. Aus dem Flur strömte kalte Luft herein.

»Wir sollten ein Fell an diese Tür nageln lassen. Es zieht wie Hechtsuppe!« Er sah Friedhild an, aber sie reagierte nicht. »Was sitzt du da und verziehst keine Miene?«

»Du hast mir ja verboten zu sagen, was ich denke.«

Er rollte die Augen. »Also sage, was du denkst.«

»Tam wird schaffen, was immer er sich vorgenommen hat. Er wird diese Jüdin heiraten, und sie werden Kinder haben. Tam ist nicht aufzuhalten. Er mag schwach erscheinen, aber er ist zäher als ein Wolf.«

»Kaum ist der Bursche einen halben Tag fort, schon verblasst deine Erinnerung. Tam ist ein Schwächling. Würde mich nicht wundern, wenn er einem Straßenräuber zum Opfer fällt. Der schafft es doch nicht einmal bis Stuttgart.«

Friedhild wendete das Gesicht ab. Sie sagte voller Schmerz: »Du klingst, als würdest du es ihm wünschen!«

»Ist das nicht verständlich, nach dem, was er mir angetan hat?« Er spießte ein Stück Pilz auf die Messerspitze, blies es ein paarmal an und steckte es sich in den Mund. Der Pilz war so bitter, dass sich ihm die Zunge zusammenzog. »Pfui!« Er spie ihn auf den Boden. »Das war mit Sicherheit kein Steinpilz.« Um den stumpfen Geschmack loszuwerden, spießte er gleich drei Pilzteile auf und schob sie sich in den Mund. Wieder musste er ausspucken. »Bitter. Alle sind sie bitter.« Er brüllte: »Koch! Beweg deinen Arsch hierher, aber plötzlich!«

Der Koch erschien. Er machte ein verzweifeltes Gesicht. »Mundet es Euch nicht, Herr?«

»Sie sind alle bitter. Alle! Man will mich vergiften. Wer hat dir diese Pilze verkauft?«

»Ich habe sie selbst gesammelt, vergangenen Oktober, als mich Euer Kammerherr anflehte, preiswerter zu kochen. Es muss ein Bitterling zwischen die Steinpilze geraten sein. Bitte vergebt mir!«

»*Ein* Bitterling?« Er stand auf und stützte die Hände auf den Tisch. »Sie sind alle ungenießbar!«

Friedhild sagte kühl: »Das geschieht, wenn ein einziger Bitterling darunter gerät. Oder nur der Teil eines Bitterlings. Der Koch ist unschuldig. Lass ihn am Leben, Konrad. Heute sind genug Menschen gestorben.«

Ihm stockte der Atem. Diese Dreistigkeit! Diese unverfrorene Frechheit! Er schleuderte die Pilzpfanne zu Boden. Die Pilze spritzten über den glatten Porphyrboden. Dann ohrfeigte er seine Frau. Wieder und wieder schlug er zu. Ihre hochgesteckten Haare lösten sich auf. »Niemand redet so mit mir! Hinaus! Alle, hinaus!«

Ihm gaben sie die Schuld, selbst seine eigene Frau klagte ihn an. Er begann, im Sturmschritt auf und ab zu laufen. Was hatte er denn getan? Die Juden hatte er bestraft, nichts weiter. Wäre nicht die Pest in der Stadt, würde sich kein Mensch deswegen so aufführen. Nun aber sah das Volk in der Pest ein Gottesurteil, eine Strafe dafür, dass Basel die Juden ausgeraubt und zum Tode verurteilt hatte.

Und wenn es der Wahrheit entsprach? Seine Lüge von der Pest war zur grausigen Wirklichkeit geworden. Im Siechenhaus lagen sie mit schwarzen Beulen, und Friedhild hatte recht, es würden mehr Pestkranke werden, jeden Tag mehr. Würde es auch ihn treffen? Lag auch er eines Tages dort und sah die Leichenträger die Toten von ihren Lagern reißen und sie hinausschleppen? Wandte auch er dann das Gesicht ab, weil er den nahen Tag fürchtete, an dem er genauso hinausgetragen wurde? Der Gedanke daran ließ ihn frösteln.

Die Pest war die schwarze Königin der Krankheiten. Wer angesteckt war, tötete im Niedersinken noch die anderen Hausbewohner, indem er die giftige Luft weitergab. Und wer einen Sterbenden umarmte oder küsste, während er um ihn weinte, wurde mit jedem Wort aus dem Mund des Kranken vergiftet.

»Bin ich es?«, sagte er. »Suchst du Basel wegen mir heim, Gott? Ich versuche doch nur die Stadt zu retten! Das kannst du mir nicht zur Last legen. Ich bin ein guter Ritter, ich spende dem Waisenheim, speise die Bettler und fälle gerechte Urteile. Die Juden hatten sich an uns bereichert!«

Er hatte das Gefühl, dass die Klage an seinen Lippen zerstäubte. Er drang nicht zu Gott vor. Erst musste er ihn um Vergebung bitten. »Verzeih mir, Herr, dass ich meine Frau geschlagen habe«, sagte er, »und dass ich die Juden ins Unglück gestürzt habe. Rechne mir diese Schuld nicht zu.«

Es war wichtig, dass er sich der Unterstützung Gottes versicherte. Gott musste sich doch irgendwie besänftigen lassen. Gold!, schoss es ihm durch den Kopf. Er will seinen Anteil vom Gold der Juden haben!

Natürlich. Wie hatte er das vernachlässigen können? Gott liebt den fleißigen Geber, dachte er. Ich werde ihm meine Treue beweisen.

23

Sie jagten an einer endlosen Schneelandschaft vorüber. Bäumen, die mit weiß beladenen Ästen bis an die Straße heranreichten. Zugefrorenen Seen. Eingeschneiten Dörfern auf den Hügelkuppen. Der Pferdeleib unter Saphiras Schenkeln war nassgeschwitzt. Er wärmte sie. Das Tier keuchte mit jedem Schritt, es musste anstrengend sein, sie beide zu tragen, sie alle drei zu tragen.

Saphira hielt Tams Leib umklammert, ihr eigener Bauch war hart. Sie schloss die Augen. Was war dies alles? Ein Albtraum? Sie sah wieder den Henker mit diesem fürchterlichen Kapuzenkopf vor sich, wie er ihr ein Tuch zusteckte und befahl, sie solle es sich vor den Mund halten und sich links von der Tür auf den Boden legen, womöglich könne man sie retten. Die Verwandten und Freunde, die weinten und schrien und erstickten, deren Haare brannten und die im Sterben gar nicht mehr nach Menschen aussahen. Diese Stimmen! Das Ächzen und Husten und Wimmern der Gekrümmten ging ihr nicht aus dem Kopf.

Sie riss die Augen auf. Besser war's, in die winterliche Gegend zu schauen, als an den Tod zu denken. Ihre Oberschenkel schmerzten. Hinter der Stirn pochte es vom anstrengenden Ritt. Sie sagte: »Tam, können wir bald rasten?«

Er zügelte das Pferd und ließ es in einen gemächlichen Schritt fallen. »Wir müssen. Sonst bringt uns der Gaul nicht mehr weit. Wenn er uns mitten im Nirgendwo verendet, wird es eine unangenehme Wanderung bei dieser Kälte.«

»Du hast doch sicher Geld mitgenommen. Warum kaufen wir in Kolmar kein neues Pferd?«

»Viel war nicht zu finden in Vaters Haus. Wir müssen gut haushalten. Ein Pferd ist teuer! Und Kolmar kommt für uns überhaupt nicht infrage. Vater versucht sicher, uns dort abzufangen. Kolmar gehört zum Münzbund mit Basel, Freiburg, Breisach und dem österreichischen Landvogt, sie kaufen gemeinsam Silber ein. Vater hat beste Kontakte in die Reichsstadt.«

»Aber wo sollen wir dann die Nacht verbringen? Der Ritt ist beschwerlich genug. Eine Nacht bei dieser Kälte im Freien? Ich trage ein Kind im Bauch und bin müde, Tam, sehr müde.«

»Es gibt das Gasthaus ›Zum Rossnagel‹ ein gutes Stück vor Kolmar. Kaufleute und Edelmänner meiden es. Dort wird man uns nicht vermuten. Es kann nicht mehr weit sein. Hältst du es noch ein wenig aus?«

»Ich denke schon.« Das Kind hatte Schluckauf. Immer wieder spürte Saphira im Bauch sein Aufstoßen. Es war aufgeregt. Hatte es die Schreie der Sterbenden gehört? Wie konnte sie das kleine Geschöpf beruhigen? Wenn es geboren war, konnte sie es dann ausreichend versorgen ohne ein Haus, eine Küche, eine Schlafkammer und Geld, um Kleidung zu kaufen?

Selbst wenn all das vorhanden wäre, konnte denn sie, Saphira, ein Kind überhaupt aufziehen? Ihre Mutter war im Kindbett gestorben. Eine Tante, die immer Hass gegen sie gehegt hatte, hatte ihr davon erzählt: Sie habe ihre eigene Mutter umgebracht, als Säugling habe sie sich mit dem Kopf bei der Geburt verklemmt und die Hebamme habe die Mutter nicht retten können.

Sie war ohne Mutter aufgewachsen. Wusste sie denn überhaupt, wie man sich zu verhalten hatte als Mutter? Wer erklärte ihr, wie man ein Kind aufzog?

Und was, wenn sie während der Geburt oder im Kindbett starb? Was sollte dann aus ihrem Kind werden? Tam konnte es sicher nicht aufziehen. Es würde allein sein auf dieser Welt. Der Großvater war tot, die Mutter war tot und der Vater ein Frauenheld und Trinker in Basel.

»Du bist so still«, sagte Tam. »Worüber denkst du nach?«

»Nichts.« Sie wusste, es würde ihn zutiefst verletzen, wenn sie die Wahrheit sagte. »Ich frage mich«, log sie, »wenn keine Händler und keine Edelleute in diesem ›Rossnagel‹ absteigen, wovon lebt der Wirt dann, und warum muss er das Gasthaus nicht schließen?«

»Es gibt genug Gesinde, das sich ein anständiges Gasthaus nicht leisten kann. Irgendwer wird schon hingehen. Ich weiß es doch auch nicht! Man hat mich nur immer wieder vor dieser Absteige gewarnt.«

Er lenkte das Pferd auf einen schmalen Pfad. Hufe und Stiefel hatten hier den Schnee festgetreten. Die Bäume standen dicht. Häufig stieß Saphira mit dem Ellenbogen oder der Schulter an einen tiefhängenden Ast, und Schnee rieselte auf sie herab. Als sie schließlich ein breites Dach erblickte und einen Schornstein, aus dem Rauch quoll, waren Nacken und Haar nass vom Schnee. Die Aussicht auf eine beheizte Stube ließ sie seufzen. »Also, mir gefällt es«, sagte sie. Alles, was einen Kamin besaß, war ihr willkommen.

»Warte ab.« Tam schwang das Bein über den Hals des Pferdes und sprang hinunter, dann reichte er ihr die Hand.

Sie stützte sich darauf und glitt vorsichtig aus dem Sattel. Das Stehen fühlte sich merkwürdig an. Es war, als könne sie beim besten Willen die Beine nicht zusammenbringen. Das Gesäß schmerzte, und die Oberschenkel waren angeschwollen. So oft hatte sie davon geträumt zu reiten! Jetzt aber, wo sie einen ganzen Tag gezwungen gewesen war, im Sattel zu sitzen, sehnte sie sich nach der gemütlichen Bank in der Küche zu Hause.

Sie sah, dass Tam vor dem Eingang seinen Schwertgurt zurechtrückte und die Klinge um einen Fingerbreit herauszog, als wollte er prüfen, ob sie leicht und rasch herausfuhr. »Übertreibe nicht«, sagte sie. »Nur weil jemand arm ist, ist er noch lange kein Räuber.«

Er bedachte sie mit einem mitleidigen Blick und öffnete. Die Stube war dunkel, fünf billige, rußende Talglampen flackerten im Raum verteilt. Nachdem Tam die Tür hinter ihnen geschlossen hatte, blieb Saphira erst einmal stehen und wartete darauf, dass ihre Augen sich an die Düsternis gewöhnten.

Da saß ein Dienstbote in zerschlissener Schecke, an der zwei Knöpfe fehlten, und goss sich aus einem Krug Bier ein. Ein junger Mann hatte sich auf ein Buch gesetzt und sah misstrauisch zu ihnen herüber, bemüht, seinen Schatz mit dem hinabhängenden Hemd zu verbergen. Bergleute und Handwerker teilten Fladenbrot und Käse und wischten sich Bierschaum mit den Ärmeln vom Mund. Ein alter Hirte lag im Vollrausch vornüber. Mit ihren Messern, die sie über dem Talglicht zum Glühen brachten, brannten ihm zwei Gauner Löcher in die Fellweste.

Feiste Weiber hatten die Bänder über ihrem Busen gelöst. Sie lachten mit ihren Trinkgenossen. Saphira beobachtete, wie eine von ihnen ihren Becher unter den Tisch leerte. Warum tat sie das? Die Pfütze verbreiterte sich bis hin zu einem Flecken, der aussah wie Erbrochenes vom Vortag.

»Komm«, sagte Tam und zog sie herunter. Er saß offenbar schon eine ganze Weile auf der Bank neben der Tür. »Es ist nicht ratsam, sie so anzugaffen.«

Ein kleines Männlein mit poliertem Glatzkopf huschte zwischen den Stühlen und Tischen hindurch und verneigte sich vor Tam und ihr. »Welche Ehre, dass die Herrschaften mein bescheidenes Haus aufsuchen! Glücklicherweise habe ich gerade heute frisches Wildbret gekauft. Als hätte ich Euer Kommen geahnt. Es ist genau die richtige Speise für Euch, nicht wahr? Einen Burgunder dazu? Aus der Glasflasche, versteht sich.«

»Gern«, sagte Saphira. Als das Männlein sich erneut verneigt hatte und davoneilte, bemerkte sie Tams erbosten Blick von der Seite. »Was ist?«

»Er will uns ausnehmen!«

»Wie willst du das wissen? Immer verdächtigst du Ärmere und hältst sie für dumm oder falsch.«

Tam schwieg darauf. Er sah sie nicht an.

Das Männlein brachte eine Flasche von grünem Glas und zwei Holzbecher. Tam sagte: »Wir haben es uns anders überlegt. Wir sind doch mit Bier und Brot und Käse zufrieden.«

Der Wirt machte ein Gesicht, als habe man ihm einen Dolch an den Hals gesetzt. »Das ist nicht Euer Ernst, Herr! Jetzt habe ich die besten Stücke des Rehs im Topf, was soll ich denn mit ihnen anfangen, wenn Ihr sie nicht esst? Und der Wein ist wirklich fabelhaft, probiert ihn wenigstens!« Er goss beide Becher bis zur Hälfte voll. »Ich bitte Euch, kostet.«

Sie tranken. Der Wein war erbärmlich. Tam brummte: »Dann bringt uns eben das leidige Reh.«

Kaum war der Wirt wieder gegangen, tippte er gegen die Flasche. »Der Wein stammt nie und nimmer aus dieser Flasche. Und er ist gestreckt. Wenigstens hätte er das Wasser dafür nicht aus einer Stallpfütze nehmen müssen.«

»Tam, bereust du es, mich gerettet zu haben?«, fragte sie.

»Du hast viel aufgegeben. Alles hast du hinter dir gelassen. Bist du deshalb missgelaunt? Ich könnte es verstehen.«

»Unsinn.« Er blickte weiter verdrießlich auf die Weinflasche. Dann sah er Saphira an. »Und bitte sage nicht, dass ich dich gerettet habe. Noch ist alles offen. Wir haben zu wenig Geld für eine sichere Flucht. Vater hat einflussreiche Freunde. Was, wenn ich dich und das Kind nicht durchbringe?«

Sie griff nach seiner Hand. Sie war kalt. »Dann hast du es wenigstens versucht. Wir leben oder sterben – es liegt in Adonais Hand. Du kannst dir diese Last nicht auf die eigenen Schultern laden.« Was redete sie da? Adonais Hand hatte heute sämtliche Juden Basels zerschmettert. Was hatten sich die Juden zuschulden kommen lassen, und warum wurde ausgerechnet sie gerettet? Sie war es doch, die ein uneheliches Kind von einem Christen zur Welt brachte! Welche Gerechtigkeit war das?

Andererseits: Die Hure Rahab hatte Gott auch gerettet, als er Jericho zerstörte. Seine Wahl fiel häufig auf die Schwachen.

Der Wirt brachte eine Schüssel mit dampfendem Fleisch. »Wohl bekomm's!«, sagte er und verneigte sich.

Tam zückte sein Messer und zerschnitt das Fleisch in mundgerechte Stücke. »Sieht merkwürdig aus. Das soll Reh sein?«

Sie griff in die Schüssel und steckte sich einen Batzen Fleisch in den Mund. Er war heiß, unglaublich heiß. Den Mund zu einer Höhle geformt, hechelte sie um Luft. Eilig bewegte sie das Fleisch mit der Zunge umher. Wo es liegen blieb, brannte es und zwang sie, es zur anderen Seite zu schieben. Endlich konnte sie es schlucken. »Es ist zart«, sagte sie und sog Luft ein, um den verbrannten Gaumen zu kühlen.

Tam kaute. »Das ist vielleicht Katze oder Hund. Reh ist es nicht.«

»Wenn du es nicht willst – ich esse es. Ich habe Hunger.«

Ein Weib mit wogendem Busen setzte sich neben sie auf die Bank und schob Saphira mit ihrem Hintern zu Tam hinüber, um sich Platz zu schaffen. »Schwanger, he?«

Was wollte die?

»Kann schiefgehen. Der Müllerin in unserem Dorf mussten sie den Bauch aufschneiden. Sie war nicht mehr zu retten. Das Kind hat gelebt, bis vor ein paar Wochen. Hat den Winter nicht überstanden. Es war zu schwach.«

Ihr wurde übel. »Mein Kind wird überleben. Es wird nicht schwach sein.«

»Ich wünsch es dir von Herzen, Kleines. Muss nicht am Kind liegen. Vielleicht hast du einen starken Kerl da in deinem Bauch, aber wenn er bei der Geburt die Nabelschnur um den Hals hat? Es geht schneller daneben, als man eine Träne vergießen kann.«

Tam stand auf. Er hielt das fetttriefende Messer in der Hand. »Noch ein Wort, und ...«

»Und was?« Sie zeigte auf das Messer. »Dann kriege ich das da zu spüren? Setz dich besser wieder hin. Ich weiß genauso gut wie du, dass ihr euch kein Aufsehen leisten könnt.«

Was sagte sie da? Saphira stockte der Atem. War das eine von Konrads Spioninnen?

Das Weib hob eine Braue. »Was schaut ihr so verdattert? Ein Edelmann würde seine schwangere Frau niemals in den ›Rossnagel‹ schleppen. Also ist die Sache klar: Ihr seid unverheiratet, und damit nicht auffällt, dass er dich geschwängert hat, habt ihr euch dünnegemacht. Wo bringt er dich hin? Zu entfernten Verwandten?«

Für ein uneheliches Kind kam man nicht auf den Scheiterhaufen. Besser, die Amazone glaubte an diese Geschichte. So kam sie der Wahrheit nicht auf die Spur. Saphira nickte. »Wirst du uns verraten?«

»Ich denke nicht daran. Ich stamme doch aus ähnlichen Verhältnissen. Lasst es euch gut gehen. Im ›Rossnagel‹ seid ihr sicher.« Sie erhob sich. »Und wenn ihr jemanden braucht, der euch etwas heranschafft, Tücher, eine Schüssel, eine verschwiegene Hebamme, sagt es mir.«

Tücher. Eine Schüssel. In Saphiras Bauch breitete sich ein flaues Angstgefühl aus. Brachte die »verschwiegene Hebamme« Messer mit? Sie würde die Gruselgeschichten bis zur Geburt nicht vergessen können.

Christian schlug die Augen auf. Wo war er? Es war dunkel. Er tastete unter sich. Ein knisternder Strohsack, daneben kalter Steinboden. Was war geschehen? Er hob den Kopf. Ihm war, als schlüge ein riesenhafter Klöppel eine Bronzeglocke an. Die Glocke war sein Kopf. Er ächzte. Diese Schmerzen, die Übelkeit! Er musste viel getrunken haben. Hatte er sich in einem Gasthaus einquartiert? Verdammt kalt war es hier. Er hatte Gänsehaut an den Armen. Warum war er nicht nach Hause gegangen? Dort taten ihm die Mägde einen heißen Stein ins Bett, bevor er sich zur Ruhe legte. Man hatte ihm nicht einmal eine Decke gegeben. Morgen würde er sich weigern, den vollen Preis zu bezahlen bei dieser schlechten Behandlung. Er rieb sich die Oberarme, um sich zu wärmen.

Stimmen drangen von draußen durch die Tür. Plötzlich öffnete sie sich. Nahmen die Frechheiten denn kein Ende? Störte man ihn jetzt auch noch mitten in der Nacht? Das Talglicht beschien ein Gesicht, das ihm aus irgendeinem Grund Furcht einjagte. War das Guilielmus, der Prior von Sankt Alban?

»Hier, esst das«, sagte der Benediktiner und hielt ihm einen aufgeschnittenen Brotfladen hin, in dem ein Salzhering hing. »Vor Sonnenaufgang gehen wir morgen zu den Pestkranken. Da sollt Ihr mir nicht mit Kopfschmerzen kommen.«

»Was wollt Ihr von mir?« Jedes Wort dröhnte durch seinen Schädel.

»Eure Seele retten.« Der Prior sagte das mit einer Selbstverständlichkeit, als sei's ein Alltagsgeschäft.

Da fiel es Christian wieder ein. Die Maske! Er hatte diesen Mann verfolgt und bei Dutzenden Morden beobachtet. Er stützte sich auf die Ellenbogen. Schwindel ergriff ihn. »Ihr seid mit dieser Dämonenmaske in Häuser eingedrungen und habt Menschen umgebracht!«

»Die Maske hat nichts mit Dämonen zu tun. Sie schützt mich. Und ich habe niemanden umgebracht. Einige waren schon tot, die habe ich inzwischen abholen lassen. Den anderen habe ich die Pestbeulen aufgeschnitten, um ihnen ihr Los ein wenig zu erleichtern.«

Also hatte der Prior nur Krankenbesuche gemacht?

»Was starrt Ihr so? Esst! Ich bringe Euch noch Wasser. Erst möchte ich aber sichergehen, dass Ihr den Fisch verspeist.«

War er vergiftet? Warum drängte der Benediktiner so sehr darauf, dass er ihn aß?

»Ich töte niemanden. Habt Ihr nicht verstanden? Die Pest hat sich in Basel eingeschlichen und unser Bischof weilt im warmen Italien, während der Rat der Stadt es vorzieht, so zu tun, als sei der Schwarze Tod eine Art Frühjahrshusten.«

»Ihr hingegen nehmt die Pest ernst, ja? Indem Ihr glaubt, Ihr könnt sie mit einer Maske erschrecken?«

Der Prior seufzte. »Ich habe keine Zeit, Euch das jetzt zu erklären. Jeden Augenblick klingelt das Glöckchen zum Nachtoffizium.«

Christian biss vorsichtig ab. Der Fisch war nicht bitter, aber das viele Salz zog ihm den Gaumen zusammen.

»Wenn ich mir Euren zweifelnden Blick anschaue …« Guilielmus schüttelte den Kopf. »Also gut, in aller Kürze. Krankmachende Ausdünstungen steigen von Land und Meer in die Luft. Sie erhitzen sich. Als verdorbene Winde werden sie wieder auf die Erde geschickt. Wer diese Luft einatmet, steckt sich an, und durch das Ausatmen überträgt er die Pest an Familienmitglieder und die Nachbarschaft.«

»Die Dämonenmaske mit dem langen Schnabel habt Ihr fein ausgelassen.«

»Sie bewahrt mich davor, den Kranken zu nahe zu kommen.«

Ein silberner, heller Glockenklang schallte durch die Nacht. Der Prior erhob sich. »Findet Ihr das Brunnenhaus? Ihr müsst Euch selbst Wasser schöpfen, ich kann die Vigiliae nicht verspätet beginnen lassen.«

»Warum wollt Ihr mich zu den Pestkranken mitnehmen?«

»Ihr seid mir heute den ganzen Tag hinterhergewankt. Ein gesunder junger Ritter, der sich zugrunde trinkt. Warum ich Euch mitnehme? Weil ich Euch zeigen will, wie kostbar das Leben ist.«

»Was redet Ihr da?«

»Es ist kostbar. Auch das Eure.«

Das Kind strampelte in ihrem Bauch. Saphira verzog das Gesicht. »Ruhig, Kleines«, murmelte sie. Es kam ihr vor, als habe sie keine fünf Atemzüge lang geschlafen. Sie fühlte sich gerädert, die Augen wollten ihr wieder zufallen, dennoch, sie musste dringend Wasser lassen, und die Unruhe in ihr machte das Bedürfnis nicht weniger eilig, im Gegenteil. Sie erhob sich.

Man hatte die Tischplatten von den Böcken gehoben und sie an der Wand der Schankstube aneinander gelehnt. Überall auf dem Boden lag nun Stroh, und im Stroh schnarchten die Gäste. Wie sollte sie zur Tür finden, ohne jemanden zu treten?

Sie nahm die Stiefel in die Hand und tastete sich mit bloßen Fußsohlen durch das Dunkel. Ihre Zehen stießen an eine Schulter, streiften eine fremde Hand, dann fanden sie wieder einen freien Flecken mit Stroh. Sie streckte die Arme aus, um das Gleichgewicht zu halten. Als sie endlich an der Tür angelangt war, konnte sie den Harndrang kaum noch aushalten. Keine Zeit mehr, sich zu bücken und die Stiefel überzustreifen. Sie drückte die Tür auf und hastete hinaus. Hinter einem Gebüsch hockte sie sich nieder und erleichterte sich. Die Füße drohten im kalten Schnee taub zu werden. Aber es tat wohl, den Druck loszuwerden.

Sie kehrte in das Gasthaus zurück. Die Fußsohlen fühlte sie vorerst nicht mehr, also konnte sie sich nicht wieder durch die Schlafenden tasten. Sie wartete an der Tür. Langsam begannen die Füße zu kribbeln. Es war, als bissen sie Ameisen. Da öffnete sich hinten im Raum knarrend die Tür zur Küche. Sie strengte die Augen an, aber sie konnte nichts sehen. In der Schwärze tanzten farbige Flecken. »Vorn an der Tür«, flüsterte jemand.

Ihr Herz schlug schneller. Was wollten die? Sie sollte schleunigst von der Tür verschwinden. Saphira tastete sich an der Wand entlang zur Seite. Einem Schläfer trat sie auf das Haar, aber er schnarchte weiter. Sie hörte Schritte im Stroh. Die Flüsterer näherten sich. Eilig floh sie nach hinten in den Raum, wo

Tam liegen musste. Hatte er sein Schwert bereitgelegt? Er musste sie verteidigen!

Ein Laut wie eine rasche Bewegung, dann hörte sie ein Röcheln. Die brachten jemanden um!

Eine tiefe Stimme sagte: »Macht Licht!«

Saphira erstarrte. Sie kannte diese Stimme.

»Macht Licht, habt Ihr nicht gehört?« Der Befehl Burkhardts von Ramstein schnitt durch den Raum.

Rasch ließ sich Saphira fallen. Sie tastete neben sich. Es war Tam. »Sei still«, flüsterte sie. »Rühr dich nicht!«

Überall verebbte das Schnarchen. »Was ist los?«, fragte jemand müde. Eine Frauenstimme sagte: »Ist ja gut, ich mach' ja schon. Muss erst ein Stück Zunder abtrennen.« Bei der Küchentür pickte Stahl auf Feuerstein. Ein Funke spritzte. Dann brannten einige Strohhalme, und endlich ein Talglicht. Das Weib mit dem wogenden Busen, das sich gestern neben sie gesetzt hatte, hielt es in der Hand.

Saphira spähte vorsichtig über den Leib des Mannes hinweg, der neben ihr lag, und hielt gleichzeitig Tam mit ihrem Arm nieder. Der Hüne mit dem langen Haar wie Rabengefieder – das war ohne Zweifel Burkhardt von Ramstein. Streng blickte er auf den kleinen Glatzkopf, den er an der Kehle gepackt hielt. »Der Wirt höchstpersönlich. Welch nette Überraschung.«

Neben dem Wirt stand ein Gehilfe. Er hielt einen Dolch in der Hand, wagte aber offensichtlich nicht, ihn gegen Ramstein einzusetzen. Die Waffe wirkte wie Spielzeug in der Nähe des breitschultrigen Riesen.

Ramstein streckte dem Wirt die freie Hand entgegen: »Meine Geldkatze.«

Der Wirt reichte ihm den kleinen Lederbeutel. Ihm traten bereits die Augen aus dem Gesicht.

»Danke.« Nun spannten sich die Muskeln des Hünen an. Er legte den Kopf schief und beobachtete den Wirt, der an seinem Arm zappelte und versuchte die Finger zu lösen, die seine Kehle gepackt hielten.

»Was tut Ihr da?«, rief die Frau, die das Licht hielt.

Ramstein drückte zu, bis der Wirt erschlaffte. Dann erst ließ er ihn los, und der leblose Körper landete mit schauerlichem Rumpeln auf dem Boden. »Nun zu dir«, sagte er und wendete sich an den Bewaffneten.

Der machte eine wehleidige Miene. »Bitte, habt Erbarmen! Ihr seid erst mitten in der Nacht eingetroffen und hattet noch keine Zeche bezahlt. Wir wollten uns nur holen, was uns zusteht!«

»So? Ich zeige dir, was euch zusteht!« Ramstein packte das rechte Handgelenk des Mannes und bog es so um, dass sich die Dolchspitze auf ihn selbst richtete. Dann fasste er mit der anderen Hand nach und rammte dem Schreienden die Klinge in die Brust. Er stieß ihn von sich. An der Wand rutschte der Mann mit glasigem Blick hinab.

Ramstein sah sich um. Er zeigte auf zwei liegende Männer. »Du und du, ihr schafft die beiden raus und begrabt sie.«

»Der Boden ist gefroren«, wandte einer der Angesprochenen ein.

Ramstein fuhr ihn an: »Soll ich dir Beine machen?«

Die Männer sprangen auf. Ramstein ließ seinen Blick über die Gäste streifen. Langsam sank Saphira hinab, um ganz hinter dem fremden Rücken zu verschwinden. Die Gäste fingen an, sich aufgeregt zu unterhalten.

Das feiste Weib mit dem Licht ging in Saphiras Nähe in die Hocke und tat so, als würde sie im Stroh nach etwas suchen. »Ich glaube«, sagte sie leise, »du überzeugst deinen Geliebten ganz schnell, mir einen Goldgulden zu geben. Ihr wollt doch nicht auffliegen? Reden ist Silber, Schweigen ist Gold, Kleine. Ich habe genau gesehen, dass du dich vor ihm versteckst.«

24

Die Benediktiner verließen im Morgengrauen den Schlafsaal. Nie hätte Christian sich das Klosterleben so vorgestellt. Es sah gespenstisch aus. Sie strömten in einer langen Kette heraus, die schwarzen Kapuzen über die Köpfe geschlagen. Weißer Atemhauch wölkte davor, obwohl man kein Gesicht sah, selbst die Hände waren in den Ärmeln verborgen. Keiner der elf Mönche nahm die Abkürzung über den Klosterhof, sie folgten streng dem Säulengang und verschwanden einer nach dem anderen im Gebäude, das sich an die Kirche anschloss.

Da kehrte ein Mönch zurück. Er bog um die Ecken des Säulenganges, bis er Christian erreicht hatte, setzte die Kapuze ab und sagte: »Ihr seid wach?« Es war der Prior.

»Die Glocke hat mich geweckt. Aber geht ruhig erst beten.«

»Nicht nötig. Bei der Laudes war ich anwesend. Die Prim können sie ohne mich feiern.«

»Das ist bereits die zweite Messe heute?« Er hatte gemeint, sie waren gerade mit ihm erwacht.

Guilielmus lächelte. »Wie geht es Eurem Kopf?«

»Fragt nicht.«

»Wollt Ihr etwas essen?«

»Zu so früher Stunde? Es ist noch nicht mal die Sonne aufgegangen! Mein Bauch ist gar nicht wach. Ich staune, dass ich überhaupt denken kann.«

»Wie Ihr meint. Kommt, gehen wir!«

Christian folgte dem Prior aus dem Kreuzgang hinaus. Gesangsfetzen drangen aus der Kirche nach draußen. Die elf Mönche sangen mehrstimmig im Chor.

Beim Pförtner erhielt Guilielmus das gebogene Messer. »Ihr habt es gut gesäubert?«, fragte er.

Der Pförtner bejahte.

Guilielmus reichte Christian eine Vogelmaske: »Hier. Die nimmt sonst Bruder Ägidius, heute wird sie Euch beschützen.«

»Und Ägidius liegt jetzt selbst im Siechenhaus?« Christian nahm sie angewidert in die Hand. Sie bestand aus Holz und wog schwerer, als er gedacht hatte.

»Nein. Ich habe ihm gesagt, dass Ihr mich heute begleitet. Er überwacht dafür die Wärmestube.«

»Wärmestube, das klingt gut. Er war sicher dankbar.«

Guilielmus befestigte eine zweite Maske an seinem Gürtel, verabschiedete sich mit einem »Gott befohlen« vom Pförtner und stapfte hinaus in den Schnee. Er nahm die Straße nach Osten, fort von Basel.

»Wo wollt Ihr denn hin?« Christian hastete ihm nach und legte ihm die Hand auf die Schulter. »Wartet einmal! Gehen wir nicht zum Siechenhaus am Leonhardsberg?«

»Nein. Dort kümmert sich das Kollegiatsstift der Augustiner um die Kranken. Wir gehen zum Siechenhaus des städtischen Heilig-Geist-Spitals.«

»Aber das liegt eine Stunde von hier entfernt!«

»Richtig. Der beste Platz für Pestkranke, weil sie dort niemanden anstecken können. Man wusste schon, warum man das Spital mitten in die Stadt gebaut hat, das Siechenhaus aber weit außerhalb der Mauern. Hört, wenn Ihr herumsteht, werdet Ihr anfangen zu frieren. Ein straffer Marsch hingegen hält uns warm.« Damit stapfte er weiter.

Was tue ich hier eigentlich?, fragte sich Christian. Er folgte einem Benediktiner durch den Schnee. Die Sonne war noch nicht aufgegangen, und er fror. Er würde bald nasse Stiefel haben, weil er sie nicht gefettet hatte. Er brachte sich bei den Pestkranken in Lebensgefahr, Himmeldonnerwetter! Warum tat er das? Dieser Guilielmus hatte etwas an sich, das keinen Widerspruch duldete. Dabei befahl er gar nichts. Auf eine ruhige und selbstverständliche Weise liebte er. Durch Liebe machte er sich Christian gefügig.

Lange liefen sie an der Klosteranlage entlang. Über der Mauer mit ihrer Schneekrone sah man die kahlen Wipfel der Obstbäume. Dann hatten sie den Kanal neben sich. Er war zugefroren, das Mühlrad des Sägewerks steckte im Eis fest.

Jetzt im Münchhof an der Frühstückstafel zu sitzen! Die Fleischsoße mit Rosinen vom Vortag. Der warme Apfelkuchen, frisch aus dem Ofen. Später am Tag dann ein Besuch in der Trinkstube. Er könnte ein nettes Mädchen auf dem Schoß halten und ihr den Hals küssen.

Seltsamerweise fühlte es sich richtiger an, durch den unfreundlichen, dunklen Wintermorgen zu wandern. Als sei es Zeit geworden, dass er härter mit sich umsprang, dass er dem Leben ins Gesicht blickte, auch wenn das Unannehmlichkeiten mit sich brachte.

Er stutzte. Warum führte ihn der Prior diesen Weg? Sie hätten den südlicheren nehmen können, den alle benutzten. Niemand ging gern über die Gellert-Anhöhe. Bezweckte er etwas damit, dass er ihn hier entlangbrachte, zum Hochgericht, zum Galgen? Die Gegend galt als unheimlich. Man wusste nie, ob die Toten Frieden hatten oder ob sie nach einer Möglichkeit der Rache suchten. »Ich fürchte mich nicht, falls Ihr das denkt«, sagte er.

Der Prior schwieg.

Sie näherten sich dem dreieckigen Galgengerüst. Es stand schwarz vor dem sich aufhellenden Himmel wie ein Mahnzeichen. An den Querbalken der drei Galgenbäume hingen sechs Tote. Aufständische, die sich nicht auf die Judenhäuser beschränkt hatten.

Er eilte vorüber. »Was meint Ihr«, fragte er den Prior, »was sollte die Stadt tun, um der Pestilenz Herr zu werden? Ihr habt Euch gestern beschwert, dass der Rat der Stadt und der Bischof die Krankheit nicht ernst nehmen. Aber was könnten sie schon ausrichten?«

Guilielmus blickte ihn nicht an, er sah weiter geradeaus, während er redete. »Es mag grausam klingen in Euren Ohren, aber die Häuser der Kranken sollten zugemauert werden. Durch eine kleine Fensteröffnung sollte die Stadt ihnen Nahrung liefern, bis sie gestorben sind oder gesundet, auch das kommt vor.«

»Das habt Ihr aber nicht zu Ende bedacht. Was soll denn mit so einem Haus geschehen, wenn alle Insassen tot sind? Soll man es so zugemauert stehen lassen, mitten in der Stadt?«

»Natürlich nicht. Ich sage, man reißt in diesem Fall die Mauer ein und lässt Türen und Fenster zehn Tage offen stehen. Währenddessen führt man in allen Räumen Räucherungen durch. Kleider und Wäsche der Verstorbenen sollten verbrannt werden.«

»Seltsame Ansichten habt Ihr.«

»Der Rat der Stadt sollte in diesen Zeiten jegliche Ansammlungen verbieten. Keine Feste, keine Gottesdienste darf es geben.«

»Das sagt Ihr, ein Benediktiner? Niemand legt so viel Wert auf den Gottesdienst wie Euer Orden!«

»Meint Ihr, es genügt, was auf der Straße geredet wird? Dass man abends ein Feuer im Hause anzündet und Rosmarin, Ambra, Pistazienharz und Schwefel darin verbrennt? Oder glaubt Ihr, man kann sich schützen, indem man sich viel an stinkenden Orten aufhält, dort, wo über Kot und Abfällen die Fliegen kreisen? Das Volk denkt, wenn es die schlechten Düfte einatmet, schützt es sich vor den Dämpfen der Pest. Und sie sterben! Sie sterben!«

»So viele können es nicht sein.«

»Der Rat will, dass Ihr so denkt. Was meint Ihr, warum er verboten hat, die Sterbeglocken zu läuten? Weil sie den ganzen Tag in Basel erklingen würden!«

Christian runzelte die Stirn. Stimmte das?

Sie schwiegen. Es kam kein Wort gegen die drückende Last des Gesagten an.

Als sie endlich die Birsbrücke erreichten und Sankt Jakob und das Siechenhaus, waren Christians Füße steif vor Kälte, er hatte Schnee in den Stiefeln, und die Lippen waren vom scharfen Eiswind aufgesprungen. Er drängte am Prior vorbei ins Haus, um sich aufzuwärmen.

Sofort roch er es. Den Eiter. Den Tod.

Er hörte Stöhnen aus vielen Kehlen. Vorsichtig spähte er in einen der Räume. Die Sterbenden lagen auf Strohsäcken am Boden, verrenkt, angefault, stinkend. Keinen Schritt würde er dort hinein setzen. Er würde die Zeit irgendwie herumbringen, die der Prior zur Krankenpflege brauchte, und dann wieder von hier verschwinden.

Unauffällig kehrte er zum Prior zurück, der sich mit einem Pfleger unterhielt. Er zog die Stiefel aus, klopfte sie gegen die Wand, bis der Schnee herausfiel. Guilielmus nannte den Pfleger

»Birsmeister«. Am besten, er verwickelte diesen Mann in ein Gespräch. Das konnte er doch. Er war ja nicht auf den Kopf gefallen. »Sagt, Birsmeister, wovon bezahlt das Spital all dies? Es ist ja eine städtische Einrichtung und wird nicht von einem Orden unterhalten, richtig?« Hörte man, dass seine Stimme zitterte?

»So ist es, junger Edelmann, wir sind eine Einrichtung der Stadt.«

»Wo kommt dann das nötige Geld her?«

Der Birsmeister legte die Finger in der Luft zusammen. Seine Augen leuchteten. »Nun«, begann er.

Jeder redet gern über seine Arbeit, dachte Christian erleichtert. Er hatte ihn für einige Zeit am Haken.

»Zum einen verfügt das Spital über Land«, sagte der Pfleger, »und verkauft davon das Erntegetreide, den Wein und Obst und Gemüse auf dem Markt. Zum anderen gibt es die Stiftungen, für die täglich unsere Bitter und Klingler durch die Stadt gehen, um zu sammeln. Und schließlich werden in dieses Haus nur Basler Bürger aufgenommen, die eine entsprechende Gebühr entrichtet haben.«

»Und wenn sich jemand das nicht leisten kann?«

»Für die Armen sind immer noch die Orden da.«

»Das Siechenhaus der Augustiner?«

Der Prior packte ihn am Arm und zog ihn mit. »Ihr seid nicht zum Plaudern hier. Kommt.« Er stieß ihn förmlich in einen der Räume. »Setzt Eure Maske auf. Gebt ihnen zu trinken. Der Krug steht dort, die Becher findet Ihr an den Bettlagern.« Damit ließ er ihn allein.

Christian fingerte hastig an seinem Gürtel und ergriff die Maske. Er schob sie sich über den Kopf. Das sollte helfen? Atmeten diese verkrümmten Kranken nicht längst die ganze Luft des Raumes ein und aus? Fünf Bettlager waren in der kleinen Kammer eingerichtet.

Die Pestbefallenen trugen saubere, weiße Hemden. Neben ihren Betten lagen je ein Schafspelz, Pantoffeln und eine Wollmütze säuberlich aufgereiht. Aber sie brauchten diese weltlichen Dinge nicht mehr. Sie waren dabei zu sterben.

Er nahm mit spitzen Fingern einen Becher auf und füllte ihn mit Wasser. Langsam kniete er sich nieder, vielleicht schlief der Kranke ja, vielleicht wollte er nicht aufwachen. Aber der Kranke öffnete die Augen zu schmalen Schlitzen, und Christian führte ihm den Becher zum Mund, flößte ihm kleine Schlucke Wasser ein. Er sah auf die schwarzen Beulen am Hals des Mannes. Er sah auf dessen Hände, schwarz und abgestorben. Die Lippen waren blau, die Gesichtshaut war dunkel verfärbt. Ein Zittern lief über den Kranken, er verschluckte sich.

Da fasste ihn Christian unter den Nacken und half ihm, den Kopf ruhig zu halten. Es ging ganz natürlich, er beobachtete sich selbst dabei und staunte. Dem Kranken beim Trinken zu helfen war notwendig und gut. Ein Gefühl des Friedens breitete sich in ihm aus.

Der Kranke nickte zum Dank. Sprechen konnte er wohl nicht mehr.

Christian ließ sanft seinen Kopf nieder und ging zum Nächsten. Er fasste ihn unter den Nacken. Der Hals war steif. Dunkle, schwarzblaue Flecken bedeckten seine Wangen und seine Hände. War er tot? Christian öffnete ein Augenlid. Der Blick richtete sich starr an die Decke. Kalt war die Haut. Er ließ ab von ihm und deckte sein Gesicht mit dem Schafspelz zu.

Eine Frau wendete sich ab.

Er kniete sich zu ihr. »Habt Ihr Angst?«, fragte er.

Sie nickte.

»Der Prior sagt, man kann gesund werden. Es stirbt nicht jeder.«

»Ich sterbe. Ich weiß es.«

Christian streckte die Hand aus und streichelte ihr die Stirn. An ihrem Hals saßen dicke Beulen wie Käfer. »Habt Ihr einen Wunsch? Wie kann ich Euch helfen?«

Sie blinzelte eine Träne fort. »Ich würde gern noch einmal etwas Gutes essen. Obst.«

»Wartet.« Er stand auf und ging in den Nachbarraum. Hier hatte Guilielmus einem Kranken den Arm aufgeritzt und ließ Blut in eine Schale tropfen. Ein Aderlass? Lohnte sich das denn noch?

»Prior, gibt es hier eine Küche? Eine Frau möchte Obst essen.«

Aus dem Flur tönte die Stimme des Birsmeisters: »Frische Früchte sind nicht gut für Kranke. Gebt ihr gedörrte Kirschen.«

Er stand auf und ging hinaus zum Pfleger.

Der Birsmeister sah ihn erschrocken an. »Diese Maske! Ich werde mich an den Anblick nie gewöhnen.«

»Können wir ihr die Bitte nicht erfüllen? Vielleicht kommt sie durch, aber möglicherweise ist es auch ihr letztes Mahl.«

Der Birsmeister überlegte. »Gut«, sagte er. »Ich bringe etwas.« Er gab Christian ein Messer. »Schneidet ihr derweil die Beulen auf. Sie ist erst seit gestern Abend da, ich konnte mich noch nicht um sie kümmern.«

Das Messer brannte förmlich in seiner Hand. Er wollte es zurückgeben. Er konnte doch keine Beulen aufschneiden! Unsicher schlich er hinüber in die Kammer und kniete sich wieder neben die Frau. »Ihr bekommt etwas Frisches. Vorher soll ich die Beulen aufschneiden.«

Sie nickte. »Gut so. Sie schmerzen, als wollten sie platzen.«

Er legte seinen Finger auf eine der schwarzen Beulen. Sie war weich. Nur nicht übergeben!, ermahnte er sich. Durchhalten! Durchhalten! Er setzte das Messer an. Die Frau ächzte, während Eiter und Blut aus der Beule flossen. Christian drückte, bis die Beule erschlafft war, und flüsterte dann: »Soll ich weitermachen?«

Sie bot ihm stumm die andere Seite des Halses dar.

»Das Bettlager werden wir erneuern müssen.« Er schnitt in die Beule.

Endlich kam der Birsmeister mit zwei Schalen. »Hier, Ihr füttert sie und ich reinige währenddessen die Wunden mit Essig.«

»Das sieht doch nach gutem Obst aus«, sagte Christian mühevoll, und die Frau lächelte. Er tauchte einen Löffel in die Schale, die ihm der Birsmeister gereicht hatte, und führte ihn zum Mund der Frau.

»Das ist gut«, sagte sie, kauend. »Ist es Schlehenkompott?«

»Sie waren getrocknet«, antwortete der Birsmeister, »aber im Wasser mit Honig, Ingwer und Nelken quellen sie wieder auf und sind wie frisch.«

Nun trat auch Guilielmus in die enge Kammer. »Ihr macht das sehr gut, junger Ritter«, sagte er. »Ist es so schlimm, wie Ihr dachtet?«

Christian senkte den Kopf. »Schlimmer.« Er wandte sich zu Guilielmus um.

Da fiel sein Blick auf den Kranken in der Ecke.

Er ließ die Schüssel fallen und stürzte hinüber. Die drei Falten zwischen den Augenbrauen, der gebogene Fischmund, es gab keinen Zweifel. Er riss sich die Maske vom Gesicht und ergriff die schlaffe Hand. »Vater, hörst du mich?«

Der Prior befahl scharf: »Setzt die Maske auf!«

Christian beugte sich über den Vater und drückte das Gesicht an seinen Hals. Das durfte nicht stimmen. Vater war nicht von der Pestilenz heimgesucht worden, er war doch gar nicht in Basel, er war doch auf Reisen! Das Entsetzen war so gewaltig, dass er vergaß zu weinen.

Der Kranke hustete. Christian richtete sich wieder auf und sah ihn an. Wie musste er leiden, er, der immer stark gewesen war! Mit schmerzverzerrtem Gesicht spie der Vater einen schwarz-blutigen Auswurf aus. Christian wischte ihn mit dem eigenen Hemdsärmel fort. Vater war offenbar unfähig, auch nur ein Wort zu sprechen. Aber er drückte Christians Hand und bewegte die blauen Lippen, als würde er etwas sagen. Aus seinen Augen sprach Liebe.

Guilielmus sagte leise: »Kommt, Meister. Lassen wir sie allein.«

25

Am Nachmittag geriet Ramstein in einen Schneesturm. Der Wind pfiff ihm um die Ohren und weiße Flocken peitschten in sein Gesicht, er atmete sie ein, sie setzten sich in die Augen. Blinzelnd beugte er sich im Sattel nach vorn. Wo war die Straße? Zu dicht flirrten die Schneeflocken durcheinander, er sah nicht einmal mehr den Weg. Der Rappe drehte den Kopf beiseite und ging mit tapferen Schritten gegen den Sturm an.

Da geriet das Tier ins Rutschen. Ramstein spürte die Hinterläufe unter sich einbrechen. Das Ufer! schoss es ihm durch den Kopf. Sie rutschten zum Fluss Ill hinunter! Er glitt aus dem Sattel, damit der Rappe weniger Gewicht zu stemmen hatte, fand keinen Halt und schlitterte selbst abwärts. Endlich bekam er ein wenig Gestrüpp zu fassen. Auf allen vieren arbeitete er sich den Hang hinauf. Oben fand er den Rappen. Mit bebenden Flanken stand das Pferd auf der Straße.

Er nahm den Zügel und führte es zu Fuß weiter. Straßburg. Wie weit mochte es noch sein? Und wie sollte er die beiden dort finden? Man baute seit fünfzig Jahren an einem neuen Dom, der höchste Turm der Welt sollte ihn eines Tages zieren. Es wimmelte in der Stadt von Handwerksgesellen, schaulustigen Reisenden, Vertretern der Kirche. Dann die berühmte Augustinerschule, an der Thomas von Straßburg lehrte. Thomas von Bärenfels konnte sich trefflich unter den Studenten verbergen, so viele Kammern ließen sich unmöglich durchsuchen, ohne Aufsehen zu erregen.

Boten nicht zudem die Händler Möglichkeiten, ungesehen zu verschwinden? Die Händler, die elsässische Weine und Getreide auf der Ill von Norden herunterbrachten, um sie über den Rhein nach Frankfurt und Köln zu fahren, dazu auch die italienischen und niederländischen Kaufleute? Alles hing davon ab, wer den anderen zuerst erblickte. Sahen die Fliehenden ihn, würden sie sich aus dem Staub machen. Er musste sie finden, bevor sie seine Gegenwart überhaupt erahnten.

Verdammter Schneesturm! Als wolle ihn die göttliche Macht davon abhalten, die Stadt rechtzeitig zu erreichen. Dieses eine Mal noch, sagte er sich. Dann rede ich mit ihr und bin Konrad von Bärenfels nie wieder zu Willen. Er hatte Zeit gewinnen müssen. Was war ihm für eine Wahl geblieben? Auf keinen Fall durfte Konrad es ihr sagen. Er musste es ihr selbst beibringen, irgendwie, und um ihr Vertrauen bitten. Oh, sie würde ihn hassen. Sie würde ihn verabscheuen dafür, dass er sie mit ihrer Schwester betrogen hatte. Wie konnte er ihr klarmachen, dass er sie geliebt hatte, die ganze Zeit, und dass er sie nicht hatte betrügen wollen? Eine fremdartige Lust am Verbotenen war es gewesen, die von ihm Besitz ergriffen und ihn ins Bett der jüngeren Schwester seiner Frau gelockt hatte. Wie konnte er ihr sagen, dass er diese Tat auf das Bitterste bereute?

Im Judenviertel. Sie würden sich unter den Juden verstecken. Keine Stadt besaß mehr Juden als Straßburg. Pfandleiher, Metzger, reiche Bankiers, sie würden der Jüdin und dem Bärenfelser Spross bereitwillig helfen. Wie sollte er sie da entdecken und zur Strecke bringen? Er kannte einige Ritter in der Stadt, aber ihre Hilfe konnte er in dieser Sache nicht erbitten, ohne Verdacht auf sich zu lenken, was den Verrat am Sternerführer Münch anging und all die anderen Verbrechen, die er auf Geheiß Konrads von Bärenfels begangen hatte. Es war besser, er tat so, als besuche er die Stadt in geschäftlichen Belangen.

Die Glieder wurden ihm steif vor Kälte, als er endlich die Wälle der Südstadt erblickte, des Viertels, das außerhalb der Flussinsel lag. Das große Tor war verschlossen. War es doch schon später, als er gemeint hatte? Im Sturm ließ sich die Tageszeit schwer bestimmen.

Er führte den Rappen zur Pforte neben dem Tor. Unter dem Bogen der Wachstube bückte sich ein Mann hindurch. Kannte er ihn nicht? »Rudolf, was tut Ihr hier?«

Der Ritter breitete die Arme aus. »Burkhardt? Burkhardt von Ramstein! Welche Freude, Euch zu sehen. Ihr kommt wie gerufen!« Er öffnete weit die Tür des Turmes. »Tretet ein, dieser grässliche Sturm lässt Euch sonst noch zu Eis erstarren.«

Ramstein band den Rappen an einem eisernen Ring in der Außenwand fest und betrat die Wachstube. »Warum friert Ihr mit Euren Knappen hier am Tor?« Das hatte mit Sicherheit einen Grund. Er sah sich um. Die jungen Männer polierten Rüstung, Schild und Waffen des Ritters. Ihre Nasen waren rot vor Kälte. Auch Rudolf hatte Reif im Bart. Gewöhnliche Schergen waren nicht zu sehen.

»Wir Ritter haben den Wachdienst übernommen«, erklärte Rudolf. »Auf die Wächter ist kein Verlass mehr. Wir haben den Verdacht, dass sie mit dem aufrührerischen Ammeister gemeinsame Sache machen und trotz unseres Verbotes weitere Rebellen in die Stadt einlassen.«

»Rebellen? Wovon redet Ihr?«

»Bis Basel ist die Nachricht noch nicht vorgedrungen, wie? Es droht ein Aufstand in der Stadt. Die Zünfte unter Führung ihres Ammeisters Peter Swarbers wollen Ritter und Patrizier stürzen. Das Volk steht auf ihrer Seite. Wir bewaffnen nun unsere Leibeigenen und bereiten uns darauf vor, die Sache niederzuschlagen. Fleischer, Maurer, Schneider, Gerber, niemandem dürft Ihr trauen hier in der Stadt! Aber es ist gut, dass Ihr da seid. Wir brauchen dringend Unterstützung. Ein Ritter wie Ihr kommt gegen zwanzig, dreißig Aufständische an. Ihr tötet auf dem Schlachtfeld schneller, als man mit dem Zählen hinterherkommt, ist es nicht so? Wenn ich den anderen erzähle, dass Ramstein aus Basel in der Stadt ist, wird es Freudenrufe geben.«

»Rudolf, mein Rappe friert draußen am Boden an. Bevor ich mich einquartiere …«

»Seid mein Gast!«, unterbrach ihn der Ritter. »Es wäre mir eine Ehre, Euch zu beherbergen.«

»Ich danke Euch. Bevor ich mich einquartiere, muss ich aber noch dem Judenviertel einen Besuch abstatten, eine geschäftliche Sache. Sagt, an wen wende ich mich dort am besten?«

Rudolf schüttelte den Kopf. »Ihr könnt nicht in die Judengasse. Sie ist abgeriegelt. Ohne die Genehmigung der Untersuchungskommission kommt da niemand hinein oder heraus. Lasst es für heute. Die Kommission umfasst vierzig Männer, ehe die zusammengetreten sind, dauert es eine Weile. Vor morgen Nachmittag könnt Ihr nichts ausrichten.«

»Eine Kommission wegen des Aufstands? Haben die Juden etwa damit zu tun?«

»Nein, da geht es um die Verhöre in den anderen Städten wegen der Brunnenvergiftungen. Alles Unsinn, wenn Ihr mich fragt. Die Ritterschaft steht hinter den Juden. Aber es sind Namen von Straßburger Juden in den Verhören aufgetaucht, auch bei euch in Basel, und nun muss der Sache nachgegangen werden, allein schon deshalb, weil wir die Freundschaft zu den verbündeten Städten nicht aufs Spiel setzen dürfen.«

So weite Kreise zog diese Lügengeschichte? Er dachte nach.

Wenn ihm die Judengasse verwehrt war, galt das auch für den von Bärenfels und die Jüdin. Abgeriegelt war sie, sagte Rudolf. Wo steckten die beiden dann? »Wenn ein Jude während Eures Wachdienstes die Stadt betritt, was tut Ihr mit ihm?«

»Ich schicke ihn zum Gasthof ›Dreieich‹ neben Jung Sankt Peter. Der ist zwar reichlich überfüllt dieser Tage, aber es ist der Einzige, der in Straßburg Juden aufnimmt. Der Wirt ist als Judenfreund bekannt.«

Andererseits, die Jüdin hatte sich womöglich nicht zu erkennen gegeben. Dieser Tage war es zu gefährlich, ein Jude zu sein. Der junge Bärenfels konnte vorgegeben haben, in Geschäftsbeziehungen zu einem Juden zu stehen. Beinahe jeder Ritter war bei ihnen verschuldet. Das warf keinen Verdacht auf sie. »Hat sich in den letzten Stunden jemand nach der Judengasse erkundigt?«

»Wie meint Ihr das? Was bedeuten diese Fragen, Burkhardt?«

»Ich erkläre es Euch später am Kamin«, sagte er knapp.

»Ich werde erst zur elften Stunde abgelöst, leider. Aber gern, reden wir am Kamin.«

»Also?«

»Nein, es hat sich niemand nach der Judengasse erkundigt. Nur ein junger Kaufmann fragte nach einem bestimmten Juden, wie hieß er gleich, Benjamin-ben-Salman? Benjamin-ben-Aaron? So ähnlich zumindest. Er reist mit seiner Frau, stellt Euch das vor, in diesem Sturm mit einer Frau unterwegs, und zudem ist sie schwanger! Ich habe ihn gleich gescholten, er solle sich besser um sein Weib kümmern. Das zeugt von wenig Verantwortung.«

Wenig Verantwortung. Nein, was Tam da tat, war alles andere als das. Und er würde für seine Liebe noch heute sterben. Eine Schande war es. »Wo habt Ihr sie hingeschickt?«

»Es war ihnen dringend mit dem Benjamin-ben-irgendwas. Da habe ich gesagt, dass der Wirt des ›Dreieich‹ der Einzige ist, der auf geheimen Wegen eine Botschaft in die Judengasse schleusen könnte.«

»Wie lange ist das her?«

»Nicht lange.« Er sah seine Knappen an. »Was sagt ihr Burschen? Wir sind seitdem erst ein einziges Mal die wichtigsten Wappen des Reiches durchgegangen, richtig?«

Die Knappen nickten.

»Ich danke Euch«, sagte Ramstein. »Ich erkläre alles, später. Eure Frau lässt mich ein?«

»Ich schicke gleich einen meiner Jungs, er wird alles für Euer Wohlbefinden vorbereiten lassen, ein heißes Bad, ein gutes Mahl und ein sauberes Bett mit Wärmesteinen.«

»Habt Dank.« Es war unhöflich, so eilig zu gehen, aber Jung Sankt Peter lag auf der Nordseite der Insel, er musste die ganze Stadt durchqueren, um zu jenem Gasthaus zu gelangen, und durfte keine Zeit verlieren. Eilig schloss er die Tür der Wachstube, löste den Zügel des Rappen und saß auf. Auch hier in der Stadt wütete der Schneesturm. Das konnte ihm nur nützen, weil niemand auf der Straße war. Er ließ den Rappen antraben.

Nach der vereisten Brücke über die Ill und dem Stadttor überquerte er den großen Marktplatz. Kein Mensch war zu sehen. Der Sturm wirbelte hier den Schnee wieder auf, kaum, dass er den Boden berührte, und machte aus dem Platz einen weißen Wirbelkessel. Ramstein war froh, als er wieder in den Schutz der Häuser eintauchte.

Endlich erreichte er Jung Sankt Peter. Das Schneegestöber

verbarg die Spitzen der Türme, sie waren nicht zu sehen. Der Gasthof, ein breites, zweistöckiges Fachwerkhaus, wirkte bäuerlich neben dem Kirchengemäuer. Ramstein stieg ab und band den Rappen davor fest. Nun war es Zeit für kühle Entschlossenheit. In wenigen Augenblicken würde er töten. Er konnte das. Er hatte es oft genug getan.

Die Eingangstür ließ er unbehelligt liegen. Er ging am Haus entlang bis zum schmalen Wegstreifen, der sich zwischen dem Gasthof und dem Nachbarhaus befand. Hier holten sie sicher sonst Wasser und brachten Küchenabfälle zur Straße, es würde einen Hintereingang geben. Er durchschritt die dunkle, von hohen Wänden gesäumte Gasse und gelangte hinter das Haus. Sie hatten einen eigenen Brunnen? Er sah in den Brunnenschacht hinab. War er geeignet? Zu viel Aufsehen, wenn sie eine Leiche daraus bergen mussten. Besser, er tötete so, dass es nicht die ganze Stadt beschäftigte.

Er zog die klapprige Hintertür auf. Ein schmaler Flur führte zur Küche, er konnte die Töpfe über dem Ofenherd scheppern hören. Das Haus war voll, hatte Rudolf gesagt. Also war es wahrscheinlich, dass der Wirt selbst mit anpackte.

Mit kräftigen Schlägen auf Schultern, Arme und Brust befreite er sich vom Schnee. Dann löste er den Dolch aus der Scheide. Er verbarg den Dolch hinter dem Rücken, öffnete die Tür zur Küche und fragte: »Ich suche den Wirt. Wo kann ich ihn finden?«

»In welcher Sache, Herr?«, wollte ein Rotschopf wissen und wischte sich die Fettfinger an der Schürze ab.

»Kommt bitte einmal. Ich muss Euch etwas zeigen.« Er trat zurück in den Flur.

Neugierig folgte ihm der Mann.

Kaum trat er heraus, hielt Ramstein ihm den Dolch an die Kehle und zog ihn ins Dunkel. »Es geht um zwei Gäste«, raunte er ihm ins Ohr. »Sie haben sich heute nach einem Juden bei Euch erkundigt. Die Frau ist schwanger, der Mann hat ein langes, knochiges Gesicht und hat sich als Kaufmann ausgegeben. Wo sind sie?«

»Ich bin nur ein Küchengehilfe, ich kann Euch nicht weiterhelfen«, ächzte der Rotschopf.

Er tastete am Körper des Mannes hinunter. Hinten an seinem Gürtel hing ein schmiedeeiserner Ring mit Schlüsseln. »Für einen Küchengehilfen tragt Ihr recht viele Schlüssel mit Euch herum.« Er schabte die Klinge ein wenig höher die Kehle hinauf. »Hört mir gut zu. Ich bin keiner dieser Hasenfüße, die Ihr Aufständische nennt. Ich rede nicht, sondern handle. Ich töte. Ihr wäret nicht der erste heute. Es ist mein Handwerk, versteht Ihr? Ich weiß, wo Euer Herz schlägt, ich weiß, wo ich Milz und Leber treffe, und ich weiß sehr genau, was Euch wehtun wird. Wenn Ihr spielen wollt, spielen wir. Mein Rat wäre allerdings, dass Ihr mir umgehend meine Frage beantwortet. So wie ich spiele, erholt man sich nur sehr schwer davon.«

Ein Zittern lief über den Körper, den er umklammert hielt. Der Mann keuchte: »Was wollt Ihr von diesen Leuten?«

»Das sage ich ihnen schon selbst.« Er zog die Klinge zurück und packte die Gurgel des Rotschopfs derbe mit der Hand. Den Dolch reckte er höher hinauf, bis die Spitze auf ein Auge zeigte. »Fangen wir mit dem Linken an? Es zwickt gleich mal ein bisschen.«

»Wartet! Der Frau ging es nicht gut, sie sind oben in der Kammer meines Sohnes. Es war kein Zimmer mehr frei.«

»Gut. Gehen wir sie besuchen. Wenn Ihr gelogen habt,

schneide ich Euch die Zunge raus.« Er schob den Wirt voran. Sie stiegen die Treppe hinauf und folgten einem lichtlosen Korridor. »Zeigt auf die Tür«, flüsterte er dem Wirt zu. »Kein Laut, verstanden?«

Der Wirt wies auf eine schmale Tür.

Ramstein drückte ihm auf die Schulter, bis er sich niedersetzte, dann machte er ihm Zeichen, sich hinzulegen. Als der Wirt auf dem Rücken lag, setzte er ihm den Stiefel auf die Kehle. Beim ersten Laut würde er darauftreten.

Er neigte das Ohr zur Tür und lauschte.

»… kann diese Pferdebohnen nicht essen. Den Kohl auch nicht. Mir ist speiübel, Tam.«

»Das wird wieder. Bleib liegen, ruh dich aus. Es war ein harter Tag für dich. In Zukunft machen wir kürzere Etappen, ich versprech's.«

»Können wir nicht ein wenig in Straßburg bleiben? Der Gastwirt verrät uns nicht. Und die Juden geben uns Geld, wenn wir eine Nachricht zu ihnen durchbringen.«

»Hast du nicht gehört? Bischof Berthold hat die Adligen des Elsass in Benfeld zusammengerufen. Sie beraten über die Juden. Du weißt, wo das hinführt.«

»Tam, die Kiste. Gib sie mir.«

Er hörte etwas Schweres auf dem Bettkasten aufsetzen.

»Sie muss zum König nach Prag«, sagte die Jüdin. »Wenn ich es nicht schaffe, bringst du sie hin?«

»Du schaffst es. Ruh dich nur aus. Ich kenne einen Schotten in Böhmen, Eachann Blackhall. Er hat mir den Namen Tam gegeben, als ich noch ein Kind war. Sicher hilft er uns, zum König vorzudringen. Wir geben nicht auf, hörst du? Wir reisen nach Stuttgart und dann nach Nürnberg und weiter nach Böhmen, und dort, bei Eachann, ruhen wir uns aus. Bei ihm und seiner Frau kannst du das Kind zur Welt bringen, mit allem, was du dazu brauchst.«

Geh rein! Befahl er sich, geh rein und bring es zu Ende! Was stand er hier draußen und lauschte?

»Heiratest du mich?«, fragte sie.

Es wurde still.

Sie ergänzte: »Auch jüdisch? Mit Brautführern und Kerzen und einem Brautschleier für mich und einer Chuppa, einem Baldachin, der uns bedeckt, und mit dem Segen eines Rabbiners?«

»Wenn du das möchtest, dann heiraten wir erst jüdisch und dann christlich.«

Der Wirt röchelte. Ramstein lockerte ein wenig den Druck seines Stiefels.

» Du weißt gar nicht, wie dankbar ich dir bin. Ich ...« Die Jüdin setzte neu an: »Dass ich dich mit Christian betrogen habe, muss dir doch das Herz gebrochen haben. Es ist nicht einmal dein Kind, das ich zur Welt bringe! Und doch liebst du mich?«

»Nichts kann mich darin erschüttern. Ich habe dir vergeben, das weißt du.«

Ramstein erschauderte.

Ihm war, als fiele das Kettenhemd von ihm ab, der Schwertgurt und unsichtbare Lasten, die seit Jahren an seinen Schultern gehangen hatten. Die Jüdin hatte Tam betrogen, und er verzieh ihr! Womöglich würde auch seine Frau ihm verzeihen. Er musste das erlangen, er musste ihre Vergebung haben. Dann würde alles heilen. Wenn sie ihn trotz seines Verbrechens liebte, würde er ihr auf ewig zu Füßen liegen. Er würde frei sein, frei und glücklich!

Und Thomas von Bärenfels? Und die Jüdin? Und Konrad von Bärenfels? Vielleicht gelang es den beiden tatsächlich zum König vorzudringen. Dann würde Konrad von Bärenfels fallen. Mochte sein, dass er ihn, Ramstein, mit sich riss. Dennoch, lieber starb er mit der Vergebung seiner geliebten Frau, als unter dieser drückenden Last weiterzuleben.

Er nahm den Stiefel vom Hals des Wirts. Er würde noch in dieser Nacht zurückreiten und mit ihr reden.

Dritter Teil

Sommer 1356

26

Sieben Jahre war es her, dass er den feinen blaugefärbten Leinenrock zum letzten Mal getragen hatte. Christian befühlte den Stoff. Es tat ihm gut, ihn zwischen den Fingerspitzen hindurchgleiten zu lassen. Augenblicklich fühlte er sich sicherer. Sogar sein Schwert lehnte hier an der Wand. Das war ja er gewesen, er war der Sternererbe, ein angesehener Ritter, einer, den man ehrfürchtig grüßte! Was tat er im Kloster? Bruder Jakobus nannten sie ihn hier. Die grobe Benediktinerkutte war ihm in all den Jahren nicht vertraut geworden. Und er hasste die Tonsur. Mit seinen Sommersprossen und dem fülligen Gesicht sah er grässlich aus, wenn man ihm die roten Haare glatt abschnitt.

Er betastete seinen Hals und fühlte die Narben der Pestbeulen. Glatte Schwülste. Unter den Achseln und in der Leistengegend gab es ähnliche. Überall mahnte ihn das rosenrote, nackte Fleisch, dass er nur durch ein Wunder dem Tod entkommen war. Aber er war nicht der Einzige, der überlebt hatte. Er hätte sich nicht im Überschwang dem Kloster anschließen müssen.

Christian zog den Pfropfen aus dem Krug, setzte den Krug an die Lippen und trank. Guter Obstschnaps. So etwas gab es hier in Sankt Alban nicht. Er musste ihn sich heimlich beschaffen. Der Schnaps wärmte die Kehle, er vertrieb die Unsicherheit.

All die anderen Kleider! Sie hingen in der Kammer wie leere Menschenhüllen. Es waren die alten Leben der Mönche. Neben seinem Rittersrock baumelte der pelzbesetzte Mantel eines Kaufmanns. Welcher der Mönche war im früheren Leben Kaufmann gewesen? Sie sprachen nicht darüber. Hier, die Schecke mit Silberfadenstickereien. Ein vermögender Schneider? Ein Safranhändler? Motten flatterten heraus, als er die Schecke am Ärmel zog.

Er kannte sie nur als Mönche, aber auch sie hatten ein Leben außerhalb des Klosters gehabt, bis auf diejenigen, die in der Klosterschule aufgezogen worden waren. Motten fraßen nun an ihrer alten Haut, den Kleidern, an die sich vielleicht eine Geliebte geschmiegt hatte, in denen noch der Staub der Sattlerwerkstatt nistete, auf denen Flicken von einer Rauferei im Wirtshaus kündeten. Es waren Menschen, die hier schaukelten. Seltsame Traumwesen. Erinnerungen.

Warum hob man die Kleider auf? Niemand betrat je diese Kammer. Und doch wurden die Kleider nicht verkauft oder verschenkt. Gab es denn eine Möglichkeit, sein Mönchsgelübde aufzulösen und in sein altes Leben zurückzukehren?

Die Profess nach seinem Probejahr hatte so endgültig gewirkt. Man hatte ihn nicht einfach als Novizen im Orden begrüßt, nein, er hatte eine Urkunde auf dem Altar ablegen müssen, einen Vertrag mit dem Klosterpatron, und hatte sagen müssen: »Nimm mich auf, o Herr, nach deiner Verheißung, und ich werde leben, vereitle nicht meine Erwartung.« Wie eine Zauberformel hatte die Gemeinschaft es wiederholt und hinzugefügt: »Ehre sei dem Vater.« Dann musste er sich vor jedem einzelnen der Mönche zu Füßen werfen und ihn bitten, dass er für ihn bete. Schon damals waren ihm die ersten Zweifel gekommen. Er hatte die Kutte mit gemischten Gefühlen angezogen. Zur Gemeinschaft gezählt zu werden und endlich ein vollwertiges Mitglied zu sein hatte ihn froh gemacht. Aber er hatte geahnt, dass er dennoch nie so recht dazugehören würde. Das Kloster war nicht seine Welt.

Christian trank noch einen Schluck. Eine gemeine Stimme in ihm sagte: Du bist eben doch ein Trunkenbold. Ein lasterhafter Frauenjäger warst du, ein lasterhafter Frauenjäger wirst du bleiben. Die Wünsche sind noch da wie am ersten Tag. Sieben Jahre! Willst du nicht endlich wieder eine Frau an deinem nackten Leib spüren? Die Mönchskutte ist doch nichts als eine Verkleidung. »Vergib mir, Vater im Himmel«, sagte er rasch. Er durfte so nicht denken.

Christian setzte sich auf den Boden. Er verschloss den Krug mit dem Pfropfen. »Genug jetzt«, sagte er. Dann riss er den Pfropfen wieder heraus und trank. Er hasste sich dafür, dass er es tat, dass er die Ordensbrüder belog und Guilielmus, den Prior, enttäuschte. Er wünschte, ein anderer Mensch zu sein. Aber je mehr er verzweifelte, desto dringender brauchte er den Schnaps, um die Verzweiflung zu vergessen.

Wenn Gott einmal zu ihm spräche! Dann würde alles anders werden. Das würde ihm die Kraft geben, über sich hinauszuwachsen. Er war im Kloster, und er suchte Gott, aber er fand ihn nicht. »Du lässt dich ja auch nicht finden!«, sagte er trotzig. Ja, war nicht Gott schuld? Er sah doch sein Ringen, sein Forschen und Fragen und Zweifeln! Und doch reagierte er nicht darauf.

Wozu hatte er denn die Psalmen auswendig gelernt, die sie während der Horen vortrugen, und die Litaneien, die zur Lesung überleiteten? Er hatte sieben Jahre lang die Texte des Alten und Neuen Testamentes gehört und die Weisheiten der Kirchenväter, hatte selbst während Prim, Terz, Sext, Non und Komplet ganze Kapitel auswendig rezitiert. Die Hymnen hatte er gesungen und die vorgeschriebenen Gebete gesprochen. Aber die Bücher – das Psalterium, das Hymnarium, das Antiphonarium – sprachen nicht zu ihm. Die Messe mit ihren Zelebranten und Ministranten gab ihm nichts.

Nachdem er Priestermönch geworden war, hatte er eine Zeit lang täglich Einzelmessen gefeiert, leise für sich an einem Nebenaltar mit nur einem Ministranten. Er hatte es doch alles getan! Gott aber blieb ihm fern.

Die Tür öffnete sich. Guilielmus. Christian sprang auf. »Prior, ich …«

»Bleib sitzen.« Der Prior stand eine Weile stumm da, dann setzte er sich neben ihm auf den Boden. »Eine Birne?« Er hielt ihm eine Frucht hin. »Wenn man bei Obst ist, sollte man bei Obst bleiben.«

Christian rührte verschämt an den Krug. Wusste der Prior Bescheid? Hatte Guilielmus es die ganze Zeit gewusst? Es fuhr ihm wie eine kalte Hand über den Nacken. Was wollte er ihm nun verkünden? Er fragte leise: »Ihr habt Euch in den vergangenen Tagen zu Beratungen mit einigen Brüdern zusammengesetzt, hinter verschlossener Tür. Ging es um eine Strafe für mich?«

»Nein.« Der Prior holte eine zweite Birne hervor und biss ab. Er sog zischend den Saft ein und kaute. Schließlich hielt er die Frucht vor sein Gesicht und besah sie. »Ich frage mich, wie wohl die Birnen im Garten Eden geschmeckt haben. Fruchtiger? Voller? Ob sie über die Jahrhunderte wässriger werden und irgendwann in der Zukunft nur noch nach Wasser schmecken?«

Nun biss auch Christian in seine Birne. Dass der Prior so weit ausholte, ehe er zur Sache kam, verunsicherte ihn. Was wollten sie mit ihm machen? Ihn in eine Kartause in der Einöde strafversetzen? Das war gut möglich. Hier in der Stadt hatte er

Freunde und kam an Geld und Schnaps heran. Es würde anderswo schwerer werden.

Guilielmus sagte: »Ich weiß, du bist noch nicht im Reinen mit Gott. Bring das in Ordnung, Jakobus. Du wirst gebraucht.«

Gebraucht. Um Messen zu zelebrieren, die sein Herz nicht berührten und die er kalt abhandelte wie ein Schlachter. »Darum geht es doch nicht, Guilielmus, ob ich mit ihm im Reinen bin. Ich verstehe ihn einfach nicht. Das ist es, was mich leiden lässt.«

Guilielmus hob die Augenbrauen. »Verstündest du ihn, wäre es nicht Gott.«

»Das sagt Augustinus, ich weiß. Aber Augustinus nützt mir nichts, wenn ich von Gott wissen will, wozu ich lebe. Was ist meine Aufgabe? Warum geht mein Leben derartig schief? Nichts von dem, was mit Trompetenstößen begonnen hat, gelingt mir am Ende. Ich war ein angesehener Ritter. Bin ich nach Vaters Tod Führer des Sternerbundes geworden? Nein. Der Bund ist bedeutungslos inzwischen. Ich habe mich unsterblich verliebt und sogar ein Kind gezeugt. Bin ich Vater? Bin ich Ehemann? Nein. Ich hocke hier im Mönchshabit und trinke Schnaps. Warum hat mich Gott zu einem erbärmlichen Versager gemacht? Es sah einmal anders aus, wisst Ihr? Ich hatte so viel vor.«

»Gott hat dich nicht zu einem Versager gemacht. Du sollst ein großer Mann sein, das ist sein Plan. Aber deine Zeit, dieser Mann zu werden, schwindet dahin. *Breves dies hominis sunt. Fugiunt, nec recedunt.* Kurz sind die Tage des Menschen. Sie fliehen, ohne wiederzukehren. Stell dich auf die Füße! Noch kannst du es, noch hast du Kraft, die Gott gebrauchen möchte.«

»Ihr habt wohl nie einen Fehler gemacht, wie?«

»O doch. Aber es geht nicht um Fehler. Unsere Schwäche hat Christus mit ans Kreuz genommen, sie ist mit ihm gestorben. Der Herr ist auferstanden zu neuem Leben! Tue es ihm nach! Richte dich auf, Jakobus. Du bist nicht dafür gemacht, über den Boden zu kriechen.«

»Ihr habt vergessen, wie es ist, unter der Schwäche zu leiden, Prior. Falls Ihr je darunter gelitten habt. Ihr wisst nicht, wie es ist, das Falsche zu tun, obwohl man das Richtige will.«

»Für wen hältst du mich? Täglich sündige ich, durch Gedanken oder Taten. Aber ich lasse mich davon nicht besiegen. Ich kämpfe weiter, denn ich weiß, dass Gott mich als freies Geschöpf haben möchte. Er vergibt mir und stärkt mich.«

Christian presste die Lippen aufeinander. Schließlich sagte er: »Er vergibt, ja? Vergibt er auch einer Jüdin, dass sie nicht an seinen Sohn Christus glaubt? Kann eine Jüdin gerettet werden? Wenn sie Jüdin bleibt, meine ich?«

»Extra ecclesiam nulla salus.«

Er stand auf. »Nein! Ich glaube das nicht. Es gibt ein Heil außerhalb der Kirche.«

Auch der Prior erhob sich. Er sah Christian in die Augen. Um seine Mundwinkel spielte ein feines Lächeln. »Gott ist gnädig.«

Gnädig gegenüber wem? Gegenüber ihm, dem Rebellierenden? Oder gegenüber Saphira? Sagte Guilielmus hier etwas, das er nicht aussprechen durfte, mit seinen Augen? Christian zögerte: »Ihr meint …«

»Bei den Beratungen«, unterbrach ihn Guilielmus, »ging es darum, dass ich Sankt Alban verlasse. Ich gehe, Jakobus. Und es musste entschieden werden, wen ich mit mir nehme.«

»Ihr geht fort?« Was sagte der Prior da? Er konnte doch das Kloster nicht verlassen! Es lebte nur durch ihn.

Guilielmus sagte: »Ich gründe ein neues Kloster.«

Mit ihm hatte er sich nicht beraten. Offenbar war er keiner der Mönche, die der Prior mit sich nehmen wollte. Was erwartete er auch bei seinem Verhalten? Dennoch tat es ihm weh. »Es ist schade, wenn Ihr geht. Ich … Ich werde Euch vermissen, auch wenn wir die meiste Zeit gestritten haben. Ihr habt viel für mich getan. Vielleicht ohne dass Ihr es wisst.«

»Auch ich schätze dich sehr, Christian.«

Er nannte ihn Christian. Spürte er, dass ihm nicht Jakobus gegenüberstand, sondern der alte Mensch, der er vor Jakobus gewesen war? Sie standen in der stickigen Kleiderkammer und redeten. Es erinnerte ihn an die Gespräche mit Tam. »Wisst Ihr, es tut immer gut, mit Euch zu reden. Mir erscheinen die Dinge dann klarer als sonst.«

»Du hast noch eine wichtige Wegstrecke vor dir.« Der Prior berührte ihn an der Schulter. »Ich möchte, dass du dieses Kloster übernimmst. Du sollst Prior sein an meiner statt.«

Christian hörte auf zu atmen. Er sah den Prior an. Er öffnete den Mund, schloss ihn wieder. Dann schüttelte er den Kopf. »Nein, es tut mir leid. Ich kann dieses … Wieso ich? Ich bin der niedrigste, der unwürdigste der Mönche! Ihr habt hier Männer, die Euch seit dreißig Jahren begleiten. Und schreibt nicht die Benediktinerregel vor, dass der Rang unter den Brüdern sich nach dem Zeitpunkt ihres Eintritts in den Orden zu richten hat? Wirklich, selbst wenn die Regel es erlauben würde, ich möchte nicht.«

»Gerade deshalb musst du es sein. Dir geht es nicht um Macht, nicht um Ansehen. Du suchst wirklich Gott. Deine Brüder gehen nachts zwischen den Messen in die Kirche und zeigen dies durch Husten und Stöhnen an, damit man auch ja ihre Heiligkeit wahrnimmt. So bist du nicht. Du ringst wahrhaftig mit dir. Und darum bist du nicht der niedrigste, sondern der höchste unter den Mönchen.«

»Cluny wird niemals erlauben, dass Ihr mich zum Prior macht.«

»Ich habe es dem Mutterkloster mitgeteilt. Sie sind einverstanden. Die Benediktinerregel erlaubt in gerechtfertigten Fällen eine Ausnahme in der Rangfolge.«

»Und wenn ich nicht will? Wenn ich ablehne? Seht mich doch an!« Er hob den Krug auf und hielt ihn in die Höhe. »Das bin ich. Das! Und mein Glaube ist unbeständig wie der Wind. Ihr solltet mich nicht höher stellen als die altgedienten, treuen Mönche. Ich würde alle enttäuschen.«

»Wenn du ablehnst, ist das deine Entscheidung. Ich werde dich nicht zwingen. Aber denke über den Ruf nach.« Er rührte noch einmal an seine Schulter, dann verließ er die Kammer.

Enten flogen um den Herrenhof Eachann Blackhalls. Mit pfeifenden Flügelschlägen drehten sie ihre Runden. Dann landeten sie wieder, laut schnatternd, und watschelten zum Teich. Sie waren hier geschlüpft, sie kannten die Freiheit nicht, also blieben sie. Saphira hätte es gern gesehen, wenn sie fortgeflogen wären, auch wenn dem Schotten dadurch Schaden entstand. Sie wünschte sich, die Enten würden nach Basel fliegen. Sie am Horizont verschwinden zu sehen, zur Sonne hin, die im Westen unterging, im Westen, wo die Heimat lag – es hätte ihrer Sehnsucht ein Bild gegeben.

Sie schüttete die Schale aus. Sogleich kam der Hahn angelaufen. Er fraß nicht, sondern rief die Hennen, über die er wachte. Sie gehorchten und liefen herbei. Während er ihr Picken überwachte, blickte er stolz um sich. Der rote Kamm hing ihm in die Stirn. Der Schnabel war schwarz wie Kohle, Beine und Zehen azurblau, das Gefieder golden.

»Kleiner Fuchs«, rief sie über die Schulter, »kommst du jetzt bitte von der Mauer runter? Ich habe dir gesagt, du sollst da nicht raufklettern. Und ich muss zurück ins Haus. Also steig bitte herunter.« Sie drehte sich um. Er war nicht auf der Mauer. Eben noch hatte Friedrich doch auf der Mauer gesessen! Jetzt war er fort. Das Herz pochte ihr laut in der Brust. War er abgestürzt? Kein Schreien, nur Stille. Hatte er sich etwa ernsthaft wehgetan? Sie rannte. »Friedrich«, rief sie und kletterte zuerst auf die Sitzfläche der alten Bank, dann auf die Lehne, und beugte sich über die Mauerkrone. Die Mauer fiel auf der dem Hof abgewandten Seite steil hinab. Mit Grausen spähte Saphira den felsigen Hang hinunter und suchte nach einem bunten Flecken, nach einem Kleidungsstück.

Da hörte sie dicht neben sich ein leises Prusten. Friedrich saß im Geäst eines Baumes, der mit seinen Wurzeln Halt im Abhang gefunden hatte und fast bis zur Mauerkrone hinaufreichte. Als sie ihn ansah, platzte er laut heraus: »Du hast geglaubt, ich bin da runtergefallen, stimmt's, Mutter? Du hast es geglaubt! Ganz leise bin ich hier rübergeklettert. Du hast wirklich gedacht, ich bin abgestürzt!« Dabei strahlte er, als habe er eine große Leistung vollbracht.

Sie sagte scharf: »Du kommst sofort da runter, hast du mich verstanden? Deine Mutter so zu erschrecken! Dass du dich nicht schämst! Ich hätte vor Schreck tot umfallen können.«

Eilig kletterte er vom Ast auf die Mauerkrone und ließ sich auf der Hofseite herunter.

Saphira stieg ebenfalls von der Bank. »Komm her«, befahl

sie. Sie packte ihn hart am Handgelenk. »Ich möchte nicht, dass du so etwas noch einmal tust.«

»Es sollte doch nur lustig sein«, verteidigte er sich.

»War es aber nicht. Versprichst du mir, in Zukunft vernünftiger zu sein? Du hättest dir den Hals brechen können. Unter dem Baum geht es steil bergab!«

Er murmelte mürrisch: »Ist gut.«

»Wie bitte?«

Etwas lauter wiederholte er: »Ist gut.«

Sie ließ ihn los. Ihr Herz wollte sich immer noch nicht beruhigen. Erschöpft setzte sie sich auf die Bank. »Was macht man nicht alles durch.«

Friedrich postierte sich vor ihr und ahmte ihre finstere Miene nach. Er zog so lange die Mundwinkel herunter und runzelte dabei die Stirn, bis sie lachen musste.

»Hierher«, sagte sie und klopfte auf ihre Schenkel. Der Junge sprang auf die Bank und legte seinen Kopf auf ihren Schoß. Zärtlich streichelte sie sein Gesicht und fuhr ihm durch den roten Haarschopf. »Mein kleiner Fuchs. Wenn wir dich nicht hätten!«

Ob Christian sie inzwischen vergessen hatte? Da waren sie wieder, diese Gedanken. Der kleine Fuchs sah ihm so ähnlich. Würde er sich freuen, ihn einmal kennenzulernen? Es war immerhin sein Sohn! Aber Christian hatte vermutlich in den sieben Jahren einhundert Frauen geliebt. Er würde kaum noch wissen, wie sie hieß.

Und sie liebte Tam. Es war eine Schande, dass sie noch an Christian dachte. Sie waren sehr verschieden, jeder auf seine Art besonders. Wut auf Christian verspürte sie nicht mehr, eher wünschte sie sich, einige Abschiedsworte gesprochen und auf friedliche Weise Lebewohl gesagt zu haben. Vielleicht hätte sie ihn dann besser vergessen können.

»Vater!«, rief Friedrich und entschlüpfte ihren Händen. Er rannte über den Hof.

Tam kam mit einer Ledertasche über der Schulter durch das Tor. Er lachte seinem Sohn entgegen, hielt die Hand in Kopfhöhe und ließ den Kleinen daran emporspringen. »Fast«, sagte er dazu.

»Du schummelst«, schimpfte Friedrich, »du hebst die Hand höher, während ich springe!«

Sie kamen zu ihr. Tam setzte sich neben sie auf die Bank. Er küsste sie auf die Wange und fragte: »Am Grübeln?«

»Nein. Der Bengel, ich sage dir! Er hat mich sehr erschreckt. Ich dachte gerade, er ist den Abhang runtergestürzt.«

»Dem passiert nichts. Er ist pfiffig. Mach dir nicht so viele Sorgen, Schatz.«

»Wie ist es gegangen mit den Schweinen?«

»Ich habe keinen Stock gebraucht. Sie sind mir freiwillig zum Schlachthof gefolgt. Ich hatte eine Tasche mit Bohnen dabei, die habe ich auf den Weg gestreut, und sie haben sie gefressen und wollten immer mehr. So sind sie mir nachgelaufen.«

»Bis zum Schlachter?«

»Bis zum Schlachter. Und nicht eines ist ausgerissen. Ein Ritter, der Schweine hütet, denk einmal. Aber es ist ja nicht das Einzige, was ich zu tun habe.«

Sie schlug den Blick nieder. »Du hattest doch versprochen, es im Sommer noch einmal in Prag zu versuchen.«

»Ich hab das nicht vergessen. Wenn die Ernte eingeholt ist und Eachann meiner Hilfe nicht mehr bedarf, gehe ich wieder hin. Diese Woche oder die nächste. Ich muss diesmal gar nicht bis Prag reisen. Eachann sagte mir, Karl wird die Burg Karlstein besuchen kommen.«

»Gleich hier bei uns?«

»Gleich hier bei uns.«

»Was können wir noch unternehmen, dass er dich anhört? Ich meine, dreimal hat man dich nicht zu ihm vorgelassen. Warum sollte es ausgerechnet diesmal gehen? Wir müssen uns etwas einfallen lassen wie mit den Schweinen, weißt du?«

Tam rückte ein Stück ab. »Ich hab dir doch erklärt, wie es ist. Von überall her reisen Leute an, die ihm ein Anliegen vortragen wollen. Da sind hohe Würdenträger darunter. Ich dagegen bin ein einfacher Rittersohn. Was ich sage, zählt wenig, auch wenn die Ministerialen behaupten, sie würden es Karl vortragen. Diesmal wird es anders, ich verspreche es. Die Burg ist klein. Irgendwie komme ich schon an ihn heran.«

»Sollte vielleicht ich einmal hingehen?«

»Wie meinst du das? Weil ich versage? Du kannst es besser, ja?«

»Das habe ich doch gar nicht gesagt.«

»So hast du es gemeint.«

»Lass uns jetzt nicht darüber streiten. Ich liebe dich, Tam. Ich will nicht, dass du dich wegen mir ärgerst. Es ist nur … Ich habe es Vater versprochen, verstehst du? Die haben ihn umgebracht, und es soll endlich Gerechtigkeit walten. Das wollte er, und er hat es verdient.«

»Darum geht es auch gar nicht. Ich habe einfach oft das Gefühl, du bist nicht mit mir zufrieden.«

Den kleinen Fuchs hatte das Gespräch längst gelangweilt. Er stand am Brunnen und ließ Steine hineinplumpsen.

»Das wird Onkel Blackhall sehr wütend machen«, rief Saphira hinüber. »Lass es, Friedrich! Wer soll in den dunklen Schacht runtertauchen und die Steine wieder herauslesen?«

»Ich«, rief Friedrich. Er sah voller Begeisterung in den Brunnen hinab. Seine Stimme hallte. »Ich tauche runter! Darf ich, Mutter?«

27

Als Christian die Augen öffnete, fand er sich auf einem der fünf Türme des Münsters wieder. Er klammerte sich am Kreuz fest. Der Turm schwankte hin und her. Es ging tief abwärts und der Abgrund zog ihn auf beängstigende Weise an. Nicht hinabsehen!, befahl er sich. Er konnte über die ganze Stadt schauen. Warum liefen die Menschen kreischend durcheinander? Klein waren sie dort unten, klein wie Flöhe. Ein fremdartiges Licht glomm in den Straßen.

Das Licht war Feuer.

Es brannte. Basel brannte! Die Flammen sprangen von Dach zu Dach und entzündeten die Häuser. Unter seinem Gesäß begannen die Glocken zu läuten. Da übertönte ein ohrenbetäubendes Krachen das Geläut, ein Krachen, als würde die Erde auseinandergerissen. Christian spähte entsetzt hinab. Ein Riss klaffte auf dem Münsterplatz. Der Riss verbreiterte sich. Menschen stürzten hinein.

Die ganze Stadt hüllte sich plötzlich in Staub. Überall dieses Dröhnen wie von hundert brüllenden Untieren. Kirchen stürzten in sich zusammen, ihre Türme zerknackten, als seien es Strohhalme. Die Stadt wurde zur Hölle: brennende Menschen, zerberstende Häuser, überall Risse, Erdspalten, Verwerfungen.

Christian richtete sich am Kreuz auf und stellte sich auf dem Turm gerade hin, als müsse er die Tiefe nicht fürchten. »Der Untergang«, rief er. Seine Stimme donnerte. »Gott hat euch gewarnt, Bürger von Basel! Beugt euch seiner strafenden Gewalt.«

Er riss die Augen auf. Sein Körper zitterte wie Espenlaub. Der Atem ging stoßweise. Kalter Schweiß bedeckte Gesicht und Arme. Während er in die Dunkelheit seiner Mönchszelle starrte, dämmerte ihm allmählich, dass er geträumt hatte. Es war ein Traum gewesen, nicht die Wirklichkeit. Basel war unversehrt. Und er lag auf seinem Strohsack, er stand nicht auf dem Münsterturm und verkündete das Gottesgericht.

Christian Münch, dachte er, so hast du noch nie geträumt.

Warnte ihn Gott? Würde tatsächlich etwas Furchtbares geschehen? Ihn überlief ein Schauer. Ich bin kein Prophet, dachte er. Ich habe einfach geträumt und nichts weiter.

So recht daran glauben konnte er aber nicht.

Der Stamm des Apfelbaums war von oben bis unten mit Matsch bedeckt. Die braune, glänzende Masse roch nach faulen Äpfeln. Wespen und Schmeißfliegen surrten darum herum. Einige Äpfel, die danebengegangen waren, klebten an der Hofmauer. Der kleine Fuchs hatte wohl Zielen geübt.

Diesmal würde er nicht so einfach davonkommen. Diesmal würde sie hart sein. Sie rief: »Friedrich, du kommst auf der Stelle hierher!« Er würde den Baum putzen, bis das letzte bisschen Apfelmatsch entfernt war. Ob er sich vor den Wespen fürchtete oder nicht. Dieser Junge lernte keinen Gehorsam, sie war einfach zu nachgiebig. Von heute an würde ein schärferer Wind wehen. »Friedrich!« Sie sah sich um. Kein Zeichen von ihm. Wohin hatte er sich verkrochen? Die Sonne tauchte den Hof in weißes Licht. Scharf zeichnete sie den Schattenriss des Stalldachs auf den Sand. Hockte er dort hinter der Regentonne? Saphira durchmaß den Hof mit großen Schritten. »Söhnchen, wenn ich dich rufe, hast du zu kommen.«

Nichts. Das Versteck war leer.

Hatte er sich in der Scheune im Stroh vergraben? Es gab doch Ratten dort! Was, wenn sie ihn angriffen? Schon begann sie wieder, sich Sorgen zu machen. Sie schalt sich: Bleibe ein einziges Mal hart! Tam hatte recht, sie behandelte ihren Sohn wie ein Kleinkind. So lernte er nie, Verantwortung für sein Handeln zu übernehmen.

Sie betrat die Scheune. Da war er. Aber etwas stimmte nicht mit ihm. Etwas stimmte ganz und gar nicht. Der kleine Fuchs stand da wie angefroren. Er drehte sich nicht nach ihr um. Sein Nacken war weiß unter dem roten Haar.

Saphira sah hinauf. Über ihrem Sohn hing ein Strick vom Balken herab, offenkundig durchgerissen. Sie lief zu ihm hin, und erstarrte selbst.

Vor Friedrich auf dem Boden lag Aleth, reglos, um den Hals eine Schlinge. »Friedrich«, rief Saphira, »zum Brunnen, hole Wasser!«

Er rührte sich nicht.

»Hast du gehört?«

Er zuckte zusammen. Endlich stob er hinaus.

Sie kniete nieder, fasste nach der Schlinge und riss daran. »Herrin! Aleth!« Mit Mühe gelang es ihr, den Knoten aufzuziehen. Sie schlug der Herrin ins Gesicht. Schlug kräftiger zu. »Aleth, kommt zu Euch!« Aleth öffnete die Augen und hustete. Sie hustete so arg, als wolle sie sich die Eingeweide heraushusten. Dann blickte sie Saphira an und brach in Tränen aus. Sie heulte laut auf. Saphira zog sie an sich, ließ sie den Kopf an ihre Schulter lehnen und streichelte ihren Rücken.

Friedrich schleppte mit Mühe einen Wassereimer herein. Das Wasser schwappte bei jedem Schritt über.

»Nicht mehr nötig«, sagte sie.

Er stellte den Eimer ab und fragte schüchtern: »Sie lebt?«

»Das siehst du doch. Geh, hol deinen Vater vom Feld und Onkel Eachann und die anderen. Das Essen ist fertig. Aber sag kein Wort zu ihnen von dem, was du hier gesehen hast, verstanden?«

»Ja, Mutter.« Er schlich hinaus.

»Aleth, Ihr müsst Euch beruhigen. Es ist nichts geschehen. Ihr seid am Leben und den Strick werfen wir in den Herdofen. Niemand erfährt davon.«

Aleth schluchzte unverständliche Worte.

Saphira besah ihren Hals. »Habt Ihr ein Tuch, mit dem Ihr die roten Flecken bedecken könnt?«

Die Herrin nickte.

»Dann geht Ihr schon mal hinein. Ich schneide hier den Strick vom Balken.«

Die Männer betraten polternd den Saal, die Schuhe schwer vom Dreck. Ihre Hemden waren durchgeschwitzt und Grannen hingen ihnen im Haar. Hinter ihnen folgten die Mägde, die die Gerstenhalme aufgesammelt hatten, nicht minder schmutzig und laut. Niemand bemerkte etwas von der Blässe in Aleths Gesicht. Die Erntearbeiter waren fröhlich. »Endlich essen«, rief Eachann. Er setzte sich an den Kopf der Tafel und schlug seinen Löffel gegen die Schale. »Was gibt es?«

»Eintopf mit Kohl«, sagte Saphira.

»Her damit«, tönte es von allen Seiten. Man walzte mit der Freude alles nieder, was da an Trauer, Angst und Verzweiflung im Raum schwebte. Saphira füllte die Schüsseln.

Eachann sprach das Tischgebet. Dann löffelten sie begierig. »Gut durchgekocht«, sagte Eachann.

Tam sagte mit vollem Mund: »Und reichlich Kümmel, das mag ich.«

Aleth rührte nichts an.

Was tat sie da? So würde man auf sie aufmerksam werden! Saphira versuchte, sie mit Blicken zum Essen aufzufordern.

Schon fragte Eachann: »Was ist los, isst du gar nichts?«

Aleth schüttelte den Kopf.

Rede!, dachte Saphira. Sag doch etwas! Warum sprach sie nicht? Warum sah sie ihren Mann nicht an? Sie machte den Verdacht nur schlimmer.

Er musterte sie. »Stimmt etwas nicht? Bist du krank?«

»Nein«, wisperte sie.

»Ihr war vorhin ein wenig übel«, log Saphira. Sie stand auf und ging zu ihr hinüber. »Kommt, wir gehen an die frische Luft. Da wird es Euch gleich besser gehen.« Als Aleth sich erhob, verrutschte das Tuch am Hals. Saphira sah es mit Schrecken. Eilig führte sie die Herrin hinaus.

Eachann folgte ihnen.

»Lasst uns nur«, rief Saphira über die Schulter. »Das gibt sich wieder.«

Der Schotte befahl: »Stehen geblieben!«

Sie gehorchten.

Er kam heran und nahm seiner Frau das Tuch vom Hals. »Wer hat dir das angetan?«, fragte er.

Sie sagte: »Ich selbst.«

»Wen versuchst du zu schützen? Heraus mit der Sprache.«

»Niemanden. Ich habe versucht, mir das Leben zu nehmen. Ich ertrage es nicht mehr.«

»Was? Was erträgst du nicht?«

»Die Kammer.«

Eachann senkte den Blick. Er schwieg.

Worum ging es hier? Saphira sah verwirrt von Aleth zum Schotten und zurück.

Da ging ein Ruck durch Eachann Blackhall. Er sagte: »Komm mit.«

Aleth fasste Saphiras Hand und zog sie mit. Sie war wie ein Kind, das sich fürchtete, allein zu sein, sie, die beleibte, erwachsene Frau, hatte Angst davor, mit ihrem Mann in eine Kammer zu gehen.

Vor einer Tür, die Saphira immer für den Zugang zu einer unbedeutenden Abstellkammer gehalten hatte, zog Eachann ein Beutelchen unter dem Hemd hervor. Er nahm einen Schlüssel heraus, schloss auf und trat ein. Aleth aber stand vor dem Türrahmen, als verhindere eine unsichtbare Schranke, dass sie den Raum betrat.

»Keine Angst«, sagte Saphira. »Ich bleibe bei Euch.«

Der Schotte kniete vor einer Truhe und steckte kleine Schlüssel in mit Messingplatten beschlagene Schlösser. Aleth sah sich um, als sei diese Kammer der Magen eines Walfischs, als würden die Wände sie bedrohen. Saphira folgte ihrem Blick. Was war schon Großartiges daran? Die Tür war innen mit schwarzem Stoff bespannt, gut, das war ungewöhnlich. Und es roch, als sei man auf einen Dachboden gestiegen. Aber war das ein Grund, sich zu erhängen?

Der Deckel der Truhe knarrte, als Eachann sie öffnete. Er hob ein eckiges Ding heraus, das in rote Seide eingeschlagen war. Den Truhendeckel schloss er wieder und stellte das Ding darauf. Sorgsam wickelte er die rote Hülle ab.

Es war ein Bild. Ein Bild von einem Menschen, so schön, wie Saphira noch nie einen gesehen hatte. Eine junge Frau war es, vielleicht siebzehn Jahre alt. Unter ihren weichen Wimpern lagen strahlende Augen, die sie mit Wissen und Würde anblickten. Die Haut war weiß. Lichtfunken glänzten auf den blonden Locken, und der Mund war fein wie der einer Göttin. Es verschlug ihr den Atem. Das Geschöpf schien aus einer anderen Welt zu stammen.

»Wie heißt sie?«, keuchte Aleth.

»Ich nenne sie kleine Comtesse oder Ninon.« Der Schotte trat einen Schritt zurück, als wolle er Aleth mit der jungen Frau allein lassen. »Ihr wahrer Name ist Anne.«

Wie er diese Namen aussprach! Französisch klangen sie, und er sagte sie zärtlich.

Aleth sank nieder. Saphira wollte sie auffangen, aber sie landete bereits hart mit dem Gesäß auf einer Bank, die hinter ihnen an der Wand stand. Mit offenem Mund saß sie da. In ihren Augen lag Entsetzen. »Das ist also das Geheimnis dieser Kammer. Du bist krankhaft in ein Bild verliebt. Redest du mit ihr? Malst du dir aus, wie es wäre, mit ihr zu schlafen? Es ist eine Geliebte aus alten Tagen, nicht wahr? Und du hast sie immer noch in deinem Herzen. So sehr, dass du stundenlang vor ihrem Bild sitzt und sie angierst. Eachann, ich … Ich verabscheue dich.«

»Aleth …«

»Nein, sag nichts«, unterbrach sie ihn. »Ich will nichts hören. Du bist widerwärtig! Warum hast du um meine Hand angehalten und mich geheiratet? Wie konntest du mir das antun?«

»Aleth …«

»Es war der Besitz, nicht wahr? Als du hierherkamst, hattest du nichts. Du hast mich geheiratet, um an Haus und Hof zu gelangen.«

»Das ist richtig, ich hatte nichts.« Nun war auch Eachann

wütend. Man sah es ihm an. Die Locke, die ihm in die Stirn hing, zitterte, und seine winkligen Augenbrauen buschten sich bedrohlich. »Die Blackhalls in Aberdeenshire sind seit Jahrhunderten Leichenbeschauer und Waldhüter für den Earl von Garioch. Nichts anderes hat mir geblüht, und deshalb steht hier dieses Bild. Ich wollte mehr vom Leben haben! Du kannst mich meinetwegen dafür verachten. Ich würde es wieder so machen. Ich würde wieder mit meinen Freunden nach Paris ziehen, um in der Leibgarde des Königs von Frankreich zu dienen. Und ja, ich würde wieder Johanna zufallen.«

»Oh, wie fein du das ausdrückst«, sagte die Herrin. »Zugefallen bist du ihr. Als hättest du nichts dagegen tun können, wie? Eine Französin. Das ist der Gipfel.«

»Ich habe mich verliebt, Aleth. Johanna von Navarra war die Tochter des ehemaligen Königs von Frankreich. Sie war eine Göttin für mich. Ich, ein einfacher Waldhüter, wurde von einer Jungfrau mit weißer, glatter Haut geliebt, einer Prinzessin! Ich war ihr völlig ergeben. Ob du das verstehst, ist mir gleich. Sie hat mich inniglich geliebt, und ich werde mich nie dafür schämen.«

»Du meinst, Liebe macht jedes Unrecht gut? Und mit dieser Begründung konntest du als einfacher Waldhüter eine Prinzessin Frankreichs begrapschen? Ihr Vater hätte dir nie die Erlaubnis gegeben. Hast du darüber nachgedacht? Sicher nicht.«

»Ihr Vater war bereits gestorben. Als sie fünf Jahre alt war, erlag er im Schloss Vincennes einer Lungenentzündung.«

»Oh, die Arme!« Aleth sagte scharf: »Und jetzt ist sie vollkommen allein, weil du ihr wie mir das Herz gebrochen hast. Du hast ihr Leben zerstört wie das meine, ist es nicht so?«

»Johanna hat Philipp von Évreux geheiratet. Und sie ist nicht allein, sondern tot. Sie starb vor sieben Jahren an der Pest.«

»Trotzdem, sie war verheiratet, und du erdreistest dich, ihr Bild zu begaffen, als sei sie dein gewesen. Eachann, ich verstehe nicht, wie ich mich so in dir täuschen konnte.«

Er sah zur jungen Göttin hinüber und sagte leise: »Das ist nicht Johanna.«

»Wie?«

»Aleth, hast du nicht zugehört? Das ist Ninon. Sie hat König Philipp so sehr gefallen, dass er dieses Porträt bei einem jungen Maler aus Flandern in Auftrag gab. Ich konnte nicht anders, ich musste es stehlen. Bis zu ihrem fünften Lebensjahr habe ich die kleine Comtesse beinahe täglich gesehen. Erinnerst du dich an meine letzte Reise nach Frankreich vor zehn Jahren? Ich bin nach Paris geritten, um sie zu besuchen.«

»Und ich habe im besten Glauben hier auf dich gewartet! Wie konntest du mir das antun! Du hast gelogen. Eine Lustreise war es.«

»Du meinst, ich habe mit Johanna das Bett geteilt? Wir haben gesprochen, das war alles. Wo denkst du hin? Sie war inzwischen Königin von Navarra, glaubst du im Ernst, ich hätte es gewagt, ihr auch nur einen Handkuss zu geben? Außerdem achtete ich ihre Ehe, und sie achtete die meine.«

»Auf einmal, ja? Das soll ich dir abnehmen? Wenn sie das wüsste, wie du sie begaffst, würde sie's abscheulich finden, sie würde im Grabe stöhnen vor Wut, da bin ich sicher.«

Er sagte mit Nachdruck: »Das – ist – Ninon! Und sie weiß, dass ich sie liebe. Am Königshof habe ich sie wiedergetroffen. Die kleine Comtesse hat sich an mich erinnert, obwohl sie bereits sechzehn Jahre zählte. Sie ist mir um den Hals gefallen, Aleth! Ich habe vor Freude geweint.«

»Bitte erspare mir das.«

»Verstehst du nicht?« Er schloss die Augen. »Ninon ist Johannas Tochter. Unsere Tochter. Sie ist mein Kind!«

Schwarze Gewitterwolken zogen tief über Basels Dächer. Ein Blitz zuckte. Christian wischte sich den ersten Regentropfen aus dem Gesicht. Sofort landete ein zweiter. Er raffte die Benediktinerkutte und beschleunigte seinen Schritt. Während der zweistündigen Mittagsruhe war er dem Kloster entflohen, wie so oft. Nur, dass er jetzt wusste, dass sie es wussten. Er drückte den Tonkrug an sich wie einen geliebten Menschen. Der Obstschnaps schwappte darin bei jedem Schritt lockend hin und her.

Aus der Synagoge drang Rindergebrüll. Die Tiere fürchteten wohl das Gewitter. Hätte Simon-ben-Levi noch erlebt, wie der Ort zur Viehschauhalle wurde, den er regelmäßig für seine Gebete besucht hatte – er wäre vor Scham und Wut im Erdboden versunken. Aber das Haus Simon-ben-Levis stand leer. Nicht einmal die zerborstene Tür und die zerbrochenen Fenster hatte man ersetzt. Katzen wohnten jetzt in Saphiras und Simons Gemächern.

Überhaupt die vielen leer stehenden Häuser. Die Pest hatte reiche Ernte geholt. Kein Basler, der nicht Vater oder Mutter, Brüder, Schwestern, Onkel und Tanten verloren hatte. Dass er Abschied von seinem Vater hatte nehmen können, neidete ihm die Mutter immer noch. Es war allein Guilielmus' Verdienst. Hatte er gelogen und doch gewusst, dass Vater im Siechenhaus lag?

Es begann zu regnen. Christian hatte erst den Münsterplatz erreicht, er würde es unmöglich zum Kloster schaffen, ohne zuvor bis auf die Haut durchnässt zu werden. Am besten er stellte sich unter bis der Regen etwas nachließ.

Er schlüpfte in eine Toreinfahrt. Jetzt einen Schluck vom Obstschnaps nehmen? Das Rauschen des Regens schien es ihm zuzuraunen. Christian sah die Tropfen wie kleine Lebewesen vom Boden aufspringen. Im Nu bildeten sich Pfützen. Er sah am Münster hinauf. In langen Fäden lief Wasser von den Teufelsfratzen und Bestienmäulern herab. Was sollten sie da oben, die Kopffüßler, Drachen und geflügelten Stiere? Warum brachte man Dämonen an einer Kirche an?

Er verstand nichts von Religion. Prior sollte er werden? Die Antwort war klar. Er würde es nicht machen. Guilielmus musste mit dieser Enttäuschung leben. Und wenn der Prior ging, sollte Christian da nicht gleich das Kloster verlassen? Was hielt ihn davon ab? Er horchte in sich hinein. Was band ihn an die Benediktiner?

War es noch da, dieses feine Sehnen nach Gott? Suchte er noch nach ihm?

Christian entpfropfte den Obstschnaps und nahm einen großen Schluck. Gott finden? Er war Priestermönch geworden und hatte noch keinen Zipfel von ihm erfasst. Er sollte sich nichts vormachen.

»Du bist weit weg«, sagte er trotzig in den Regen hinein. »Weit, weit weg.«

Das Regenrauschen ließ nach. Während die dunklen Wolken weiterzogen, hellte der Himmel auf. Ein kurzer sommerlicher Gewitterregen war es gewesen. Der Münsterplatz dampfte. Christian trat in das Tröpfeln und Plätschern hinaus. Die Dächer dampften. Er atmete die feuchte, warme Luft.

Vom Münster her hörte er Musik. Jetzt zur Mittagszeit eine Messe? Sicher bekam nur jemand Unterricht an der luftbetriebenen Orgel. Die Mehrstimmigkeit und die hohen Töne der

Silberpfeifen lockten ihn an. Hineingehen in die Kirche wollte er nicht, er musste auch bald im Kloster zurück sein, um am Stundengebet der Non teilzunehmen. Ein wenig konnte er noch um die Basilika spazieren und dem machtvollen Gefüge der Orgelchoräle lauschen.

Die roten Steinmauern des Münsters glänzten vom Regenwasser. Beim Anblick der harmonischen Bogenfolge der Fenster ruhten sich die Augen aus. Das Münster war ihm auf seltsame Weise vertraut, er fand, es strahlte Wärme und Lebendigkeit aus.

Nie hatte er sich Zeit genommen, den Verzierungen Beachtung zu schenken, die das große Gebäude schmückten. Da waren fröhlich tanzende Engel. Welchen Grund hatten sie, so ausgelassen zu feiern? Stand das Gottes Boten denn zu? Im Kloster sprach niemand vom Tanz, und wenn, dann nur, um die blindwütige Feierei einiger Basler zu tadeln.

Adler und geflügelte Löwen schauten von den Wänden herunter. Elefanten wölbten ihre Rüssel. Stiere verkündeten Gottes Schöpferkraft. War das Gott? War das sein Charakter? Hatte er hier einen Zipfel Gottes ergriffen? Alles am Münster posaunte es in die Welt hinaus, selbst die kleinen Wirbel, Räder, Rosetten, Sterne, Halbmonde, Bäume, Weinranken, sie alle riefen: Gott erschafft, Gott erfindet und erbaut.

Das ist Gott, dachte er, und sein Gesicht zuckte vor Freude. Er hatte einen Teil Gottes begriffen. Gott war der Schöpfer. Er war der Erbauer und Erfinder dieser Erde. Er liebte die Vielfalt. Er liebte die Lebewesen, die Pflanzen, das Werden und Wachsen.

Vor der Galluspforte blieb er stehen. Sie war prächtig ausgestattet, obwohl sie nur ein Seitenausgang des Münsters war, denn sie zeigte in Richtung der bischöflichen Siedlung. In den Tabernakeln rechts und links der Pforte standen sich Johannes der Täufer und Johannes der Evangelist gegenüber. Weiter oben bliesen Engel zum Weltgericht, neben ihnen in den Zwickeln zeigten sich die aus den Gräbern Auferstandenen, ein Wiedererweckter zog sich noch die guten Strümpfe an, um in besten Kleidern vor Gott zu erscheinen. Dieser Mann fürchtete sich nicht. Er freute sich darauf, seinen Schöpfer von Angesicht zu Angesicht kennenzulernen.

»Ich will tun, was immer du willst«, sagte Christian leise. »Ich bin dein, Gott.« Es machte ihn froh, diese Worte auszusprechen. Gott würde ihn nicht grob behandeln. Er konnte ihm vertrauen.

Was waren das für Frauenfiguren gleich über der Pforte? Fünf zu jeder Seite einer kleinen Tür. Sie trugen Lampen, und während die einen die Tür durchschritten hatten, hielt Christus die anderen ab. Er kannte das Gleichnis. Den traurigen Frauen war das Lampenöl ausgegangen. Sie hatten sich mit einem oberflächlichen Glauben zufriedengegeben und waren einer selbstgefälligen Frömmigkeit gefolgt, ohne Gottes Kraft in Anspruch zu nehmen.

Nahm er sie denn in Anspruch? Herr, betete er in Gedanken, ich fürchte mich vor dem Priorsamt. Ich möchte es nicht annehmen. Aber wenn du mir Kraft gibst, will ich tun, was von mir verlangt wird.

War das die Bedeutung des schrecklichen Traumes? Wollte Gott ihn vor dem Weltgericht warnen? Aber er war nicht erschüttert gewesen im Traum. Er war machtvoll gewesen, ein Prophet, der das Gericht verkündete.

Christian ging einige Schritte zurück. Das nicht, Gott, dachte er. Alles, aber das nicht. Er sah die Christusfigur an, die an der Tür die fünf oberflächlichen Jungfrauen zurückwies. Was würde er ihnen laut biblischem Bericht am Ende der Zeiten sagen? »Ich kenne euch nicht.« Die schlimmsten Worte des Christentums, die schrecklichsten Worte des Universums, Gott, der seinen Geschöpfen sagte: Ich kenne euch nicht.

»Du kennst mich, Gott, oder? Du hast mich dich spüren lassen. Du siehst mich an, du hilfst mir, nicht wahr?«

In diesem Augenblick empfand Christian ein Kitzeln unter seinen Füßen. Es wuchs zu einem Zittern an, das sich bis in seine Knie fortpflanzte. Er sah hinab. Was war das? Die Tauben flatterten auf. Er musste die Arme ausstrecken, um nicht das Gleichgewicht zu verlieren. Ein tiefes Grollen war unter der Erde zu hören. Das Orgelspiel brach ab. Irgendwo kreischte eine Frau.

Christian sprang zur Kirchenmauer und klammerte sich daran fest. Es wurde wieder still, als hielte die Welt den Atem an. Auch der Boden zitterte nicht mehr. Was wollte Gott ihm sagen? Sollte das ein Zeichen sein?

Da fiel sein Blick auf den Boden vor der Galluspforte. Ein Riss klaffte dort, wo er eben noch gestanden hatte. Ein Riss in der Erde.

Er schloss die Augen. »Wir werden vernichtet wie Sodom und Gomorrha.«

28

Tam schloss leise die Tür und betrachtete seine Frau. Sie tat, als habe sie ihn nicht bemerkt. Angestrengt sah sie in den Spiegel und zupfte Haare über der Stirn aus. Das Licht der Kerze brachte ihr Gesicht zum Leuchten.

Es war still, bis auf das Ticken der Holzwürmer im Gebälk hörte man nichts. Selbst die Tiere schliefen noch. Tam sagte: »Du hast gehofft, ich würde nicht wach werden. Du dachtest, wenn du jetzt aufbrichst, kann ich dich nicht daran hindern.« Durch die gewölbte, bis hoch hinauf freigezupfte Stirn wirkte ihr Gesicht noch kindlicher. Das spitze Kinn tat ein Übriges. Sie sah schutzbedürftig aus. Gleichzeitig weckten ihre Lippen in Tam das Verlangen, sie zu küssen.

Ob sie ihn jemals so ansah, wie er sie jetzt? Vermutlich nicht. Er liebte sie, oh, er liebte sie ohne Maß. Selbst dann, wenn er ihr zürnte.

Sie durfte auf keinen Fall gehen.

Saphira ließ von ihrer Stirn ab. Sie nahm einen Batzen weißer Paste aus einer Schale und rieb sie sich auf die Wange.

»Was ist das?«, fragte er.

»Bleiweiß.«

»Es macht dich blass.«

»Das ist der Sinn der Sache. Die Damen am Hofe tun es, um zart und zerbrechlich auszusehen.«

»Woher willst du das wissen?«

»Aleth hat es mir erklärt.«

»Ich fasse es nicht, dass Aleth und Eachann dich unterstützen. Nach allem, was gestern geschehen ist, dieser großen Enthüllung und der Aussprache zwischen ihnen. Eachann hat dir wirklich einen Brief seiner Tochter gegeben? Versteht er denn nicht? Karl ist nicht nur der König von Böhmen, Italien und dem Heiligen Römischen Reich Deutscher Nation. Er ist seit April der Kaiser, zum Donnerwetter! Wie dreist muss man sein, um mit einem solchen Plan zum Kaiser zu gehen?«

Saphira schwieg. Sie tunkte ein Tuch aus grobem Leinen in eine Pulverdose und rieb es über ihre Zähne.

»Lass das besser mit dem Zahnpulver«, sagte er. »Es ist nicht gesund. Die Zähne gehen davon kaputt.«

»Unfug.« Sie besah ihre Zähne im Spiegel. »Das ist nur Salz, Kreide und ein wenig Pfefferminzöl. Davon geht nichts kaputt.« Wieder tunkte sie das Tuch ein und führte es zum Mund.

»Saphira, warum willst du den Zorn des Kaisers herausfordern? Willst du, dass Friedrich ohne Mutter aufwächst? Ich werde an deiner Stelle gehen. So hatten wir es doch besprochen.«

Sie nahm das Tuch aus dem Mund. »Du weißt, dass ich das nicht will.«

»Lass diese Unglückstat! Sie ist unvernünftig und gefährdet dich.«

»Du hast leicht reden. Ist dein Vater vor dem Rathaus zu Tode geschunden worden?«

»Simon-ben-Levi hätte nie gewollt, dass du dich für ihn in eine solche Lage bringst.«

»Er hat sich Gerechtigkeit gewünscht. Deshalb hat er mich zu Karl geschickt. Sieben Jahre ist das her, Tam, und du hast oft genug versucht, zum König vorzudringen. Es wird Zeit, dass sich Vaters Wunsch erfüllt.«

»Und wenn der Schwindel auffliegt? Das könnte dich das Leben kosten!«

»Der kleine Fuchs ist jetzt in einem Alter, in dem er ohne mich zurechtkommen kann.«

Was sagte sie da? Er wusste nichts zu erwidern. So weit ging sie? Sie war bereit, sich für immer von ihrem Kind zu verabschieden? Dann würde es kein Argument geben, das sie umstimmte.

Er sagte: »Ich gehe mit dir.«

»Unmöglich. Du warst jetzt dreimal am Königshof. Irgendwer würde dich wiedererkennen.« Sie drehte sich um. Plötzlich stand ihr Mitleid ins Gesicht geschrieben. Sie erhob sich, ging zu ihm hinüber und drückte ihre Lippen auf seine. Der Kuss war sanft und feucht und schmeckte nach Minze. »Ich liebe dich«, sagte sie. »Du weißt das, oder? Es fällt mir schwer, dir das anzutun, ob du es glaubst oder nicht.«

Er schob sie von sich, ging zum Kamin hinüber, kauerte sich nieder und langte mit der Hand ins Innere des Abzugschachts. Dort wischte er über die kalten Steine. Als er die Hand zurückzog, war sie schwarz. Er rieb die Handflächen aneinander, um den Ruß zu verteilen, und wischte sich über das Gesicht, den Nacken und den Hals.

»Was soll das?«

Nun zog er sich das Hemd über den Kopf und fing an, Gesicht und Hände an Bauchteil, Rücken und Ärmeln des Hemdes zu scheuern. Bald war das Hemd ebenso schmutzig wie er. Er zog es wieder an. »Erkennt man mich wieder?«

»Natürlich.«

»Du vielleicht. Die nicht.« Er kehrte zu ihr zurück. »Wie willst du zur Burg Karlstein gelangen?«

»Mit unserem Pferd. Komm mir nicht zu nah! Das Jäckchen ist ein Vermögen wert, wenn du es beschmierst, bekommen wir kein zweites für den Auftritt beim Kaiser.« Es war ärmellos mit silbernen Knöpfen. Darunter trug Saphira einen bunten Rock, an dessen Saum Schellen baumelten. Beide Kleidungsstücke hatte er noch nie an ihr gesehen.

»Wo hast du es her?«

»Von Aleth.«

»Das ist nie und nimmer Aleths Jäckchen. Da passt sie doch im Traum nicht hinein!«

»Sie war schlank in jungen Jahren, hat sie gesagt.«

»Schlank hin oder her, unser Pferd wird dich nicht tragen. Es trägt niemanden mehr. Dass es noch auf der Weide steht ist ein Zeichen unserer Dankbarkeit, weil es uns aus Basel hierhergebracht hat, aber lege ihm einen Sattel auf und es bricht darunter zusammen.«

»Dann gehe ich eben zu Fuß. Bis zur Burg ist es nicht weit.«

»Du schleppst den Kasten bis vor das Burgtor?«

»Das schaffe ich!«

»Natürlich schaffst du's. Aber keine Edelfrau würde das tun. Drehe es, wie du willst. Ohne mich gehst du nicht zum Kaiser. Und wenn der einzige Grund dafür ist, das Lügengebäude aufrechtzuerhalten.«

Sie schwiegen auf dem Weg durch das Berauntal. Das erste Sonnenlicht vergoldete Weinberge und Schieferfelsen. Satte Trauben hingen an den Weinranken, in wenigen Wochen würde man die Weinlese feiern. Tam führte das Pferd, das nun doch den Kasten auf dem Rücken trug. Saphira ging voran. Sie wollte ihren Auftritt vor dem Kaiser durchdenken, aber alles, was ihr in den Sinn kam, war das Gesicht Friedrichs. Sie war noch einmal in das kleine Gemach gegangen, das sie bewohnten, und hatte ihrem schlafenden Sohn die Stirn geküsst, und nun ließ sie der Anblick des Kindes nicht mehr los. Die geschlossenen Augen, der Mund, der Kopf, der sich ein wenig zur Seite neigte. Wo fand man dieses Vertrauen? Der kleine Fuchs baute darauf, dass sie für ihn sorgten. Er zweifelte keinen Augenblick daran. Er glaubte, dass sein Leben in bester Ordnung war.

Der Schleier war ungewohnt, sein zart gekrauster Rand rührte mit jedem Windstoß an ihre Wangen. Solche Stoffe trugen die Edlen also, Kleider, die tagaus, tagein ihre Haut streichelten. Die Schellen am Kleidsaum machten schurr-schurr, kling-kling. Saphira sah sich nach Tam um.

Er zeigte wortlos nach oben. Da war sie, die Feste Karlstein. Von fünf Hügeln umgeben, lag sie auf einem hohen Felsen. Die Mauern bekleideten schräge Hänge, zwei Türme konnte Saphira ausmachen, der zweite war noch von Baugerüsten umgeben.

»Eine Trutzburg, die ihresgleichen sucht«, sagte Tam. »Sie ist nach den Plänen des Kaisers gebaut. So ist er, so kräftig, so stark! Denk nach, Saphira. Willst du wirklich da hinaufsteigen und den mächtigsten Mann der Welt belügen?«

Tam hatte recht. Der Anblick der Feste schüchterte ein. Mit wem wollte sie, Saphira, es hier aufnehmen? Aber wie sollte sie sich verzeihen, diese Gelegenheit nicht genutzt zu haben? Sie hatte es Vater versprochen, den Kasten zum König zu bringen. Dass der König gleich drei Königreiche regierte und zusätzlich die Kaiserwürde bekleidete, hatte damals niemand ahnen können. »Ich kehre nicht um«, sagte sie. »Wenn du das möchtest, bist du frei dazu.«

Tam holte zu ihr auf. »Im Trutzturm lagern die Reichsinsignien, die Zeichen der Herrschaft des römischen Kaisers und deutschen Königs: Reichskrone, Reichsapfel, Zepter, Mauritiusschwert, Reichskreuz und Heilige Lanze. Außerdem die kaiserliche Reliquiensammlung.«

»Gib auf, Tam. Glaubst du, ich durchschaue nicht, was du versuchst? Du kannst mich nicht verschrecken. Ich bleibe dabei. Heute erfülle ich Vaters Wunsch. Kehr um, wenn du dich fürchtest.«

»Nicht für mich fürchte ich«, sagte er leise.

Das Dorf, das aus Hütten und Häusern zu beiden Seiten des Flusses Beraun bestand, brachte sie zum Schweigen. Die Dörfler traten aus ihren Ställen und hoben auf den Feldern die Köpfe, um die Fremden zu begaffen. Saphira hob zum Gruß die Hand. Niemand grüßte zurück, nur ein Kind winkte ihr und lächelte schüchtern.

Hinter dem Dorf begann der anstrengende Aufstieg zur Burg. Wie eine Rampe schlang sich der Weg rings um den Felsenberg. Das Fell des Pferdes begann zu glänzen, und es keuchte aus seinen ergrauten Nüstern. Auch Saphira schwitzte. Sie sah am Jäckchen hinunter. Noch zeigten sich keine Flecken, der Surkot fing den Schweiß auf.

Als hinter der letzten Biegung die Fallbrücke der Feste auftauchte und die bis zum Himmel aufragende Schildmauer, musste sie allen Mut zusammennehmen. Es kribbelte in ihrem Bauch, sie sah sich schon gepackt und in ein finsteres Kerkerloch geschleift, gemeinsam mit Tam.

Aber ihr blieb keine Zeit, sich zu sammeln. Bevor sie überhaupt die Fallbrücke betreten konnte, eilten Wachposten aus dem Tor und befahlen mit scharfem Ruf stehen zu bleiben. Zu viert traten sie auf sie zu. Sie trugen knielange Kettenmäntel und darüber Waffenröcke aus rotem Stoff, auf denen sich der silberne gekrönte Löwe Böhmens in die Höhe streckte. Mit den Bütteln Basels waren diese Männer nicht zu vergleichen, jeder von ihnen war einen Kopf größer als Saphira und auf ihren Brustkörben konnte man wahrscheinlich Bierkrüge zerschlagen, ohne dass sie mit den Lidern zuckten.

Männer wie die müssen vor dir buckeln, sagte sie sich, du bist heute von königlichem Blut! Sie reckte ihr Kinn auf und sagte: »Ich bin Anne, Tochter des Grafen Philipp von Évreux und der Königin von Navarra. Meldet meinen Besuch seiner Hoheit, dem Kaiser.«

Die Wachen blieben verblüfft stehen. »Eine Frau Eures Ranges – ohne Ankündigung? Warum habt Ihr keinen Reiter vorausgeschickt? Und wo ist Euer Tross? Gab es einen Überfall?«

Saphira bebten die Knie. Sie hoffte, dass der Rock es gut verbarg. »Bin ich euch Kerlen etwa Rechenschaft schuldig?« Sie riss sich mit einer zackigen Bewegung den Brief Ninons aus dem Gürtel und streckte ihn den Wachposten hin.

Sie betrachteten das Siegel und raunten sich etwas zu.

»Geht, meldet meine Ankunft!«

Endlich machte einer der Männer kehrt und lief in die Burg hinein. Ein anderer erklärte: »Ihr müsst verzeihen, aber seine Hoheit, Kaiser Karl, gestattet keiner Frau, diese Burg zu betreten. Wir melden Euch, aber wir müssen Euch dennoch bitten, hier draußen zu warten.«

»Wie könnt ihr euch erdreisten! Ich habe einen anstrengenden Weg hinter mir. Seine Hoheit wird mich sicher nicht am Tor abweisen.«

»Gräfin, es gibt auf der ganzen Festung weder Magd noch Köchin. Niemand ist hier, der Weib genannt werden kann. Es ist der Wunsch des Kaisers.«

Tam schnürte den Kasten los. Tat er es, weil er sein eigenes Zittern verbergen wollte? Oder sollte es die sichere Überzeugung ausdrücken, dass sie nicht abgewiesen werden würden?

Der vierte Wachposten kehrte zurück. »Bitte folgt mir«, sagte er. Er ging voraus in die Festung hinein. Sie zwang sich, sich nicht nach Tam umzudrehen. Es schickte sich nicht, dem Knecht so viel Aufmerksamkeit zu widmen.

Sie traten auf einen sauber gefegten Hof. In einer überdachten Werkstatt meißelten Steinmetze mächtige Quadersteine zurecht. Ein Mann, der wohl eine Art Verwalter oder Kastellan darstellte, unterhielt sich mit einem Karrenlenker neben dessen mit Weinfässern beladenem Wagen.

Ein Ritter trat vor sie, der Haaransatz ergraut, das rechte Auge halb geschlossen durch ein lahmes Augenlid. Es gab ihm das verwegene Aussehen eines erprobten Recken. »Ludman von Rotberg. Karl bat mich, Euch zu ihm hinaufzugeleiten.« Er nannte den Kaiser einfach beim Namen! Er musste ein naher Vertrauter Seiner Majestät sein.

Ludman bot ihr den Arm. »Hoheit?«

Sie legte die Hand hinein. Er hält mich für echt, dachte sie, dann wird es auch der Kaiser tun. Es musste gelingen!

»Ist es wahr, dass es in der Feste Karlstein keine Frauen gibt?«, fragte sie.

»Das ist tatsächlich wahr. Aber eine Frau Eures Standes ist natürlich willkommen.«

Sie durchquerten ein zweites Tor und betraten den Palast. Treppenstufe um Treppenstufe stiegen sie hinauf. Zwischen dem Klingeln ihrer Schellen hörte sie Tam ächzen, der hinter ihnen den Kasten hinauftrug. Niemand beachtete ihn. Seine Rolle war die einfachere.

Ohne anzuklopfen, öffnete Ludman eine Tür und geleitete Saphira hinein. Zuerst sah sie einen farbigen Wandteppich von mehreren Schritt Länge, Schalen mit Weintrauben, Musikinstrumente, Prunkwaffen. Dann erst bemerkte sie den Mann am Tisch. Er mochte etwa vierzig Jahre alt sein. Ernst sah er sie an, väterlich, und stand auf. Was war das für ein Buch vor ihm? Mit ruhigen Schritten kam er heran, das blaue Gewand mit goldener Borte durch den Gürtel sanft gebändigt. Ein seltsames Stoffstück fasste seinen Hals ein, ein offener, recht neuartig wirkender Kragen. Der Mann trug einen Vollbart. Die Barthaare waren ansehnlich nach vorn gekämmt. Ein schöner Mann. Die vollen Augenbrauen kündeten von Macht und Kraft.

Saphira kniete nieder: »Krleš, Hoheit.«

Der Kaiser antwortete: »Kyrie eleison. Steht auf. Und sprecht nicht böhmisch oder deutsch, wenn es Eure Zunge anstrengt.«

Saphira fühlte das Blut aus dem Kopf weichen und in die Beine sacken. Natürlich, sie kam aus Frankreich! Er bot ihr an, die Unterredung auf Französisch zu führen. Leise sagte sie: »O bitte, nicht die Mühe. Wir können deutsch sprechen.«

»Wie Ihr wünscht.« Er kehrte zum Tisch zurück, goss Wein in einen goldenen Becher und brachte ihn ihr.

Dankend nahm sie ihn entgegen und trank einen kleinen Schluck.

Nun holte er eine hölzerne Schale mit Nüssen und hielt sie ihr hin. »Kostet!«

Sie nahm einen Nusskern heraus und zerkaute ihn.

»Nehmt mehr.«

Was sollte das? Gehorsam nahm sie eine weitere Nuss und aß sie.

»Fällt Euch etwas auf? Es sind alles Haselnusskerne, aber ein jeder schmeckt anders.« »Ihr habt recht«, sagte sie. Ich spreche mit dem Kaiser, dachte sie, über Haselnüsse.

»So gleicht auch kein Tag dem anderen. Bevor wir ihn erleben, wissen wir nie, wie er uns schmecken wird. Warum seid Ihr den weiten Weg aus dem Westen herübergekommen?«

»Verzeiht, Hoheit, aber ich kam nicht, um Euch zu besuchen. Ich wollte den Freund meiner verstorbenen Mutter wiedersehen, der damals als Leibwächter dem französischen König diente und mir ein treuer Spielkamerad war.«

»Das ehrt Euch und kränkt mich keineswegs.«

Sie nahm das Kleid bei den Seiten und machte einen Knicks, wie Aleth es ihr gezeigt hatte. »Habt Dank, Majestät.«

»Und doch seid Ihr hier. Wie kann ich Euch weiterhelfen?«

»Dass ich Euch aufsuche, Majestät, hängt mit einer Jüdin zusammen, die ich bei jenem Leibwächter traf. Sie berichtete mir von einer Verschwörung in Basel und großem Unrecht, das dort geschehen sein soll. Ich möchte Euch dieses Unrecht nicht vorenthalten, denn Euer Urteil gilt in allen Landen als gütig und weise.«

»Ist das so?« Das Gesicht des Kaisers über dem sorgsam gekämmten Bart war undurchdringlich. Fest und prüfend richtete sich sein Blick auf Saphira. »Vertraut Ihr meinem Urteil, und seid Ihr davon überzeugt, dass ich gerecht entscheide?«

»Ja, Hoheit.«

Er wendete sich ab. »Ludman, schaffe sie hinaus. Sie soll dreißig Stockhiebe erhalten und dann nach Prag ins Verlies gebracht werden. Hundert Tage Wasser und Brot, anschließend ein peinliches Verhör. So wird sie lernen, dass sie ihren Kaiser nicht zum Narren halten kann.«

Sie wurde am Arm gepackt und zur Tür gezerrt.

»Wartet!« Tam stürzte vor und warf sich zu Boden. »Schenkt einem Unwürdigen Gehör, Hoheit!«

»Was willst du? Ist mein Urteil über deine verlogene Herrin ungerecht?«

Tam zögerte, das Gesicht zum Boden gewandt. Er sagte: »Nein, Majestät. Es ist gerecht.«

»Also?«

»Ptolemäus schreibt, die Erde ist im Verhältnis zu der Entfernung der Fixsterne als ein Punkt ohne Größe zu betrachten. Was sind dann wir? Ist es nicht allein Gottes Gnade, die uns leben lässt?«

»Ein Knecht und ein Philosoph zugleich. Steh auf. Wer bist du?«

»Ich war Ritter in Basel, Hoheit, der Sohn des Bürgermeisters Konrad von Bärenfels.«

Der Griff um ihren Arm wurde fester. Ludman von Rotberg wollte sie weiterziehen. Sie schrie auf und hielt sich am Türrahmen fest. Ihr Leben stand auf dem Spiel. Im Verlies warteten Ratten, Krankheiten, Hunger und Tod.

Der Kaiser winkte Ludman zu warten. Er sagte, an Tam gewandt: »Ihr habt also Teil an diesem Betrug, indem Ihr Euch als Knecht ausgabt. Damit werdet auch Ihr Stockhiebe und Verlies schmecken.«

»Das will ich. Nur bitte ich Euch, fällt ein weiteres Urteil.«

Eine der buschigen Augenbrauen des Kaisers fuhr in die Höhe. »Der Strafe fügt Ihr Euch willig, Ritter, und hofft dennoch auf einen Gefallen?«

»Saphira-bat-Simon log nicht«, sagte Tam.

Der Kaiser knurrte. »Glaubt Ihr, das weiß ich nicht? Sie

selbst ist die Jüdin. Als ich die Schellen die Treppe heraufkommen hörte, wusste ich, dass diese Frau niemals eine französische Grafentochter sein konnte. Ihr Kleid ist gestohlen, und alt ist es zudem. Wer trägt heute noch Schellen? Vor etlichen Jahren waren sie im Schwange, aber heute erkennt man daran Spielleute und Gaukler. Wer wirklich am Hof des französischen Königs ein und aus geht, weiß so etwas. Also, Ihr sagt mir nichts Neues.«

»Und ihre Anklage?«

»Was erwartet Ihr? Dass ich einer Anklage nachgehe, die mir von einer Betrügerin vorgetragen wurde? Soll es auf den Straßen heißen, man müsse mir mit Lügen kommen, dann bekäme man, was man sucht?«

Tams Stimme bebte, als er sagte: »Tut, was Ihr in Eurer kaiserlichen Macht entscheidet. Mir wurde beigebracht, als ich ein Junge war und mein Vater noch versuchte, mich zu seinem Nachfolger zu erziehen, dass auf dem Reichsschwert eingraviert steht: *Christus vincit, Christus regnat, Christus imperat.* Christus siegt, Christus herrscht, Christus gebietet. Unser Erlöser wird Recht schaffen, eines Tages.«

Der Kaiser sagte: »Ich kenne mein Schwert. Wagt es nicht, mir Lektionen zu erteilen.«

Tam sah starr zum Kaiser hin. »Ich klage meinen Vater an, sein Amt als Bürgermeister und erster Ritter der Stadt Basel missbraucht zu haben, um eine Vielzahl wehrloser, unschuldiger Menschen in den Tod zu stürzen. Er trieb durch Gerüchte die Armen Basels zum Aufstand an und ließ die Juden verbrennen, weil ihn eine Schuldenlast drückte.« Schicksalsergeben beugte er sich zum Kasten hinab, schloss ihn auf und öffnete ihn. Er hob einen Teller heraus, den ein zähnefletschender, sich aufrichtender Bär zierte. »Dies gehörte uns, bis Vater es als Pfand an den Juden gab.« Er legte Ringe, Fibeln und Armbänder neben den Kasten. »Pfänder.« Endlich brachte er gesiegelte Pergamente zum Vorschein. »Ein Schuldbrief des Markgrafen von Baden. Ein Schuldbrief des Grafen von Thierstein. Ein Schuldbrief der Schaler. Eine Schuldurkunde des Bischofs von Basel. Hier, der Schuldbrief Konrads von Bärenfels, über dreihundertzwanzig Goldgulden.« Er wies auf Saphira. »Sie ist die rechtmäßige Erbin dieser Schuldbriefe, nachdem Konrad ihren Vater zu Tode prügeln ließ. In Basel aber lebt eine Jüdin keine drei Tage. Wollt Ihr dieses Unrecht dulden?«

Der Kaiser fuhr sich mit der Hand durch den Bart. »Ihr führt eine gute Rede, Ritter.«

Da ließ Ludman sie los. Er trat vor. »Karl, ich kenne Basel, ich bin in der Nähe der Stadt aufgewachsen. Wenn Ihr wünscht, kann ich die Sache aufklären.«

»Reise dorthin, und nimm diese beiden mit dir. Stelle zuerst den Bischof zur Rede. Er soll seine Stadt regieren und Ungerechtigkeiten in meinem Auftrag verhindern. Finde heraus, warum er diese Ungehörigkeit zugelassen hat. Außerdem hast du Vollmacht, Konrad von Bärenfels abzusetzen und zu bestrafen. Lasse dir ein Schreiben von meiner Kanzlei anfertigen.«

Saphira konnte kaum fassen, was sie hörte. »Ich danke Euch, Hoheit«, hauchte sie.

Der Kaiser sagte: »Verwendet künftig nicht so viel Bleiweiß. Es verursacht Zahnschmerzen.«

29

Jeden Tag stand Christian mit den anderen Mönchen auf und sang im Morgengrauen die Gebete der Prim. Dann verließ er die Kirche unter den stummen, staunenden Blicken der Klosterbrüder und ging in die Stadt. Er lief durch die erwachende Sankt-Alban-Vorstadt, grüßte die Büttel an Kunos Tor mit: »Tut Buße! Wendet euch Gott zu!«, und sie antworteten: »Einen schönen guten Morgen, Bruder.« Dann ging er zum Münsterplatz und predigte dort bis zum Mittagsläuten. Den Nachmittag verbrachte er auf dem Rindermarkt, dem Kornmarkt, dem Fischmarkt und an der Rheinbrücke.

Prior Guilielmus hatte gesagt: »Wenn es Gottes Auftrag an dich ist, wer bin ich, dich daran zu hindern?« Christian predigte auf den Straßen. Tag für Tag kündigte er den Bewohnern Basels ihren Untergang an.

Ihn zu verspotteten wagten die Basler nicht, denn für den Fall, dass er ein echter Prophet war – und niemand wollte das völlig ausschließen –, würde dies Gottes Zorn auf sie lenken. Genauso wenig folgten sie jedoch seinen Worten. Niemand verließ die Stadt. Die wenigsten baten Gott, er möge ihnen ihre Schuld verzeihen und die Strafe von Basel abwenden.

Es begann die fünfte Woche, ohne dass er etwas erreicht hatte. Die nasse Luft des Oktobermorgens roch nach Herbstlaub und würzigem Moos. Bald würde sich der Mord an den Juden zum achten Mal jähren. Wie lange dauerte es, bis Gott die Stadt bestrafte? Inzwischen kamen ihm selbst Zweifel, weil nichts geschah. Er musste an Jona denken, der Ninive den Untergang gepredigt hatte, nur um festzustellen, dass Gott der Stadt vergeben hatte und es keinen Untergang gab. Allerdings hatten sich die Bewohner von Ninive in Säcke gehüllt und sich dem Allmächtigen in Reue unterworfen.

Er grüßte die Büttel an Kunos Tor. »Tut Buße! Wendet euch Gott zu!«

»Einen schönen guten Morgen, Bruder«, antworteten sie.

An der Kapelle der Deutschritter ging er gedankenverloren vorüber. Was sollte er heute auf dem Münsterplatz sagen? Wieder dasselbe? Konnten die Menschen nicht langsam mitsprechen, so gut kannten sie seine Worte schon auswendig?

Einige Kinder rannten an ihm vorbei Richtung Münster. Er überholte eine alte Frau, die sich an ihrem Krückstock ebenfalls zum Münsterplatz hinschleppte. Die Stände der Händler am Straßenrand der Rittergasse waren verwaist. Eine Gruppe junger Sternerritter passierte ihn, in zügigem Schritt zum Münster hineilend. Was war dort los?

Er fand den Platz von einer großen Menschenmenge bevölkert. Eine Bühne stand vor der Basilika. Wann hatten sie die errichtet, in der Nacht? Darauf erblickte er einen Richtblock, einen Käfig mit einem Hahn darin und fünf Ratsherren. Jubel brach aus. Konrad von Bärenfels stieg eine kleine Treppe hinauf und betrat die Bühne. Er war dick geworden. Weit wölbte sich sein Bauch vor.

»Bürger Basels«, sagte er, »seit einigen Wochen kündigt ein Benediktinermönch der Stadt großes Unheil an. Und es ist wahr, Basel wird von einem furchtbaren Geschehnis bedroht. Ihr selbst habt beobachtet, dass die Schlangen aus ihren Löchern hervorgekrochen kommen und dass die Erde erzittert. Was hat dies zu bedeuten?«

Konrad von Bärenfels wartete, und es wurde so still auf dem

Münsterplatz, dass man die Schmiedehämmer Minderbasels klirren hörte. Er sagte: »Die Alten wissen, was es heißt, wenn sich die Schlangen zeigen. Sie meiden den Brunnen an der Gerbergasse, denn dort, wo dieser Brunnen heute steht, lebte zu einer Zeit, als Basel noch nicht existierte, der Basilisk.«

Ein Flüstern lief durch das Volk.

»Das Zittern der Erde, die Schlangen – sie zeigen einen Versuch des Basilisken an, aus seiner Hölle aufzusteigen und Basel heimzusuchen. Plinius beschreibt ihn als eine Schlange, deren Atem alles Leben tötet und selbst Felsen zerbricht und die auf dem Kopf einen weißen, kronenartigen Fleck hat, weil es der König der Schlangen ist. Andere sagen, der Basilisk trage Fledermausflügel und Krallenfüße.«

Einige Kinder begannen zu weinen.

»Aber der Rat eurer Stadt, ehrenwerte Bürger, und ich, euer Bürgermeister, Konrad von Bärenfels, wissen euch zu beschützen. Wir haben die Augen offengehalten und den Versuch des Basilisken vereitelt. Dieser Hahn«, er zeigte auf das Tier, »hat ein Ei gelegt. Auf jene widernatürliche Weise wollte der Basilisk erscheinen. Bevor er jedoch schlüpfen konnte, haben wir das Basiliskenei zerstört. Und wir sind heute hier versammelt, um das Urteil über den Hahn zu verkünden, der mit dem Basilisken gemeinsame Sache machte. Er soll des Todes sterben.«

Eine Gasse bildete sich in der Menge, und hindurch schritt der Henker, eine schwarze Kapuze über dem Kopf. Er stieg die hölzerne Treppe hinauf und trat vor den Richtblock. In der Hand hielt er das mächtige Henkersbeil. Man brachte ihm den Käfig.

Diese Irren! Christian konnte nicht länger an sich halten. Er rief: »Blendwerk! Narretei!« Mit Ellenbogenstößen arbeitete er sich zur Bühne vor. Er stolperte die Treppe hinauf und war mit wenigen Schritten beim Richtblock angelangt. Dort griff er sich den Hahnenkäfig und hob ihn in die Höhe. »Ein Federvieh wollt ihr schlachten und damit Gottes Zorn von Basel abwenden? Wie dumm muss man sein, so etwas zu glauben! Ich bin Priestermönch und kenne die Heilige Schrift. Nirgends berichtet die Bibel von einem Basilisken, der aus der Hölle aufsteigt, um in einem Hahnenei geboren zu werden. Welche absurde Mär!«

»Der Benediktiner«, raunte das Volk. Einige sagten: »Der Prophet, er will uns wieder warnen.« Jemand schrie: »Hört auf ihn, es ist Elia!«

Mit einem Schmunzeln trat Konrad von Bärenfels neben Christian. Er legte ihm die Hand auf die Schulter und sagte zur Menge hingewandt: »Erinnert ihr euch nicht an ihn? Er war es, der eine Buhlschaft mit jener Judentochter pflegte, dieser hübschen Hexe, der jeder Mann auf der Straße hinterhersah. Als sie fort war, hat er sich dem Suff ergeben. Es ist eine Binsenweisheit: Trinke zu viel und du siehst Dinge, die es gar nicht gibt. Gebt seinen Worten nicht zu viel Gewicht. Hier steht der Rat der Stadt vor euch, die Männer, in deren Händen euer Schicksal liegt. Ihnen vertraut.«

Christian schüttelte die Hand ab. »Ja, es ist wahr«, sagte er. »Ich habe meine Verzweiflung mit Wein und Schnaps betäubt. Dann aber hat Gott mich gerufen. Er beauftragt immer die Schwachen, die Nichtswürdigen, auf dass sich niemand etwas darauf einbilde. Ich sage euch: Verlasst die Stadt! Diesen Hahn zu schlachten wird nicht einen von euch retten. Ein fürchterliches Gericht bricht herein, wenn Basel nicht Buße tut und seine böse Judenhatz bereut.«

»Das sagt er«, unterbrach ihn Konrad, »weil er die Jüdin immer noch liebt.«

Saphira war überglücklich, Basel wiederzusehen. Tam konnte ihr kaum folgen, so rasch tänzelte sie von Mäuerchen zu Brunnen, von Werkstatt zu Wirtshaus, von Gässchen zu Baum. »Hier habe ich als Kind mal mit meinen Freundinnen Verstecken gespielt«, sagte sie dabei. »Und hier hat der freche Salman mich mit Kirschkernen bespuckt, und ich bin heulend zu Vater gerannt.« Tam hingegen sprach kein Wort. Er hielt Friedrichs Hand, nie wich ihm der Junge von der Seite. War die Angst ihres Sohnes nicht verständlich? So viele Menschen, so viele Häuser – es war ein Anblick, den er nicht gewöhnt war.

Sie waren mit einem Gesandten des Kaisers hier, wenn Vater ihnen nachsetzen sollte, würde dies das Urteil über ihn nur verschärfen. Trotzdem hatte Ludman von Rotberg sie in Minderbasel untergebracht. Zur Sicherheit hatten sie auf dieser Seite des Rheins bleiben sollen, während er beim Bischof vorsprach. »Saphira«, sagte Tam, »lass uns lieber umkehren. Wir sollten doch nicht auf die Großbasler Seite hinübergehen.«

»Das ist unsere Stadt.« Sie strahlte ihn an. »Wir sind in die Heimat zurückgekehrt! Und nun hat der Kaiser ein Auge auf uns. Sein Gesandter würde ihm berichten, wenn man uns auch nur ein Haar krümmen würde.«

»Wenn du ihn schon anführst: Sein Gesandter hat uns befohlen, in Minderbasel zu bleiben.«

»Schau mal, auf dem Münsterplatz scheint etwas los zu sein. Ich kann's gar nicht erwarten, die riesige Basilika wiederzusehen. Wusstest du, dass eines der Fenster einen Davidsstern zeigt? Ich habe mich immer gefragt, warum.«

»Ich finde wirklich, wir sollten umkehren.«

»Wusstest du es oder nicht?«

Tam seufzte. »Natürlich kenne ich den Davidsstern aus Glas. Soweit ich weiß, haben ihn die Steinmetze aus der Spinnwetternzunft gestiftet. Zufrieden?«

»Pah!« Sie sprang herbei und gab dem Füchslein einen liebevollen Stoß zwischen die Schulterblätter. »Junger Mann, jetzt reiß dich mal von deinem Vater los und erkunde die Straße! Sonst bist du doch immer kaum zu halten und hast nur Dummheiten im Kopf. Was ist los mit dir?«

»Nichts, Mutter«, sagte der Kleine und hielt sich noch dichter an Tam.

Niemand würde sie wiedererkennen, beruhigte sich Tam. Damals hatte sie den blauweißen Schleier getragen, der für Jüdinnen vorgeschrieben war, heute trug sie die Haube einer verheirateten Christin. Das feine Jäckchen mit den Silberknöpfen, das Aleth ihr zum Abschied geschenkt hatte, ließ sie wie eine Adlige aussehen. Wer sollte in ihr Saphira erkennen, die Jüdin, die vor acht Jahren dem blutrünstigen Stadtrat entfliehen musste?

Sie betraten den Münsterplatz. »Die vielen Menschen«, schwärmte sie, »oh, es hat mir so gefehlt! Ich möchte wieder mit Federn ...« Sie verstummte jäh.

Tam folgte ihrem Blick. Auf einer Bühne stand der Henker. Neben ihm Vater, dick geworden wie ein Fleischermeister. Dazu einige Stadträte und vor einem Richtblock ein Benediktinermönch. Wollten sie ihn hinrichten? Einen Benediktiner?

Jetzt erstarrte auch er. Der Mönch war Christian.

Tam spürte, wie sich seine Kopfhaut zusammenzog. Was lasteten sie ihm an? Und wie kam es, dass er zu den Benediktinern gehörte? Durfte der Rat der Stadt einen Mönch überhaupt köpfen?

Der Vater schnäuzte sich auf der Bühne in ein Tuch. Anschließend besah er das Ergebnis und wischte sich umständlich die Reste von der Nase ab, er rieb darüber, bis sie sich rötete, und faltete endlich das Tuch zusammen, um es wegzustecken. »Liebes Mönchlein, nicht jedes Unglück ist gleich ein Gottesurteil. Vor zwei Jahren hat es in Minderbasel gebrannt. Das Feuer hat viele Häuser zerstört. Wo wart Ihr da? Das wäre wenigstens ein Unheil gewesen, das jedermann sehen konnte.«

»Gott strafe Euch für Eure lästerliche Rede«, fauchte Christian und lief zum Bühnenrand. Er stieg eine kleine Treppe hinunter.

Konrad befahl dem Henker: »Nun richtet endlich den vermaledeiten Basiliskenhahn.«

Darum ging es also. Sie wollten ein Tier köpfen. Christian war ungefährdet. Tam drehte sich zu Saphira hin: »Keine Gefahr. Das sah schlimmer aus, als es ist. Obwohl ich mich wundere, ihn im Ornat zu sehen.«

Sie schien ihn nicht zu hören. Ihr Blick lag auf Christian. Der Mund war leicht geöffnet, und die Nasenflügel bebten.

Der Anblick tat ihm weh. Diese Hingabe, dieser Glanz in ihren Augen! »Saphira, ich …«

»Siehst du nach Friedrich?«, fragte sie. »Ich bin gleich zurück.« Sie schob zwei Männer auseinander und drängte in die Menge hinein.

Fort war sie. Gerade waren sie nach Basel zurückgekehrt, schon strebte Saphira zu Christian hin. Ohne zu zögern, ließ sie Tam und ihren Sohn allein. Hatte sie all die Jahre auf diesen Augenblick gewartet? Manchmal, wenn sie still dagesessen und vor sich hin gestarrt hatte, hatte Tam sie gefragt: »Denkst du an Christian?«

Hatte sie nicht häufig auf diese Frage hin geschwiegen? Und hatte ihn dieses Schweigen nicht jedes Mal tief getroffen, war es nicht schlimmer gewesen als ein Ja? Dennoch war er nicht vorbereitet gewesen auf dies hier.

Er hob Friedrich hoch und ließ ihn auf seinen Schultern sitzen. Der Junge sollte nicht sehen, dass sein Vater litt. Konnte er es ihr denn übel nehmen? Was hatte er ihr schon geboten. Das vertraute Gefühl, nicht gut genug zu sein, stellte sich ein. Sein ganzes Leben lang musste er sich unzulänglich fühlen. Es war sein Los. Zuerst war's der Vater gewesen, der ihn nicht für lebenstauglich hielt, weil er schwach war und oft weinte. Und nun hatte er eine Frau geheiratet, für die er nur die zweite Wahl war. Christian war der, nach dem sie sich sehnte wie nach einem fernen Traum, während sie ihn, Tam, mit seinen Schwächen tagtäglich erlebte.

Sie wagte nicht, nach ihm zu rufen. Stattdessen lief sie ihm durch die Sankt-Alban-Vorstadt nach, wollte ihn einholen und wollte es zugleich auch nicht. Wie konnte sie wissen, ob er sie überhaupt sprechen wollte, ob er sich überhaupt an sie erinnerte und noch etwas für sie empfand, das sie von den Tausenden Frauen in Basel unterschied?

Er bog zum Benediktinerkloster ab. Wenn er es betreten hatte, war es zu spät, eine Frau würde man nicht einlassen und ob er vor den Blicken der Mönche zu ihr herauskommen durfte, war fraglich. Rasch beschleunigte sie ihre Schritte. Die Pforte. Der Pförtner. »Christian«, rief sie.

Die Klostertür schlug hinter ihm zu.

Hatte er es gehört? Hatte er womöglich längst bemerkt, dass sie ihm nachging, und sich willentlich nicht nach ihr umgedreht? Besser, sie kehrte zu Tam und ihrem Sohn zurück. Sie hatte kein Recht darauf, Christian zu sehen.

Mit zaghaften Schritten erreichte sie das Kloster. Das Herz schlug ihr bis in den Hals. Tu es nicht!, dachte sie, und klopfte doch an.

Christian selbst öffnete. Seine grünen Augen sahen sie an. Er schluckte. »Du.«

Sie biss sich auf die Unterlippe. »Ich. Möchtest du lieber … Ist es dir recht?«

»Ich dachte gerade, ich hätte deine Stimme gehört.«

»Es war meine Stimme. Ich habe nach dir gerufen.«

Er sah sich um. Leise sagte er: »Komm herein.« Er hielt ihr die Tür auf.

»Dürfen Frauen das Kloster betreten?«

»Nein. Aber es gibt hier eine Kapelle gleich am Torhaus, die in Ausnahmefällen auch Frauen gestattet ist. Dort können wir kurz sprechen.« Er geleitete sie in einen winzigen Kirchenraum mit ein paar hölzernen Bänken und einem Altar, auf dem ein goldenes Kreuz stand.

Stumm sah sie zu, wie er die Tür schloss. Er sah verändert aus durch die Tonsur. Die langen Haarlocken hatten ihm besser gestanden. Aber es war sein Gesicht. Immer noch sein Gesicht. Die Sommersprossen waren noch da, der lebhafte Blick, der Mund. »Wir konnten uns damals nicht verabschieden«, sagte sie.

Er nickte. »Bist du mir noch böse wegen Marie?«

»Nein. Ich meine, ich habe oft an dich gedacht und habe mir gewünscht, es wäre alles anders gewesen damals, aber böse – nein, ich bin dir nicht böse.«

»Ich habe nie jemanden geliebt.« Er warf einen kurzen Blick auf das Kreuz. Sah wieder zu ihr. »Nie. Bis auf dich.«

»Aber du wolltest mich nicht haben.«

»Heiraten, meinst du?«

»Ja, heiraten.«

»Ich hatte Angst.« Er fasste an eine Kirchenbank und folgte mit den Fingern den Verzierungen im Holz. »Ist unser ... Ich meine, ist dein Kind gesund?«

»Friedrich. Wir haben ihn Friedrich genannt. Er hat dein rotes Haar, dein Gesicht, deine Augen. Alles an ihm erinnert mich an dich.«

»Friedrich«, wiederholte er leise. »Wenn du willst, kannst du ihn besuchen kommen. Wir haben ein Zimmer in Minderbasel.«

»Tam wird das nicht wollen. Er hasst mich.«

»Friedrich ist dein Sohn, nicht Tams. Willst du ihn sehen?«

»Ja.« Christian rieb sich die Stirn. »Ihr habt geheiratet?«

»Und du bist Mönch geworden.«

»Ich werde in einigen Wochen Prior dieses Klosters sein.«

Sie fand keine Trauer in seiner Stimme. Wie konnte ihm dieses Los gefallen? Der Christian, den sie kannte, hätte es keine drei Tage im Kloster ausgehalten. »Ich hätte nie geglaubt, dass du einmal Benediktiner werden würdest. Was ist mit den Frauengeschichten?«

»Keine Frauen mehr. Seit du mich mit Marie gesehen hast, habe ich keine Frau angerührt. Du warst es. Du warst die Richtige. Ich habe es zerstört.«

Ein weicher Klumpen Wachs sank in ihren Bauch hinab und schmolz. Er liebte sie. All die Jahre hatte er sie geliebt. »Es gibt andere, du darfst nicht denken, du könntest mit keiner anderen glücklich sein.«

»Das ist vorbei. Der Prior, Guilielmus, hat mir kürzlich bitteren Wermuttee zu trinken gegeben und gesagt: ›So wird dir das Leben als Prior schmecken. Willst du es dennoch?‹ Ich will es, Saphira. Wenn er mit vier Mönchen loszieht, um ein neues Kloster zu gründen, ist Sankt Alban meine Aufgabe. Meine Heimat.«

»Ich verstehe.« Sie versuchte ein Lächeln. »Ich freue mich, dass du eine Heimat gefunden hast.«

Ein Glöckchen erklang. »Ich muss zur Terz«, sagte er.

»Darf man einen Mönch umarmen?«

Er schlug den Blick nieder. »Ich weiß nicht.«

Langsam trat sie auf ihn zu. Sie umfasste seinen Oberkörper und schmiegte sich an ihn. »Ich habe dich auch geliebt. Es tut mir alles leid. Sehr.«

Christians Körper versteifte sich.

»Schon gut.« Sie ließ ihn los. »Ich wünsche dir, dass der Tee nicht zu bitter schmeckt. Du sollst nicht leiden wegen … wegen mir.« Damit drehte sie sich um und verließ die Kirche.

Vor der Klosterpforte lief sie Ludman in die Arme. Durch das halb geschlossene Auge sah er sie prüfend an. »Wen habt Ihr besucht? Ihr seid diesem Propheten nachgelaufen, richtig?«

»Ich kenne keinen Propheten.«

»Der Mönch, der vorhin auf der Bühne stand. Er sagt den Untergang Basels voraus.«

»Tut er das?«

Der Ritter kratzte sich den ergrauten Haarschopf. »Nicht gut, dass Ihr Euch meinem Rat widersetzt habt und in die Stadt gegangen seid. Nun sind Tam und Friedrich in Schwierigkeiten.«

Sie schrak zusammen. »Was ist passiert?«

»Kommt. Ich bringe Euch zu ihnen.«

Auf dem Weg zurück in die Stadt kreisten ihre Gedanken. Hatte Konrad von Bärenfels Tam gesehen und ihn gefangen gesetzt? Waren Tam und Friedrich vielleicht alten Psittcherfreunden in die Arme gelaufen und jemand hatte sie verraten? »Ihr könnt ihnen doch helfen?«, fragte sie. »Der Kaiser steht hinter Euch, Ihr habt eine Vollmacht Karls, wer sollte sich Euch widersetzen!«

»Wir werden sehen.«

Sie passierten das Barfüßerkloster und bogen nach links zum Eselstürlein ein. Im Turmkerker sind sie!, schoss es ihr durch den Kopf. Der Bürgermeister hatte sie ins Verlies werfen lassen.

Der Kaisergesandte führte sie an den Wachen vorbei in den Turm. Einer der Büttel folgte ihnen. Sie stiegen nasse schwarze Stufen hinab. Eine kümmerliche Fackel brannte hier. Es roch nach Kalk und feuchten Steinen. Ludman winkte dem Posten, und er schloss ihnen eine eisenbeschlagene Tür auf. Lauerte dort im Dunkel des Ganges nicht noch ein Mann? Konrad. Es war der Bürgermeister selbst! Was geschah hier?

Sie wurde nach vorn gestoßen und landete auf den Knien im Verlies. Die Tür fiel zu hinter ihr, ein lauter Schlag, und doch hallte er nicht im Turm wider. Das Fundament hatte dicke Mauern. Kein Laut würde sie durchdringen.

Vor der Kerkertür sagte Ludman: »Eine Sache der Selbstverständlichkeit.«

»Was werdet Ihr dem Kaiser sagen?«, fragte Konrad von Bärenfels.

»Dass sie unterwegs krank geworden sind. Das ungewohnte Reisen, Flohbisse, ungenießbares Essen, ein harter Wind – so manchen hat es schon auf solchem langen Weg hinweggerafft.«

Man hörte sie die Stufen hinaufsteigen. »Sagt, Ihr habt ja prächtig zugelegt an Leibesumfang!«

»Ich muss gestehen, ich messe in der Nacht mehrmals nach. Wer dicker ist, den pustet ein giftiger Wind nicht so leicht um. Es schützt vor Krankheiten, wisst Ihr? Habt Ihr Neues vom Kaiserhof zu vermelden?« Die Stimme verlor sich.

Still war es. Finster. »Tam?«, fragte sie.

»Ja.«

»Wo ist Friedrich?«

30

In den Eselsturm! Christian fasste sich an die Kehle. Man hatte Saphira in den Eselsturm gebracht. Er hatte ihr nur nachschauen wollen, hinsehen, bis sie an der Straßenbiegung verschwand. Aber der fremde Ritter war ihm verdächtig erschienen. Also war er ihnen gefolgt. Und nun kam der Fremde mit dem hängenden Augenlid ohne Saphira aus dem Turm zurück und in Begleitung Konrads.

Sie hätte nie nach Basel zurückkehren dürfen.

Was war nun klüger? Sein Wissen um die Gefangenen geheimzuhalten, bis der Bischof von seiner Reise zurückkehrte, und dann um ihre Freilassung zu bitten? Oder auf eigene Faust einen Befreiungsversuch zu unternehmen? Bis zur Rückkehr des Bischofs konnten Wochen ins Land gehen, und Gottes Strafgericht war nahe. Im Turmverlies würden sie den Schwefelregen nicht überleben, der Steine schmolz und Eisen zum Glühen brachte.

Christian trat aus dem Gässchen und hielt auf die Büttel zu, die den Turmeingang bewachten. Er musste die Lage erkunden, bevor er einen Angriff wagte. »Habt ihr Gefangene da drin?«

»Das geht dich nichts an, Bruder.«

»Ich möchte ihnen den letzten Segen spenden. Basel wird untergehen! Wenn jedermann aus der Stadt flieht, bleiben sie zurück und kommen um.«

»Du hast doch gehört, der Basilisk war schuld. Sie haben das Ei zerstört. Jetzt kann der Stadt nichts mehr geschehen.«

Er sah dem Posten gerade ins Gesicht. »Das glaubst du?«

Der Büttel schlug den Blick nieder. Er wischte sich die Rechte am Hosenbein ab. »Meinetwegen, Prophet, geh hinein. Aber die Tür bleibt zu. Durch das kleine Fenster kannst du sie genauso gut segnen.«

Er stieg schmierige Stufen hinab. Unten brannte eine Fackel. Keine weitere Wache? Konrad war leichtsinnig. Gegen die zwei Männer da oben kam er gut an, auch wenn er seit Jahren das Schwert nicht mehr in der Hand gehabt hatte. Er würde sie niederschlagen und in den Turm hineinziehen. Hier würde er ihnen den Schlüssel für die Kerkertür abnehmen. Wenn er Saphira ohne Verzug aus der Stadt brachte, war sie gerettet.

Er öffnete die kleine Luke in der eisenbeschlagenen Tür. Es war finster im Verlies. Er konnte niemanden erkennen. »Ich bin Christian Münch«, sagte er laut, »der neue Prior des Sankt-Alban-Klosters. Hört euren letzten Segen.«

»Christian!« Das war Tams Stimme.

»Tam?«

»Ja, ich bin es. Du bist unter die Mönche gegangen, wie?«

Er sah sich nach der Treppe um. Dann flüsterte er in die Luke: »Wie man mit einem Schwert umgeht, habe ich trotzdem nicht vergessen. Ich hole euch hier raus.«

»Christian, wo ist Friedrich?«, wimmerte Saphira. »Dieser Kaisergesandte hat uns verraten. Er arbeitet für Konrad von Bärenfels.«

»Und das Kind ist nicht bei euch?« Tam sagte: »Mein Vater hat ihn sich gekrallt. Er will sich einen Erben erziehen.«

»Hört zu.« Christian sah sich noch einmal um. »Wir haben nicht viel Zeit. Ich hole mein Schwert, dann haue ich euch hier heraus. Wenn wir sofort die Stadt verlassen, seid ihr wieder freie Menschen.«

Saphira sagte: »Ich gehe nicht ohne Friedrich. Bitte, Christian, befreie zuerst ihn und bringe ihn in Sicherheit!«

»Ja.« Tam wiederholte es. »Befreie zuerst ihn. Uns kannst du in der Nacht rausholen. Wir würden nicht glücklich werden, wenn wir ohne Friedrich fliehen. Du weißt noch, wie du ungesehen auf den Bärenfelserhof gelangst?«

»Ich hab die alten Tage nicht vergessen, Tam. Also gut. Ich verstecke Friedrich im Kloster, dann hole ich euch.«

»Nicht im Kloster«, zischte Saphira. »Der Gesandte des Kaisers weiß doch, dass ich dort war!«

»Ich kenne keinen besseren Ort.«

»Bring ihn in die *Mikwe!* Da wird niemand nachsehen. Es ist eine kleine Tür neben der Synagoge. Eine Treppe führt abwärts in den tiefen Felsenraum mit der Quelle.«

Die Büttel riefen die Treppe herunter: »Hast du es bald, Mönch?«

»Ich muss gehen. Die kleine Tür neben der Synagoge, gut.« Er sprach ein lautes »Amen« und schloss die Luke. Wild jagten seine Gedanken durcheinander, während er die Treppe hinaufstieg. Welches aberwitzige Unternehmen begann er hier? Den Jungen vom Bärenfelserhof zu rauben, in einer Felsenkammer zu verstecken, zwei Stadtbüttel anzugreifen … Ihn schwindelte.

»Verzeih«, sagte die Wache, »wir hatten Sorge, dass der Bürgermeister kommt, um nach seinen Gefangenen zu sehen. Er würde dich nicht gern dort vorfinden.«

»Der Herr sei mit dir«, antwortete Christian. Was konnten diese Männer dafür, dass sie hier Wache schoben? Mit welchem Recht erschlug er sie? Oh, es würde eine fürchterliche Nacht werden!

Zuerst holte er sein Schwert aus der Kleiderkammer des

Klosters. Er verbarg es unter der Kutte, so gut es ging, und zog sich in die Kirche zurück, um vor einem Seitenaltar zu beten, bis die Sonne untergegangen war. Doch er fand keinen Frieden. Schließlich erhob er sich und verließ das Kloster. Die Stadt war dunkel. Erst am Nadelberg, wo die Ritter wohnten, sah er häufiger das Licht von Fackeln. Am Münchhof, seinem alten Zuhause, ging er vorüber. War die Mutter noch auf? In ihrem Fenster brannte ein Kerzenlicht. Ob sie noch manchmal an ihn dachte?

Die Petersgasse. Der Bärenfelserhof. Es war seltsam, wie vor vielen Jahren in die Fugen der Mauer zu steigen und sich hinaufzuhieven. Seine Glieder taten es beinahe von selbst. Wie oft hatte auf diese Weise ein heimliches Treffen mit Tam begonnen! War ihre Freundschaft unwiederbringlich zerbrochen? Sie erschien ihm in dieser Nacht kostbarer denn je.

Rittlings auf der Mauer sitzend, sah er sich um. Ein Hund kam angerannt und blieb schwanzwedelnd unter der Mauer stehen.

»Na, alter Junge, wie geht es dir? Sei schön leise, hörst du.«

Der Hund antwortete mit einem kurzen Bellen.

»Leise, hab ich gesagt! Wir kennen uns, erinnerst du dich nicht?«

Der Ast auf der anderen Seite hatte sich abgeneigt. Auch Bäume wurden älter. Vorsichtig setzte Christian seinen Fuß darauf. Es war eine Eiche, das Holz würde ihn tragen.

Plötzlich hatte er das Gefühl, beobachtet zu werden. Er spähte in den Baum hinauf. Saß da nicht jemand im Geäst? Ein Kind! »He«, machte Christian, halblaut, um nicht im Haus gehört zu werden. »Bist du Friedrich?«

»Wer seid Ihr?«, kam es leise zurück.

»Jakobus heiße ich. Soll ich dich hier herausholen?«

»Der Hund wird anschlagen.«

»Nein, er kennt mich.« Er sah zum Hund hinab. »Platz!«, raunte er.

Der Hund setzte sich.

Zum Jungen sagte er: »Siehst du? Er hört auf mich. Komm hier herüber!«

Der Junge kletterte gut. Er ließ sich an einem Ast herunter, schlang die Beine um den Baumstamm und kam in Windeseile einen anderen Ast entlanggelaufen.

»Vorsichtig«, zischte Christian.

Schon war das Kind bei ihm angelangt.

Er reichte ihm die Hand. »Hier, wir müssen über die Mauer hinüber.« Er hob den Jungen auf die Mauerkrone. »Bleib da sitzen, ich komme nach und lasse dich auf der anderen Seite hinunter.« Aber kaum dass er es ausgesprochen hatte, war das Kind verschwunden. War Friedrich hinuntergefallen? Hastig kletterte Christian auf die Mauer und sah hinab. Der Junge nahm gerade die letzte Mauerfuge, dann stand er auf der Straße. Kannte er diese Stelle schon? Christian kletterte ihm nach. »Du bist flink«, sagte er, als er unten angekommen war.

»Wo sind meine Eltern?«

»Im Turmkerker. Ich hole sie da raus, aber erst muss ich dich in Sicherheit bringen. Deine Mutter hat mir ein Versteck gesagt.« Er wollte den Jungen bei der Hand nehmen, aber der zog seine Hand zurück. »Wie du meinst«, sagte Christian. »Folge mir.« Ein eigensinniger kleiner Kerl. Mit Selbstbewusstsein. So wie er es hatte.

Das ist mein Sohn, dachte er. Mein Fleisch und Blut.

Wortlos eilten sie durch die Nachtstraßen Basels. Über dem

Rindermarkt riss die Wolkendecke auf, und der Mond leuchtete hinab. »In dieser Synagoge hat dein Großvater immer gebetet«, sagte Christian und zeigte auf die goldgeschmückte Fassade.

Der Junge antwortete nichts.

Da war tatsächlich eine kleine Tür neben dem Synagogengebäude. Er drückte sie auf. Eine Treppe konnte er in der Dunkelheit nicht erkennen. »Vorsicht, da hinten geht es abwärts, vermute ich. Wir hätten eine Fackel mitnehmen sollen.« Es gab kein Fenster in diesem Raum.

»Hier.« Der Junge hielt ihm eine Talglampe hin. Während er sie entgegennahm, kauerte sich der Kleine auf die Türschwelle ins Mondlicht und hieb einen Stahlmeißel auf einen Feuerstein. Zunder hatte er danebengelegt.

»Wo hast du das her?«

Der Junge arbeitete schweigend. Schließlich hatte er einen Funken geschlagen. Er hob den brennenden Zunder rasch auf und hielt ihn an das Talglicht in Christians Händen. So ein pfiffiger Bursche! Christian spürte, wie sich vor Stolz seine Brust weitete. Das war sein Kind!

Er drehte sich um und leuchtete in den Raum hinein. Da war sie, die Treppe. »Komm.« Er stieg abwärts. »*Mikwe* nennen sie das«, sagte er. »Es geht tief hinunter.« Die Wendeltreppe nahm kein Ende. Noch nie hatte er einen Keller gesehen, der so weit unter dem Erdboden lag. Endlich erreichten sie die Felsenkammer. Hier fand er weitere Lichter. Er zündete sie an. »Siehst du, so ist es nicht allzu dunkel. Sobald ich deine Eltern befreit habe, kommen wir dich abholen.«

»Warum tut Ihr das für uns?«

Christian kniete sich vor den Jungen hin. »Wir kennen uns nicht. Aber ich war einst der Freund deines Vaters.«

»Als sie hier in Basel gewohnt haben?«

»Ja.«

»Vater hat nie von Euch erzählt.«

»Ich weiß. Wir sind im Streit auseinandergegangen.«

»Und jetzt versteht Ihr Euch wieder?«

»Ich hoffe es.« Er stand auf. »Wirst du dich fürchten?«

»Ich … Ich glaube nicht.« Es klang unsicher. »Zur Not habe ich noch das hier.« Er fasste sich unter das Hemd und zog ein Messer hervor. »Der böse Mann hat nichts bemerkt!«

»Gut. Aber du wirst dich nicht verteidigen müssen.« Saphira hatte recht gehabt, er war ihm wie aus dem Gesicht geschnitten. Grüne Augen, Sommersprossen und ein wilder roter Haarschopf.

Christian riss sich los und stieg die Treppe hinauf. Er schützte das Talglicht mit der Handfläche gegen die Zugluft. Sie hatten vergessen, oben die Tür zu schließen. Hoffentlich waren keine Nachtwächter vorbeigekommen.

Da hörte er einen Schrei.

Eilig stieg er die Treppe wieder hinab. »Sei leise, ich bitte dich, sonst finden sie uns!«

Der Junge stand vor dem Becken. Die Wasserfläche im Becken kräuselte sich. Sie schlug kreisförmige Wellen. Der Widerschein der Lichter tanzte darauf.

Ihm wurde kalt. »Friedrich«, sagte er. »Wir müssen die Stadt verlassen. Sofort.«

Ein Schwall Wasser schwappte über die Eingrenzung. Der Felsen grollte. Christian fühlte sich plötzlich emporgehoben und wieder niedergestoßen. Gottes Strafgericht! Er zögerte keinen Augenblick länger. Er schnappte sich den Jungen, warf ihn sich über die Schulter und rannte die Treppe hinauf.

»Tam, was ist das?«, flüsterte Saphira. Ihr wurde kalt vor Angst.

Ein blaues Leuchten breitete sich über dem Boden des Verlieses aus. Aus einer kleinen Spalte kamen Mäuse, sie quietschten ängstlich und zwängten sich unter der Tür des Kerkers hindurch. Das Leuchten wurde stärker. Dann hörte sie ein tiefes Grollen. Der Boden zitterte.

»Tam!« Sie krallte sich an seinem Arm fest.

Sie wurden angehoben und wieder fallen gelassen. Es schmerzte in den Knochen, im Kopf. Der Turm wurde von einer donnernden Gewalt gestoßen und gerüttelt.

In der Rittergasse riss die Erde auf und spie Ziegel mit dem Stempel *Legio I Martia* aus, Ziegel einer römischen Kastellmauer. Der Münsterplatz hob eine unterirdische Grabkammer in die Nachtluft herauf. Lanze und Rundschild krachten herunter. Der Tote wurde aus dem Bett gewälzt und kam auf den Waffen zu liegen.

Mauerzüge wurden umgeworfen. Zinnen polterten von Basels Wehrmauer herab und erschlugen die Menschen, die aus ihren Häusern stürzten. Die Glocken der Kirchen läuteten, wie von Geisterhand bewegt. Das Beben schüttelte die Kirchtürme, es spielte mit dem Glockengeläut.

Häuser neigten sich über die Gassen hinweg aufeinander zu und brachen ein. Die Menschen rannten um ihr Leben. Hunderte flohen auf die Felder außerhalb der Stadt. Ein langer Spalt tat sich im Boden auf und schnitt den weiteren Flüchtenden den Weg ab. Meilen um Meilen reichte er in die Tiefe. Wer hineinstolperte, wurde hinabgesaugt.

Die Trümmer stauten den Birsig an. Er schwemmte in die anliegenden Gassen. Mit lautem Tosen stürzten die fünf Türme des Münsters um. Sie schlugen durch das Dach der Domschule, polterten in das Querschiff, in den Chor hinab. Die westliche Vorhalle zerfiel.

In der Predigerkirche riss sich die Glocke los. Sie krachte Stockwerk für Stockwerk durch den Turm nach unten und schlug Steine aus der Wand, bis sie bei ihrem Auftreffen tief im Erdreich versank. In diesem Augenblick fraß sich das Beben zweihundert Meilen weit rings um Basel in die Städte und Dörfer. Burgen in Basels Umgebung wurden von den Felsklüften gestürzt, die Berge schüttelten sie herunter wie lästige Flöhe. Die Familie Münch verlor Landskron, Münchenstein, Münchsberg, das Schloss Oetlikon. Ramstein verlor die Bergfeste Gilgenberg, das Schloss am Weiher Gundeldingen, die Burg Krattenstein, die Burg Ramstein. Der Schalberg der Schaler wurde beschädigt.

Saphira schrie. Sie starrte auf die finstere Erdspalte, die quer durch ihre Zelle verlief.

»Der Riss in der Mauer!«, rief Tam. Er nahm Saphiras Hand und zog sie mit sich. Gemeinsam krochen sie aus der Zelle. Sie stolperten die Treppe hinauf und hinaus aus dem Eselsturm. Eine Zinne donnerte vor ihnen auf den Grund. Über den Dächern schlugen Flammen auf. Irgendwo bellte ein Hund und winselte unter dem Geprassel von Steinen, Balken und Schutt.

Tam zog Saphira mit sich. Sie stiegen über Tote in den Straßen und eilten zur Synagoge hin. Der Rindermarkt war von Trümmern übersät, dazwischen floss Wasser vom Kanal vor Rümelins Mühle.

»Mutter! Vater!« Friedrich kam ihnen entgegengelaufen. Er kletterte über Steintrümmer, rannte. Als er sie erreicht hatte, sprang er an Saphira hinauf und klammerte sich an ihr fest.

»Wo ist Christian?«, fragte Tam. War er zum Turm zurückgekehrt, um sie zu befreien? Sie hatten ihn unter den Toten nicht gesehen. Was, wenn er in die Spalte hinabgestürzt war? »Wo ist der Mann, der dich befreit hat?«

»Dort«, zeigte der kleine Fuchs. Der Junge hatte Schrammen im Gesicht und war schmutzig, aber offenbar war er ansonsten unverletzt. »Er hat gesagt, dass er Jakobus heißt. Eine Mauer liegt auf ihm.«

Sie eilten voran. Im Feuerschein sahen sie Christians Kopf und einen Arm. Den Rest bedeckten die Balken und das Mauerwerk der Synagoge. Er lebte. Christian sah zu Tam hin. Er keuchte: »Mein Freund.«

Tam legte ihm die Hand an die Wange. »Guter Christian.«

Christian lächelte. Dann musste er husten. Blut lief ihm aus dem Mund.

Friedrich klammerte sich an Saphiras Beine. »Verabschiede dich«, sagte sie. »Er ist dein Vater.«

Friedrich blickte zu Tam auf.

Tam nickte. »Du bist mein Sohn, weil ich dich liebe. Aber mit diesem Mann war deine Mutter damals zusammen. Er ist dein Vater.«

Erschrocken sah Friedrich Christian an. Angst betäubte sein Jungengesicht. Dann überwand er sich, kauerte sich nieder und berührte die Hand des Verschütteten.

Christian lächelte ihn an. »Geht«, sagte er. »Es ist das Gottesgericht. Basel wird zerstört.«

»Lebe wohl.« Saphira beugte sich nieder und küsste ihn auf die Stirn.

»Lebt wohl. Tam. Saphira. Friedrich. Und eilt euch. Gott ist mit dieser Stadt noch nicht fertig.«

In diesem Augenblick stieg eine hell leuchtende Flamme über dem neuen Rathaus am Kornmarkt auf, nördlich des Rindermarktes. Die Erde zitterte erneut und grollte. Tam, Saphira und der kleine Fuchs rannten los.

Sie kletterten über ein verendetes Pferd. Sie wichen Dachschindeln aus, die auf sie herabschepperten. Als sie endlich zum Stadttor fanden, kamen ihnen Basler mit entschlossenen Gesichtern entgegen. »Wo wollt Ihr hin«, rief Tam.

»Das Feuer löschen! Komm mit uns!«

»Nein, geht nicht«, flehte Saphira. »Es ist das Gottesgericht, das der Prophet verkündet hat. Niemand darf in die Stadt zurückkehren. Sie geht unter.«

Sie hörten nicht darauf.

Hunderte standen auf den Feldern vor der Stadt und sahen mit Grauen, wie die berstenden Öfen alles entzündeten, was sie besaßen. Die Strohdächer lohten, die Holzschindeln schwelten. Das Leben war nackt, und in jener Nacht begriff jeder in Basel, dass Gott eine grausame Schuld sühnte. Nachbeben ließen die Erde erzittern. Dann kehrte das tiefe Grollen zurück. Der Grund wurde erneut emporgeschüttelt. Diejenigen, die in die Stadt zurückgekehrt waren, starben vor ihren brennenden Häusern, sie wurden von feurigen Balken erdrückt, dreihundert Menschen in einem einzigen Augenblick.

Konrad von Bärenfels irrte durch die Straßen, er schüttelte Tote, als könnte er sie wieder zum Leben erwecken, und flehte Gott um Gnade an. Vor seinen Augen zerfiel die Stadt, für die er Verantwortung trug. Menschen und Tiere wurden erschlagen. Kirchen, Ritterhöfe, Bürgerhäuser stürzten ein. Das Haus des Henkers, die Synagoge. Überall Tod und Vernichtung. Er musste es ansehen, er lebte, wie durch ein grausames Wunder blieb er verschont.

Die verbleibenden acht Jahre seines Daseins warb er um die Vergebung der Juden. Den Vertrag, der sie zweihundert Jahre aus Basel verbannen sollte, zerriss er vor den Augen des Rates. Er schuftete beim Wiederaufbau der Stadt wie kein anderer. Bald wurde aus dem dickleibigen Ritter wieder ein sehniger, kräftiger Mann.

Als erster Jude zog auf sein Werben hin am 29. August 1362 Eberlin von Kolmar mit Frau, Kind und seinen Bediensteten auf ein leer stehendes Grundstück gegenüber Rümelins Mühle. Seine Nachbarn, eine Familie mit einem dreizehnjährigen Rotschopf und einem kleinen Mädchen namens Talitha, halfen ihm beim Aufbau des Hauses. Die Frage, warum ihre Tochter einen jüdischen Namen trug, obwohl sie doch Christen waren, beantwortete die Familie nicht. Aber die Nachbarin stellte seine Frau in ihrem Federgeschäft ein. Sie war ein freundlicher Mensch, gut zu ihren Kindern, ihrem Mann, ihren Freunden. Katzen liefen ihr nach, und die Basler liebten sie. Bald verstand Eberlin von Kolmar das Geheimnis dieser Frau.

Sie lebte jeden Tag, als sei er ein besonderes Geschenk.

Nachwort

Was ist wahr an dieser Geschichte? Eine Geschichte ist in sich schon wahr. Wenn Sie wollen, glauben Sie alles. Für die Hartnäckigen im Folgenden ein paar Fakten, auf denen der Roman fußt.

Am 18. Oktober 1356 erschütterte das bisher stärkste tektonische Beben Mitteleuropa. Heinrich Truchsess von Dießenhofen, ein Zeitzeuge, berichtet: »Der erste Stoß von denen, welche des Nachts erfolgten, war der heftigste. Am folgenden Tage spürte man zwei Stöße, einen nach Mittag, den andern nach der Vesper, und durch diese Erdstöße wurde Basel, jene prächtige Stadt, welche an das Bisthum von Constanz grenzt, zerstört, und zwar zuerst durch das Erdbeben selbst. Ein Theil des Münsters fiel auf die Schule. In Folge der anhaltenden Erdstöße floh der größere Theil der Bewohner in voller Bestürzung hinaus auf die Felder und wartete, was für einen Ausgang die Sache nehmen würde, bis nach der Vesperzeit. Da brach im Sankt-Alban-Kloster, das schon im Verlauf des Tages zusammengestürzt war, Feuer aus, und überdies auch noch in andern zusammengefallenen Häusern. Und wie nun diejenigen, welche geflohen waren, das Feuer erblickten, wollten sie den Ihrigen zu Hülfe eilen und kamen in die Stadt. Während sie sich nun alle Mühe gaben, die Häuser vor dem Feuer zu schützen, die Habseligkeiten fortzuschaffen und namentlich die [in] Folge des ersten Erdstoßes verschütteten Menschen aus dem Schutte hervorzuziehen, erfolgte um zehn Uhr wiederum ein ganz gewaltiger Erdstoß und verschüttete noch mehr Menschen als der erste. Die Häuser, welche vom ersten Stoße noch stehen geblieben waren, stürzten ebenfalls zusammen, und alle Kirchen mit Ausnahme der Johanniter- und Dominikanerkirche, welche jedoch Risse bekam. Bloß in der Diöcese von Basel zerfielen sechsundvierzig Schlösser. Was in der Stadt das Erdbeben eingeworfen, wurde darauf vom Feuer verzehrt, welches noch zehn Tage lang wüthete. Noch drei Monate hindurch dauerten die Erdstöße in einzelnen Unterbrechungen Tag und Nacht fort.«

Das blaue Licht im Turmverlies erklärt sich durch positive Ladungen, die vor einem Erdbeben einen dünnen Film über der Erdoberfläche bilden. Dabei bauen sich so gewaltige Spannungen auf, dass die Luft ionisiert wird und zu leuchten beginnt.

Die zwei Ritterbünde hat es tatsächlich gegeben. Die Sterner, deren Banner einen weißen Stern auf rotem Grund zeigte, trafen sich in der Trinkstube »Zum Seufzen«. Die Psitticher versammelten sich in der Trinkstube »Zur Mücke«. Ihr Zeichen war ein grüner Papagei auf weißem Grund.

Konrad von Bärenfels und Konrad Münch wechselten sich zwischen 1338 und 1349 jährlich im Bürgermeisteramt ab. Nach dem Pestjahr 1349 wird Konrad Münch nicht mehr erwähnt, er fiel vermutlich der Pest zum Opfer.

Die Basler Ritter waren vor 1349 bei den Juden hoch verschuldet. Als einige Ritter wegen Übergriffen auf Juden aus der Stadt verbannt wurden, drängte eine rasende Volksmenge auf den jüdischen Friedhof und verwüstete ihn. Die Grabsteine schleppte man fort, um sie als Baumaterial zu nutzen. Die Angst vor der nahenden Pest und die Gerüchte über Brunnenvergiftungen führten zu Verhören und unter Folter erpressten »Geständnissen« der Juden. Ob sich wirklich der Pöbel vor dem Rathaus versammelte und die Ratsherren zwang, die Juden zu verurteilen, ist nicht sicher – möglicherweise wollten sich Ritter und Zünftler mit diesem Argument nur rechtfertigen. Fest steht, dass man am 16. Januar 1349 über 300 Basler Juden auf einer Sandbank im Rhein in ein Holzhaus sperrte und es anzündete. Der Besitz der Ermordeten wurde geplündert, die Schuldscheine wurden verbrannt.

Erst vier Monate später, im Mai 1349, kam die Pest nach Basel. Etwa 4000 Menschen starben.

Den Schwur, 200 Jahre lang keine Juden in Basel zuzulassen, ließ die Stadt bald nach dem Erdbeben von 1356 wieder fallen. 1365 gestattete ihr Kaiser Karl IV. die Steuerherrschaft über die ansässigen Juden. So trugen mit der jüdischen Zuwanderung aus dem Elsass Juden mit ihrem Geld zum Wiederaufbau der Stadt bei. In den 1370er Jahren umfasste die jüdische Gemeinde wieder rund 150 Personen. Besonders bekannt unter ihnen war Moses von Kolmar. Er wohnte als Geldhändler am oberen Spalenberg und war so reich, dass er einzeln besteuert wurde. Im Jahr 1370 kam Meister Josset nach Basel, ein Chirurg, der im Dienst der Stadt tätig war. Die Angehörigen der neuen Judengemeinde kauften Häuser an der Gerbergasse, an der Grünpfahlgasse, am Spalenberg und in der Freien Straße.

Die Herberge »Schwarzes Rad« hieß später Herberge zum »Schwarzen Ochsen« und nennt sich heute »Spalenbrunnen«. Das Münster verfügte bis zum Erdbeben über fünf Türme. Später wurden nur die beiden Westtürme wieder aufgebaut. Der Rindermarkt befand sich dort, wo heute die Gerbergasse, vom Marktplatz kommend, die Rüdengasse kreuzt.

Saphira ist erfunden. Aber wer könnte mit Sicherheit sagen, dass sie nicht tatsächlich in jenen bewegten Jahren der Stadt Basel gelebt hat?

Der Autor dankt

Bruno Waldvogel-Frei für die Idee zu dieser Geschichte. Er und der Musiker Stefan Mens haben den Stoff des Romans – schon bevor es ihn überhaupt gab – zu einem Musical namens »Basileia« geformt, das 2006 in Basel aufgeführt wurde.

Roger Jean Rebmann. Als mein »Hofgelehrter« forschte er wieder und wieder für mich im Staatsarchiv Basel. Wenn Sie die Gelegenheit haben, nach Basel zu reisen, buchen Sie ihn für eine Stadtführung! Er kennt die Stadt wie seine Westentasche und kann zu jedem Haus eine Geschichte erzählen. Sie können nicht hinfahren? Dann gibt es ein hervorragendes Trostpflaster für Sie: www.altbasel.ch. Wann immer ich die Website besuche, lese ich mich fest.

Rena Liebherr und Timon Tschudi mit Familie für die herzliche Aufnahme in Basel.

Christian Meyer für fünf Fährfahrten über den Rhein und ein Gespräch, wie man es sonst nur mit alten Freunden führt.